U0765296

萧殷全集

第八卷
岁月留痕

名誉主编 王 蒙
主 编 梁少锋

SPM 南方传媒 | 花城出版社
中国·广州

图书在版编目（CIP）数据

萧殷全集. 第八卷，岁月留痕 / 萧殷著 ; 梁少锋主编. -- 广州 : 花城出版社，2023.8
ISBN 978-7-5360-9078-1

Ⅰ. ①萧… Ⅱ. ①萧… ②梁… Ⅲ. ①萧殷（1915-1983）—全集②萧殷（1915-1983）—生平事迹—图集
Ⅳ. ①I217.2

中国国家版本馆CIP数据核字(2023)第142330号

出 版 人：张　懿
责任编辑：黎　萍　秦翊珊
责任校对：李道学
技术编辑：凌春梅
装帧设计：黄龙明　张绮华

书　　名	萧殷全集．第八卷，岁月留痕 XIAO YIN QUANJI DI BA JUAN SUIYUE LIUHEN
出版发行	花城出版社 （广州市环市东路水荫路 11 号）
经　　销	全国新华书店
印　　刷	佛山市浩文彩色印刷有限公司 （广东省佛山市南海区狮山科技工业园 A 区）
开　　本	787 毫米×1092 毫米　16 开
印　　张	21.5　2 插页
字　　数	380,000 字
版　　次	2023 年 8 月第 1 版　2023 年 8 月第 1 次印刷
定　　价	800.00 元（全十卷）

如发现印装质量问题，请直接与印刷厂联系调换。
购书热线：020－37604658　37602954
花城出版社网站：http://www.fcph.com.cn

序

在人们心目中，萧殷先生是作家，也是文艺评论家，但是先生曾经担任过十五份报纸杂志的记者、编辑，亦曾在多所大学任职教师……先生的一生，丰富多彩，且具传奇色彩。

由于生活的颠沛流离和战争的艰苦环境，先生早年在报刊上发表的几十篇文学作品、投身革命后至中华人民共和国成立前撰写的一批文学作品、文艺评论、通讯报道及文学辅导材料原稿，基本未能保留下来。中华人民共和国成立后至上世纪六七十年代，仅有的一些原始手稿、书信，尤其是日记都遗失殆尽。

然而，雪泥鸿爪，岁月留痕。经过几年的发掘，我们收集、复原了一批历史资料。《萧殷全集·第八卷　岁月留痕》收录了先生的部分笔记、手稿与实物图片，让我们从多个侧面了解先生的丰富人生。

本卷分为八个章节。《一生的楷模》让我们了解到近百年前先生对鲁迅的崇敬，明白榜样的力量是何等强大，能够影响人的一生。《散落的花瓣》展示了先生早年发表的作品手稿。《编者的历程》再现先生担任过十五份报刊编辑时期的工作。《如火的蜡炬》收集先生甘为人梯，殚精竭虑培育文学新人的事迹。他的热诚和付出，贯穿多个工作岗位和职业生涯，坚持一生。《无声的记录》展示了先生的笔记、摘抄、未完成的作品草稿等。《生命的足迹》收录了先生的手写简历、口述经历等。《珍贵的遗存》展示先生晚年保存的珍贵藏品。《永恒的纪念》列举了先生去世后人们的纪念活动，包括开展学术研讨、出版纪念文集、竖立纪念雕像等。《萧殷全集·第八卷　岁月留痕》原始资料丰富，图文并茂，可读性颇高。

先生无意留下、却被研究者发掘整理出来的文化遗存，值得我们珍重，先生奋斗一生留下的精神财富，更值得我们传承。

梁少锋

2023年8月

目录

目录

第一章

一生的楷模

1934年至1936年，是萧殷文学生涯的重要转折期，两年时间，萧殷由一个进步青年转变为坚定的、以文学为武器的革命战士。这个转变，与鲁迅先生的影响相关。虽然从未谋面，但是萧殷一直视鲁迅为文学创作的精神导师和革命斗争的引路人。萧殷分别于1934年9月6日和1936年10月初两次写信给鲁迅先生。第一次，萧殷是渴望得到指导并发表作品的文学青年；第二次，萧殷是在革命斗争中初显身手，并以杂文作战斗武器因而遭到国民党特务通缉的革命青年。在第二封信寄出两个月后，萧殷义无反顾地离开家乡，一步步北上寻找革命方向，从此开启了人生的另一个篇章。

两次给鲁迅先生写信，标记了萧殷雄心壮志的人生理想。由于种种原因，萧殷没有收到鲁迅先生的回信，但鲁迅精神却在萧殷心中永存。

一、致鲁迅先生的信

怀着对鲁迅先生的景仰和希望得到他指导的迫切心情，十八岁的文学青年郑文生（萧殷）给鲁迅先生写信。

（一）1934年9月6日的信[①]

1.《萧殷全集·第六卷　书信Ⅱ》第136–138页全文收录

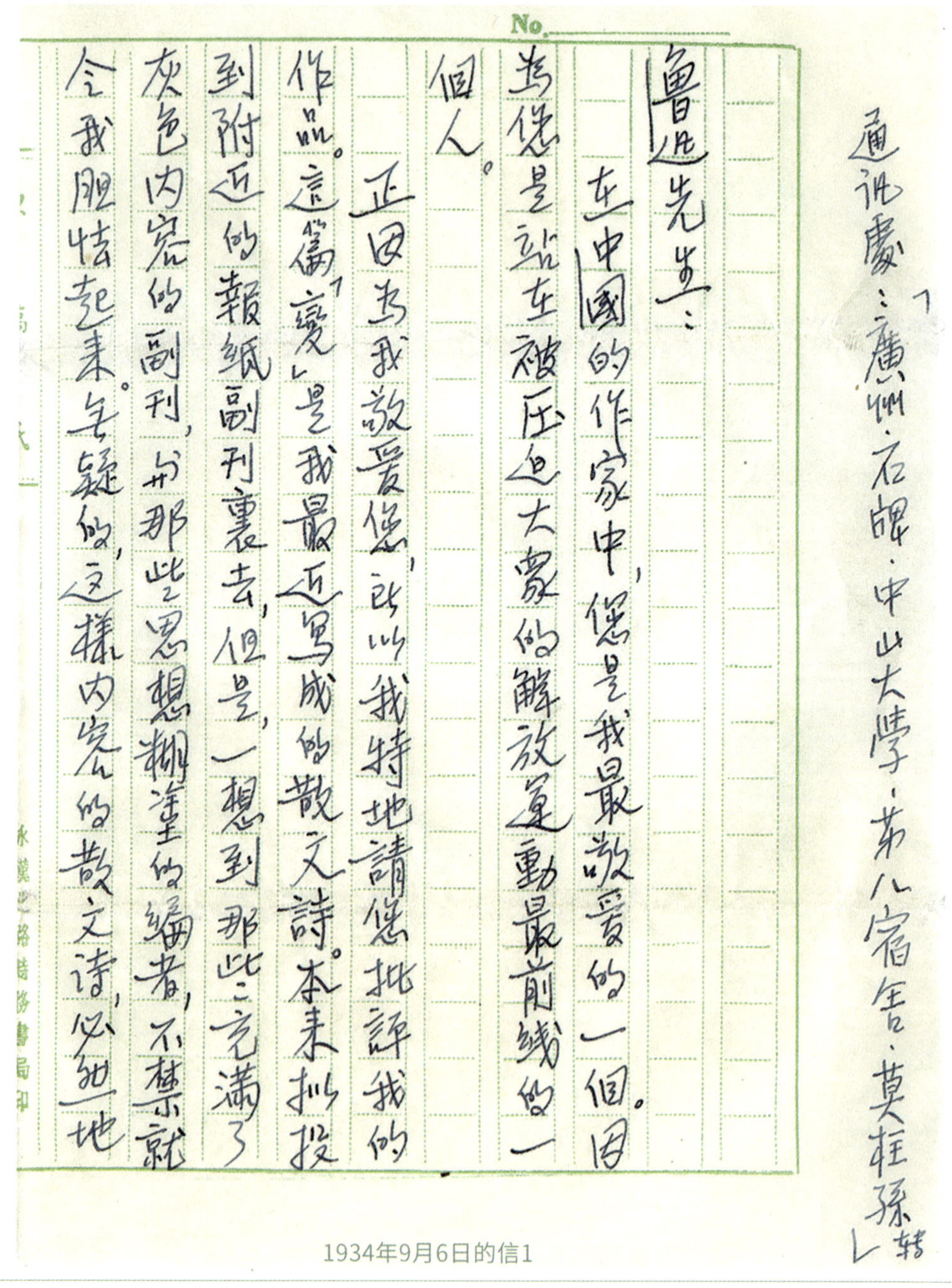
No.

魯迅先生：

在中國的作家中，您是我最敬愛的一個。因為您是站在被壓迫大衆的解放運動最前線的一個人。

正因為我敬愛您，所以我特地請您批評我的作品。這篇「竟」是我最近寫成的散文詩。本來擬投到附近的報紙副刊裏去，但是，一想到那些充滿了灰色內容的副刊，和那些思想糊塗的編者，不禁就令我膽怯起來。無疑的，這樣內容的散文詩必然地

通訊處：「廣州·石牌·中山大學·第八宿舍·莫桂孫」轉

1934年9月6日的信1

① 本信原稿藏于北京鲁迅博物馆。上图刊于孙郁、李亚娜主编，张杰编著的《鲁迅藏同时代人书信》。

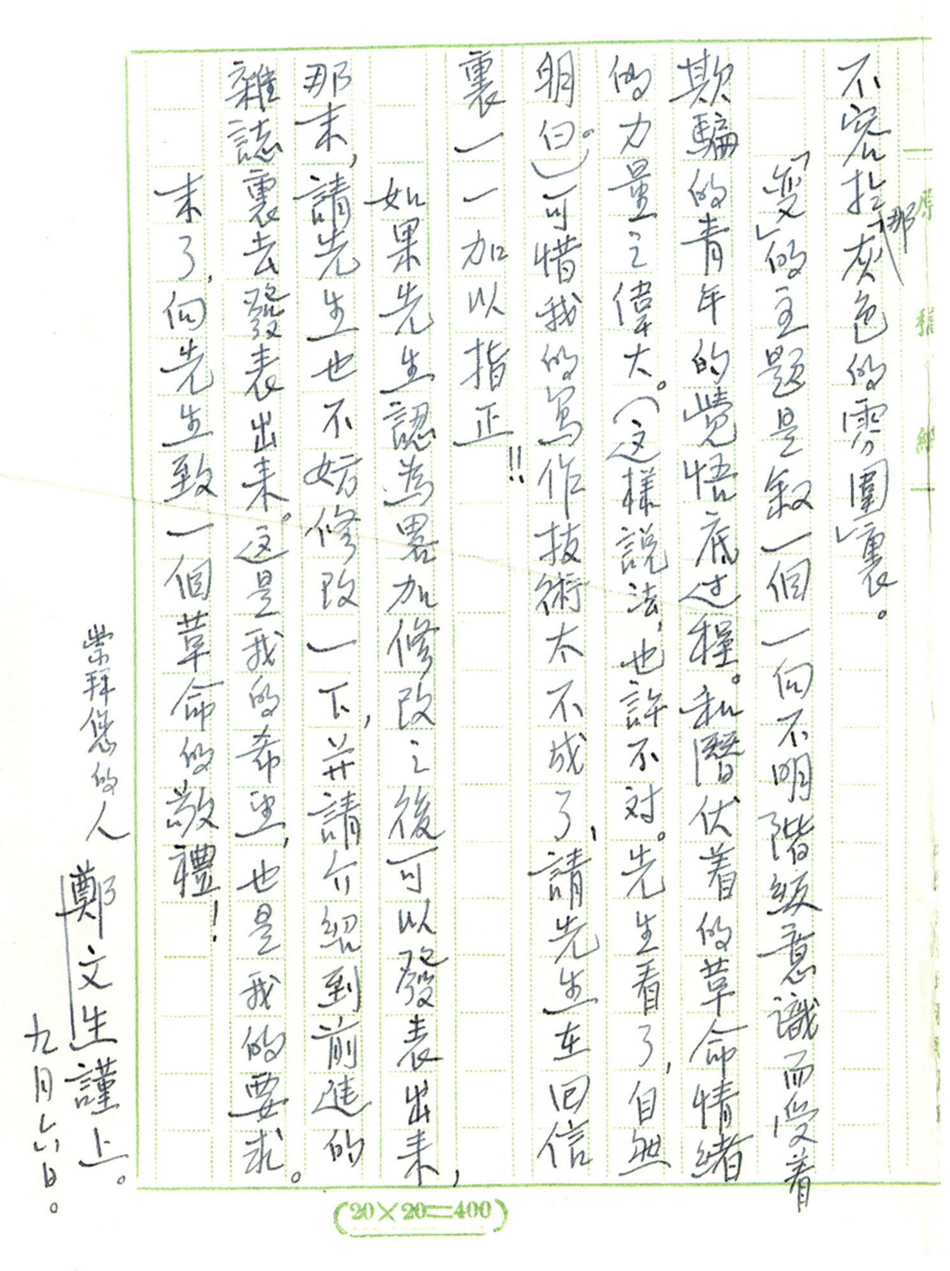

不容於挪灰色的霧圍裏。

「變」的主題是敘一個一向不明階級意識而受着欺騙的青年的覺悟底過程和潛伏着的革命情緒的力量之偉大。（這樣說法，也許不对。先生看了，自然明白。）可惜我的寫作技術太不成了，請先生在回信裏一一加以指正!!

如果先生認為略加修改之後可以發表出來，那末，請先生也不妨修改一下，并請介紹到前進的雜誌裏去發表出來。這是我的希望，也是我的要求。

末了，向先生致一個革命的敬禮!

崇拜您的人

鄭文生謹上。

九月六日。

1934年9月6日的信2

郑文生[①]1934年9月6日写信给鲁迅。全文如下：

通讯处："广州石牌·中山大学·第八宿舍·莫柱孙[②]转"

鲁迅先生：

在中国的作家中，您是我最敬爱的一个，因为您是站在被压迫大众的解放运动最前线的一个人。

正因为我敬爱您，所以我特地请您批评我的作品。这篇《变》是我最近写成的散文诗。本来拟投到附近的报纸副刊里去，但是，一想到那些充满了灰色内容的副刊，与那些思想糊涂的编者，不禁就令我胆怯起来。无疑的，这样内容的散文诗，必然地不容于那"灰色的氛围"里。

《变》的主题是叙一个一向不明阶级意识而受着欺骗的青年人觉悟底过程。和潜伏着的革命情绪的力量之伟大。（这样说法，也许不对，先生看了，自然明白。）可惜我的写作技术太不成了，请先生在回信里一一加以指正！！

如果先生认为略加修改之后可以发表出来，那末，请先生也不妨修改一下。并请介绍到前进的杂志里去发表出来。这是我的希望，也是我的要求。

末了，向先生致一个革命的敬礼！

崇拜您的人

郑文生谨上

九月六日[③]

---

① 郑文生：萧殷的原名。直到两年后改笔名"萧英"。

② 莫柱孙：萧殷的朋友，当年在广州中山大学读书。1934年，萧殷在广州寄住在莫柱孙的学生宿舍（广州石牌中山大学第八宿舍）。

③ 信件发出后，因开学时间已过，萧殷匆匆赶回乡间任教，故而错失等候鲁迅先生回函的机会。今天，我们只能推测，既然鲁迅先生保藏了萧殷的信和稿，确有可能回函赐教。因为萧殷并不知道鲁迅先生已经收到此信并且可能复信，因此一直没有追问莫柱孙。萧殷去世后，莫柱孙到萧宅悼念老友，家属也并未问及此事。直到近年才得知鲁迅先生确实收到此信，而当事人已全部谢世，无法还原历史真相。

信封上书：

上海

福州路四三六号

文化生活出版社[②]收转

邓当世先生[③]

广州郑寄

九月六日

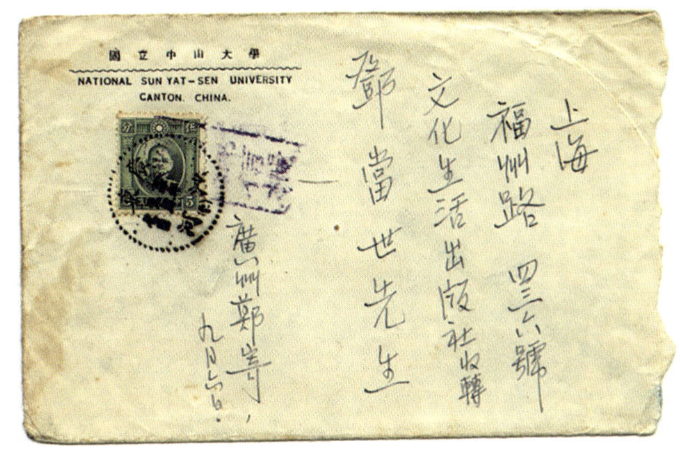

1934年9月6日萧殷给鲁迅先生寄信的信封[①]

上述信封（局部[④]）

① 信封原件现藏于北京鲁迅博物馆。

② 为了安全起见，鲁迅以出版社地址收发信件，文化生活出版社为其中之一。

③ “邓当世”是鲁迅曾用笔名之一。按照当地方言，“邓”为“遁”的谐音。“遁”，表现出鲁迅决意避开反动统治的当世的信念。此笔名使用于1934年。

④ 写信人郑文生使用的是国立中山大学的信封。邮戳上的文字：广东廿三年九月七日沙河（东），为当时石牌中山大学所在地区的邮局。

随信，萧殷附上自己创作的散文诗《变》（共3页[①]），署名萧英。全文收录于《萧殷全集·第一卷　文学作品》第203–204页。

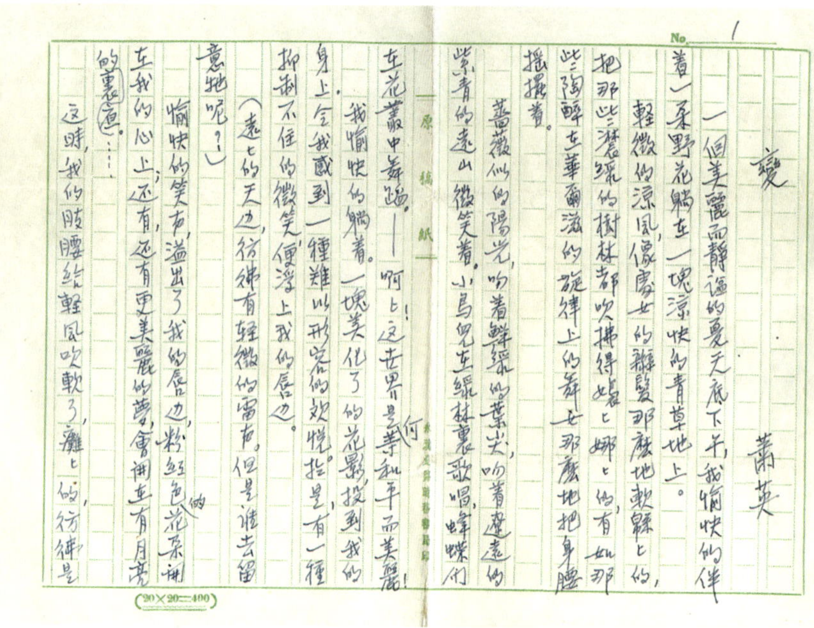

No. 1

變

蕭英

一個美麗而靜謐的夏天底下午，我愉快的伴着一朵野花躺在一塊涼快的青草地上。

輕微的涼風，像處女的雛髮那麽地軟綿綿的，把那些濃綠的樹林都吹拂得婀婀娜娜的，有如那些陶醉在華爾滋的旋律上的舞女那麽地把身腰搖擺着。

薔薇似的陽光，吻着鮮綠的葉尖，吻着遼遠的紫青的遠山微笑着。小鳥兒在綠林裏歌唱，蜂蝶們在花叢中舞蹈。——啊啊！這世界是何等和平而美麗！

我愉快的躺着。一塊美化了的花影，投到我的身上，令我感到一種難以形容的歡悅。於是，有一種抑制不住的微笑便浮上我的唇邊。

（遠遠的天邊，彷彿有輕微的雷聲，但是誰去留意牠呢？）

愉快的笑聲，溢出了我的唇邊，粉紅色的花朵在我的心上，還有，還有更美麗的夢，會拥在有月亮的裏邊……

這時，我的肢腰給輕風吹軟了，癱癱的，彷彿是

(20×20=400)

随信所附散文诗《变》（第1页）

No. 2

躺在天鵝絨上。

（窗外的雷聲，更吼得厲害了；轟轟地，無而誰管他媽的屁（？）？）

我終於在這樣的環境裏入夢了。於是，我失掉了靈魂……

轟轟轟！

一陣震天撼地的雷聲，陡的將我美麗的夢擊碎了。我出奇的揉了揉眼睛，最後，我竟惶惑地驚跳起來。

——呀！怎麽世界會變得這樣？

天空早已佈滿了濃重而漆黑的雲塊了。風已成了一個勇敢的戰士，勇猛的在地面上怒吼起來。許多殘餘的東西，都給掃蕩了。電電時時在山頂上迸出燦爛的火花來。

叢林彷彿要倒塌了，很厲害的搖撼着，哀叫着。青草顫栗地動搖着……地上的小石子，滚動着，破屋瓦給打落了，牆角邊的蒼苔也在一邊發抖……

接着，是一陣雄渾渾的高壯的雨聲。那雨點，像

(20×20=400)

随信所附散文诗《变》（第2页）

---

① 该散文诗现藏于北京鲁迅博物馆。

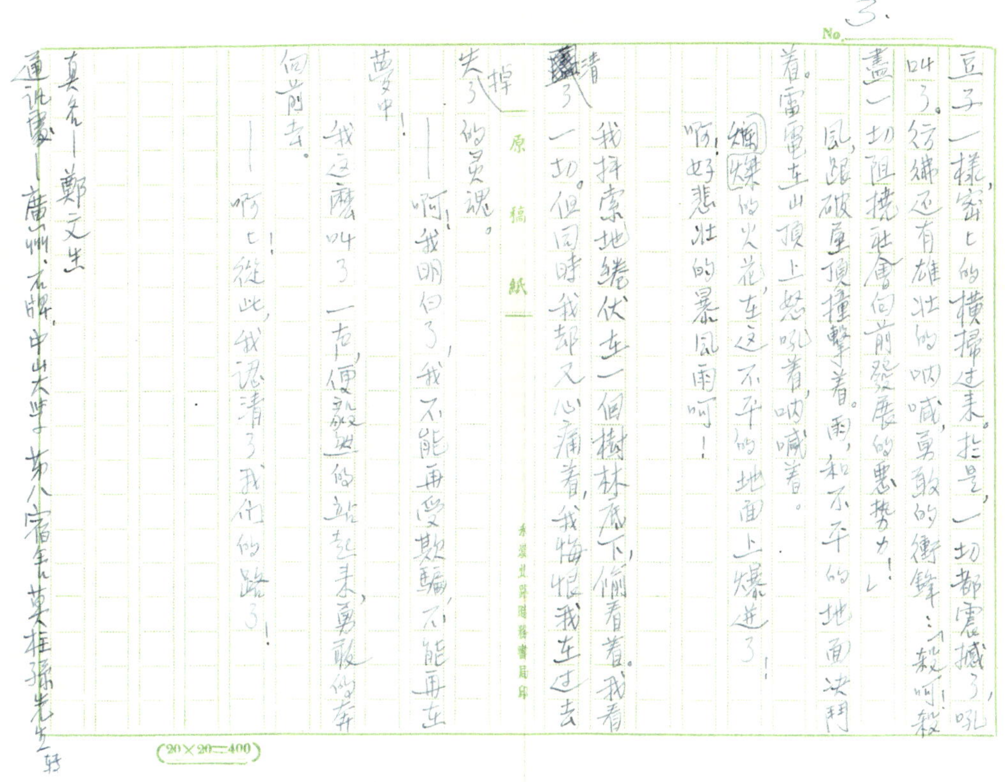
No. 3.

豆子一樣密匕的橫掃過來。於是，一切都震撼了，吼叫了。彷彿還有雄壯的吶喊，勇敢的衝鋒：「殺啊！殺盡一切阻撓社會向前發展的惡勢力！」

風，跟破屋頂撞擊着。雨，和不平的地面決鬥着。雷電在山頂上怒吼着，吶喊着。

燦爛的火花，在這不平的地面上爆迸了！

啊！好悲壯的暴風雨啊！

我摸索地蜷伏在一個樹林底下，偷看着。我看清了一切。但同時我卻又心痛着，我悔恨我在過去失掉了的靈魂。

——啊！我明白了，我不能再受欺騙，不能再在夢中！

我這麼叫了一聲，便毅然的站起來，勇敢的奔向前去。

——啊匕！從此，我認清了我們的路了！

真名——鄭文生

通訊處——廣州，石牌，中山大學第八宿舍莫大桂孫先生轉

随信所附散文诗《变》(第3页)

2. 萧殷致鲁迅先生的信及稿均被鲁迅先生收藏

萧殷于1934年以郑文生的本名写给鲁迅先生的信和以萧英为笔名随信附上的散文诗《变》，分别被收录于《鲁迅藏同时代人书信》及《鲁迅、许广平所藏书信选》。

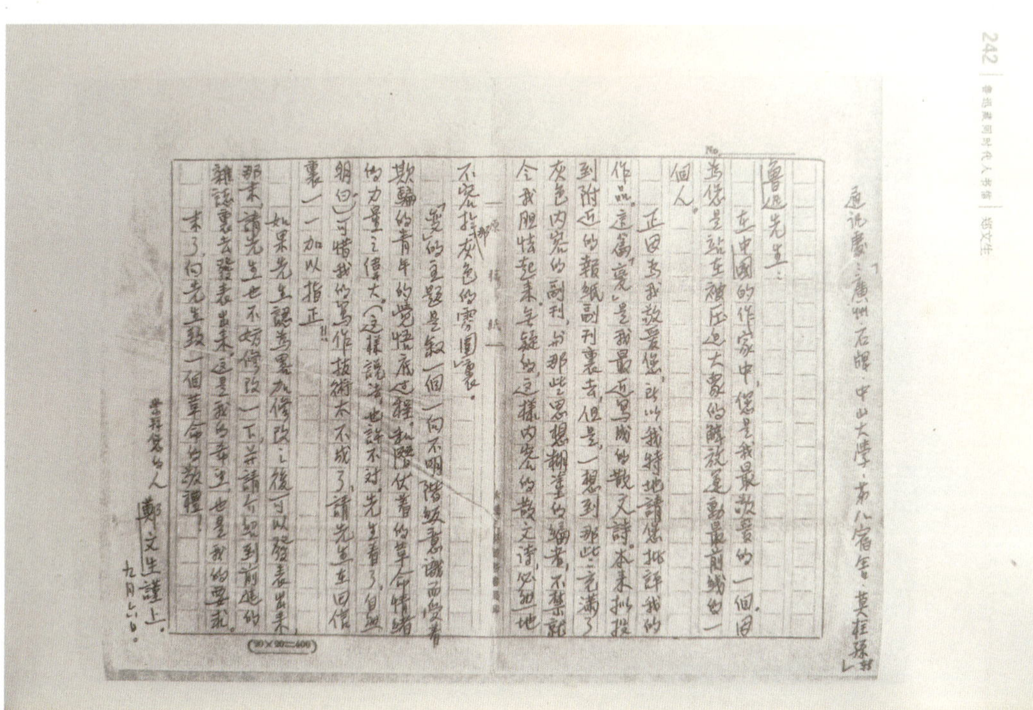

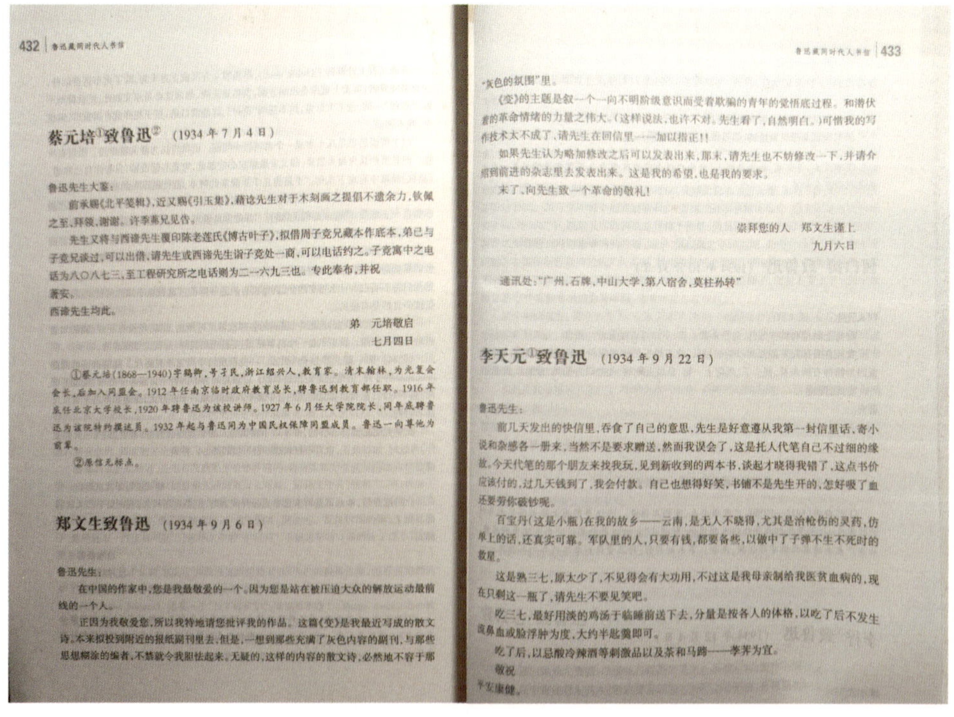

432 | 鲁迅藏同时代人书信

蔡元培[①]致鲁迅[②] （1934年7月4日）

鲁迅先生大鉴：

前承赐《北平笺谱》，近又赐《引玉集》，藉谂先生对于木刻画之提倡不遗余力，钦佩之至，拜领，谢谢。许季茀兄见告。

先生又将与西谛先生覆印陈老莲氏《博古叶子》，拟借周子竞兄藏本作底本，弟已与子竞兄谈过，可以出借，请先生或西谛先生诣子竞处一商，可以电话约之。子竞寓中之电话为八〇八七三，至工程研究所之电话则为二一六九三也。专此奉布，并祝

著安。

西谛先生均此。

弟　元培敬启

七月四日

①蔡元培（1868—1940）字鹤卿，号孑民，浙江绍兴人，教育家。清末翰林，为光复会会长，后加入同盟会。1912年任南京临时政府教育总长，聘鲁迅到教育部任职。1916年底任北京大学校长，1920年聘鲁迅为该校讲师。1927年6月任大学院院长，同年底聘鲁迅为该院特约撰述员。1932年起与鲁迅同为中国民权保障同盟成员。鲁迅一向尊他为前辈。

②原信无标点。

郑文生致鲁迅 （1934年9月6日）

鲁迅先生：

在中国的作家中，您是我最敬爱的一个。因为您是站在被压迫大众的解放运动最前线的一个人。

正因为我敬爱您，所以我特地请您批评我的作品。这篇《变》是我最近写成的散文诗。本来拟投到附近的报纸副刊里去，但是，一想到那些充满了灰色内容的副刊，与那些思想糊涂的编者，不禁就令我胆怯起来。无疑的，这样的内容的散文诗，必然地不容于那

鲁迅藏同时代人书信 | 433

"灰色的氛围"里。

《变》的主题是叙一个一向不明阶级意识而受着欺骗的青年的觉悟底过程。和潜伏着的革命情绪的力量之伟大。（这样说法，也许不对。先生看了，自然明白。）可惜我的写作技术太不成了，请先生在回信里一一加以指正！！

如果先生认为略加修改之后可以发表出来，那末，请先生也不妨修改一下，并请介绍到前进的杂志里去发表出来。这是我的希望，也是我的要求。

末了，向先生致一个革命的敬礼！

崇拜您的人　郑文生谨上

九月六日

通讯处："广州，石牌，中山大学，第八宿舍，莫桂孙转"

李天元[①]致鲁迅 （1934年9月22日）

鲁迅先生：

前几天发出的快信里，吞食了自己的意思，先生是好意遵从我第一封信里话，寄小说和杂感各一册来，当然不是要求赠送，然而我误会了，这是托人代笔自己不过细的缘故。今天代笔的那个朋友来找我玩，见到新收到的两本书，谈起才晓得我错了，这点书价应该付的，过几天钱到了，我会付款。自己也想得好笑，书铺不是先生开的，怎好吸了血还要劳你破钞呢。

百宝丹（这是小瓶）在我的故乡——云南，是无人不晓得，尤其是治枪伤的灵药，仿单上的话，还真实可靠。军队里的人，只要有钱，都要备些，以做中了子弹不生不死时的救星。

这是熟三七，原太少了，不见得会有大功用，不过这是我母亲制给我医贫血病的，现在只剩这一瓶了，请先生不要见笑吧。

吃三七，最好用淡的鸡汤于临睡前送下去，分量是按各人的体格，以吃了后不发生流鼻血或脸浮肿为度，大约半匙羹即可。

吃了后，以忌酸冷辣酒等刺激品以及茶和马蹄——孛荠为宜。

敬祝

平安康健。

《鲁迅藏同时代人书信》收录1934年9月6日郑文生致鲁迅先生的信及手稿

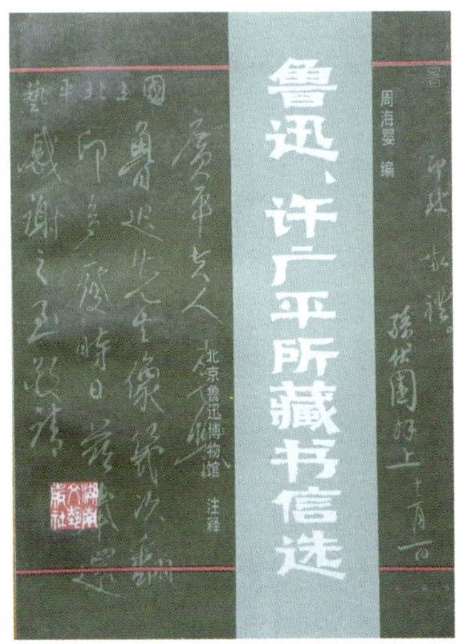

郑文生致鲁迅[1]

1934年

鲁迅先生：

在中国的作家中，您是我最敬爱的一个。因为您是站在被压迫大众的解放运动最前线的一个人。

正因为我敬爱您，所以我特地请您批评我的作品。这篇《变》是我最近写成的散文诗。本来拟投到附近的报纸副刊里去，但是，一想到那些充满了灰色内容的副刊，与那些思想糊涂的编者，不禁就令我胆怯起来。无疑的，这样内容的散文诗，必然地不容于那灰色的雾围里。

《变》的主题是叙一个一向不明阶级意识而受着欺骗的青年的觉悟底过程。和潜伏着的革命情绪的力量之伟大。（这样说法，也许不对。先生看了，自然明白。）可惜我的写作技术太不成了，请先生在回信里一一加以指正！！

如果先生认为略加修改之后可以发表出来，那末，请先生也不妨修改一下，并请介绍到前进的杂志里去发表出来。这是我的希望，也是我的要求。

末了，向先生致一个革命的敬礼！

崇拜您的人　郑文生谨上。

〔一九三四年〕九月六日。

· 128 ·

附 变　萧英

一个美丽而静谧的夏天底下午，我愉快的伴着一朵野花躺在一块凉快的青草地上。

轻微的凉风，象处女的辫发那么地软绵绵的，把那些浓绿的树林都吹拂得袅袅的，有如那些陶醉在华尔滋的旋律上的舞女那么地把身腰摇摆着。

蔷薇似的阳光，吻着鲜绿的叶尖，吻着辽远的紫青的远山微笑着。小鸟儿在绿林里歌唱，蜂蝶们在花丛中舞蹈。——啊啊！这世界是何等和平而美丽！

我愉快的躺着。一块美化了的花影，投到我的身上。令我感到一种难以形容的欢悦。于是，有一种抑制不住的微笑，便浮上我的唇边。

（远远的天边，仿佛有轻微的雷声。但是，谁去留意它呢？）

愉快的笑声，溢出了我的唇边，粉红色的花朵开在我的心上；还有，还有更美丽的梦，会开在有月亮的夜里。……

这时，我的肢腰经轻风吹软了，瘫瘫的，仿佛是躺在天鹅绒上。

（云外的雷声，更吼得厉害了；轰轰地。然而谁管他妈的屁（？）？）

我终于在这样的环境里入梦了。于是，我失掉了灵魂。……

· 129 ·

轰！轰！轰！

一阵震天撼地的雷声，陡的将我美丽的梦粉碎了。我出奇的擦了擦眼睛，最后，我竟惶惑地惊跳起来。

——呀！怎么世界会变得这样？

天空早已布满了浓重而漆黑的云块了。风，已成了一个勇敢的战士，勇猛的，在地面上怒吼起来。许多残余的东西，都给扫荡了。雷电，时时在山顶上迸出灿烂的火花来。

丛林，仿佛要倒塌了，很厉害的摇撼着，哀叫着。

青草，颠覆地动摇着。……

地上的小石子，滚动着。破屋瓦，给打落了；墙角边的苍苔也在一边发抖。……

接着，是一阵雄浑浑的，高壮的雨声。那雨点，象豆子一样，密密的横扫过来。于是，一切都震撼了，吼叫了。仿佛还有雄壮的呐喊，勇敢的冲锋："杀呵！杀尽一切阻挠社会向前发展的恶势力！"

风，跟破屋顶撞击着。雨，和不平的地面决斗着。雷电在山顶上怒吼着，呐喊着。

灿烂的火花，在这不平的地面上爆迸了！

啊！好悲壮的暴风雨呵！

我抖索地蜷伏在一个树林底下，偷看着。我看清了一切。但同时我却又心痛着，我悔恨我在过去失掉了的灵魂。

——啊！我明白了，我不能再受欺骗，不能再在梦中！

我这么叫了一声，便毅然的站起来，勇敢的奔向前去。

——啊啊！从此，我认清了我们的路了！

· 130 ·

真名——郑文生

通讯处——广州石牌中山大学第八宿舍莫柱孙先生转

〔1〕此信信封上写着："上海福州路四三六号文化生活出版社收转郑当世先生　广州郑寄　九月六日。"对于此信和附寄稿件的处理，《鲁迅日记》未见记载。

· 131 ·

《鲁迅、许广平所藏书信选》收录1934年9月6日郑文生致鲁迅先生的信以及散文诗《变》

（二）1936年10月初再次给鲁迅先生写信[①]

萧殷曾追忆1936年10月初给鲁迅先生写信的情况：

这半年来，我们一直注意着鲁迅先生，应该说，我们的文学活动，始终没有离开鲁迅。我们总是密切地注视着鲁迅的动向，把他当作我们斗争的旗帜。尤其在这革命更加复杂、更加艰苦的关头，盼望能得到他指导的愿望更加强烈了。正是在这时候，十月初，我怀着崇敬的心情，给鲁迅先生写了一封信。我向他简略地反映了广州反动势力的猖狂和与之斗争的形势，汇报了我正以杂文为武器参加了战斗。在这封信里，我还把散文《温热的手》[②]寄去，希望得到鲁迅先生的指教。

信寄出去后，我天天盼望鲁迅先生的回信。但没有料想到，这位伟大的文学巨匠在收到我的信十天后，竟与世长辞了。鲁迅先生只在十月九日的日记上记上一句："得萧英[③]信并稿。"噩耗传来，我们悲痛欲绝，天啊，我们心灵中的精神支柱仿佛失去了支点，都沉湎于悲痛之中。

——萧殷《我怎样走上文学道路》（《萧殷自选集》971页）

鲁迅先生1936年10月9日日记手迹：得萧英信并稿

1936年10月初萧殷给鲁迅先生写信，并附上散文《温热的手》。鲁迅先生于10月9日日记所记："得萧英信并稿。"

鲁迅全集·日　记

九日　昙。午后吴朗西来。得萧英信并稿。晚得费明君信，即复。内山书店送来《漱石全集》(十四)一本，一元八角。夜寄烈文及河清信，托登广告[2]。

十日　晴。上午张维汉君来。午后同广平携海婴并邀玛理往上海大戏院观《Dubrovsky》[3]，甚佳。下午三弟及蕴如

《鲁迅日记》1936年10月9日

① 萧殷写给鲁迅的第二封信，暂未发现原件。有关记录见《萧殷自选集》。

② 萧殷的朋友、作家陈芦荻说，他曾亲眼看过这篇作品。（郑心伶《他，伸出温热的手》，《百年萧殷纪念文集》307页）

③ 1936年开始，萧殷以"萧英"为笔名。

二、沉痛悼念鲁迅先生

（一）悼念文章

時候，不能接替魯迅先生的精神，而還祇斤斤於無謂的口號的爭論，破壞了統一戰線的陣營，防害了我們民族鬥爭的工作，這更是無限的痛心和不幸呢！

永別了，勇敢的戰士！

一個不幸的噩訊隨着一陣淒厲的秋風，在一個早晨飄到我的耳鼓邊來：啊，「魯迅死了！」

一位勇敢的奮鬥了二十餘年的老戰士死了，從此不但中國文藝界是一種絕大的損失，就是東方的文藝界也將減少不少的光輝。

尤其是在這暴風雨的前夜，魯迅先生的死，更令中國的大衆感到無限的悲痛。在這時期內，所有的青年正需要着精神的糧食，所有的大衆正急需着鬥爭的知識。在過去，魯迅先生已做了我們的保姆，他供給了我們不少的富於資養的糧食，同時也領導着我們向真理之路前進。

他是一個經了長期奮鬥的藝術家。在二十年前他已開始和舊社會決鬥。這種精神一直繼續到現在還沒有變更過。他時時都正視着現實，從真理的觀點上去暴露社會的醜態。他用冷酷而刻薄的筆鋒，抨擊着醜惡的現實，諷刺着舊社會的沒落，他從沒有寬容過敵人，他主張對待敵人要給以「最無情的抨擊。」

然而，他對于大衆卻現示得非常熱情，溫暖，幾乎每個中國的大衆都傾聽着他那充滿情熱的真切的聲音，而且每個大衆都喜歡去接受他的教訓，和高爾基一樣、他同樣是「大衆的保姆」。

然而，魯迅先生了，從此我們再不能聽到他那偉大而有光輝的教訓了。在暴露社會醜惡的戰士羣裏，現在又損失了最有力的一員。

於是整個中國的大衆都沉在極悲痛的泥澤裏。

但是，悲痛有甚麼用？魯迅先生在他的遺囑里，不是說「忘記我——管自己生活，倘不，那就真是糊塗虫」麼，對呵，我們先接受起先生的遺教吧。從此我們要跟着魯迅先生所走的路，用他那奮鬥的精神，去完成他那未完成的偉大的工程呵！

不要悲傷了，我們只要求大家將魯迅先生所教訓的，都在具體的工作上表現出來。

永別了，勇敢的戰士！

廿五、十、廿一。

現在這位時代的戰士，畢竟是長逝了，但是我們是應該承襲着這位戰士的偉大的精神，強固我們的戰線行進着！

一九三六，十一、二〇離廣州前一天

蕭英

1936年10月21日萧殷（署名萧英）悼念鲁迅先生的文章《永别了，勇敢的战士！》，发表在1936年《文学生活》第3卷第1期“哀悼鲁迅先生特辑”第4页

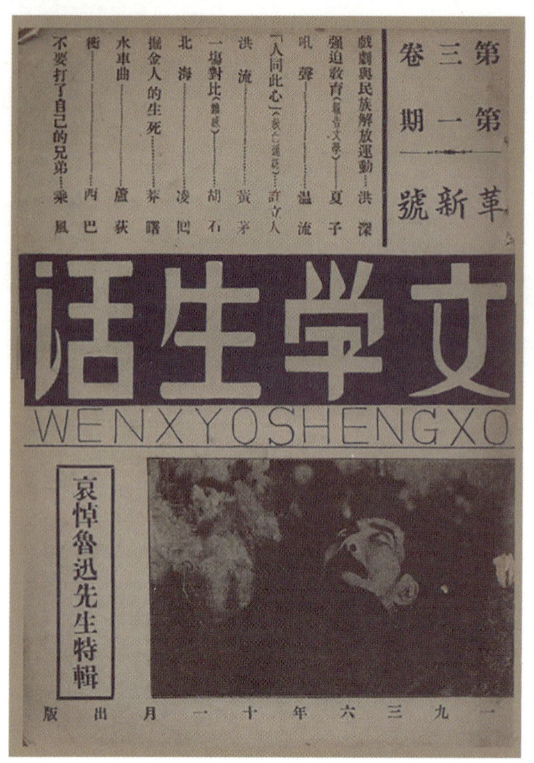

第三卷 第一期 革新號

戲劇與民族解放運動……洪深
強迫教育（報告文學）……夏子
吼聲……溫流
「人同此心」（救亡通訊）……許立人
洪流……黃茅
一場對比（雜感）……胡石
北海……凌問
掘金人的生死……莽曙
水車曲……盧荻
衛……西巴
不要打了自己的兄弟……乘風

文學生活
WENXYOSHENGXO

哀悼魯迅先生特輯

一九三六年十一月出版

《文学生活》[1]封面

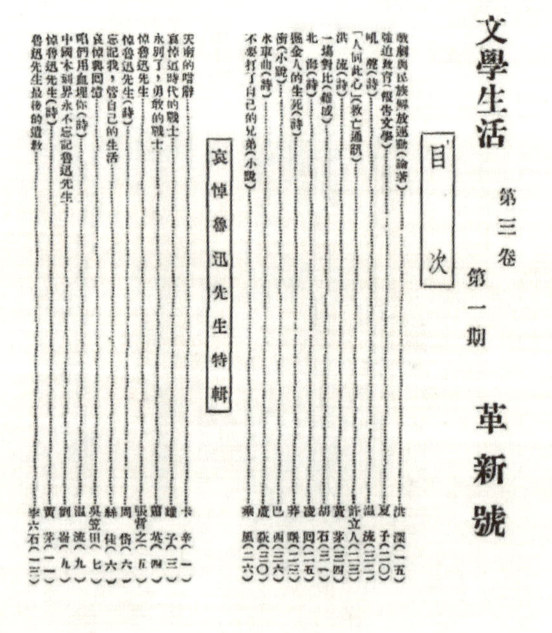

文學生活 第三卷 第一期 革新號

目次

哀悼魯迅先生特輯

《文学生活》目录

① 《文学生活》1935年在广州创刊，1936年11月15日出版第3卷第1期（革新号），1937年4月第3卷第5期停刊。吴笠田、叶春任编辑，由国立中山大学中国语言文学研究会编辑、中山大学售书处发行。

（二）参加追悼会

萧殷回忆道：

我和杜埃、楼栖[1]等参加了鲁迅先生追悼会。会堂设在文明路原中山大学礼堂里。许广平的妹妹许月平也参加了追悼会。杜埃在台上记录，发言者义愤填膺，声泪俱下，慷慨激昂，把追悼会变成对国民党反动派的控诉会。在礼堂的走廊上来回走动的便衣特务，本来打算破坏追悼会，却被礼堂里台下台上的愤激情绪所震惊，慑于群众的威力，他们始终不敢动手。

——萧殷《我怎样走上文学道路》（《萧殷自选集》971页）

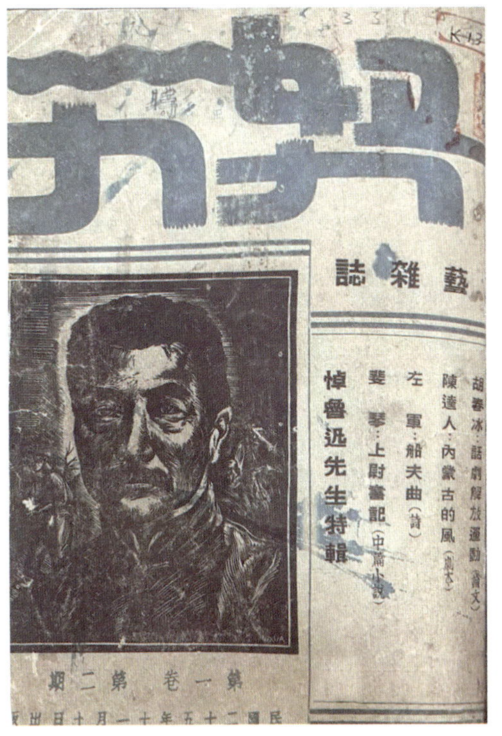

1936年11月10日出版的《努力》[2]文艺杂志第一卷第二期封面

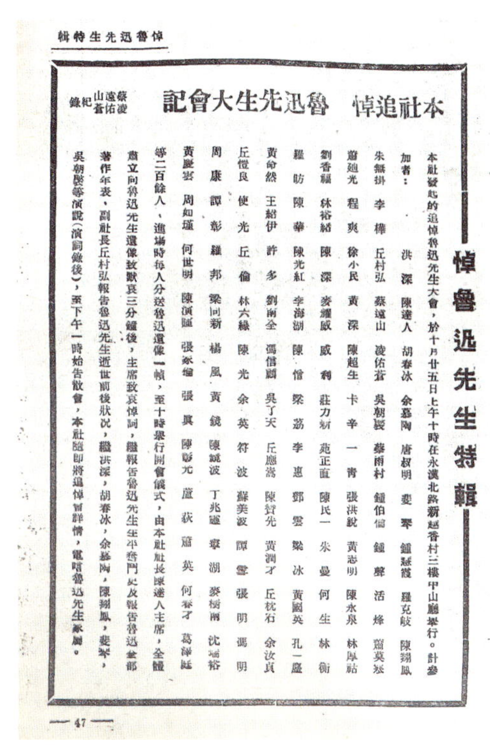

悼魯迅先生特輯

悼魯迅先生特輯

本社追悼魯迅先生大會記　蔡遠山　凌佑蒼　紀錄

本社發起的追悼魯迅先生大會，於十月廿五日上午十時在永漢北路新越香村三樓中山廳舉行。計參加者：洪　深　陳達人　胡春冰　余慕陶　唐叔明　麥　琴　鍾慧霞　羅克岐　陳翔凰　朱無掛　李　樺　丘村弘　蔡遠山　凌佑蒼　吳朝膺　蔡雨村　鍾伯偈　鍾　聲　活　烽　龐莫炎　龐廸光　程　爽　徐小民　黃　深　陳超生　卡　辛　一　青　張洪鋭　黃志明　陳永泉　林厚祜　劉香福　林裕紹　陳　深　麥耀威　威　利　莊力新　苑正直　陳民一　朱　曼　何　生　林　衡　羅　防　陳　華　陳光紅　李海湖　陳　愔　梁　荔　李　惠　鄧　雲　梁　冰　黃國英　孔一塵　黃命然　王紹伊　許　多　劉南全　馮信爾　吳丁天　丘應嵩　陳賀先　黃潤才　丘枕石　余汝貞　丘愷良　使　光　丘　倫　林六緣　陳　光　余　英　符　波　蘇美波　譚　雪　張　明　馮　明　周　康　譚　彰　羅　邦　梁同新　楊　風　黃　鏡　陳鐵波　丁兆謙　寧　湖　麥楊雨　沈瑞裕　黃慶雲　周如瑾　何世明　陳演鈿　張家倫　張　眞　陳彭光　盧　荻　寵　英　何春才　葛澤延等二百餘人，進場時每人分送魯迅遺像一幀，至十時舉行開會儀式，由本社社長陳遂人主席，全體肅立向魯迅先生遺像致默哀三分鐘後，主席致哀悼詞，繼報告魯迅先生生平奮鬥史及報告魯迅全部著作年表，副社長丘村弘報告魯迅先生逝世前後狀況，繼洪深，胡春冰，余慕陶，陳翔凰，斐琴，吳朝膺等演說（演詞從後），至下午一時始告散會，本社隨即將追悼會詳情，電唁魯迅先生家屬。

— 47 —

参加《努力》杂志社主办的追悼鲁迅先生大会者的名单

① 杜埃、楼栖都是萧殷三十年代在广州的战友。杜埃后任中共广东省委宣传部副部长，还曾兼任广东鲁迅研究会会长。楼栖曾任中山大学中文系副主任、教授。

② 该杂志于1936年10月10日创刊。

三、给上海复旦大学回信

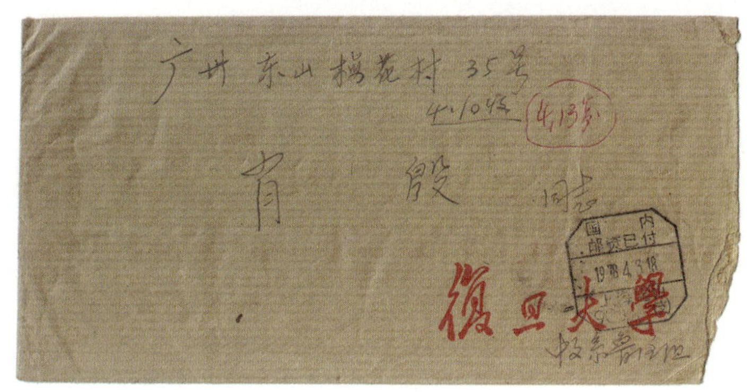

上海复旦大学中文系《鲁迅日记》注释组来信封面

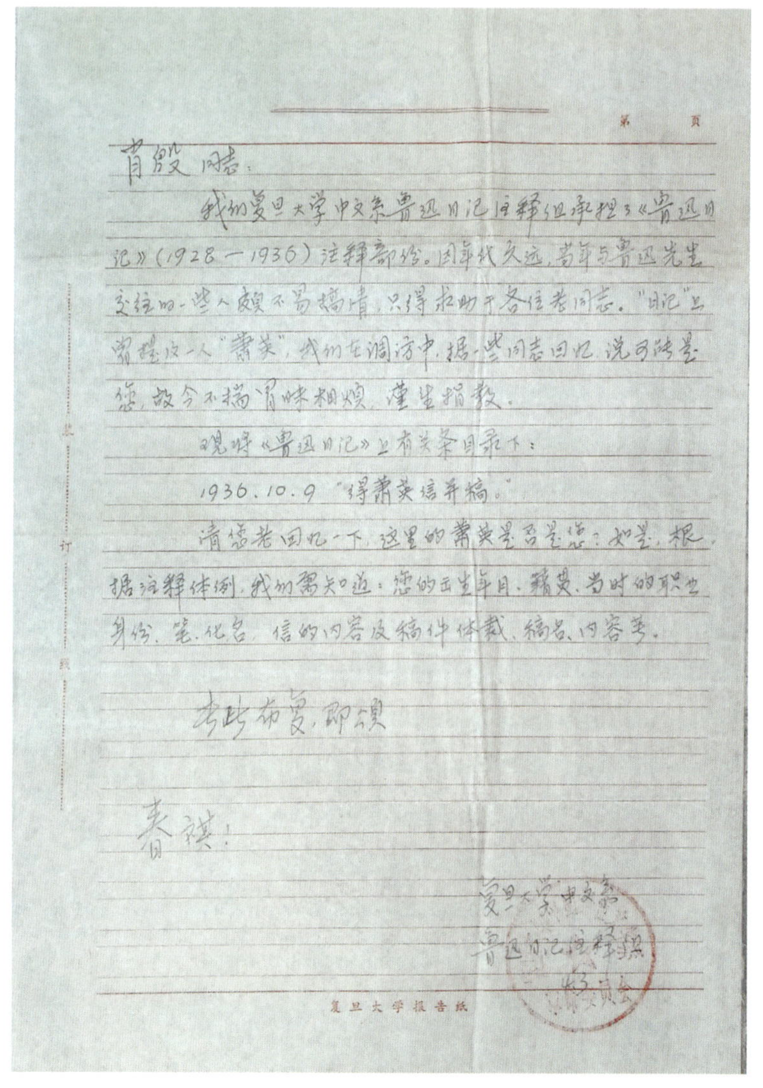

肖殷同志：

我们复旦大学中文系鲁迅日记注释组承担了《鲁迅日记》（1928—1936）注释部份。因年代久远，当年与鲁迅先生交往的一些人颇不易搞清，只得求助于各位老同志。"日记"上曾提及一人"萧英"，我们在调访中，据一些同志回忆，说可能是您，故今不揣冒昧相烦，谨望指教。

现将《鲁迅日记》上有关条目录下：

1936.10.9 "得萧英信并稿。"

请您老回忆一下，这里的萧英是否是您？如是，根据注释体例，我们需知道：您的出生年月、籍贯、当时的职业身份、笔名、化名、信的内容及稿件体裁、稿名、内容等。

专此布复，即颂

春祺！

复旦大学中文系
鲁迅日记注释组

复旦大学报告纸

上海复旦大学中文系《鲁迅日记》注释组来信

多年来，萧殷一直不知道鲁迅先生是否收到自己两次寄去的信和稿，直到四十二年后，1978年4月，萧殷突然收到上海复旦大学中文系《鲁迅日记》注释组的来信，信中写道：

萧殷同志：

我们复旦大学中文系鲁迅日记注释组承担了《鲁迅日记》（1928—1936）注释部分。因年代久远，当年与鲁迅先生交往的一些人颇不易搞清，只得求助于各位老同志。“日记”上曾提及一人“萧英”，我们在调访中，据一些同志回忆说可能是您，故今不揣冒昧相烦，谨望指教。

现将《鲁迅日记》上有关条目录下：

1936.10.9“得萧英信并稿。”

请您老回忆一下，这里的萧英是否是您？如是，根据注释体例，我们需知道：您的出生年月，籍贯，当时的职业，身份，笔名，化名，信的内容及稿件体裁，稿名，内容等。

专此布复，即颂

春祺！

复旦大学中文系

鲁迅日记注释组

4.3

萧殷收到这封信，无比感慨，深藏心中四十二年的记忆在脑海翻腾。他绞尽脑汁，尽量理顺模糊的记忆，于两天后迫不及待地回信。

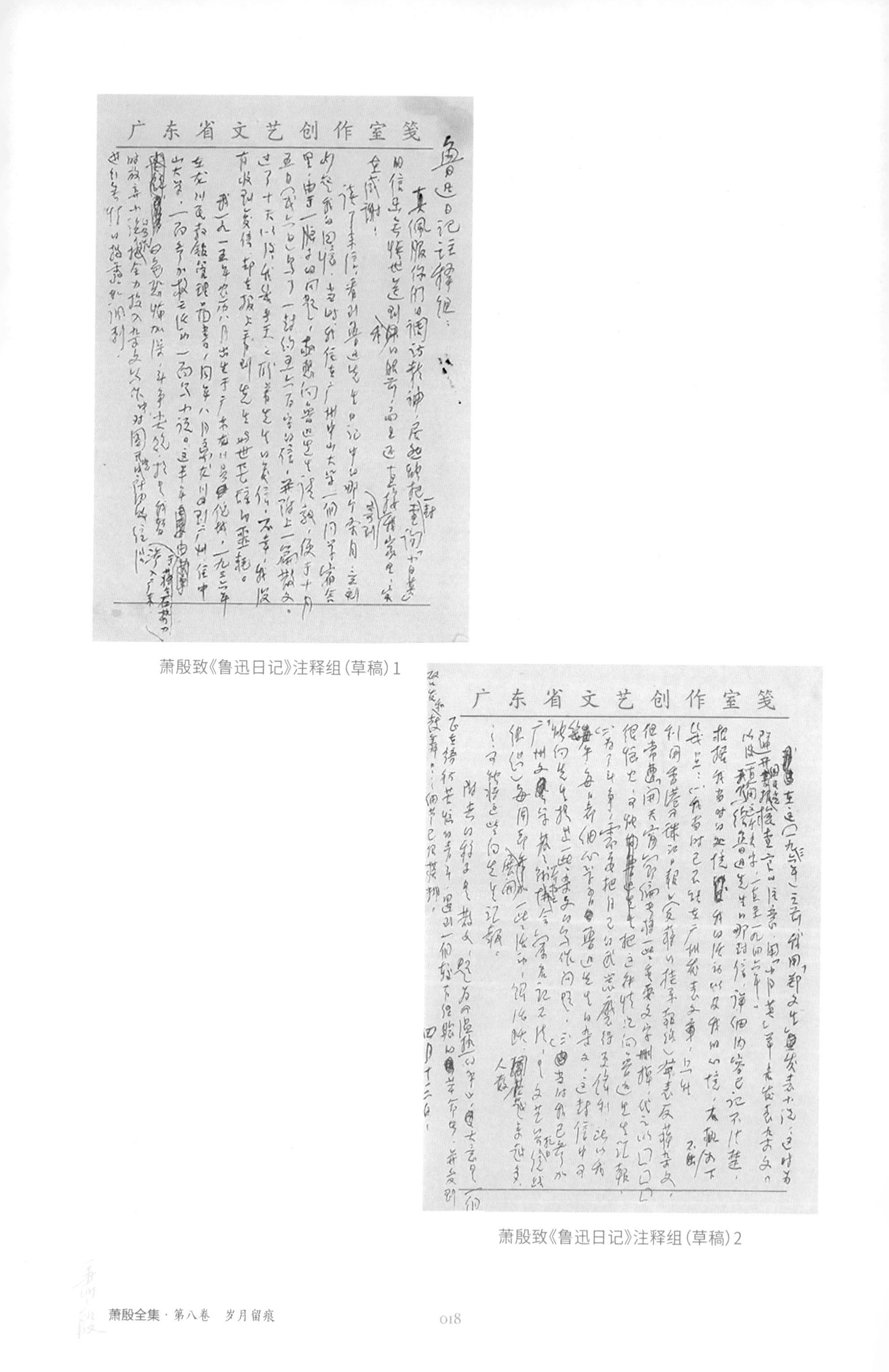

广东省文艺创作室笺

萧殷致《鲁迅日记》注释组（草稿）1

广东省文艺创作室笺

萧殷致《鲁迅日记》注释组（草稿）2

因无法找到信的原件，这里录用的是萧殷写信的草稿。内容如下：

鲁迅日记注释组：

真佩服你们的调访精神，居然把一封查询“肖英”的信函无误地送到我的眼前，而且还直接寄到我家里，实在感谢。

读了来信，看到鲁迅先生的日记中的那个条目，立刻勾起我的回忆。当时我住在广州中山大学一个同学宿舍里，由于一脑子的问题，亟想向鲁迅先生请教，便于十月五日（或六日）写了一封约五六百字的信，并附上一篇散文。过了十天以后，我几乎天天盼着先生的复信，不幸，我没有收到复信，却在报上看到先生与世长辞的噩耗。

我一九一五年农历八月出生于广东龙川县佗城，一九三六年在龙川民教馆管理图书，同年八月离龙川到广州，住中山大学，一面参加救亡运动，一面写小说。这半年由于蒋介石势力渗入广东，白色恐怖加深，斗争尖锐，于是我暂时放弃小说写作，把全力投入杂文写作中，对国民党政府的腐败统治进行无情的揭露与讽刺。

在这（一九三六年）之前，我用“郑文生”发表小说，这时为避开国民党书报检查官的注意，用“肖英”笔名发表杂文。以后一直用这个名字，一直至一九四六年。

我写给鲁迅先生的那封信，详细内容已记不清楚，根据我当时的处境，我的活动以及我的心境，大概不出如下几点：（一）我当时已不能在广州发表文章，只能利用香港《珠江日报》（反蒋的桂系报纸）发表反蒋杂文，但常遇“开天窗”（即编者将一些重要的文字删掉，代之以□□□……）很恼火，可能把这种情况向鲁迅先生汇报。（二）为了斗争，需要把自己的武器磨得更锋利，所以几乎每日都细心学习鲁迅先生的杂文，这封信中可能向先生提出一些杂文的写作问题。（三）当时我已参加“广州文学艺术界救亡协会”（原名记不清，是文艺界抗日统战组织）每周都展开一些活动，很活跃，人数越来越多，……可能将这些向先生汇报。

附去的稿子是散文，题为《温热的手》，大意是一个正在彷徨苦恼的青年，遇到一个较有经验的革命者，并受到启发和鼓舞……细节已很模糊。

四月十三日（1978年）

四、赓续鲁迅精神

没有机会得到鲁迅先生的亲自指导，是萧殷终生的遗憾，但是把鲁迅当作自己的旗帜与楷模，萧殷恪守一生。萧殷在其逝世前一年编纂的《萧殷自选集》中，三十多次提及鲁迅及其作品①。直到去世前一年，萧殷还在与广东鲁迅研究学会的学者研究鲁迅，提出合写《学习鲁迅札记》。

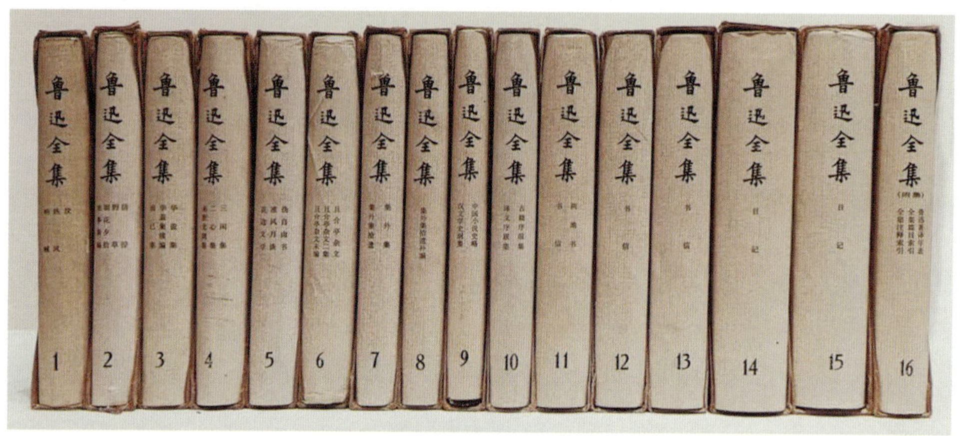

萧殷收藏的《鲁迅全集》

萧殷收藏的部分鲁迅研究书籍

① 请见《萧殷自选集》序言页码第6，正文页码第5、8、12、55、209-210、214-216、234、241、275、279、331-332、357-360、362、412、436、437-439、463、465、489、634、663、971。

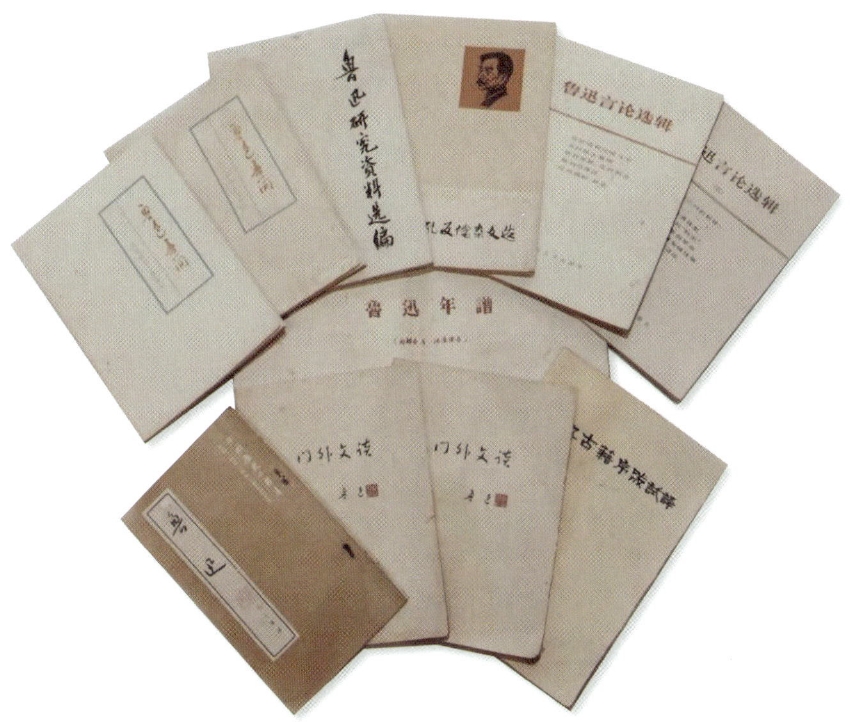

萧殷收藏的部分鲁迅研究资料

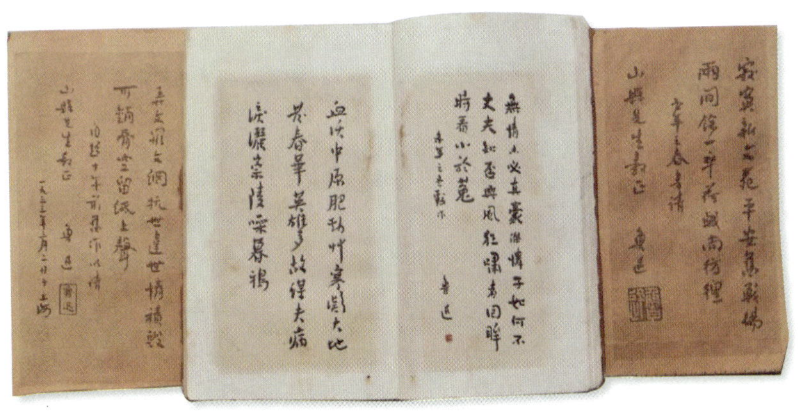

萧殷收藏的鲁迅手迹字帖

1981年至1982年，萧殷曾经把鲁迅与青年问题列为自己的一个研究计划。为此，他曾经多次约谈时任广东鲁迅研究学会会长郑心伶，请郑心伶为他收集有关资料，并计划与郑心伶合写一组“学习鲁迅札记”的文章。

郑心伶根据当时的日记，整理了一个提纲，从中可以一窥萧殷晚年的研究计划：

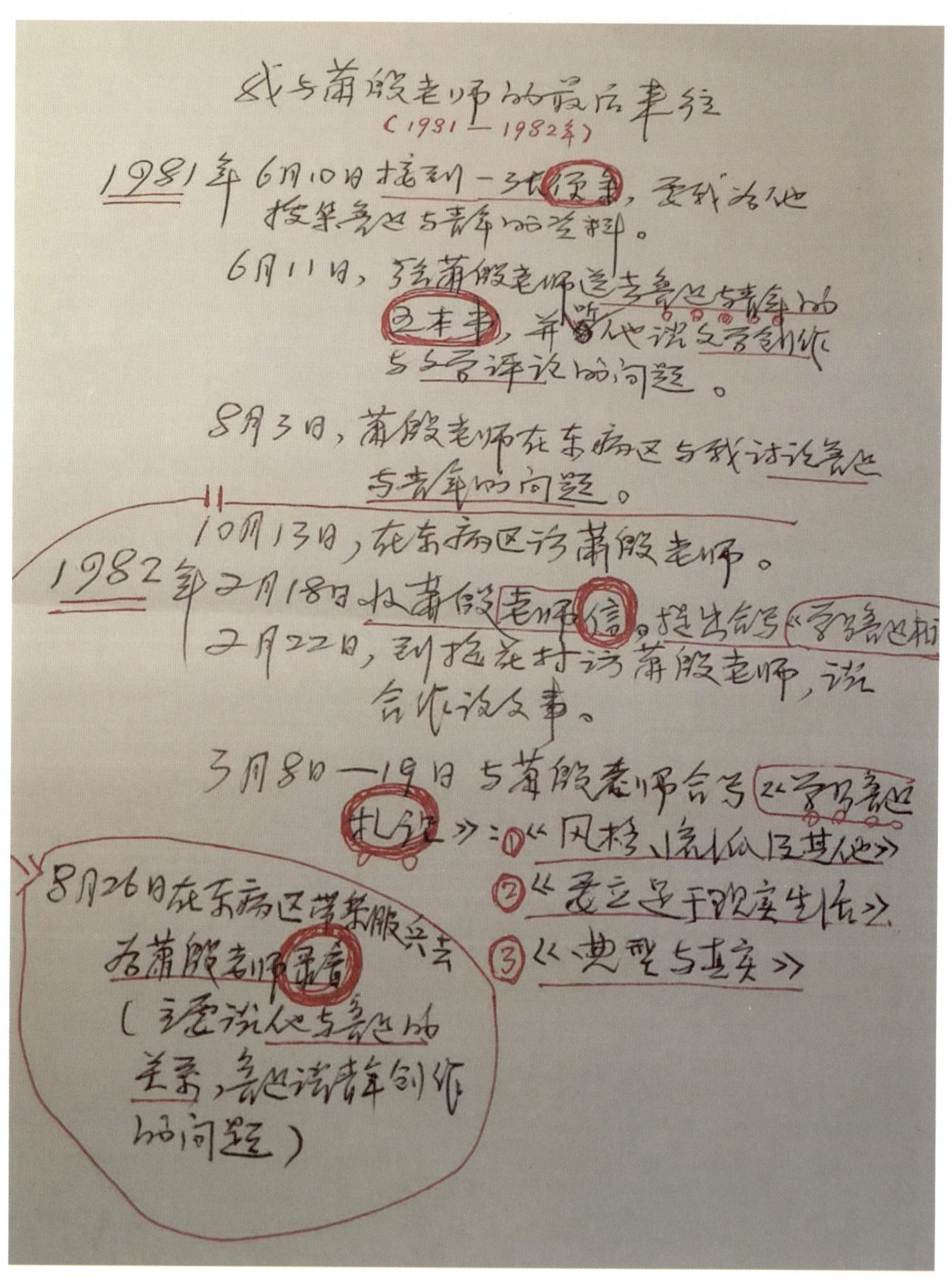

我与萧殷老师的最后来往
（1981—1982年）

1981年6月10日接到一张便条，要我为他搜集鲁迅与青年的资料。

6月11日，给萧殷老师送去鲁迅与青年的三本书，并听他谈文学创作与文学评论的问题。

8月3日，萧殷老师在东病区与我讨论鲁迅与青年的问题。

10月13日，在东病区访萧殷老师。

1982年2月18日收萧殷老师信。提出合写《学习鲁迅札

2月22日，到梅花村访萧殷老师，谈合作写文事。

3月8日—19日与萧殷老师合写《学习鲁迅札记》：①《风格、流派及其他》②《要立足于现实生活》③《典型与真实》

8月26日在东病区带梁鹏兵去为萧殷老师录音（主要谈他与鲁迅的关系，鲁迅谈青年创作的问题）

我与萧殷老师的最后来往

（1981—1982年）

1981年

6月10日，接到一张便条，要我给他提供鲁迅与青年的资料。

6月11日，给萧殷老师送去鲁迅与青年的五本书，并听他谈文学创作与文艺评论的问题。

8月3日，萧殷老师在（广东省人民医院）东病区与我讨论鲁迅与青年的问题。

8月26日，在东病区带黎服兵[①]去为萧殷老师录音（主要谈他与鲁迅的关系，鲁迅谈青年创作的问题）。

10月13日，在东病区访萧殷老师。

1982年

2月18日，收萧殷老师信。提出合写《学习鲁迅札记》。

2月22日，到梅花村访萧殷老师，谈合作论文事。

3月8日—19日，与萧殷老师合写《学习鲁迅札记》[②]：

（1）《风格、流派及其他》

（2）《要立足于现实生活》

（3）《典型与生活》

---

① 黎服兵（1950— ），当代诗人韦丘之子。曾在广东鲁迅研究小组工作，先后担任岭南美术出版社副社长、广东省新闻出版技师学院党委书记。

② 《学习鲁迅札记》的三篇论文已经基本定稿，但直至萧殷去世未曾发表，而且一直未找到文稿。郑心伶曾从日记中提炼出三篇札记的论点发表于《百年萧殷纪念文集》中：

关于风格、流派：二者离不开时代、社会、环境，也与民族传统、民众土壤（即民族性、地方性）有血肉关系。特别是地方色彩，萧殷老师最赞赏鲁迅的一句名言："有地方色彩的，倒容易成为世界的，即为别国所注意。"他希望青年作者要好好向鲁迅学习，写出"自己的世界"，画出"民族的灵魂"来，即使"和世界的时代思潮合流"，也不能"梏亡中国的民族性"。至于"拿来"与"引进"的问题，他认为，既要"审己"，又要"知人"，即不让"眼光囚在一国里"，要"取法于外国"，又善于"变成我们自己的"。这样，各家风格、不同流派才能群星闪烁，百花齐放，相得益彰。

关于现实生活：既要认真深入，又要敢于正视。萧殷老师激励有作为的青年作者，要像鲁迅那样，"取下假面，真诚地，深入地，大胆地看取人生并且写他的血和肉来"。创作要立足于现实生活，这是鲁迅反复强调的。萧殷老师一再告诫青年作者，要"踏在实生活的地盘上"，做生活的主人而不是客人。唯此，才不至于"瞒和骗"，不至于胡编乱写。

关于典型与真实：真实是典型的基础，越是典型的就越真实。这是艺术辩证法。也是萧殷老师学习鲁迅文艺思想最注重的一个核心问题。他特别以阿Q为例，高度评价鲁迅创造艺术典型的空前成功，希望青年作者为创造社会主义的新人典型，而注入一片真情、热情，在"真"字上下足功夫。他极力反对从报纸上"抄"典型，或关起门来"造"典型。有些人堕入创作歧途，就是由于不懂得什么叫艺术典型，不懂得艺术典型来源于真实生活。这些，就是萧殷老师急于要借助鲁迅来引导青年作者的根本原因。

（郑心伶《他，伸出温热的手》，《百年萧殷纪念文集》308-309页）

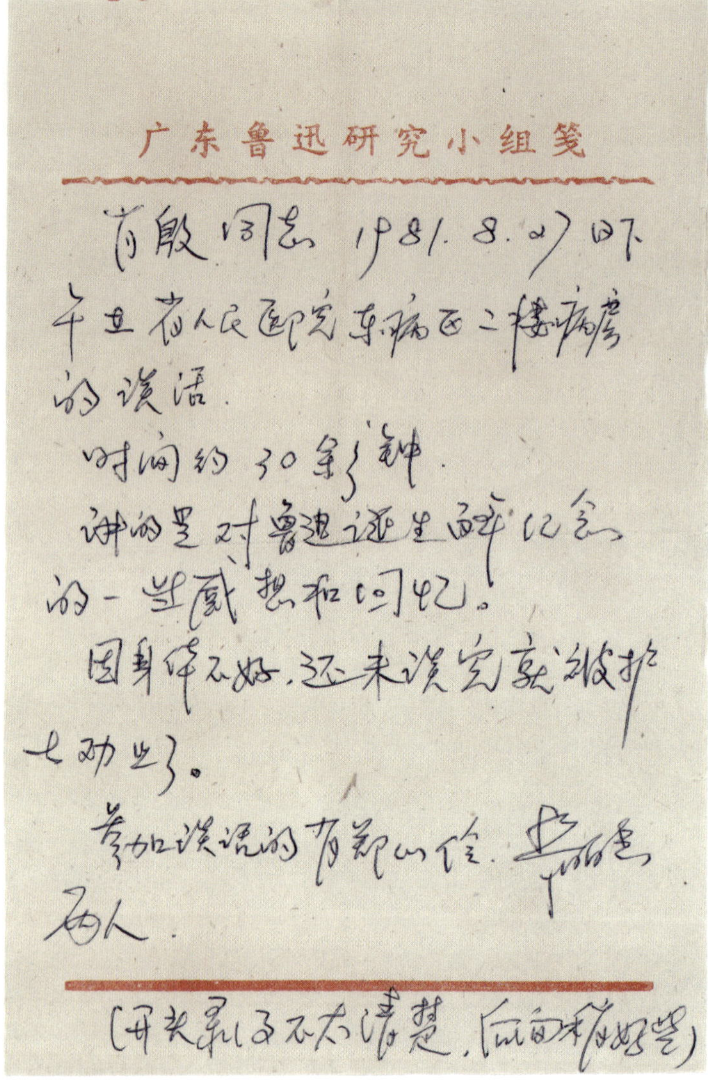

广东鲁迅研究小组笺

肖殷同志1981.8.27日下午在省人民医院东病区二楼病房的谈话。

时间约30多分钟。

讲的是对鲁迅诞生百年纪念的一些感想和回忆。

因身体不好，还未谈完就被护士劝止了。

参加谈话的有郑心伶、黎服兵两人。

（开头录得不太清楚，后面稍好些）

萧殷谈话与录音情况的便签（郑心伶的助手黎服兵记录）[①]

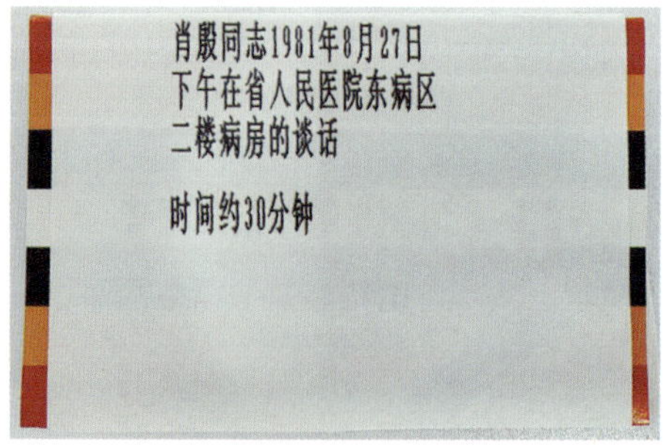

肖殷同志1981年8月27日
下午在省人民医院东病区
二楼病房的谈话

时间约30分钟

萧殷的谈话录音带

① 录音带及便签上的日期为1981年8月27日，根据参加采访的郑心伶的日记，实际应为1981年8月26日。

1981年7月，萧殷应湖南人民出版邀请到长沙参加文学创作学习班，期间因操劳过度晕倒，经抢救脱险，回广州后住进广东省人民医院东病区。当病情稍有好转，8月26日下午，萧殷迫不及待在病房接受了郑心伶与黎服兵的采访，并留下了30多分钟的采访录音。

萧殷谈话内容（摘录）

……从很年轻的时候，就感觉国家的问题、社会的问题，要采用杂文做武器。因为战斗任务很重，所以那时候给鲁迅先生写了一封信。（他是十月九号收到我的信，他十九号就去世了。）写信的同时，我也寄了一篇散文，那封信的内容大概是按照当时的形势提出这么一些问题。（类似这些问题，详细点的内容我要回去找写给复旦大学的回信。前几年他们还到广州去找我了解。）另外，我寄了一篇散文给他，叫《温热的手》，不是温暖的手，是温热的手，记得是写一个老革命对一个彷徨的青年人，使他得到很大的鼓舞。我写的《温热的手》这篇散文（现在都没办法找到），在（广州）《市民日报》发表的，寄给鲁迅先生以后我就发表了。我记得陈芦狄读过，说很喜欢这篇散文。

当时写的很多小说散文，这些发自真实感情的小说散文，现在都找不到了。

后来，前年，复旦大学不知道怎么知道我的地址，居然知道梅花村35号二楼！因我原来的名字是写英雄的“英”，英勇的“英”，不是写这个“殷”。这个“殷”是46年改的。他们当时寄到家里来，我就比较详细地做了个回答——（给鲁迅）那封信大概写了什么内容，那个散文写了什么内容。现在我这封信和散文的原文都没有了。

在写小说的阶段，1932年到1935年，大概写了发表了三四十篇小说，那时候写了很多。到36年，那时候感觉战斗任务很重，就写杂文。

我那时就住在中山大学。我就向鲁迅先生请教，向鲁迅先生提出这些问题。那时候因为国民党检查很严格，我也不可能把那些问题写得太明显了，毕竟他也不会太明显地回答。这都会比较含蓄，在一些大的问题上给予指点。

这篇散文我后来带到上海去了。那些小说后来我还带到延安去了。

我当时写小说，就是摸索的阶段。那时候就感觉到很希望得到导师的指点。而国文教师就是国文教师，他不能指点写小说。现在有很多年轻作家，以为你是国文教师，就是什么文字不通的东西都拿来给你。我说不是这样的。我从小就知道，一些国文教师，他不能指导你写小说，写文学作品。在某些结构，某些章法，某些文字等方面，他才可以帮帮你的忙。

毕竟搞塑造形象，从零零碎碎的生活，塑造一个有生命有个性的形象，这个东西，国文教师不行，往往这些东西就要请教有经验的作家。

那个时候，我自然就想到鲁迅先生。但我也知道他很忙，所以一开始曾经好几次想到给他写信，也不敢写信。原因是知道他肩负的任务很紧张，他很多工作。尽管有很多人鼓励我写信给他，我都没写。一直到36年，才试着写了一封信给他，希望得到他的回信。

所以为什么我有一种心情，到现在都还有这种心情，就是青年作者写作，很希望有人指导一下这个创作的规律，当时非常需要。那时候有一本书叫《小说作法》，汪配之写的。那东西是骗人的。这样写作结果就是千篇一律。真正的创作规律是有的，就是需要指导。

我记得解放以后，我回到家乡去，翻开一本日记，三几年写的。那时候呢，很多人都自己摸索，读小说读的。那个时候就遇到人物和情节的关系。那时候就在摸索，如果人物写得不生动，那情节就很假了。这些都是规律。但是那时候都没有人知道这些规律。

……因此那个时候，很希望得到一些比较有经验的作家来指导写作，所以自自然然就想到了鲁迅。而鲁迅先生呢，我现在看日记，以及后来看到的许多的关于鲁迅关心青年的文字，我就明白，他的确是对培养青年很热心，很关心青年的成长，总希望青年成长。将来中国的希望，的确就是要靠这些青年成长起来。

从鲁迅关于创作，关于人物，关于文路这样一些从他的句子和文字上可以看得出来。他的确是这样子，他总是希望关心青年。他当时辅导的一些青年是很好的。有一些拿来稿子给他看，他就看了，看了就帮他们出版，像萧军，萧红，叶紫等。

更多的是关于当时苏联文学，还有一些俄罗斯文学，有一些翻译出来的稿子，他们即刻给鲁迅看，看完之后，鲁迅想办法出版，出版不了就自己拿钱自费出。就这样子，他的确在这方面是出了很大力的。

我们现在这些大作家，从各方面来说，要像鲁迅那样这样对待青年人，到目前为止，是实现不了的。鲁迅当时有他的地位，有他出版的一些关系，还有他的一些稿费。现在呢，有谁能够做到出版社能自己先批给青年出版一本书，那是不可能的！

他的另外一方面，我就看了很多。鲁迅关于创作方面虽然是零零碎碎的论述，是很精彩的，是谈创作规律的。鲁迅是很懂得创作规律的。我们可以把这些集中起来，就是一方面一方面去谈创作——生活方面的关系，历史，时代和创作的关系，等等。这些方面，鲁迅讲得很精彩。

如果青年在写作时碰到问题，就需要鲁迅先生来解决这个问题，（也不现实）。这里面有两个方面的原因：第一个原因，就是当时的青年不善于、不会提出这些问题；另外一方面呢，鲁迅先生也没有时间来回答这样一些具体的问题。所以在当时有选择的不太多，就怎么来指导青年、怎么来辅导青年，具体的怎么辅导法，这个不懂。

鲁迅先生关心青年，培养青年这种传统，对中国的文艺界，是很好的或者说是很积极的。

现在，我们需要到底层去培养青年，指导青年。就我所知，到各个省去，又会碰到很多青年，或者接到的一些信，这些都是困难的问题。特别是现在编辑部，对于那些来信，争取逐个回复不易。所以他们需要得到一些帮助是很困难的。让他们得到一些起码的帮助，不能太具体的，这条道路走对了没有？我们现在的状况就是这样一种矛盾。

我除了写自己一些文章之外，曾经给青年写过一些信。有一些人来信中什么都写，所以在对所有青年指导不指导这些方面，跟鲁迅先生是不能比的。

写作上，必须刻苦努力，呕心沥血的，有些人总以为写作有一种秘诀。那时跟我写信的有些人，是这样说的：我知道你身体也不太好，家里也很忙，即使回信三几行字都可以，就要把秘诀告诉我。而且根据这个秘诀指导每一篇小说、每一篇作品都能够发表。

这样的一种秘诀实际上是不可能有的。这种信我一般不回。因为这种人，回他信根本没用处，他根本不了解创作是什么回事。我刚才讲，写小说呢，要从生活中来。生活中，这一点，那一点，东一点，西一点，非常零碎，只要能够集中抓住特征，而且把这个特征进行艺术的概括，造成一种有生命的、有个性的，甚至是有骨气，有气血的这么一些人。而且这些人，（以及）构成这些人的关系，就变成了情节。要创造这样的一种东西，靠文章的一种作法，是做不到的。

所以鲁迅先生极力反对这种东西是很有道理的。鲁迅先生反对这种东西，他就说这种东西不用回答太多。他回答的很多问题，关于文学创作的一些问题，都是规律性的东西。我感觉那个东西很有用，到现在还是真的学到东西的。所以我们如何学鲁迅，并不是在做梦。

……我们要认真学习鲁迅的东西，首先对生活的态度，生活就是非常严肃的嘛。鲁迅的几篇东西都很精短，《孔乙己》《祥林嫂》《故乡》这些短篇，《阿Q正传》，都是不朽的作品。他这里首先不是说技巧有问题，首先谈的就是生活的意义，深度的问题，谈得很深。

我们现在呢，恰好相反。我们的很多青年，杂志发表什么，就模仿什么。所以正是这些表面现象，谈不上什么深度，认识上的东西并不多。

鲁迅的几篇东西都是了不起的。鲁迅先生很严肃，而且我看他那个文章，鲁迅先生本人对人非常真诚的，对人很真诚。这一点是第一个，要很认真的研究生活。第二个呢，写小说要讲真话，要诚恳，你不要讲假话就行了。像这个东西，我本来讨厌它的，我硬要表示很爱它，那就写不好的。

其他的技巧问题呢，那就很难讲咯。每一篇都不一样。每一篇的表达，都需要一定的生活技巧，没有固定的格式。

我说首先要像鲁迅那样，首先是一个作家去深入地研究生活，对生活有深刻的理解，像哲学家、思想家这样子。其次，他对人，对文章，他的杂文都是这样讲真话。这一点是最重要的。跟鲁迅先生可以学的东西很多，这些地方，我们现在最需要的，就是这些东西。

去年我到农村里去。有一次我见到二十年前辅导过的一个作者。我曾指导他写的《二战必胜奇迹》在《羊城晚报》发表。后来我在《习艺录》上面说这篇文章是我真正给他指导的。1964年写的吧，到现在快二十年了。我这样跟他讲，我说你啊，按照时间，应该是冲破这个文学之门，走到门后头去，而你现在呢，还在门外头那里转，转来转去，还没有入门，还没有进门。这是什么道理呢，主要的障碍就是一个名一个利，就是这两个东西。他现在住在农村。我说你住在农村，等于是很多题材，农村的题材很多的，丰富得很……

通过萧殷的忆述，我们可以看到，萧殷可能已经完全不记得自己早在1934年就给鲁迅先生写信。所幸鲁迅先生完好保留了萧殷第一次给他的信稿，并且在日记中保留了萧殷第二次给他信稿的记录，令这两段历史得以重新整合再现。

如果萧殷在天有知有感，定会为鲁迅先生对自己的关注与关怀泪飞倾盆。

郑心伶在《他，伸出温热的手——兼谈萧殷与鲁迅》中说：

萧殷老师的文学生涯是与鲁迅密切相关的。他的创作道路、文艺思想，尤其热爱、扶植、培养青年作者方面的业绩，更与鲁迅的影响分不开。

由于工作关系，与萧殷老师直接接触的机会多了，我便越来越清晰地从他身上看到一个活的鲁迅，深切体会到鲁迅当年是怎样培养青年作者的。他，向我们伸出的永远是温热的手。

萧殷一生都以鲁迅先生为榜样，不仅在开展文艺批评的时候，表现出明确的是非观念，而且以鲁迅“俯首甘为孺子牛”的精神，坚持一生热心帮扶文学青年。

鲁迅，是萧殷文学创作的楷模，更是他道德品格的标杆。

第二章 / 散落的花瓣

ZHONG GUO
XIAN DAI
ZUO JIA
BI MING
SUO YIN
中國現代作家筆名索引

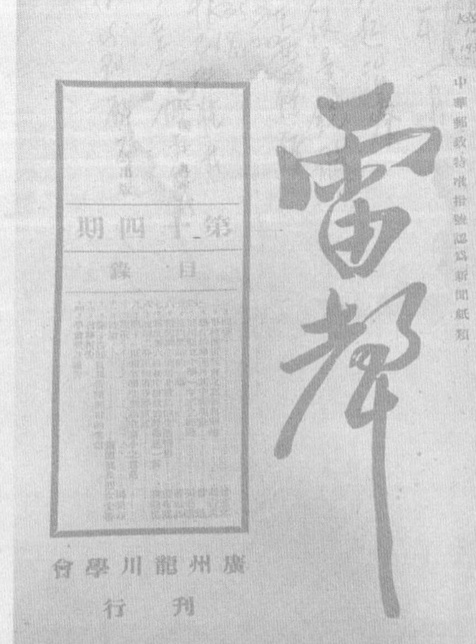
中華郵政特准掛號認爲新聞紙類
雷聲
第十四期
目錄
廣州龍川學會
刊行

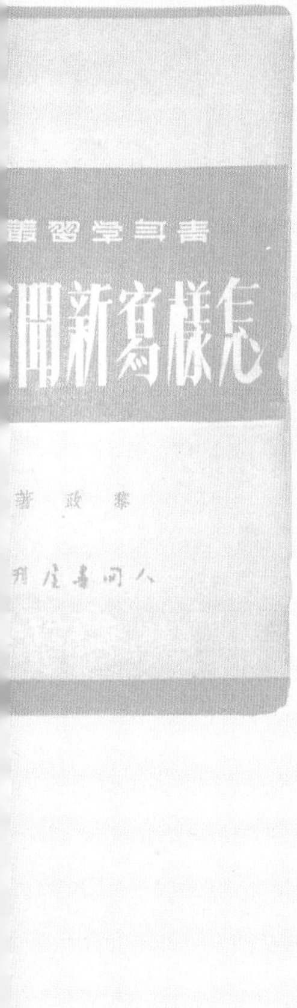

萧殷早年写过许多文学作品，体裁包括小说、散文和诗歌等，这些八十多年前创作的作品大部分发表在不同时期的不同报刊上。由于身处乱世，迫于环境险恶，萧殷不得不隐姓埋名，先后使用过的笔名有18个之多。一些未能保留下来的作品如同纷飞的花瓣，四处散落在时间的长河里。中华人民共和国成立后，萧殷不愿自己的作品被埋没，多方托人寻找这些早期散失的作品，几番辗转，得以收回部分并编入《萧殷自选集》。萧殷逝世后，萧殷研究工作者们继续从不同渠道寻回许多萧殷曾经提到及不曾提到的作品。他那些发表在1935年至1936年《广州民国日报》副刊《东西南北》、《广州市民日报》副刊、《岭东民国日报》和香港《珠江日报》副刊《江声》上的早期文学创作成果，为日后萧殷从事文艺理论研究奠定了基础。

一、文学遗珠

（一）搜寻散落作品

三十年代初期的短篇小说数十篇，因找不到当时的出版物，付诸阙如。抗战中的报告文学都找不到当时的报纸，待查。此外，在这期间（特别是在抗战期间）曾写过一些文艺论文，因一时找不到，都未编成集子。

——1980年萧殷填写的干部履历表

1980年5月9日，萧殷在广州梅花村家中接待来访的美国学者林培瑞，回答了林培瑞关于当代文学发展的轮廓以及当代文学发展需要解决的问题，谈及这两个问题之后，萧殷谈到了自己的文学经历。

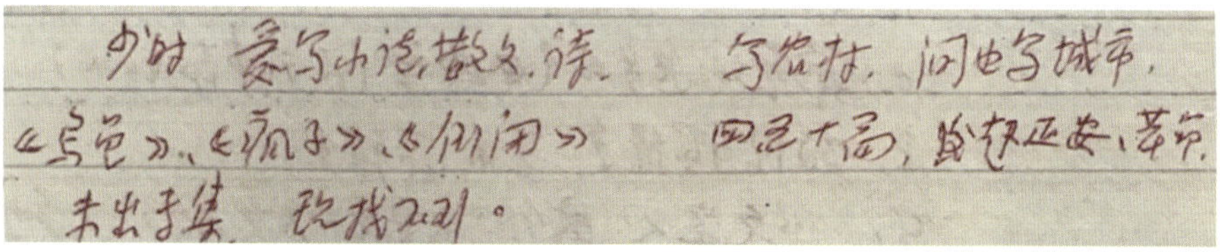
少时 爱写小说.散文.诗. 写农村. 间也写城市.
《乌龟》.《疯子》.《倒闭》 四五十篇，后赴延安.革命.
未出专集. 现找不到。

萧殷在笔记本记下的部分谈话内容提示

少时，爱写小说、散文、诗。写农村，间也写城市，《乌龟》《疯子》《倒闭》四五十篇，后赴延安、革命。未出专集，现找不到。

从此可见，萧殷对“未出专集，现找不到”耿耿于怀。

1. 请张幼峰寻找早期作品

1981年，花城出版社准备出版《萧殷自选集》，萧殷计划把自己早期作品归入集内，为此，萧殷写信请时任中山大学党委书记的张幼峰帮忙寻找。信中，萧殷详细叙述了当年的小说发表时间、笔名及所发表的报纸、刊物名称。

幼峰同志：

很久不见，你近来好吧？我去年在东病区住了八个月，病情不仅不见好转，反而愈来愈严重，肺气肿已发展成为肺心病，常气闷，且心力衰竭。表现为呼吸困难，四肢无力。今年一月我发现医生当作灵丹妙药的抗菌素不仅不能起治疗作用，而副作用都十分显著——我的食欲萎缩了，饭量锐减，体质一天不如一天，其实病情不仅没有减轻，而是在恶性循环中发展，于是我要求出院。

由于最近奇热，我的住宅又成危楼，省委于去年已批准我搬回梅花村二十号（现改为四号），由于各方面扯皮，至今仍未能搬成，不得已，于七月底来暨大避暑。但住招待所到底不是长久之计，待天气稍凉后拟回梅花村去。

最近广东人民出版社要我编集一本《自选集》约五十万字左右。我打算把早期所发表的作品编入集内。但苦于无法找到。三十年代，我的小说大部分发表于《广州民国日报》的副刊《东西南北》上（当时楼栖、杜埃也在这一副刊发表小说）。曾到广州中山图书馆，上海徐家汇藏书楼和一些县城图书馆寻找，均未如愿。最近听几位（专）家透露：中山大学的内部资料室，藏有一些珍贵报刊，内有《广州民国日报》，及《广州市民日报》。麻烦你切实问一下。如有，希望告诉我，我打算再托人去找，再复印。我的作品主要刊于一九三五年春到一九三六年秋一年半多的《广州民国日报》副刊上。此外，还有些作品发表于一九三六年下半年《广州市民日报》副刊上。当时我发表这些作品所用的笔名是“郑文生”。也用过“鲁德”笔名。在《广州市民日报》发表文章时可能用“萧英”这个笔名。

这一次，恳请你无论如何要鼎力帮帮忙。这是我唯一的希望了。如果这次在中大也找不到，我的那批小说（至少三十多篇）便埋没了。

2. 托付邹育根[1]寻找早期作品

1982年9月底，萧殷在暨南大学为文艺学硕士研究生指导论文，邹育根作为《萧殷传》写作三人组之一（另外两人为蔡运桂、游焜炳）前往拜访并收集写作资料。萧殷托付邹育根寻找早年发表在《广州民国日报》副刊《东西南北》上的作品。邹育根受托后，用近一个月时间分别在广东省立中山图书馆、华南师范学院图书馆，认真查阅了当年报刊并寻回了萧殷发表的大部分作品。10月23日，邹育根复信萧殷，告知已经找到的作品目录。

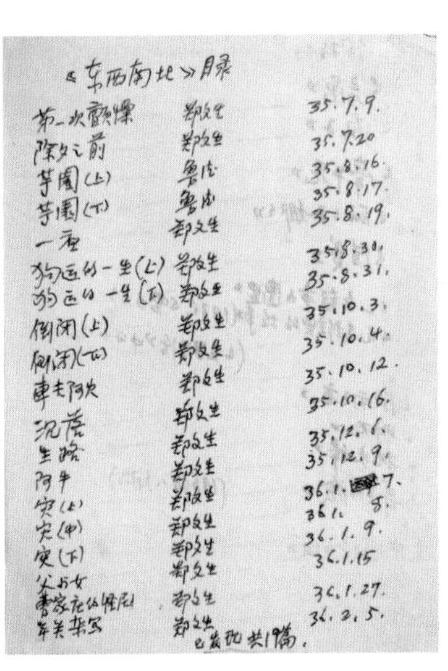
《东西南北》目录

第一次颤慄	郑文生	35.7.9.
除夕之前	郑文生	35.7.20
芋园（上）	鲁德	35.8.16.
芋园（下）	鲁德	35.8.17.
[illegible]	郑文生	35.8.19.
狗运的一生（上）	郑文生	35.8.30.
狗运的一生（下）	郑文生	35.8.31.
倒闭（上）	郑文生	35.10.3.
倒闭（下）	郑文生	35.10.4.
[illegible]	郑文生	35.10.12.
[illegible]	郑文生	35.10.16.
[illegible]	郑文生	35.12.6.
[illegible]	郑文生	35.12.9.
[illegible]	郑文生	36.1.7.
[illegible]（上）	郑文生	36.1.8.
[illegible]（中）	郑文生	36.1.9.
[illegible]（下）	郑文生	36.1.15
父与女	郑文生	36.1.27.
[illegible]	郑文生	36.2.5.

已发现共19篇。

萧殷手写已找回的早期作品清单

① 邹育根（1953— ），毕业于华南师范大学中文系、哲学管理学研究所；历任华南师范大学行政学院、深圳大学管理学院讲师、副教授、教授，硕士研究生导师。

萧殷收到邹育根的来信十分高兴，立刻写信对他表示感谢，同时强调自己十分重视小说《乌龟》和《疯子》，希望邹育根尽量继续查找。

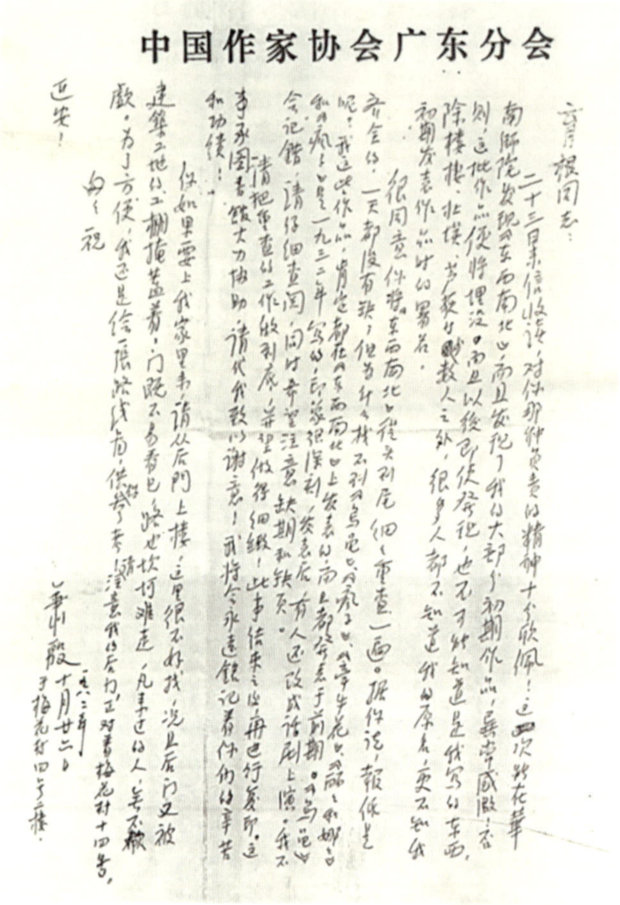

中国作家协会广东分会

萧殷写给邹育根的信

萧殷写给邹育根的信

育根同志：

二十三日来信收读，对你那种负责的精神十分钦佩！这次能在华南师院发现《东西南北》，而且发现了我的大部分初期作品，异常感激！……

很同意你将《东西南北》从头到尾细细重查一遍。据你说，报纸是齐全的，一天都没有缺，但为什么找不到《乌龟》《疯子》《牵牛花》《丽丽和娜娜》呢？我这些作品，肯定都在《东西南北》上发表的，而且都发表于前期。《乌龟》和《疯子》是一九三二年写的，印象很深刻，发表后，有人还改成话剧上演。我不会记错，请仔细查阅，同时希望注意缺期和缺页。

请把重查的工作做到底，并望做得细致！此事结束之后，再进行复印。这事承图书馆大力协助，请代我致以谢意！我将会永远铭记着你们的辛苦和功绩！

……

祝

近安！

萧殷

一九八二年十月廿二日

于梅花村四号二楼

给邹育根写信的同时，萧殷在记录已找到的清单背后写下了“待找”作品的题目。

邹育根没有辜负萧殷的嘱托，他终于找到了《乌龟》和《疯子》两篇作品。萧殷闻讯十分欣喜，并在作品清单上用红笔打钩。

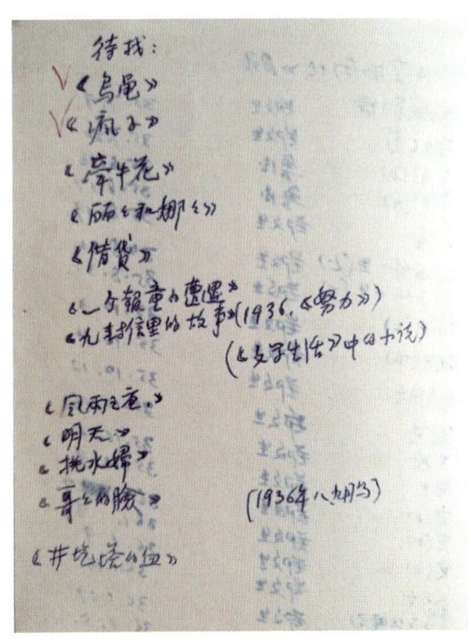

待找：

《乌龟》

《疯子》

《牵牛花》

《丽丽和娜娜》

《借贷》

《一个报童的遭遇》

《九封信里的故事》(1936，《努力》)

(《文学生活》中的小说)

《风雨之夜》

《明天》

《挑水妇》

《哥哥的脸》 (1936年八九月份)

《井疙塔的血》

萧殷手写的“待寻”作品清单

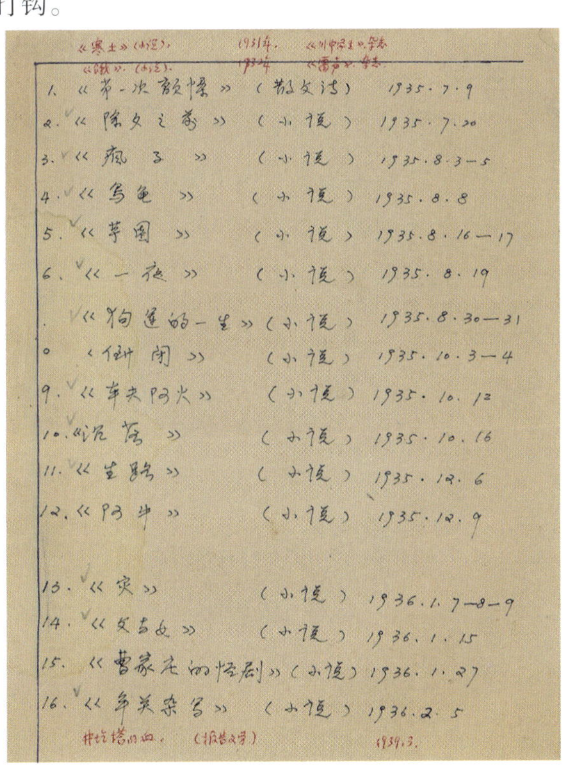

《寒士》(小说)， 1931年， 《川中学生》杂志

《饿》(小说)， 1932年， 《雷声》杂志

1.《第一次颤慄》(散文诗) 1935.7.9

2.《陈女之弟》(小说) 1935.7.20

3.《疯子》(小说) 1935.8.3—5

4.《乌龟》(小说) 1935.8.8

5.《芋园》(小说) 1935.8.16—17

6.《一夜》(小说) 1935.8.19

.《狗道的一生》(小说) 1935.8.30—31

《倒闭》(小说) 1935.10.3—4

9.《车夫阿火》(小说) 1935.10.12

10.《沉落》(小说) 1935.10.16

11.《生路》(小说) 1935.12.6

12.《阿斗》(小说) 1935.12.9

13.《灾》(小说) 1936.1.7—8—9

14.《父与女》(小说) 1936.1.15

15.《曹家庄的悲剧》(小说) 1936.1.27

16.《年关杂写》(小说) 1936.2.5

井疙塔的血，(报告文学) 1939.3.

邹育根手写寻获萧殷早期作品清单

从这份清单，我们看到邹育根不仅为萧殷寻获了1935年至1936年发表在《广州民国日报》副刊《东西南北》上的十六篇文学作品，还发现了1931年萧殷发表在《川中学生》杂志的小说《寒士》、1932年发表在《雷声》杂志的小说《饿》以及1939年发表在重庆《新华日报》[1]的报告文学《井疙塔的血》。

① 重庆《新华日报》为第二次国共合作时期中国共产党在国民党统治区出版的机关报。

（二）早期发表的作品（1930年—1946年）

1. 1930年发表小说《饿》

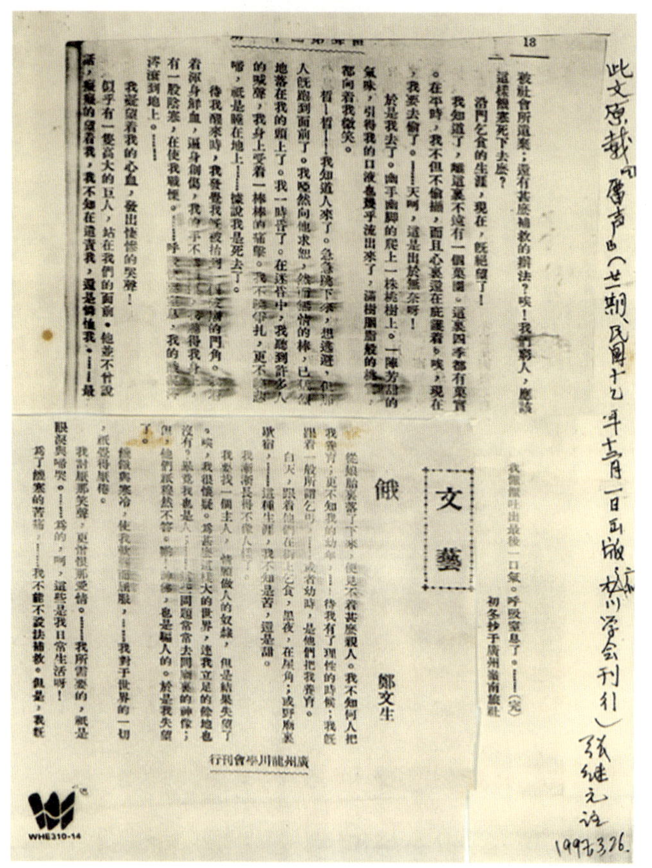

18

被社會所遺棄，還有甚麼補救的辦法？唉！我們窮人，應該這樣餓寒死下去麼？

沿門乞食的生涯，現在，既絕望了！

我知道了，離這裏不遠有一個菓園。這裏四季都有菓實。在平時，我不但不偷摘，而且心裏還在庇護着。唉，現在，我要去偷了。……天啊，這是出於無奈呀！

於是我去了。齒手齒腳的爬上一株桃樹上。一陣芳甜的氣味，引得我的口液幾乎流出來了，滿樹胭脂般的[illegible]都向着我微笑。

㓨—㓨—！我知道人來了。急急跳下來，想逃避，但[illegible]人既跑到面前了。我喘然向他求恕，他[illegible]的棒，已[illegible]地落在我的頭上了。我一時昏了。在迷昏中，我聽到許多人的噪聲，我身上受着一棒棒的痛擊。我不[illegible]扎，更不[illegible]嚼，祇是睡在地上……據說我是死去了。

待我醒來時，我發覺我[illegible]的門角。[illegible]着渾身鮮血，滿身創傷，我[illegible]手不[illegible]得我[illegible]有一股陰寒，在使我戰慄。……呼[illegible]，我的[illegible]涔滾到地上。……

我凝望着我的心血，發出悽慘的笑聲！

似乎有一隻高大的巨人，站在我們的面前。他並不曾說話，凝癡的望着我，我不知在這責我，還是憐憫我。……最

我僅僅吐出最後一口氣。呼吸窒息了。……（完）

初冬抄于廣州滄南旅社

文藝

餓

鄭文生

從娘胎裏落了下來，便是不着甚麼親人。我不知何人把我養育；更不知我的幼年，……待我有了理性的時候，我既跟着一般所謂乞丐，……或者幼時，是他們把我養育。

白天，跟着他們在街上乞食，黑夜，在屋角，或野廟裏歇宿，……這種生涯，我不知是苦，還是甜。

我漸漸長得不像人樣了。

我要找一個主人，情願做人的奴隸，但是結果失望了。唉，我很懷疑。為甚麼這樣大的世界，連我立足的餘地也沒有？[illegible]竟我也是人，[illegible]問題常常去問廟裏的神像；但，他們祇[illegible]然不答。[illegible]，也是騙人的。於是我失望了。

饑餓與寒冷，使我[illegible]屈服，……我對于世界的一切，祇覺得厭倦。

我討厭那笑聲，更憎恨那愛情。……我所需要的，祇是眼淚與嗚咽。……為的，啊，這些是我日常生活呀！

為了饑寒的苦痛，……我不能不設法補救。但是，我既

廣州龍川學會刊行

此文原载《雷声》（廿一期、民国十九年十二月一日出版 广州龙川学会刊行）

张继元注 1997.3.26.

张继元[1]发现的发表于1930年12月1日第21期《雷声》上署名“郑文生”的小说《饿》[2]

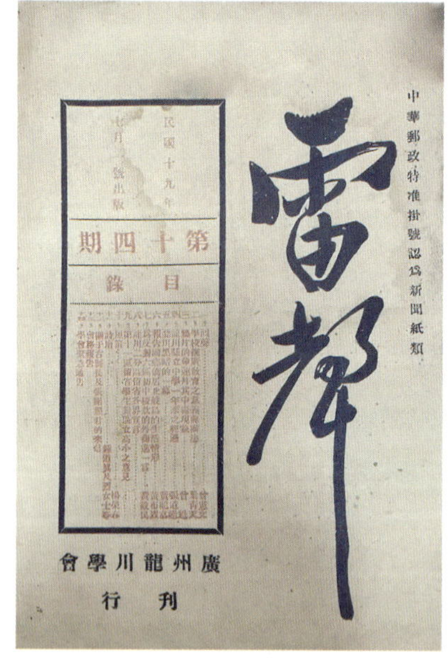

广州龙川学会刊行的《雷声》[3]1930年第14期封面

① 张继元：萧殷的老同学，原龙川老隆师范学校校长。

② 萧殷15岁时创作了小说《饿》，现展陈于萧殷文学馆。

③ 《雷声》：一份进步刊物。当年龙川党组织的创建人黄觉群在广州组织成立了“龙川留省同乡会”，协助出版进步刊物《雷声》。

2. 1931年发表小说《战阵中》《芦苇边》

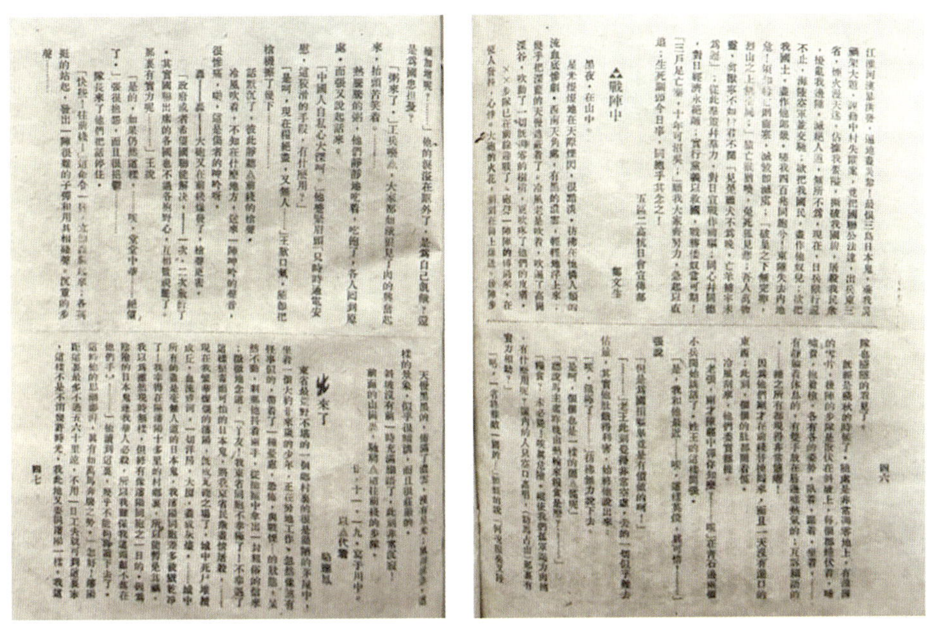

刊登于龙川《抗日救国特刊》上署名“郑文生”的小说《战阵中》

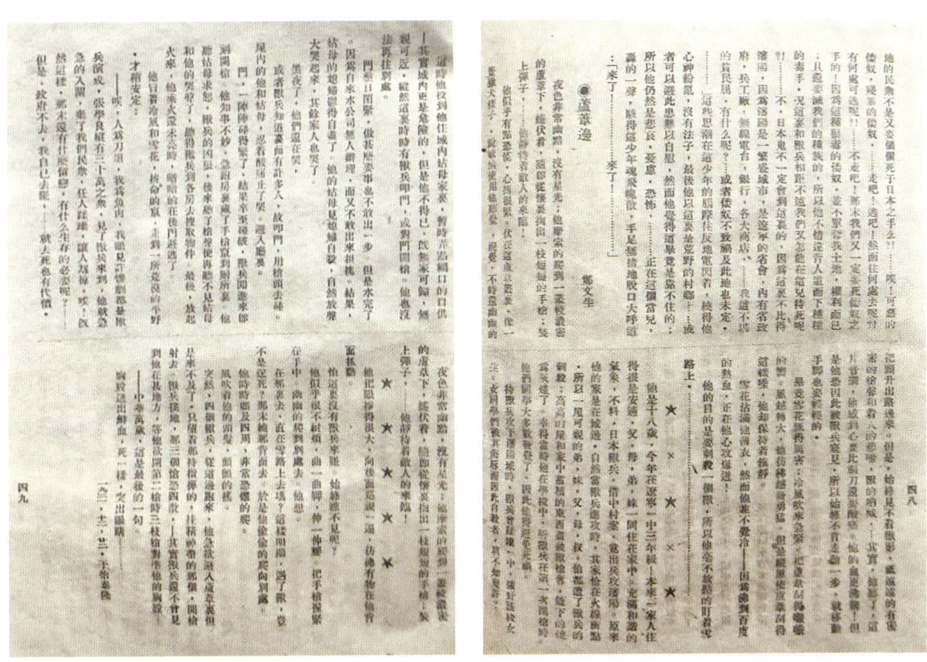

刊登于龙川《抗日救国特刊》上署名“郑文生”的小说《芦苇边》

1931年，“九一八事变”爆发不久，十六岁的萧殷分别于11月19日和12月22日写了两篇以东北人民抗日斗争为背景的小说《战阵中》和《芦苇边》，署名“郑文生”发表在龙川的《抗日救国特刊》上。原刊物现藏于龙川县博物馆。

3. 1934年发表诗歌《月光浴着我的孤灵》

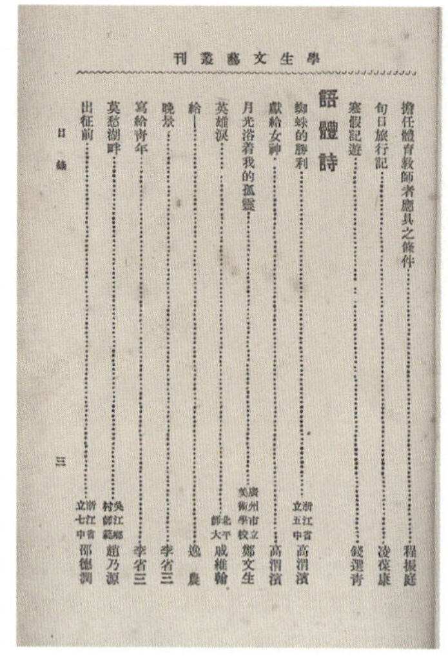

學生文藝叢刊

擔任體育教師者應具之條件……程振庭
旬日旅行記……凌葆康
寒假記遊……錢運青

語體詩

蜘蛛的勝利……浙江省立五中 高渭濱
獻給女神……高渭濱
月光浴着我的孤靈……廣州市立美術學校 鄭文生
英雄淚……北平師大 成維翰
給——……逸農
晚景……李省三
寫給青年……李省三
莫愁湖畔……吳江鄉村師範 趙乃源
出征前……浙江省立七中 邵德潤

目錄 三

1934年《学生文艺丛刊》[①]第8卷第1期封面及目录

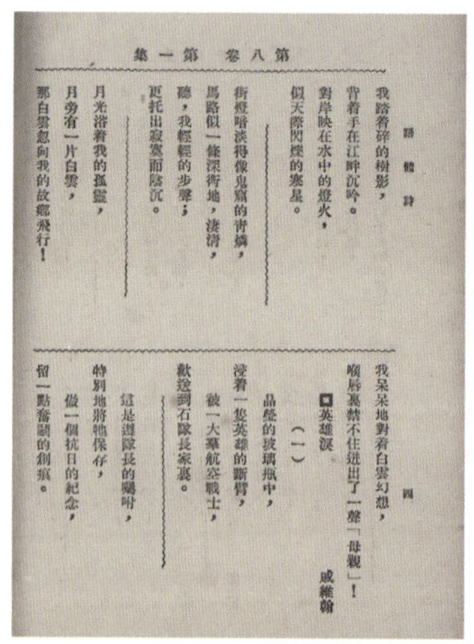

第八卷 第一集

語體詩 四

我踏着碎的樹影，
背着手在江畔沉吟。
對岸映在水中的燈火，
似天際閃爍的寒星。

街燈暗淡得像鬼窟的青燐，
馬路似一條深街地，淒清，
聽，我輕輕的步聲；
更托出寂寞而陰沉。

月光浴着我的孤靈，
月旁有一片白雲，
那白雲忽向我的故鄉飛行！
我呆呆地對着白雲幻想，
喉唇裏禁不住迸出了一聲「母親」！

□英雄淚 成維翰

（一）

晶瑩的玻璃瓶中，
浸着一隻英雄的斷臂，
被一大羣航空戰士，
歡送到石隊長家裏。

這是遵隊長的囑咐，
特別地將牠保存，
做一個抗日的紀念，
留一點奮鬥的創痕。

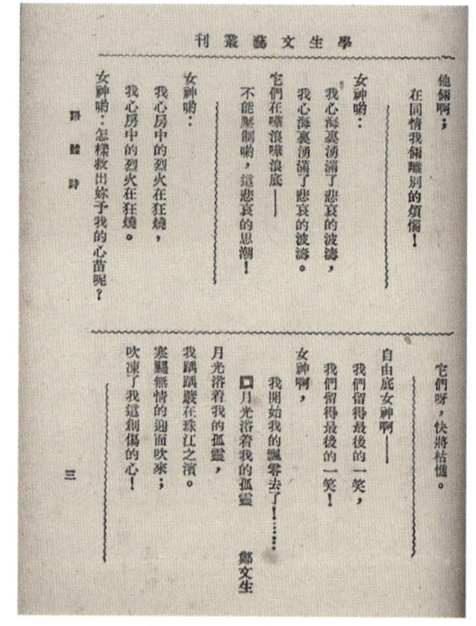

學生文藝叢刊

他倆啊；
在同情我倆離別的煩惱！

女神喲：
我心海裏湧滿了悲哀的波濤，
我心海裏湧滿了悲哀的波濤。
它們在嘩浪嘩浪底——
不能壓制喲，這悲哀的思潮！

女神喲：
我心房中的烈火在狂燒，
我心房中的烈火在狂燒。
女神喲：怎樣救出妳予我的心苗呢？

它們呀，快將枯憔。

自由底女神啊——
我們留得最後的一笑，
我們留得最後的一笑！
女神啊，
我開始我的飄零去了！……

□月光浴着我的孤靈 鄭文生

月光浴着我的孤靈，
我踽踽蹤在珠江之濱。
寒飈無情的迎面吹來；
吹凍了我這創傷的心！

語體詩 三

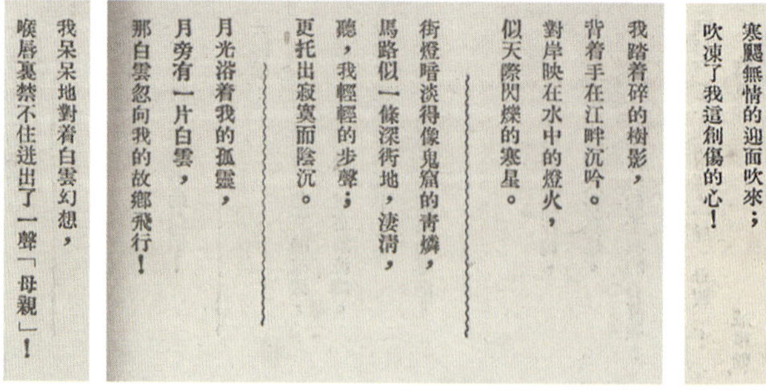

□月光浴着我的孤靈 鄭文生
月光浴着我的孤靈，
我踽踽蹤在珠江之濱。
寒飈無情的迎面吹來；
吹凍了我這創傷的心！
我踏着碎的樹影，
背着手在江畔沉吟。
對岸映在水中的燈火，
似天際閃爍的寒星。
街燈暗淡得像鬼窟的青燐，
馬路似一條深街地，淒清，
聽，我輕輕的步聲；
更托出寂寞而陰沉。
月光浴着我的孤靈，
月旁有一片白雲，
那白雲忽向我的故鄉飛行！
我呆呆地對着白雲幻想，
喉唇裏禁不住迸出了一聲「母親」！

《月光浴着我的孤灵》

此诗创作于1932—1933年，时萧殷正在广州市立美术学校就读。原期刊现藏于上海图书馆。

① 《学生文艺丛刊》：由上海大东书局发行，凌善清、沈镕等编辑，主要登载学生文艺作品。

4. 1935年发表小说《牵牛花》《第一次颤栗》

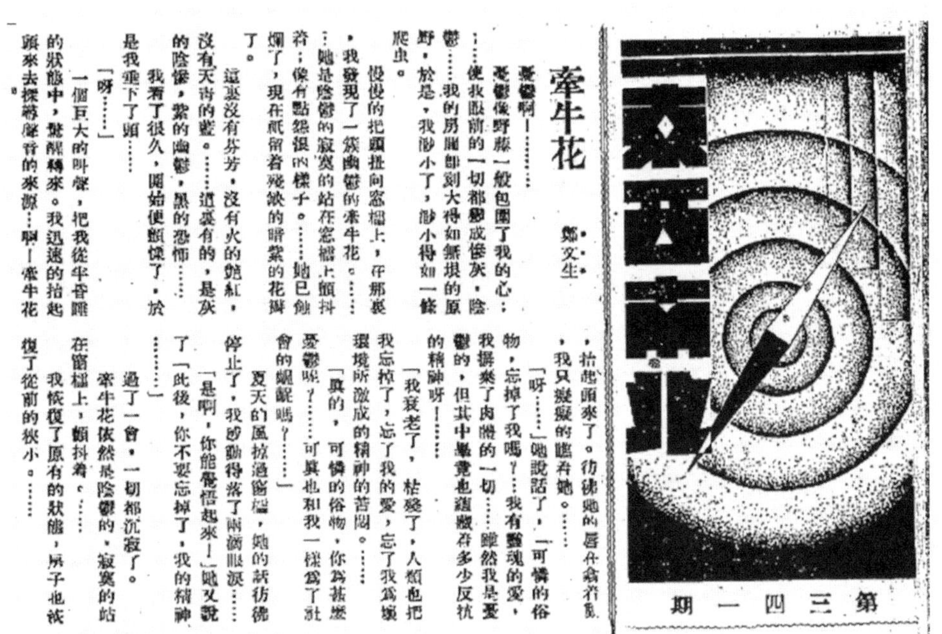

東西南北

第三一四一期

牽牛花

鄭文生

憂鬱啊！……

憂鬱像野藤一般包圍了我的心：……使我眼前的一切都變成倭灰，陰鬱……我的房間卽刻大得如無垠的原野，於是，我渺小了，渺小得如一條爬虫。

傻傻的把頭扭向窗檻上，在那裏，我發現了一簇幽鬱的牽牛花。……她是陰鬱的寂寞的站在窗檻上顫抖着；像有點怨恨的樣子。……她已蝕爛了，現在祇留着殘缺的暗紫的花瓣了。

這裏沒有芬芳，沒有火的艷紅，沒有天青的藍。……這裏有的，是灰的陰慘，紫的幽鬱，黑的恐怖……

我看了很久，開始便顫慄了。於是我垂下了頭……

「呀……」

一個巨大的叫聲，把我從半昏睡的狀態中，驚醒轉來。我迅速的抬起頭來去探尋聲音的來源：啊！牽牛花，抬起頭來了。彷彿她的唇在翕着動，我只凝凝的瞧着她。……

「呀……」她說話了，「可憐的俗物，忘掉了我嗎？……我有靈魂的愛，我摒棄了肉體的一切……雖然我是憂鬱的，但其中畢竟也蘊藏着多少反抗的精神呀！……」

「我衰老了，枯萎了，人類也把我忘掉了，忘了我的愛，忘了我爲環境所激成的精神的苦悶。……」

「眞的，可憐的俗物，你爲甚麼憂鬱呢？……可眞也和我一樣爲了社會的腐齪嗎？……」

夏天的風掠過窗檻，她的話彷彿停止了，我感動得落了兩滴眼淚……

「是啊，你能覺悟起來！」她又說了「此後，你不要忘掉了，我的精神……」

過了一會，一切都沉寂了。

牽牛花依然是陰鬱的，寂寞的站在窗檻上，顫抖着。……

我恢復了原有的狀態，房子也被復了從前的狹小。……

1935年7月8日发表在《广州民国日报》副刊《东西南北》上的《牵牛花》

第一次顫慄

鄭文生

五月的天空是那麼高遠！

幾片淡輕的白雲，在天空中漾蕩，上午的陽光，光耀的照臨了一切美麗的「自然」。輕飄飄的和風，像女孩子細嫩的手那麼地令人陶醉……

這兒，是一帶被「自然」美化了的溪岸，——一塊綠氈似的草坪。

含笑的花朵，到處都生長着，小蝴蝶很天真的在花間飛舞，鳥兒和山溪，却在一塊歌唱……他們都在溫煖的太陽下微笑了。

突然，麗麗和娜娜——一對不懂人間疾苦的又胖又白的女孩子——從樹林裏出現了。啊，她們眞像小天使那麼地跳出來，她們的頭髮，都很整齊的罩在前額。一搖一搖的，又像一對小蝴蝶兒，翩翩地飛到了她們每天嬉遊的草坪了。……

跟着，她們在這兒跳舞了，同時還飄過一曲幽美的歌聲……啊，這歌聲才把大自然溶化了……

一切都成了自然之美！天眞的愛了！……

當她們的舞興正濃，歌唱正甜的時候，忽然樹林裏又閃出了一隻巨大的人類，他像一個巨人，跨着大步走過來，用凶惡的目光盯着她們兩個，……

她們觸了這凶惡的目光，都停止了舞蹈，歌唱，……只癡癡的奇怪的望着他。

「在這兒做甚麼？」他咆哮了。兩條青筋在額角上掀動。……

她們兩人，只莫明其妙的互相凝視着，默默的答不出話來……

「小妖精！」

和這罵聲奔來的是一個巨大的巴掌，沉重的落到她們的嫩頰上。接着，這巨大的人類便走開了。

受了這驚駭的麗麗和娜娜，而第一次開始顫慄了……

從此，她們才知道甚麼是人生的劇場……

1935年7月9日发表在《广州民国日报》副刊《东西南北》上的《第一次颤栗》

当年萧殷在寻找到《第一次颤栗》之前，曾经在一些文章和信件中把这篇散文的题目称为《丽丽和娜娜》（文中人物的名字）。该文章原刊现藏于广东省立中山图书馆。

5. 1935年发表小说《疯子》《乌龟》

萧殷在1935年8月3日《广州民国日报》副刊《东西南北》发表小说《疯子》。后来萧殷在1945年11月17日《晋察冀日报》上又发表了一篇同名小说《疯子》，但内容不同。

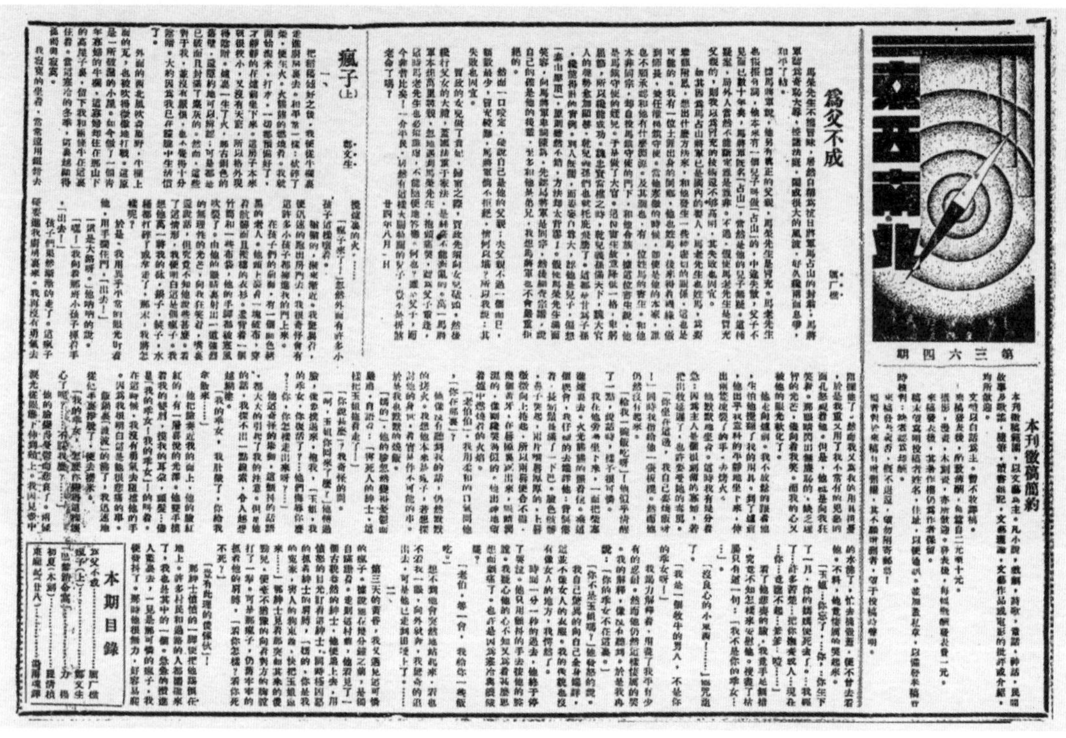

東西南北

第三六四期

本刊徵稿簡約

為父不成

瘋子（上）

本期目錄

1935年8月，在《广州民国日报》副刊《东西南北》364期发表的小说《疯子》（上）

東西南北

第三六五期

本刊徵稿簡約

目見不如耳聞

瘋子（下）

鄭文生

七絃琴（上）

本期目錄

1935年8月，在《广州民国日报》副刊《东西南北》365期发表的小说《疯子》（下）

東西南北

第三六八期

本刊徵稿簡約

粵語聲片的動向

烏龜

鄭文生

本期目錄

1935年8月，在《广州民国日报》副刊《东西南北》368期发表的小说《乌龟》上

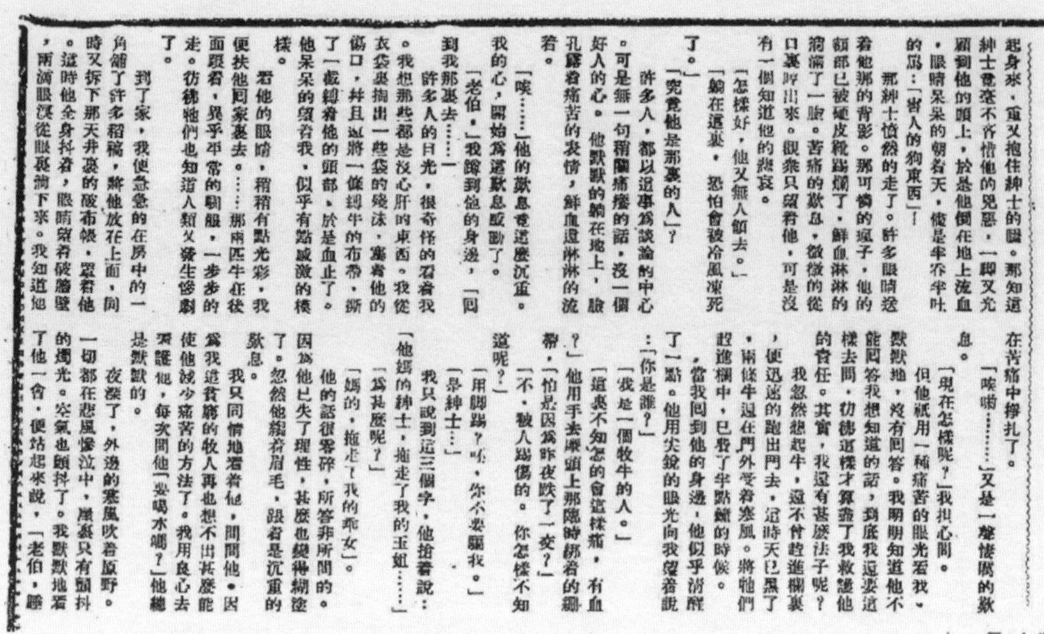

起身來，重又抱住紳士的腿。那知道紳士竟毫不吝惜他的兇惡，一脚又光顧到他的頭上，於是他倒在地上流血，眼睛呆呆的朝着天，像是牢牢牢吐的爲：「害人的狗東西」！

那紳士憤然的走了。許多眼睛送着他那的背影。那可憐的瘋子，他的額部已被硬皮靴踏爛了，鮮血淋淋的淌滿了一臉。苦痛的歎息，微微的從口裏呼出來。觀衆只望着他，可是沒有一個知道他的悲哀。

「怎樣好，他又無人顧去。」

「躺在這裏，恐怕會被冷風凍死了。」

「究竟他是那裏的人」？

許多人，都以這事爲談論的中心。可是無一句稍關痛癢的話，沒一個好人的心。他默默的躺在地上，臉孔露着痛苦的表情，鮮血還淋淋的流着。

「唉……」他的歎息竟這麼沉重。我的心，開始爲這歎息感動了。

「老伯，」我蹲到他的身邊，「同到我那裏去……」

許多人的目光，很奇怪的看着我。我想那些都是沒心肝的東西。我從衣袋裏掏出一些袋的殘沫，塞着他的傷口，並且返將一條縛牛的布帶，撕了一截縛着他的頭部，於是血止了。他呆呆的望着我，似乎有點感激的樣樣。

看他的眼睛，稍稍有點光彩，我便扶他回家裏去。……那兩匹牛在後面跟着，異乎平常的馴服，一步步的走。彷彿牠們也知道人類又發生慘劇了。

到了家，我便急急的在房中的一角舖了許多稻稿，將他放在上面，同時又拆下那天井裏的破布帳，罩着他。這時他全身抖着，眼睛望着破牆壁，兩滴眼淚從眼裏淌下來。我知道他在苦痛中掙扎了。

「唉喲……」又是一聲悽厲的歎息。

「現在怎樣呢？」我担心問。

但他祇用一種痛苦的眼光看我，默默地，沒有回答。我明明知道他不能回答我想知道的話，到底我還要這樣去問，彷彿這樣才算盡了我救護他的責任。其實，我還有甚麼法子呢？

我忽然想起牛，還不曾趕進欄裏，便迅速的跑出門去，這時天已黑了，兩條牛還在門外受着寒風。將牠們趕進欄中，已費了半點鐘的時候。

，當我回到他的身邊，他似乎清醒了一點。他用尖銳的眼光向我望着說：「你是誰？」

「我是一個牧牛的人。」

「這裏不知怎的會這樣痛，有血？」他用手去摩頭上那隨時綁着的綳帶。「怕是因爲昨夜跌了一交？」

「不，被人踢傷的。你怎樣不知道呢？」

「用脚踢？唔，你不要騙我。」

「是紳士……」

我只說到這三個字，他搶着說：

「他媽的紳士，拖走了我的玉姐……」

「爲甚麼呢？」

「媽的，拖走了我的乖女」。

他的話很零碎，所答非所問的。因爲他已失了理性，甚麼也變得糊塗了。忽然他縐着眉毛，跟着是沉重的歎息。

我只同情地看着他，間問他，因爲我這貧窮的牧人再也想不出甚麼能使他減少痛苦的方法了。我用良心去看護他，每次問他「要喝水嗎？」他總是默默的。

夜深了，外邊的寒風吹着原野。一切都在悲風慘泣中，屋裏只有顫抖的燭光。空氣也顫抖了。我默默地看了他一會，便站起來說，「老伯，睡

1935年8月，在《广州民国日报》副刊《东西南北》368期发表的小说《乌龟》下

6. 1935年发表小说《倒闭》

1935年10月，在《广州民国日报》副刊《东西南北》415期发表的小说《倒闭》(上) 1

1935年10月，在《广州民国日报》副刊《东西南北》415期发表的小说《倒闭》（上）2

1935年10月，在《广州民国日报》副刊《东西南北》416期发表的小说《倒闭》（下）

7. 1936年发表小说《曹家庄的怪剧》

1936年1月27日，在《广州民国日报》副刊《东西南北》509期发表的《曹家庄的怪剧》

8. 1937年发表小说《街头》和散文《一个忧郁的旅伴》

1937年6月6日，萧殷的小说《街头》发表在《广州市民日报》副刊上。当时，他与赖少其为了逃避广州反动派的搜捕，正在上海流浪，过着居无定所、食不果腹的生活，即使在如此艰辛的条件下，萧殷仍然坚持写作。

廣州市民日報

街頭

蕭英

瘋了的爸爸

徵求稿件

1937年6月6日署名“萧英”发表在《广州市民日报》副刊上的小说《街头》

从发表时间判断，该文章写作于上海，后寄回广州发表。萧殷为了躲避曾到上海搜查他的广州警察，他不再使用曾在《广州民国日报》副刊发表作品时的名字“郑文生”。

同一时期署名“萧英”发表在《广州市民日报》上的还有《一个忧郁的旅伴——旅途杂记之一》。

廣州市民日報

眼望着窓外的微風

陳翔鳳

一個憂鬱的旅伴

蕭英

災荒

我在警戒着

徵求稿件

1937年6月13日发表在《广州市民日报》副刊上的《一个忧郁的旅伴——旅途杂记之一》1

中華民國式拾陸年陸月拾伍日

廣州市民日報

星期式

前鋒劇社公演「油漆未乾」 少其

一個憂鬱的旅伴（續） 蕭英

四月的天氣

世界點滴

1937年6月15日发表在《广州市民日报》副刊上的《一个忧郁的旅伴——旅途杂记之一》2

9. 1938年发表通讯《鲁迅艺术学院的轮廓画》

1938年7月，萧殷经八路军驻武汉办事处批准赴延安，进入延安鲁迅艺术学院学习。期间，萧殷以“全民社肤施[1]通讯”的名义在重庆《新华日报》上发表了一篇题为《抗战艺术在肤施——鲁迅艺术学院的轮廓画》的文章。这是迄今发现最早、在“鲁艺”建校仅仅半年时间就向大众全面介绍“鲁艺”的文章，为全国向往革命的青年学生提供了“鲁艺”翔实的“轮廓画”，增添了他们奔赴延安的信心。为了号召全国更多青年学生到延安来，萧殷再次以《鲁迅艺术学院的轮廓画》为题，发表在《战斗》杂志1938年11月7日出版的第32期上，原刊现藏于上海图书馆。

① 肤施：旧县名，即指延安。

抗戰藝術在膚施
——魯迅藝術學院的輪廓畫——

英

1938年10月28日，发表在重庆《新华日报》上的《抗战艺术在肤施——鲁迅艺术学院的轮廓画》

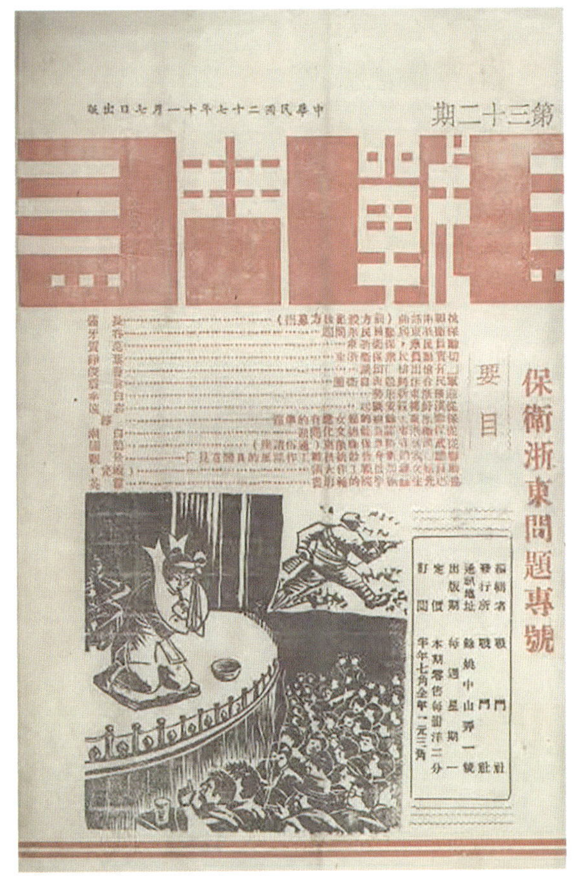

《战斗》杂志1938年11月7日出版的第32期封面

魯迅藝術學院的輪廓畫

蕭　英

在黃土高原上的一個古城的北門外，羅列着密密的荒塚，幾根石柱伴着殘紅剝落的「文廟」的牌坊。廢墟上還有幾個已經湮沒了一半的什麼禮義廉恥的殘碑，這些都說明這裏也曾經有過巍峨的宮殿，有過金碧輝煌的好景，但在時代車輪不斷地進展中，環繞他周圍的只剩下寂寞的荒塚了！

隨着抗敵浪潮的高漲，這古城——延安——的一切，都欣欣向榮的復活起來了，在這荒涼的北門外的土窰洞裏，同樣的活躍着無數的青年，他們拿起鋤頭和筆桿不倦地工作着，學習着，他們驕傲地唱着：「我們是藝術工作者，我們是抗日的戰士，踏着魯迅開闢的道路，爲建立新的抗戰藝術，爲繼承他的革命傳統，努力不懈，……」這一切也同樣的說明在這荒漠的廢墟和荒塚中，正創建着新的抗戰藝術。

今年春天，爲了紀念「一二八」，曾來了一個「血祭上海」的集體創作；這三幕話劇在延安公演了十多次，每次都得到各方面的好評。在這情況下於是有要求組織藝術學校的必要，爲了適應這實際的客觀的要求，魯迅藝術學院便產生了。第一期學生差不多全數是從抗大陝公來的，那時只有美術，戲劇，音樂三系。人數不滿一百人。在上課一月之後，他們爲了檢閱自己的成績，所以馬上舉行了一個美術展覽會和戲劇音樂的公演。在這短期中已經表現了驚人的成績，後來繼續有五卅公演，抗戰音樂晚會，七一——七七的戲劇節的公演，更加哄動了整個延安，他們創作了不少新的劇本，新的歌曲，小調和民謠，木刻漫畫，幾乎隨處可見。這一切他們盡了組織和推動的作用。最近又成立了一個實驗劇團，不久以後，他們一定可以向全國人士作新的貢獻　還有木刻研究會，預備聘請蘇聯作家前來指導。作更進一步研究。

魯迅藝術學院的教育計劃以三個月爲一期，讀完第一期後，到外面實習一個月，再回來學習三個月才畢業，七月間第一屆學生的第一期的學習已經完畢，分發到前綫後方實習去了，爲了短期中能够表現出如許多成績，爲了適應實現的需要，第二屆便擴大了。並增設了文學系，原定招生一百五十名，可是，現在達到二百人了，錄取條件雖然沒有嚴格規定，（學歷方面）但最低限度必須有相當的藝術修養和技能，這一屆來考的幾達三百餘人，取錄的只能達全數五分之三。

副院長是沙可夫先生，教員有周揚，徐懋庸，沙汀，何其芳，丁里，沃渣，胡一川，呂驥，向隅，左明，張庚，崔嵬，王震之等。還有洛甫，成仿吾，丁玲等在百忙中抽空到那里去演講。這些人都能放棄過去養尊處優的生活，而穿起草鞋，吃小米，住窰洞，不斷地爲抗戰藝術而努力。

因爲教員和物質的缺乏，主要的仍是靠學生自動的學習，因此，在十窰洞裏，在青草地上，在山崖邊，經常可以見到他們熱烈的集體的學習，開討論會，排戲，練歌，繪畫，寫作，他們都孜孜不倦的爭取一分一秒的學習時到學習地上，在到學系有藝術論，舊形式而　舊孫的集體的戲

署名“萧英”发表在《战斗》杂志上的《鲁迅艺术学院的轮廓画》

10. 1939年发表报告文学《井圪塔的血》

1938年底，萧殷受中央组织部派遣赴晋西担任著名民主人士李公朴的秘书，协助他积极从事抗日宣传工作。1939年1月，萧殷跟随李公朴前往山西省吉县井圪塔村，采访了不久前日寇对该村发动惨绝人寰大屠杀的幸存者，写出报告文学《井圪塔的血》，在中国共产党机关报重庆《新华日报》连载。

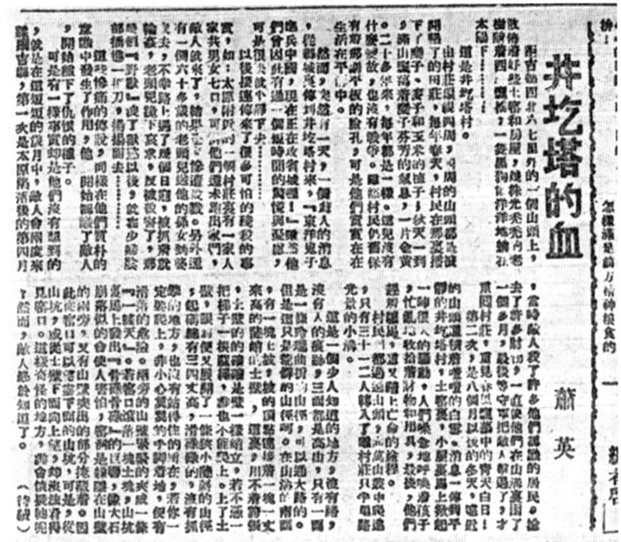

井圪塔的血

蕭英

1939年3月23日，在重庆《新华日报》连载的《井圪塔的血》1

井圪塔的血

蕭英

1939年3月24日，在重庆《新华日报》连载的《井圪塔的血》2

井圪塔的血

（續完）

蕭英

1939年3月25日，在重庆《新华日报》连载的《井圪塔的血》3

11. 1939年发表战地通讯《母与子》《传令兵之死》《引路》

萧殷时任延安《新中华报》的战地记者与编委，在延安《新中华报》的专栏“西线小故事”中以署名“萧英”发表过以下三篇战地通讯。“西线小故事”专栏刊登的是发生在晋西抗日前线军民与日寇浴血奋战的感人故事，每个故事篇幅不长。

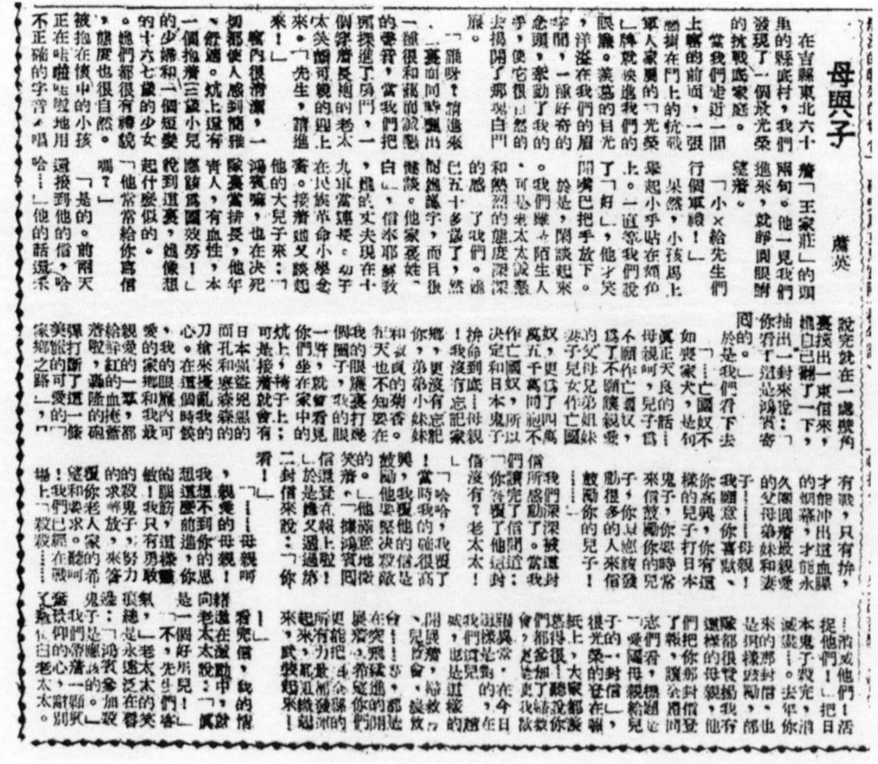

母與子

蕭英

1939年2月25日延安《新中华报》刊登的《母与子》

中華民國二十八年八月二十五日　新中華報　第五期

抗戰二週年中國經濟底總結

許滌新

傳令兵之死

英　蕭

1939年8月25日延安《新中华报》刊登的《传令兵之死》

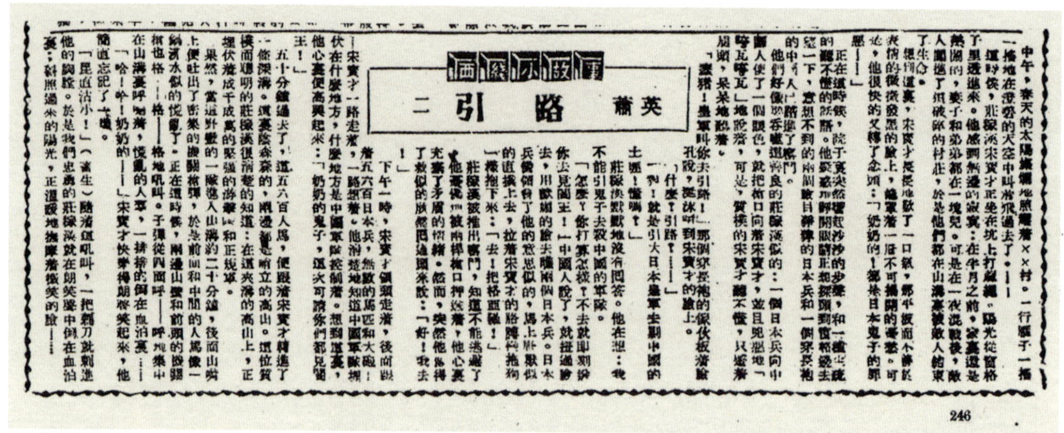

引路 蕭英

1939年9月1日延安《新中华报》刊登的《引路》

12. 1942年发表评论文章《关于创作态度——读书散记》

萧殷以“萧英”署名发表在延安《解放日报》上的评论文章《关于创作态度——读书散记》，以古罗马伟大的诗人维吉尔因不满意自己的作品要被焚烧为题，引出艺术家有良心的创作话题，对延安一些文艺写作者“随便”的创作态度进行了批评，运用马克思、毛泽东的文艺观提出“先有生活，再从丰富而复杂的生活素材中选择主题”。文章仅有两三千字，但阐明对文艺创作的态度，体现了萧殷的文艺思想开始走向成熟。

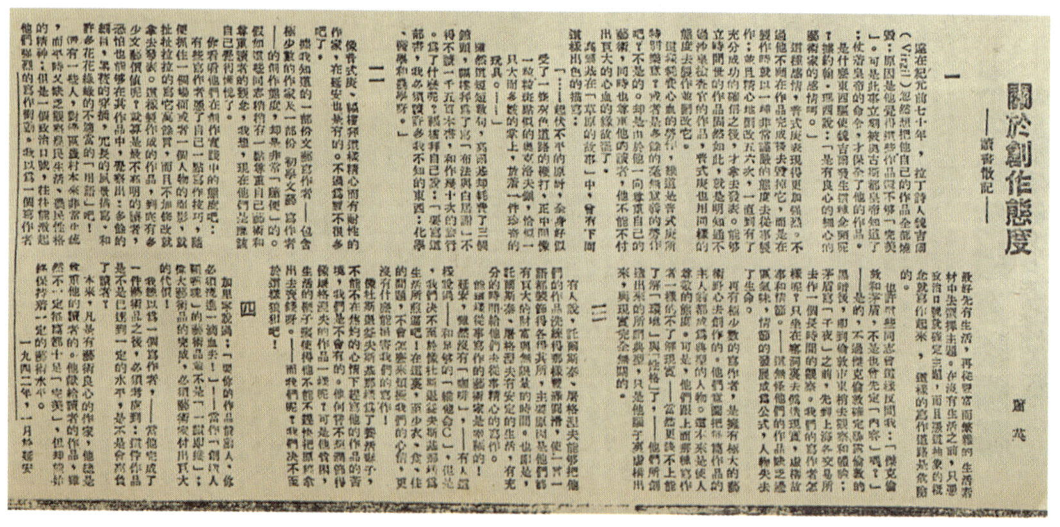

關於創作態度 ——讀書散記—— 蕭英

1942年4月2日延安《解放日报》发表的《关于创作态度——读书散记》

13. 1944年发表战地通讯《四方脸》

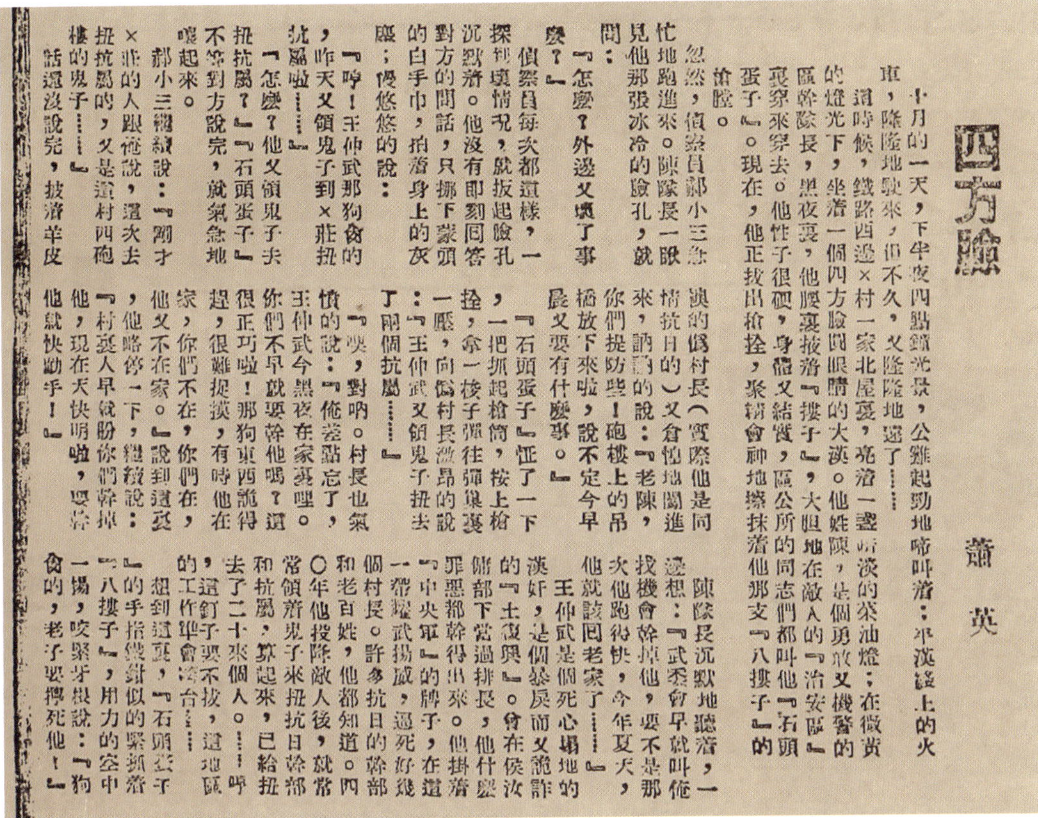

四方臉

蕭英

十月的一天，下半夜四點鐘光景，公雞起勁地啼叫着：平漢綫上的火車，隆隆地駛來，但不久，又隆隆地遠了……

這時候，鐵路西邊×村一家北屋裏，亮着一盞暗淡的菜油燈；在微黃的燈光下，坐着一個四方臉圓眼睛的大漢。他姓陳，是個勇敢又機警的區幹隊長，黑夜裏，他腰裏插着『摟子』，大膽地在敵人的『治安區』裏穿來穿去。他性子很硬，身體又結實，區公所的同志們都叫他『石頭蛋子』。現在，他正拔出槍栓，聚精會神地擦抹着他那支『八撲子』的槍膛。

忽然，偵察員郝小三急忙地跑進來。陳隊長一眼見他那張冰冷的臉孔，就問：『怎麼？外邊又壞了事麼？』

偵察員每次都這樣，一探到壞情況，就扳起臉孔沉默着。他沒有即刻回答對方的問話，只挪下蒙頭的白手巾，拍落身上的灰塵；慢悠悠的說：

『哼！王仲武那狗食的，昨天又領鬼子到×莊扭抗屬啦……』

『怎麼？他又領鬼子去扭抗屬？』『石頭蛋子』不等對方說完，就氣急地嚷起來。

郝小三繼續說：『剛才×莊的人跟俺說，這次去扭抗屬的，又是這村西碉樓的鬼子……』

話還沒說完，披着羊皮襖的偽村長（實際他是同情抗日的）又倉惶地闖進來，訥訥的說：『老陳，你們提防些！碉樓上的吊橋放下來啦，說不定今早晨又要有什麼事。』

『石頭蛋子』怔了一下，一把抓起槍筒，按上槍栓，拿一棱子彈往彈巢裏一壓，向偽村長微昂的說：『王仲武又領鬼子扭去了兩個抗屬……』

『唉，對吶。』村長也氣憤的說：『俺差點忘了，王仲武今黑夜在家裏哩。你們不早就要幹他嗎？這很正巧啦！那狗東西說得趕，很難捉摸，有時他在家，你們不在，你們在，他又不在家。』說到這裏，他略停一下，繼續說：『村裏人早就盼你們幹掉他，現在天快明啦，要幹他就快動手！』

陳隊長沉默地聽着，一邊想：『武委會早就叫俺找機會幹掉他，要不是那次他跑得快，今年夏天，他就該回老家了……』

王仲武是個死心塌地的漢奸，是個暴戾而又詭詐的『土復興』。曾在侯汝儲部下當過排長，他什麼罪惡都幹得出來。他掛着『中央軍』的牌子，在這一帶耀武揚威，逼死好幾個村長。許多抗日的幹部和老百姓，他都知道。四〇年他投降敵人後，就常常領着鬼子來扭抗日幹部和抗屬，算起來，已給扭去了二十來個人。……呼，這釘子要不拔，這地區的工作準會垮台……

『石頭蛋子』想到這裏，『石頭蛋子』的手指鐵鉗似的緊抓着『八撲子』，用力的空中一揚，咬緊牙根說：『狗食的，老子要擰死他！』

1944年11月20日刊登于延安《解放日报》第4版署名“萧英”的《四方脸》

14. 1946年发表《毛主席的像片——发生在北平××小学的故事》

毛主席的像片

——發生在北平××小學的故事——

司徒達

1946年4月14日《晋察冀日报》上署名“司徒达”的《毛主席的像片——发生在北平××小学的故事》

（三）原始文稿

1. 写作笔记与手稿

《感染力》手稿

叙述自己对长篇小说等草稿遗失的遗憾以及写作《桃子又熟了》和《严寒的夜晚》的动机和构思

《多练习素描》手稿

二、曾用笔名

萧殷曾经使用过的名字，包括笔名，到目前为止，共发现18个。

（一）原名——郑文生

萧殷在1980年7月24日回复北京《诗刊》编辑丁国成关于拟编辑《中国现代作家笔名考释》一书时，对自己的“郑文森”本名讲过一段有趣故事：

父母给我起的名字原叫“郑文森”。因大人们叫唤我时，总爱把“阿森”叫成“阿参”，是大海参的意思，这是对憨厚而又胖乎乎的孩子表示亲昵；可是我却不喜欢大海参，又黏又滑，还浑身肉刺，每听到这叫唤我就嘟起嘴来表示抗议，但毫无用处。直到报名上小学时，我才私自把“森”字改成“生”字。从此仿佛与大海参脱离了纠葛，很是自得；不仅在小学，中学我用这名字，而且到一九三二年我开始在广东《民国日报》[1]副刊《东西南北》发表小说时，也用这个名字。

《中国现代作家笔名考释》在出版时定名为《中国现代作家笔名索引》

1931年至1936年，萧殷一直使用“郑文生”为名字发表小说、散文、诗。1934年萧殷给鲁迅先生写信时也是署名“郑文生”。

① 广东《民国日报》应为《广州民国日报》。

（二）笔名

1. 发表小说《芋园》使用的笔名——鲁德

在1980年7月24日回复北京《诗刊》编辑丁国成的信中，萧殷提及自己在三十年代发表作品时，“间用‘鲁德’‘心吾’作笔名”。

《广州民国日报》副刊《东西南北》发表署名“鲁德”的作品《芋园》(上)

《广州民国日报》副刊《东西南北》发表署名“鲁德”的作品《芋园》(下)

2. 长期使用的笔名——萧英

1934年，萧殷给鲁迅先生写信，随信附上自己创作的散文诗《变》，第一次署名“萧英”。1936年在香港《珠江日报》副刊《江声》发表多篇散文开始使用笔名“萧英”。1937年流亡上海期间、1938年在武汉中国青年记者学会工作期间、1938年在延安学习和工作期间，也一直使用此名，直至1946年。

萧殷回复北京《诗刊》编辑丁国成的信写道：

抗战后，我在延安和革命根据地内，一直用“萧英”这个笔名，它不仅代替了我原来的姓名，连当时发表于《新中华报》《解放日报》、华北《新华日报》、重庆《新华日报》上的报告文学和散文也用这个笔名。

隨感一則

1941年5月7日，《新华日报》（华北版）的《新华增刊》发表署名“萧英”的散文《平固故事》[1]

① 平固店村：位于河北省广平县，是抗战时期敌我斗争最频繁最激烈的战区。萧殷以“萧英”署名的散文真实记载了那段艰苦卓绝的历程。

3. 发表《哥哥的脸及其他》使用的笔名——征夫

萧殷在《我怎样走上文学道路》一文中提到一篇作品《哥哥的脸》，经查实才发现“征夫”也是萧殷使用过的笔名。同一笔名发表的作品还有《夜的永汉路》。

在佗城工作时期，我写了不少诗歌，散文和小说。除上面提到的散文诗《牵牛花》《第一次颤栗》和小说《乌龟》《疯子》外，尚有小说《借贷》《车伕阿伙》《哥哥的脸》《沉落》《倒闭》《灾》和报告文学《年关杂写》等等。

——《萧殷自选集》的附录《我怎样走上文学道路》

哥哥的臉及其他

征夫

常我一靜下心來的時候，哥哥的臉，立刻就會出現在我的眼前。那是一張爲生活鞭子鞭瘦了的臉啊！

然而，我每次一想到了哥哥的臉，我腦際裏就會接二連三地湧上更多可怖的影子。——那是含了淚，含了血汗的影子——它們都像蟒蛇一樣把我的腦際佔據着，使我無限苦痛，而且這影子還像漸漸的擴大漸漸變成一顆黑點。……

那些影子的來襲，其結果，一定使我流淚。但是，到底我沒法擺脫這種想念。因爲我們太親切了，太痛苦了。而且我們都是現實生活的失敗者，那是終日爲麵包奔忙的可憐虫，……因此，我每一想起哥哥的臉，就會連想到在病床上的媽媽底眼淚……這時候我的心頭就像給甚麼咬着作痛，其實，這種痛苦，固然是爲了哥哥及家庭的貧困促成，然而對鏡自憐，也是傷心原因的一種啊。

現實生活越惡劣，哥哥的臉，就越常出現在我的眼前。尤其是當這寒冷的冬夜，那搖幌的燈光更容易促起我這種可怕的思念。

啊，我真怕想起哥哥的臉啊。……

夜的永漢路

夜的永漢路，是活躍的，鼎沸的。……

霓虹燈血樣地照着寬敞而平滑的

1935年11月20日，《广州民国日报》副刊《东西南北》发表署名“征夫”的作品《哥哥的脸及其他》《夜的永汉路》

4. 发表散文《旅途速写》使用的笔名——心吾（郑心吾）

旅途速寫

心吾

（一）再會罷，可憐的鄉土！

在一個秋雨淒淋的早晨，我又像一隻孤雁似的踏上了遼遠的旅程了。

一跨進了舟中，我便像石人似的呆坐下來，爲的這時候我的心已給悲哀深深的滲浸了。

窗外只是淒淋的雨，冷峭的風，灰色的霧幕……

從雨絲裏望過去，我隱隱約約的看見了那一片有城鎮有鄉村的灰色大平原。啊，這就是我的鄉土，我兒時的遊樂地，可是現在我要到城市裏找飯盌了，我不能不離開它。

然而對這鄉土，我沒有留戀，也沒有眷顧，我所傷心的，只爲這上加充滿了封建餘燄而可憐。同時更可憐的就是我讀了幾本撈什子的書冊，若不然，現在我那裏會有「不滿」的思念呢？還有一層更可憐而復可恥的，就是我自己還沒有改造這舊社會的能力。……

啊，充滿了封建餘燄的灰色蒼古城喲，甚麼時候才是你沒落的時候呢！……

空氣是沉濁的，時間只一秒一秒的過去。舟駛遠了，遠了。

我像有所系念似的，把頭扭回去，然而這渺小的鄉土，已漸漸在地平線下沒落了。

就在這時候，我抽了一口冷氣，一面還望着這將沒落的鄉土，像祈禱一樣地自語着：「再會吧，可憐的鄉土！」

1935年11月11日，《广州民国日报》副刊《东西南北》发表署名“心吾”的散文《旅途速写》

这篇作品叙述的是“我”坐船离开乡土到城市里去，在旅途中见到的人和事。萧殷在《我怎样走上文学道路》里描写道：

我忽然离开佗城，离开家乡，搭上一只木船，在苍茫的雾霭中，扯起人生的风帆驶向省城——南中国的大都会广州。

这正是《旅途速写》所写的情景。

5. 出版《怎样写新闻消息》使用的笔名——黎政

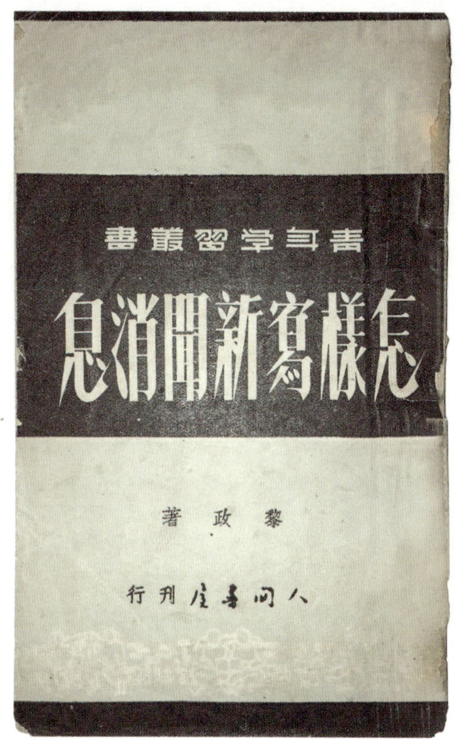

1951年出版的《怎样写新闻消息》

1940年在《新华日报》（华北版）工作期间，为了帮助青年记者解决不知如何写新闻消息的困扰，萧殷编辑油印了刊物《通讯与联络》。1951年该作品以“黎政”为笔名由人间书屋出版社出版，出版时改书名为《怎样写新闻消息》。

6. 发表《随感》使用的笔名——何远

1946年9月14日，萧殷在《晋察冀日报》副刊第一〇五期，发表了署名“何远”的文章《随感》。后在1946年《冀中导报》副刊“剪报集”，发现以“何远”为笔名的另一篇文章，题目也是《随感》。

隨感

何遠

第六十三期

副刊

《冀中导报》副刊第63期发表署名“何远”的文章《随感》

7. 在敌占区发表《北平通讯》使用的笔名——肖盈

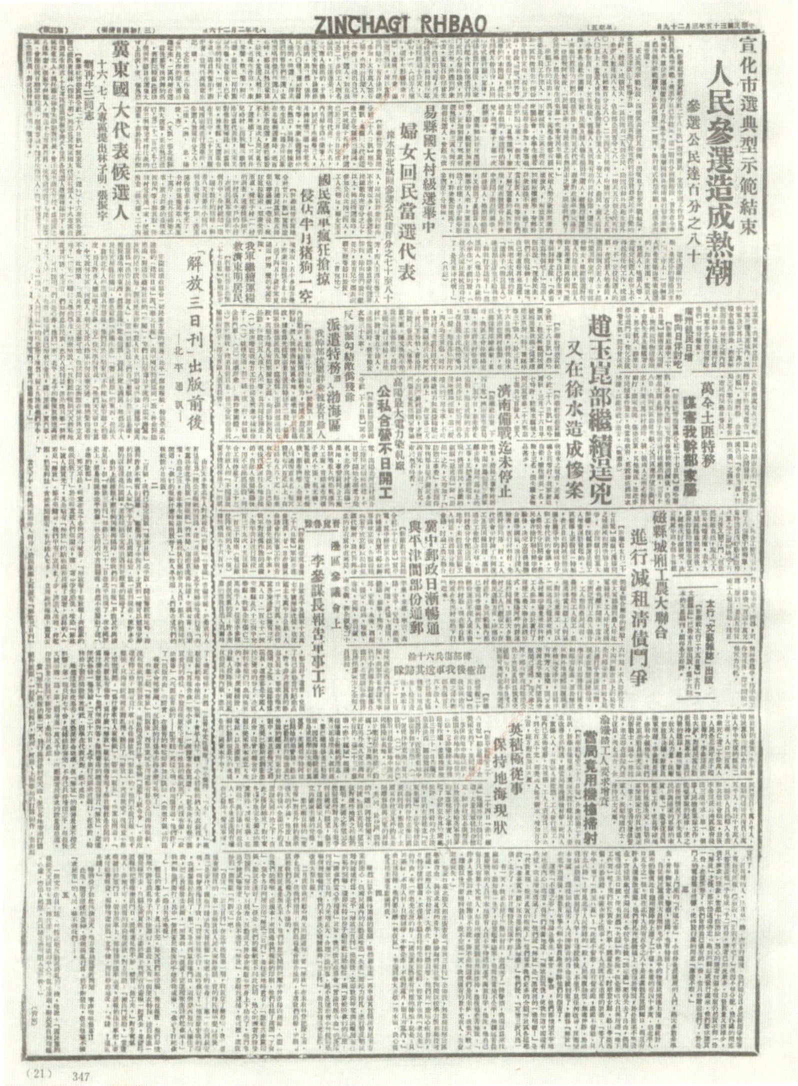
ZINCHAGI RHBAO

宣化市選典型示範結束
人民參選造成熱潮
參選公民達百分之八十

易縣國大村級選舉中
婦女同民當選代表

冀東國大代表候選人

「解放三日刊」出版前後
——北平通訊

趙玉崑部繼續逞兇
又在徐水造成慘案

濟南備戰迄未停止

公私合營不日開工

磁縣城鄉工農大聯合
進行減租清債鬥爭

冀中郵政日漸暢通
與平津間部份通郵

李參謀長報告軍事工作

《晋察冀日报》发表署名“肖盈”的文章《〈解放三日刊〉出版前后——北平通讯》

1946年2月，萧殷奉命到北平《解放》（三日刊）负责对外采访工作。为揭露国民党特务压制民主的恶劣行为，萧殷在北平写出报道《〈解放三日刊〉出版前后——北平通讯》寄回解放区《晋察冀日报》。为了保护在国统区工作的作者，报社领导决定以“肖盈”为笔名发表该文。该笔名仅使用过这一次。

8. 改名为萧殷

1980年7月24日，萧殷在给北京《诗刊》编辑丁国成的信中写道：

一九四六年，为调处国共双方的军事冲突和交通纠纷，在“三人小组”（周恩来，张治中，马歇尔）之下成立“北平军事调处执行部”。中国共产党代表团派赴北平，组织上立即调我到北平负责报纸采访工作。开始时，我的文章仍署名“萧英”，但有些同志认为这名字在《解放日报》等根据地报纸出现过，现仍用它，怕引起敌人注意，有危险。经考虑后，遂改为“萧殷”。从此，它不仅成为我的笔名，而且它已逐渐代替了我的姓氏了。

9. 发表《四方脸》使用的笔名——司徒达

四方臉

——抗戰小故事之一——

司徒達

不改本色

1946年1月31日，《晋察冀日报》第4版发表署名“司徒达”的《四方脸（抗战小故事之一）》

萧殷在主编《晋察冀日报》副刊时，将多年前发表在延安《解放日报》的文章《四方脸》以“司徒达”的名字再次发表。同一时期，萧殷还以“司徒达”为笔名发表过《再见吧，北平》和《毛主席的像片》。

10. 发表《买米》与《随感》使用的笔名——殷

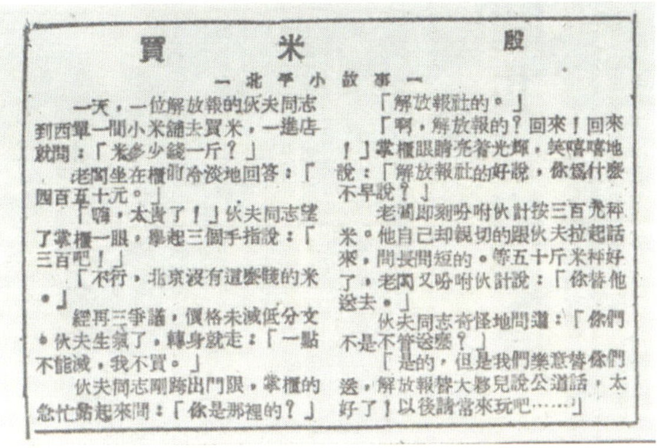

買米　殷

—北平小故事—

一天，一位解放報的伙夫同志到西單一間小米舖去買米，一進店就問：「米多少錢一斤？」

老闆坐在櫃前冷淡地回答：「四百五十元。」

「嗨，太貴了！」伙夫同志望了掌櫃一眼，舉起三個手指說：「三百吧！」

「不行，北京沒有這麼賤的米。」

經再三爭議，價格未減低分文。伙夫生氣了，轉身就走：「一點不能減，我不買。」

伙夫同志剛跨出門限，掌櫃的急忙喚起來問：「你是那裡的？」

「解放報社的。」

「啊，解放報的？回來！回來！」掌櫃眼睛亮着光輝，笑嘻嘻地說：「解放報社的好說，你為什麼不早說？」

老闆即刻吩咐伙計按三百元秤米。他自己却親切的跟伙夫拉起話來，問長問短的。等五十斤米秤好了，老闆又吩咐伙計說：「你替他送去。」

伙夫同志奇怪地問道：「你們不是不管送麼？」

「是的，但是我們樂意替你們送，解放報替大夥兒說公道話，太好了！以後請常來玩吧……」

以“殷”为笔名发表在北平工作期间的小故事《买米》

副刊

士兵的話

小言論

寫短文章　殷

以“殷”为笔名发表在《冀中导报》副刊“小言论”栏目的评论文章《写短文章》

1946年6月22日，《晋察冀日报》发表了署名“殷”的北平小故事《买米》；《冀中导报》副刊“剪报集”资料也找寻到一篇署名“殷”的小言论《写短文章》，其短文的文字风格与其他署名“萧殷”的“小言论”专栏文章一致，因此断定“殷”为萧殷所用的另一个笔名。

11. 发表短篇小说《高经理》使用出生之名——郑文森

1952年，萧殷在《人民文学》杂志上以原名“郑文森”发表小说《高经理》。1980年1月，萧殷在广东人民出版社为他出版的小说集《月夜》的后记中写道：

我的短篇《高经理》，就是我在“五反”运动结束的当晚开始写作的。……完稿后，即以“郑文森”的笔名发表在《人民文学》上，张天翼同志看了，正惊异“五反”运动还未结束，反映它的小说却出现了，并且认为它还写出了一两个人物，便问我是谁写的，我没有回答，只笑了一下。

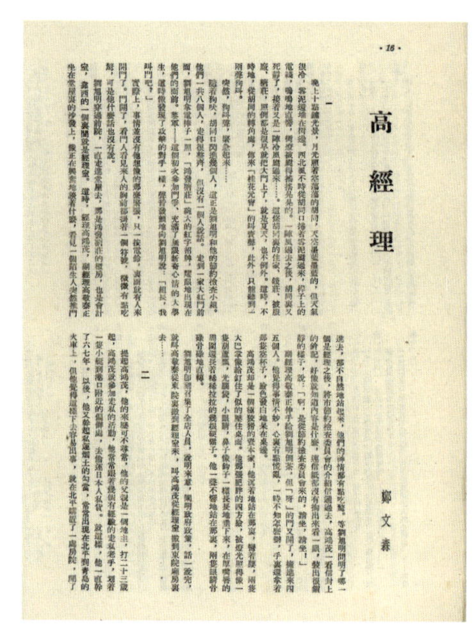

高經理

鄭文森

署名“郑文森”的小说《高经理》

实际上，《高经理》并非萧殷第一次使用原名发表的文章。早在1951年3月16日，萧殷在《人民日报》第三版《新片评介》上发表影评《评〈内蒙人民的胜利〉》[①]曾使用此名，同名文章还刊登在1951年4月的《新华月报》上。

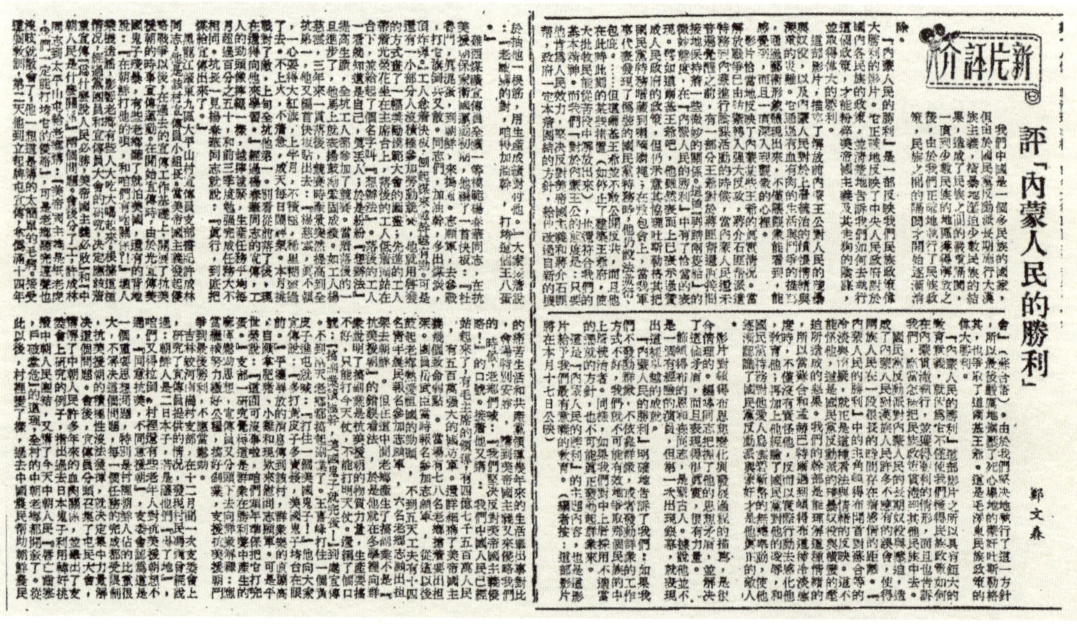

新片評介

評「內蒙人民的勝利」

鄭文森

1951年3月16日，《人民日报》第三版“新片评介”专栏发表署名“郑文森”的影评《评〈内蒙人民的胜利〉》

---

① 《内蒙人民的胜利》是由中央电影局东北电影制片厂制作发行的120分钟剧情影片。该片是新中国成立后拍摄的第一部少数民族题材的影片。

12. 在《人民文学》发表短论时使用的笔名——柳

·4·

目錄（一九五三年三月號 總第四十一期）

·6·

1953年3月号《人民文学》发表署名“柳”的文章《不要辜负了这光荣称号》

萧殷在《人民文学》发表的这篇文章，后来被收入他的著作集《给文艺爱好者与习作者》中。因此可见，“柳”是萧殷使用过的笔名。

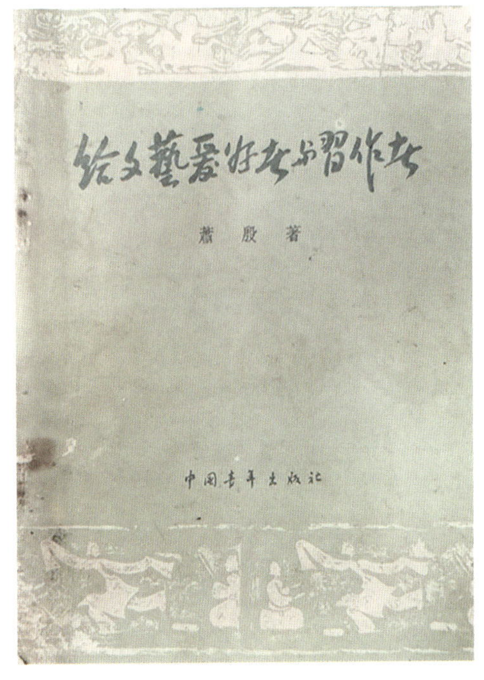

1955年出版的《给文艺爱好者与习作者》

13. 发表诗评《简妙》使用的笔名——何迈

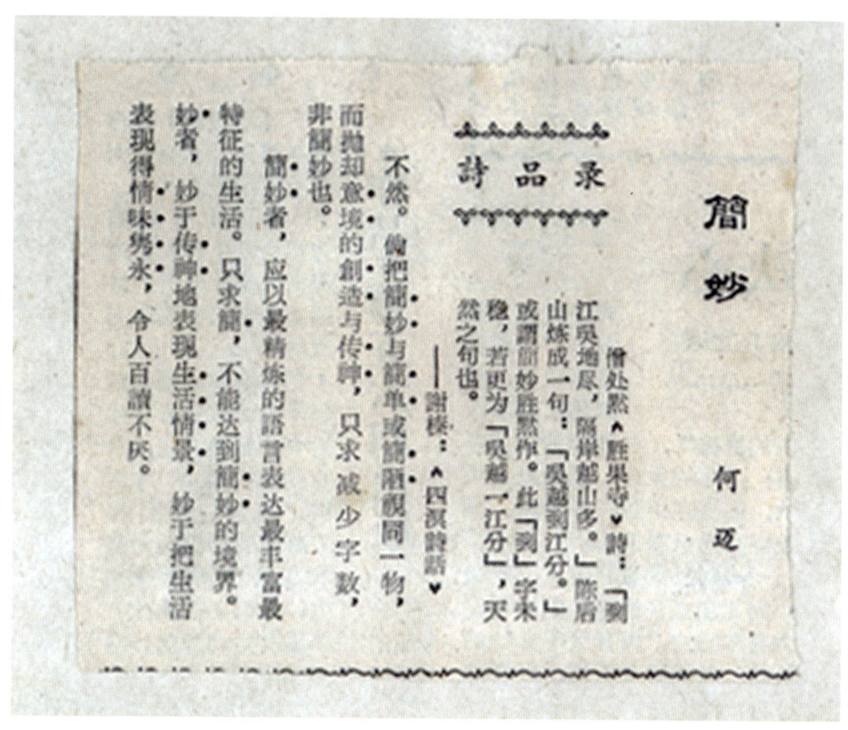

簡妙

何迈

詩品录

僧处默《胜果寺》詩：「到江吳地尽，隔岸越山多。」陈后山炼成一句：「吳越到江分。」或謂簡妙胜默作。此「到」字未稳，若更为「吳越一江分」，天然之句也。

——謝榛：《四溟詩話》

不然。倘把簡妙与簡单或簡陋視同一物，而抛却意境的創造与传神，只求減少字数，非簡妙也。

簡妙者，应以最精炼的語言表达最丰富最特征的生活。只求簡，不能达到簡妙的境界。妙者，妙于传神地表现生活情景，妙于把生活表现得情味隽永，令人百讀不厌。

剪报1：署名“何迈”的《简妙》

14. 发表诗评《爆竹与撞钟》使用的笔名——何莲

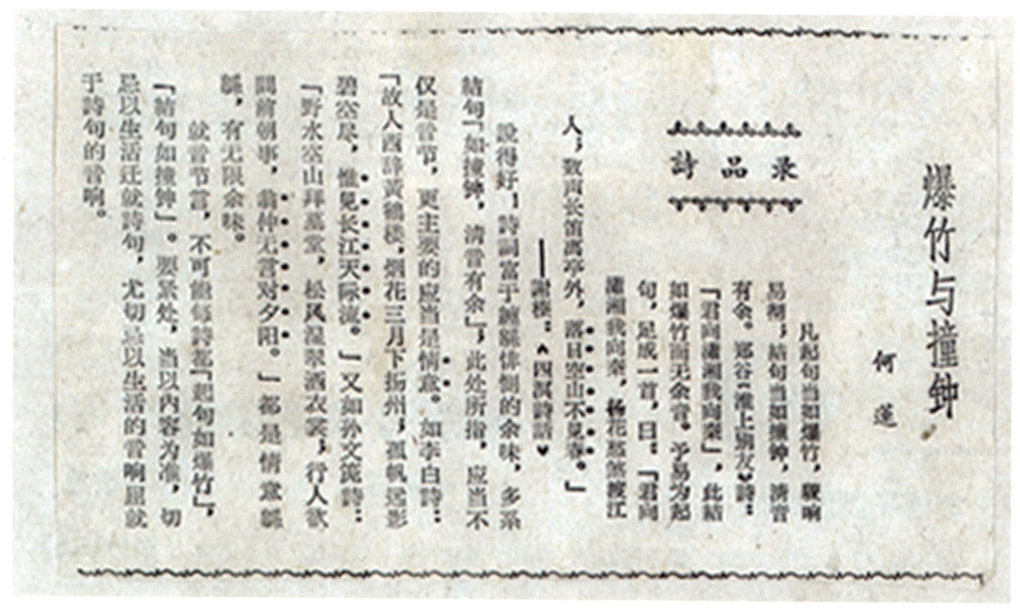

爆竹与撞钟

何莲

詩品录

凡起句当如爆竹，骤响易彻；結句当如撞钟，清音有余。鄭谷《淮上别友》詩：「君向潇湘我向秦」，此結如爆竹而无余音。予易为起句，足成一首，曰：「君向潇湘我向秦，杨花愁煞渡江人，数声长笛离亭外，落日空山不見春。」

——謝榛：《四溟詩話》

說得好！詩詞富于纏綿悱恻的余味，多系結句「如撞钟，清音有余」，此处所指，应当不仅是音节，更主要的应当是情意。如李白詩：「故人西辞黄鹤楼，烟花三月下扬州，孤帆远影碧空尽，惟見长江天际流。」又如孙文篪詩：「野水空山拜墓堂，松风湿翠洒衣裳，行人欲問前朝事，翁仲无言对夕阳。」都是情意綿綿，有无限余味。

就音节言，不可能每詩都「起句如爆竹」，「結句如撞钟」。要紧处，当以内容为准，切忌以生活迁就詩句，尤切忌以生活的音响屈就于詩句的音响。

剪报2：署名“何莲”的《爆竹与撞钟》

河源萧殷文学馆保存了两篇同归在《诗品录》名下的小文章：一篇是署名“何迈”的《简妙》；另一篇是署名“何莲”的《爆竹与撞钟》。

15. 发表杂感《私欲的碰壁》使用的笔名——燕南

羊城晚报　　1957年12月1日　星期日

……的看法

惊人的演出　　黄伟强 作

的侯森攻指臻，始终只是乞怜于天，求助于神、于仙、于神物。有了神物（宝鎏刀等）灾难也就迎刃而解了，而最后轩辕则因此俯首承受"天罚"。所有这些，宣扬了什么？不是宣扬了"天威""神力"，"获罪于天无可祷也"的迷信、命运思想么？不正是因此从而发生了否定"人力"的后果么？

在构思方面，如剧中的扶除蝗灾的办法，就是"救收稻谷"，这并非"人力"远不可及的事情，"蝗灾"、"救收"，从问题到解决问题的办法，都在"人"的意力之中，都是很现实的，因此，"救收"就并一定要有"宝鎏刀"不可，"人力"并非毫无用处（至多也不过是个效率高低的问题罢了），所以，尤是情节构成本身，就令人难于理解、信服。

近一个时期来，出现了这类不怎样健康的粤剧不少，原因当然是多方面的，但就粤剧编剧者来说，这和其间某些编剧者单纯追求情节、场面的新奇、刺激，忽视内容效果，追求"票"的思想等资本主义倾向有关，实质上这也就是世界观、创作思想、态度问题。这个问题在目前不是属于少数的、个别的，因此，编剧者进一步地自觉地要求思想改造、学习马列主义、提高政治思想水平和创作水平，以及有关领导上需要加强社会主义政治思想领导工作，是十分重要而迫切的事情。

花地

私欲的碰壁

燕南

在某街头的汽车站上，有三四十个人排成长长的队伍，正在秩序井然地等待着公共汽车。但这时来了个四十多岁的妇女，她不但没有按照顺序站到她应站的位置上，却径自走向队伍的前头，悄然地把她自己安排在"最先登车"的位置上。人們对她这种不寻常的行动，都不禁投出奇异的目光。接着有人向她建議：

"大嫂！你应当按順序排队才好！"

你猜这位"大嫂"說什么？她向长长的队伍瞥了一眼，冷冷地說："我为什么要按顺序排队？你們不应当照顾我这老年妇女么？"

于是許多人七嘴八舌地說开了：

——你瞧！排在队伍里的，有挺着肚子的孕妇，有五六十岁的大伯，还有领着两三个孩子的妇女……

——你不能不守秩序呀……

——你不应当把社会对老人的尊敬拿来当作自己的特权呀！何况这队伍里比你年长的人还多着哩……

人們尽管評論着，但那位"大嫂"却"稳步"地站在那里，谁理也不理，看她那神气，似乎已下定决心，非争取头一个登车不可了。……

到底结果如何，我不知道。但我却想到在公共汽车上常常看见的一些动人的情景：一个老年妇女刚登上汽车，大伙都争着把座位讓给老太太，而老太太謙讓了一阵，然后才"谢谢你們！谢谢你們"地一面说着，一面坐下去；一位抱着婴孩的年青妇女，順序地跟着人們走上汽車，虽然她是最末一个上车的，可是人們立刻讓給她一个座位。……

这是理所当然的，也是新的社会道德品質一种自然的表露。应当这样！因为对于老弱幼小的扶助，是我們年青人应有的义务。

可是，像上述那位"大嫂"那样，利用社会上新的良好风气，利用人們对老人的謙讓与尊敬，反而不尊重自己，反而把人們的謙讓看作是自己的特权，把自己视为与众不同的人物，只要求別人对自己"謙讓"，却破坏新社会的生活秩序，却是不好的。

要求別人尊重自己，自己首先必须尊重社会和尊重別人。否則，他就没有理由取得社会对他的敬重。

一些美好的东西，例如新社会中的互助、礼讓……等等，都是以集体利益作为出发点的。然而市儈主义者和自私自利之徒，却利用这些美好的社会風气，来满足自己个人主义的私欲，以至于不惜破坏集体秩序和损害集体利益。应当說，这种人与我們社会主义社会的新風習是不合拍的。要告訴这类人：个人主义的私欲愈扩張，他在新社会里就会愈孤立，愈不得人心；就会到处碰壁，以至于最后被人唾弃。

1957年12月1日，《羊城晚报》副刊《花地》发表的署名"燕南"的杂感

1956年上半年，萧殷向组织提出到农村去搞创作。1956年12月，中国作家协会通知萧殷，从1957年1月起停发工资，开始专业创作。这一年，萧殷回到家乡龙川佗城，准备以此作为生活根据地，长时间生活、写作。11月底，他带了组织关系和户口回到佗城。12月1日，《羊城晚报》副刊《花地》发表了他一篇杂感《私欲的碰壁》，以"燕南"为笔名。

16. 讨论《金沙洲》时使用的笔名——朱若

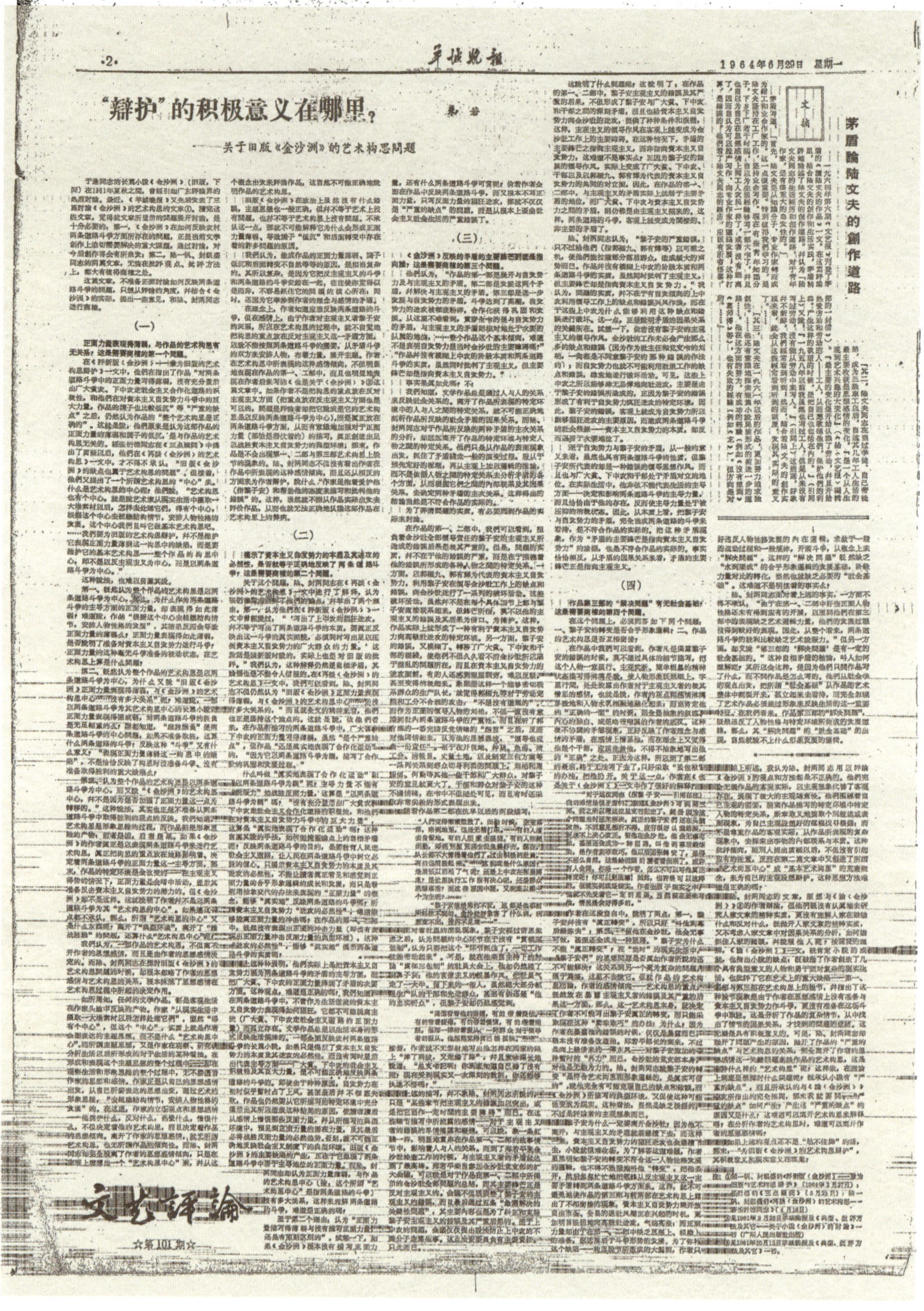

·2· 羊城晚报 1964年6月29日 星期一

“辩护”的积极意义在哪里？

朱若

——关于旧版《金沙洲》的艺术构思问题

（一）

（二）

（三）

（四）

文艺评論

☆第101期☆

茅盾論陆文夫的創作道路

1964年6月29日，《羊城晚报》副刊《文艺评论》第101期发表署名“朱若”的文章《“辩护”的积极意义在哪里？》

17. 与郭秉箴合写的文章署名——萧箴

·2·　羊城晚报　1965年3月8日　星期一

革命的内容和戏曲的特点

萧箴

——看华东现代戏曲的几点感想

一、剧本结构的戏曲化问题

二、从生活出发，大胆继承，适用程式

三、音乐唱腔的吸收创造，不离剧种特色

夜袭边和

——访越记事

花地

1965年3月8日，《羊城晚报》副刊《花地》发表署名"萧箴"的文章《革命的内容和戏曲的特点》

第三章 编者的历程

文藝報

石家莊日報

SINXUA-RHBAO

華日報

華北版

一切「防共」「反共」，破壞團結，反對進步的行爲，結果所趨，必然是降敵賣國。忠告頑固份子：流芳百世，遺臭萬年，是値得考慮與選擇的。

閻長官令

陳王二逆益狂

萧殷是实至名归的编辑家。他先后担任过十五份报纸杂志的记者、编辑与主编。

1937年，萧殷在上海任《金陵日报》（陈农非、何云等编辑）的驻沪记者；1938年年初，萧殷在武汉范长江领导的中国青年新闻记者学会编辑机关刊物《新闻记者》；1938年至1941年，萧殷曾在延安《新中华报》和太行山《新华日报》（华北版）任编委兼特派记者；抗战胜利后在《晋察冀日报》任编委兼副刊主编；1946年我党与美国、国民党谈判期间，任北平我党党报《解放》（三日刊）及新华社北平分社采访部主任；后任《冀中导报》副刊主编和《石家庄日报》副总编辑。

中华人民共和国成立后，萧殷历任《文艺报》主编、《人民文学》杂志执行编辑，在担任中国作家协会青年作家委员会副主任期间兼任《人民日报》副刊《人民文艺》、《光明日报》副刊《文学》的编委、编辑。调往广东工作以后，先后担任《作品》月刊副主编、主编。

四十多年里，无论在新闻战线抑或文学领域，萧殷都在编辑岗位上作出杰出贡献，他是名副其实的编辑家。

一、任职报刊工作一览表

序号	年份	报纸杂志名称	使用名字	担任职务
1	1937	《金陵日报》		驻沪记者
2	1938.03—1938.07	《新闻记者》	萧英	编辑
3	1939.02—1939.07	《新中华报》	萧英	编委
4	1939.09—1941.03	《新华日报》（华北版）	萧英	编委
5	1945.10—1945.12 1946.08—1946.10	《晋察冀日报》	萧英	编委 副刊主编
6	1946.02—1946.06	《解放》（三日刊）（北平）	肖盈	报社及新华社北平分社采访部主任
7	1946.11—1947.03	《冀中导报》	萧殷	副刊主编
8	1948.08—1949.02	《石家庄日报》	萧殷	副总编辑
9	1949.09—1951.12 1952.01—1954.12	《文艺报》	萧殷	主编 编委
10	1952.02—1953下半年	《人民文学》杂志	萧殷	编辑部主任（执行编辑）
11	1954.04—1957.11	《文艺学习》（月刊）	萧殷	编辑部主任（执行编辑）
12	1962.01—1966 1973.03—1977.06 1977.07—1980.0	《作品》 《广东文艺》 《作品》	萧殷	副主编 主编 主编

说明：除上表所列以外，1949年5月，萧殷与严辰、吕剑一同编辑《劳动文艺》期刊，由文艺劳动社编辑发行（但仅出版六期即告停刊）。后兼任《人民日报》副刊《人民文艺》编委及《光明日报》副刊《文学》的主编工作。

二、编辑工作贯穿一生

（一）编辑《新闻记者》月刊

《新闻记者》是中国青年新闻记者学会（简称“青记”）创办的会刊，1938年4月至1941年4月，共发行两卷20期。“青记”成立时，萧殷（当时使用名字为“萧英”）被选为总务组干事，并负责编辑“青记”机关刊物《新闻记者》月刊。

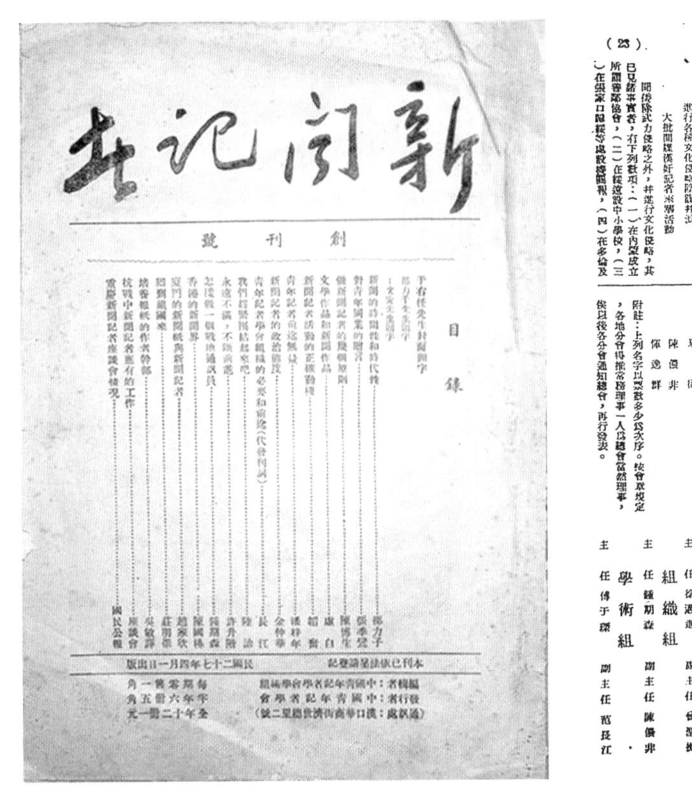

新聞記者

創刊號

目錄

本刊已依法呈請登記

民國二十七年四月一日出版

編輯者：中國青年新聞記者學會編輯組
發行者：中國青年新聞記者學會
通訊處：漢口華商街滿貫里二號

每期零售一角
半年六冊五角
全年十二冊一元

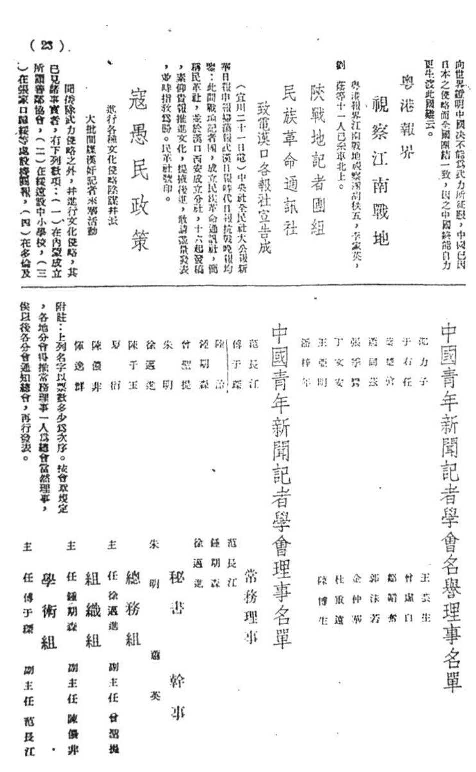

（23）

粵港報界 視察江南戰地

陝戰地記者團組

民族革命通訊社

致電漢口各報社宣告成

寇愚民政策

中國青年新聞記者學會名譽理事名單

中國青年新聞記者學會理事名單

常務理事
范長江 鍾期森 徐邁進

秘書 朱明
幹事 蕭英

總務組
主任 徐邁進　副主任 曾[illegible]

組織組
主任 鍾期森　副主任 陳儂非

學術組
主任 傅于琛　副主任 范長江

附註：上列名字以票數多少爲次序。按會章規定，各地分會得推常務理事一人爲總會當然理事，俟以後各分會通知總會，再行發表。

1938年4月1日出版的《新闻记者》（创刊号）上刊登的中国青年新闻记者学会理事名单，萧英名列其中

在《现代中国作家传略》中，萧殷自述：

抗日战争爆发后，在武汉与范长江同志编辑中国青年新闻记者学会机关刊物《新闻记者》月刊。

“青记”曾召集在武汉的各方面代表人士，举行国事座谈会，通过大家发表意见，坚定了抗战的决心，反击了投降派的活动。《新闻记者》第一卷第二期封面，就是用了座谈会的签名。萧殷当年的名字“萧英”出现在签名图片的左上角。

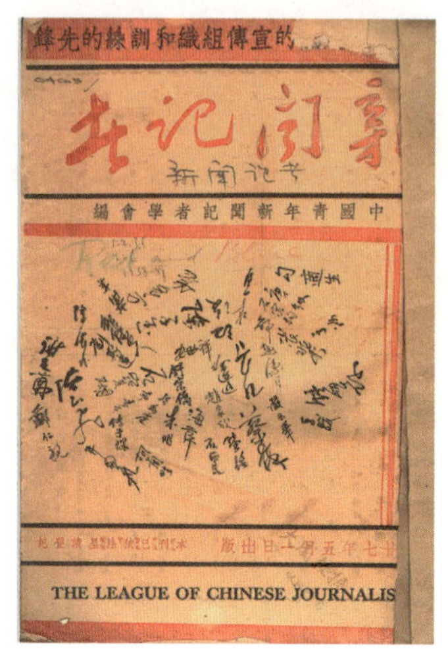

萧殷编辑的1938年5月1日出版的《新闻记者》封面

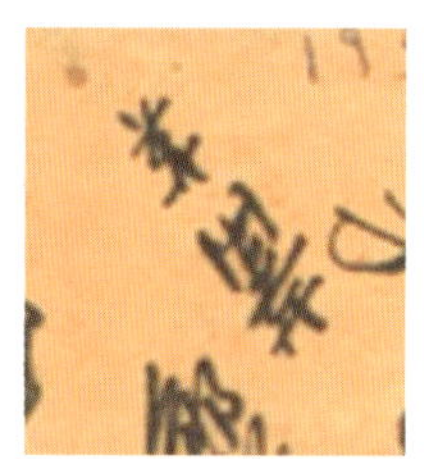

1938年5月1日出版的《新闻记者》封面的萧殷签名（反，正）

萧殷在担任《新闻记者》编辑期间，先后发表了三篇文章。

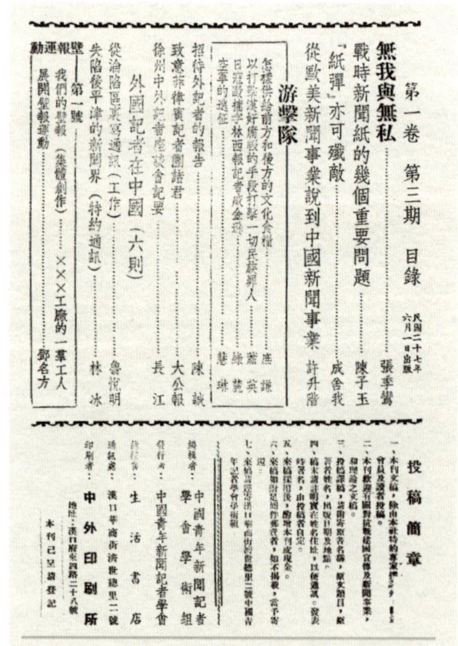

第一卷 第三期 目錄 民國二十七年六月一日出版

投稿簡章

編輯者：中國青年新聞記者學會學術組
發行者：中國青年新聞記者學會
總經售：生活書店
通訊處：漢口華商街濟世總里二號
印刷者：中外印刷所 地址：漢口府東四路二十八號
本刊已呈請登記

《新闻记者》第三期目录署名“萧英”的文章《以打击汉奸庸报[1]的手段打击一切民族罪人》

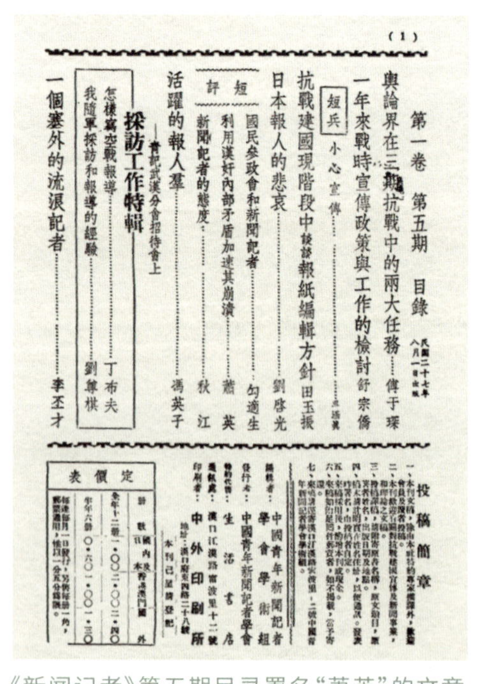

（1）

第一卷 第五期 目錄 民國二十七年八月一日出版

投稿簡章

定價表

編輯者：中國青年新聞記者學會學術組
發行者：中國青年新聞記者學會
特約代售：生活書店
通訊處：漢口江漢路富波里十二號
印刷者：中外印刷所 地址：漢口府東四路二十八號
本刊已呈請登記

《新闻记者》第五期目录署名“萧英”的文章《利用汉奸内部矛盾加速其崩溃》

① 庸报：即《庸报》——日本侵略者的喉舌。

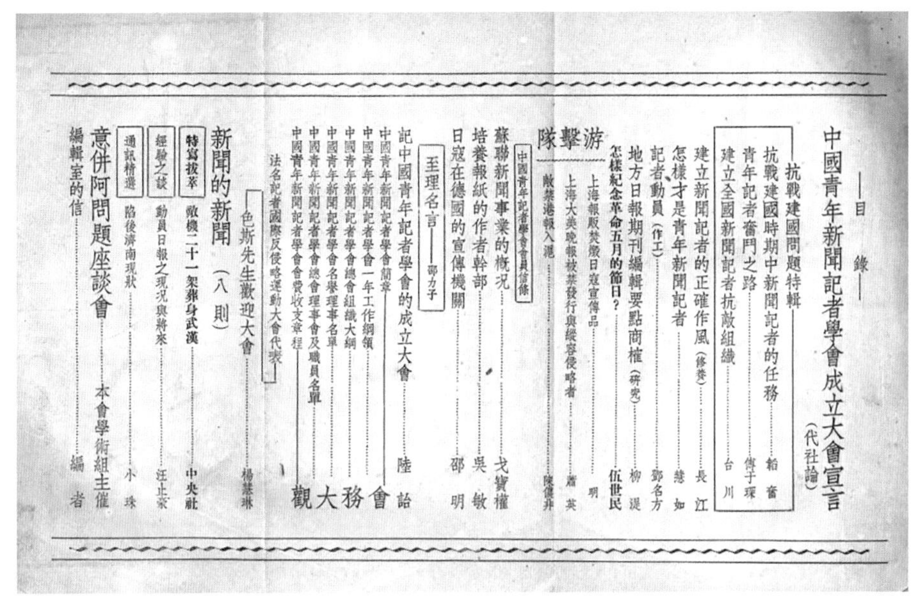

——目録——

中國青年新聞記者學會成立大會宣言（代社論）

抗戰建國問題特輯

抗戰建國時期中新聞記者的任務……翰　奮

青年記者奮鬥之路……傅于琛

建立全國新聞記者抗敵組織……台　川

建立新聞記者的正確作風（修養）……長　江

怎樣才是青年新聞記者……慧　如

記者動員（作工）……鄧名方

地方日報期刊編輯要點商榷（研究）……柳　湜

怎樣紀念革命五月的節日？……伍世民

游擊隊

上海報販焚燬日寇宣傳品……明

上海大美晚報被禁發行與縱容侵略者……嘉　英

敵禁港報入滬……陳儂非

中國青年記者學會會員信條

蘇聯新聞事業的概況……戈寶權

培養報紙的作者幹部……吳　敏

日寇在德國的宣傳機關……邵　明

至理名言——鄧力子

記中國青年記者學會的成立大會……陸　詒

會務大觀

中國青年新聞記者學會簡章

中國青年新聞記者學會一年工作綱領

中國青年新聞記者學會總會組織大綱

中國青年新聞記者學會名譽理事名單

中國青年新聞記者學會總會理事會及職員名單

中國青年新聞記者學會會費收支章程

色斯先生歡迎大會……楊慧琳

法名記者國際反侵略運動大會代表

新聞的新聞（八則）

特寫拔萃　敵機二十一架葬身武漢……中央社

經驗之談　動員日報之現況與將來……汪止豪

通訊精選　陷後濟南現狀……小　珠

意併阿問題座談會……本會學術組主催

編輯室的信……編　者

中国青年新闻记者学会成立大会宣言目录

（二）任《新中华报》编委

《新中华报》的前身是《红色中华》报。1937年1月29日，《红色中华》报改名为《新中华报》。1939年2月7日，《新中华报》进行改版并以“刷新第1号”复刊，成为中国共产党中央委员会机关报、陕甘宁边区政府机关报、陕甘宁边区党委机关报。

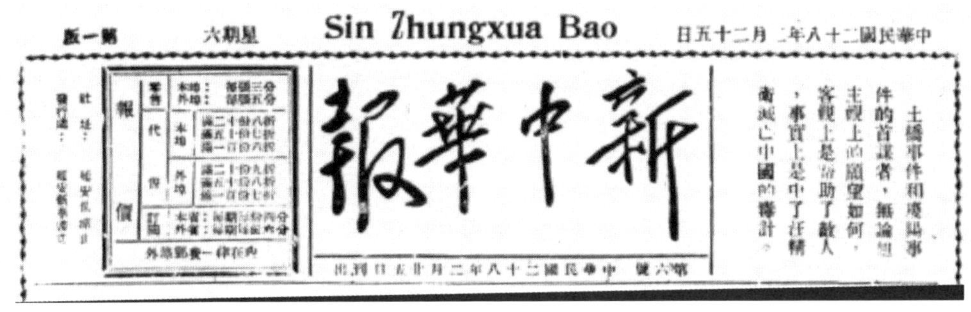

Sin Zhungxua Bao

第一版　星期六　中華民國二十八年二月二十五日

新中華報

第六號　中華民國二十八年二月廿五日出刊

土橋事件和瓊崖事件的首謀者，無論他主觀上的願望如何，客觀上是幫助了敵人，事實上是中了汪精衛滅亡中國的毒計。

1939年2月25日的《新中华报》报头

萧殷何时起担任《新中华报》编委，他本人从未提及。杨小川的《新中华报介绍》一文记述，“主编是向仲华。徐冰具体指导。汪仑、萧英（萧殷）、雷烨、员宪千、方树民、刘毅、黎光等参加编委工作”。

1938年11月6日，萧殷参与筹备组建的中国青年新闻记者学会延安分会举行了成立大会。会后，萧殷写了一篇报道，刊登在1938年11月10日的《新中华报》上。

1939年1月14日，中国共产党机关报重庆《新华日报》也刊登了这篇署名“萧英”的报道《中国青年新闻记者学会延安分会成立大会记》。

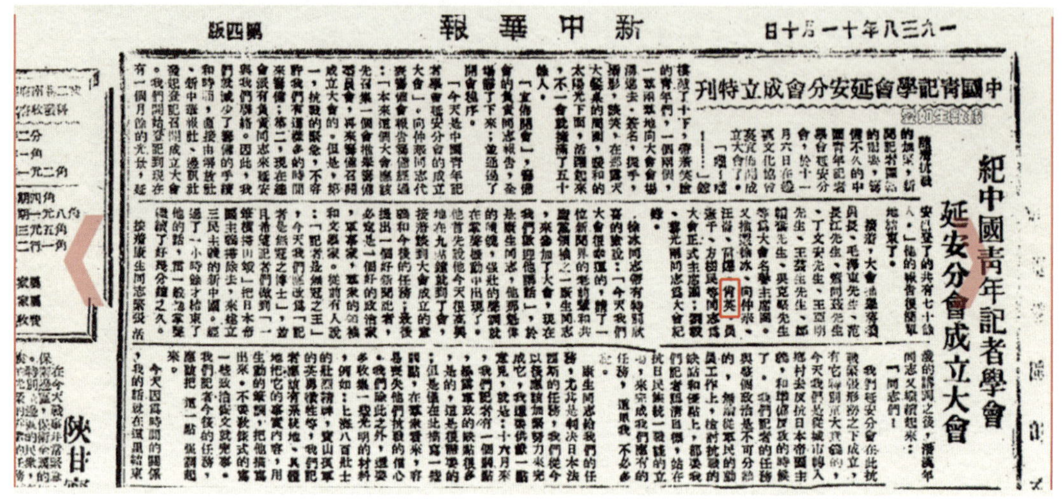

一九三八年十一月十日 新中華報 第四版

中國青年記者學會延安分會成立特刊

紀中國青年記者學會延安分會成立大會

1938年11月10日，《新中华报》刊登署名“萧英”的报道

中華民國二十八年一月十四日 星期六 新華日報 第四版

中國青年新聞記者學會延安分會成立大會記 蕭英

來論 請教張君勱先生

1939年1月14日，重庆《新华日报》刊登署名“萧英”的报道《中国青年新闻记者学会延安分会成立大会记》

萧殷在《新中华报》上先后发表了三篇反映根据地军民抗击日寇的英勇事迹的故事《母与子》《传令兵之死》《引路》。

（三）编辑《新华日报》（华北版）

《新华日报》（华北版）为中共中央北方局机关报。

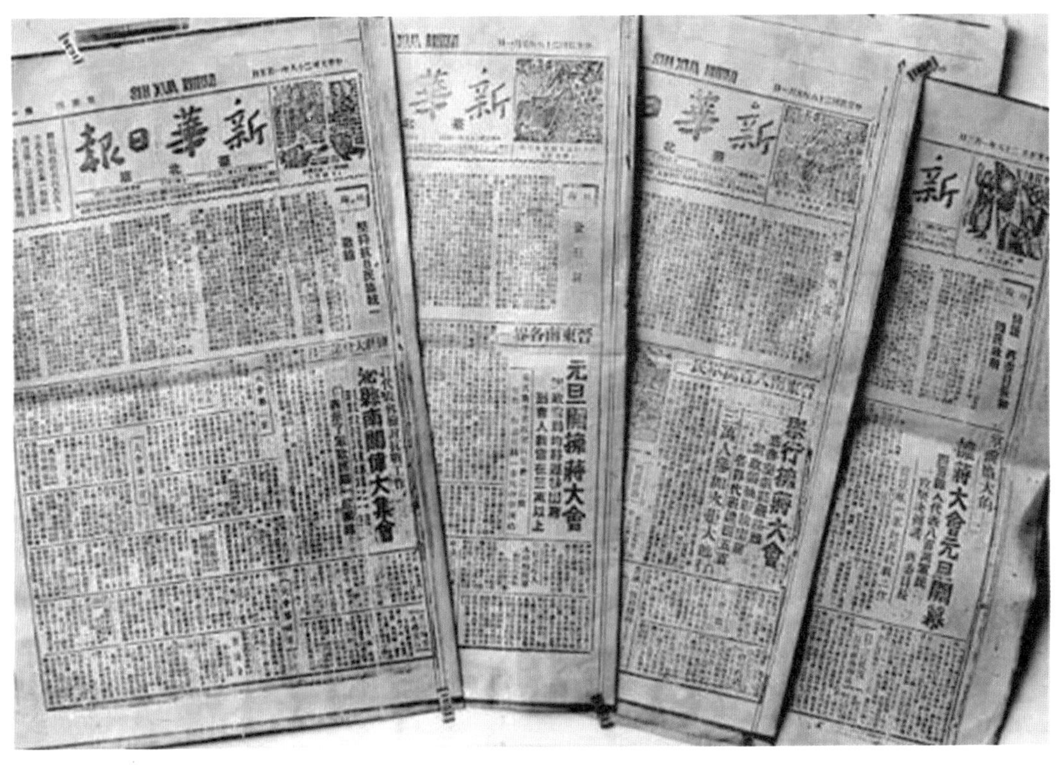
新華日報

1939年7月，萧殷奉调到敌后太行山工作。经过两个月的行军，萧殷于1939年9月抵达北方局，被派往太行山任《新华日报》（华北版）编委兼通讯联络科科长。

在《新华日报》（华北版）的中缝广告栏，刊登了《通讯与读者》第一和第三期的目录广告，其中有署名“萧英”的两篇文章《要多面反映战斗的现实》和《写通讯应注意四个要素》。

新華日報　星期五　第四版

五、政治重於軍事的眞正意義

七、全國上下必須有明確的行動方針

「民權讀本」

凡是中國人民讀了這本書，你就能管理國家大事，自己能成國家的主人。

通訊與讀者

第一期目錄

1939年11月17日《新华日报》（华北版）第四版中缝刊登《通讯与读者》小刊物第一期的广告，其中有署名"萧英"的文章《要多面反映战斗的现实》（左下角）

新華日報　星期六　第二版

中國軍人心目中的斯大林

朱德

朱德同志，著文祝賀斯大林同志六十大壽，原文如下：

在抗戰中的中國軍人，首先覺得斯大林是中華民族的好朋友！

他們親身看到斯大林所領導的蘇聯，給了中國很多精神上與物質上的幫助；他們眼看太空上盤旋着的飛機，有許多是蘇聯人民的產品；他們手中所使用的槍砲與武器，有許多即是蘇聯贈送中國的禮物。這於他們是最可靠的證明！

在抗戰中的中國軍人，更覺得斯大林是世界上最偉大的一人。他幫助中國，他更希望中國獨立統一與進步。他從沒有想侵略中國，他從沒有要求過中國給他們什麽報酬。大家都敬愛像斯大林這樣的好人；大家都喜歡讀到斯大林的著作與言論；知道斯大林這樣的好人應該長壽百歲。

在抗戰中的中國軍人，大家都喜歡談斯大林領導的蘇聯，大家都仰慕蘇聯，他們覺得只要中蘇兩大民族親密的聯合起來，只要中國人民爲中華民族獨立解放而堅持奮鬥下去，不中日本帝國主義者及其他帝國主義者挑撥離間的詭計，那末在我們中國，也可以建立像蘇聯一樣光明幸福的社會。大家覺得，反對斯大林、反對蘇聯，都是中華民族敵人的陰謀詭計！大家對於反對斯大林、反對蘇聯的言論行動，表示極端的憤慨，斯大林在中國軍人的心目中，是中國人民解放事業的忠實朋友，是世界革命偉大導師！

英法帝國主義巨頭 舉行最高軍事會議

論「相持階段」 現已出版 定價：一角五分

紅軍進抵 芬反動軍繼續向南潰退

敵內閣日劇

通訊與讀者 第三期出版

主題與材料選擇……呂毅

通訊半月總結

晉東本報第一讀者會來信

寫通訊應注意四個要素……蕭英

蘇北我軍克復阜寧

切斷平綏路南段 北寧路也大部被破壞

冀東

沁翼間血戰中

1939年12月23日《新华日报》（华北版）第二版中缝刊登《通讯与读者》小刊物第三期的广告，其中有署名“萧英”的文章《写通讯应注意四个要素》（左下角）

在《新华日报》（华北版）工作期间，正值“百团大战”打响，萧殷以“本报特派员”的名义采访并写出反映八路军与人民群众英勇作战的报道《大破击在冀南》，发表在1940年12月11日《新华日报》（华北版）。

中華民國二十九年十二月十一日 新華日報 星期三 第二版

汪逆賣國條約激憤全國！

滇黔川康 國民黨部 軍政長官 通電 聲討汪逆僞組織

保國衛民早具捐軀決心 誓與全國同胞滅此醜類

繁昌民衆呼籲團結

鄭吉鄉民通電全國制止內戰

我繼續擴展交通戰

攻克觀城斬獲極衆

乘勝出擊我軍衝入濮豐

爲我全部擊潰 敵十一路掃蕩雁北

大破擊在冀南

本報特派員 蕭英

反對投降

十八集團軍野戰政治部

1940年12月11日《新华日报》（华北版）刊登了“本报特派员萧英”的报道《大破击在冀南》

在此期间，萧殷曾以冀南军区司令部特务团记者的身份深入前线采访报道。1940年3月，在冀南保卫战的一次采访后，萧殷随冀南军区副司令员王宏坤返回司令部，在半夜紧急转移途中被战马双蹄踢伤，致左腿胫骨断裂，几经周折才避免了锯腿。后被冀南军区评为“二等乙级残废军人”。

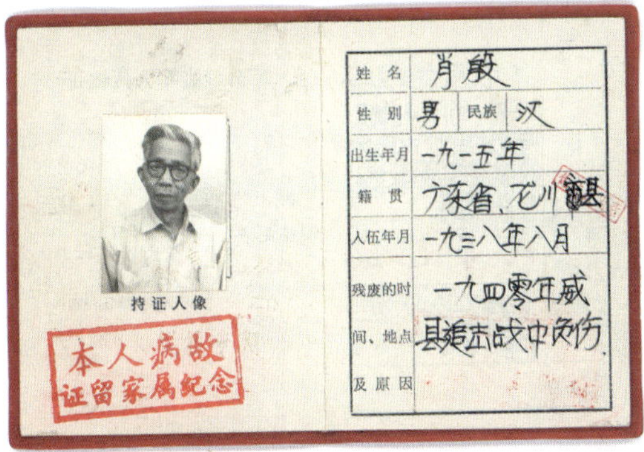

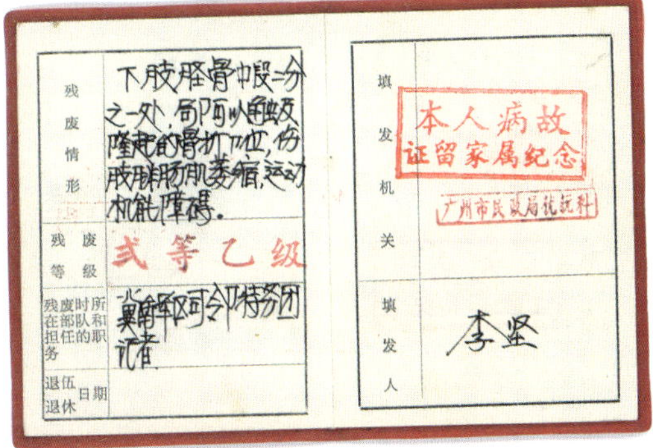

萧殷的革命残废军人抚恤证。“残废情形”一栏写明——下肢胫骨中段二分之一处，局部可以触及隆起的骨折部位，伤肢腓肠肌萎缩，运动机能障碍

在萧殷去世半年前，家人看到五十年代初期颁发给他的革命残废军人抚恤证历经三十三年已残旧不堪，难以保存，未经过多思考便到广州市东山区民政局换领了新证。今天，因没能保留七十多年前那张散发着厚重历史感的简朴而泛黄的旧证，家人深感遗憾。

《新华日报》（华北版）有个《新华增刊》增页，专门发表文艺作品。1941年4月，萧殷因为伤残离开《新华日报》返回延安，但他的心依然牵挂曾经工作过的报刊，不忘为《新华增刊》投稿。

新華增刊　　中華民國三十年五月七日

新華增刊

第六期

文藝短論

積蓄語彙

在文藝創作上，語彙是很重要的。高爾基曾經說過，文學的基本問題是語言問題；而語彙又是語言的結晶，那末，語彙在文學創作上所佔的地位是可想而知的了。

怎樣積蓄語彙呢？且把伊佐托夫在「文學修養的基礎」中的一段話拿來作說明吧——

「請君到田野裏去走走看，由地平線下漸漸現出了大朵的雲。假使有將這雲的印象鮮明地說出之必要時，請君將怎樣說以代替我這無生氣而又不鮮艷的文句呢？假若我這末說，或者將會更生動而逼肖吧——「那朵帶雨意的雲湧上來了！」……或者說：「帶雨意的雲像稻囊似的由村子背後湧上來了。」請君要一面眺望着雲是像什麼樣兒，而一面創造出自已的感性的或者所謂形象的表現來。為創造這種表現與形象，有時必須聚精會神地凝視着自己的思考而探索出必要的用語。有時一轉眼間便可獲得的，請君自己也想不到的，新鮮的形象的用語來的。這種剛剛吻合的而又湊巧由腦中閃過的用語，作家是絕對不可失掉的。因此就須不斷地帶着手冊走。將自己的以及由旁人聽來的有價值的種種用語與表現記下來。

大後方的暗影　鄒雅作

蕭英

隨感一則

之子

遠熱鬧的小集市

曼晴作詩

工柳插畫

山頂上的警鐘一響，
敵人的飛機來了。
小集市上，
馬上停止了生意
人民四散開來，
到山溝裏，樹底下，草坡上。
小街上——
再看不見一個人影。
祇有三四盞來的驢子
在大道上，
豎着耳朵，
怪叫着。
敵機——
從東邊飛過來，
軋軋着討厭的聲音，
在空中盤了一個圈子，
又盤了一個圈子。
突然，
天裂了似的，
幾條道路開花了，
大地震動了一下，
昇騰起綫綫煙塵。
敵機——
又兜了一個圈便飛去。
大地便又靜了；
祇有那三四驢子，
倒斃在路旁。
一個老鄉，
爬起來問我道：
「——這一個炸彈得幾十兩銀子吧？」
——是的，我答：
他勝利的笑了。
人民漸漸地回來，
小集市又熱鬧了，
繼續着做起買賣。
（晉察冀邊區）

1941年5月7日，《新华增刊》发表署名“萧英”的文章《平固故事》（遗憾的是题目几乎被遮住）

（四）编辑《晋察冀日报》

1945年8月15日日寇投降。8月底，萧殷在延安被派往晋察冀解放区，步行两个月后抵达张家口，任新华社晋察冀分社编辑组长，兼任中共晋察冀中央局机关报《晋察冀日报》编委。

ZINCHAGI RHBAO

晋察冀日報

本報廣告股啓事

晋察冀邊區高等法院 通告

新華社晋察冀分社 招收電訊新生簡章

1946年5月27日，《晋察冀日报》开辟了由丁玲主编的“副刊”文艺专栏。但不久丁玲离任，副刊主编由萧殷担任。

在《晋察冀日报》主编副刊期间，萧殷热情关心和培养新人。萧殷的夫人陶萍写道：

> 萧殷的一生，主要是从事报刊的编辑工作，从青年中发现人才，培养人才是他一贯重视的。为了不漏掉一个人才，他不厌其烦地看初稿，不论什么人送来的稿子，他都逐字逐句耐心地看下去。他在《晋察冀日报》负责副刊的时候，有一篇稿子，字迹潦草难辨，一个编辑认为应退稿，而萧殷却要来这稿子，以一周睡前的时间，一字一句认真反复猜测辨认，终于看完全稿，发现作者是有才能的。他叫秘书把稿子誊清，并对秘书说，如有不认识的字可来问他。由于字句难认，秘书没有及时抄完，正好遇到国民党军队进攻张家口，撤退时，这篇稿子遗失了。事隔三四十年，萧殷生前每提起此事，总是惋惜地说：“丢掉一篇好稿子，就等于丢了一个未来的作家。”他常说：“看初稿很重要，好像从沙里淘金，不淘沙怎么会出金子呢？”

陶萍《心上，拴着文学青年》（摘自《百年萧殷纪念文集》）

論典型環境與事件

——「再談忍讓」批判

何遠

讀了「略談忍讓」之後，我覺得這篇批評不够實際，硬搬出什麽「典型」一類書本上的原則公式來套活生生的作品，不僅毫不中肯，反而無原則的抹去了該作品的任何價值。當時我就想寫出我的想法就商於該文作者，無奈事務纏身，未能如願。最近又有機會讀到「再談忍讓」的原稿，我不能不貢……了。「千慮之一得」，意見還很不成熟，但願供……者參考，並希批評。

……象化。所謂典型，並不是，或不完全是政治概念的形……如果有人以爲一篇文藝作品沒有完全……

1946年7月12日《晋察冀日报》第四版副刊上发表萧殷署名“何远”的文章《论典型环境与事件》。

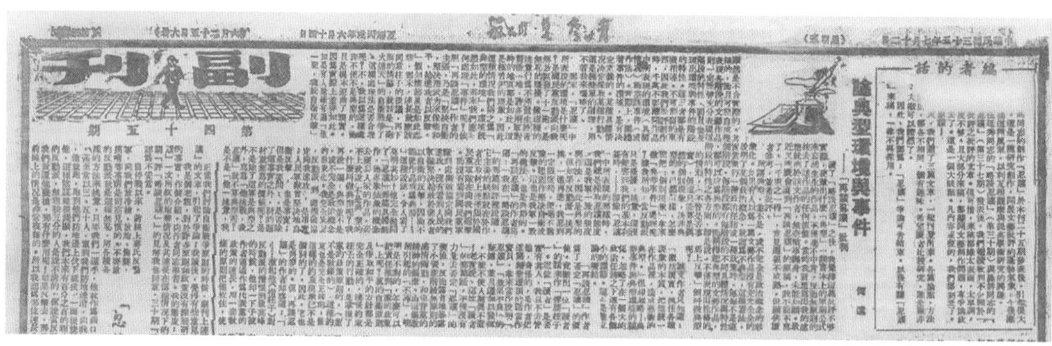

《论典型环境与事件》

只有恨

蕭殷

賣國賊蔣介石開始滅人性地濫炸張家口了，這無異宣佈全面破裂。所謂「停戰十天」，所謂「進攻張垣可能毅然中止」等等，證明全係煙幕，全係騙術。

我曾無數次的聽見老百姓這樣詛咒着：「日本在時，連蔣介石飛機的影子也看不見，日本投降了，蔣介石竟耀武揚威，拿美國的飛機來轟殺咱們老百姓了！」——這正是賣國賊的本色！蔣賊的血腥歷史，早已證明了他是人民的死敵，誰如果對他還抱一絲一毫的幻想，就只會招殺災難與死亡。對於蔣介石，我們只有恨，只有刻骨的恨，如果他不停止進攻解放區，不撤回一月十三日以前的位置，我們不惜血戰到底，非戰出一個和平民主的新中國，我們決不罷休！

現在，我不想來檢討這個賣國賊頭子的殘暴與無恥，因爲他的歷史早就道出其醜惡與罪惡的全部。令人莫明其妙的，倒是所謂「調停人」馬歇爾，一年來他眼見蔣介石拿着美國武器屠殺中國共產黨，中國民主人士以及中國無辜的老百姓，但他卻始終不哼一聲，可是當蔣介石在四平街碰了釘子，如今又見蔣介石在[illegible]碰得頭破血流的時候，他卻又假仁假義的出來「調停」了。够了！請不要再假猩猩的要那兩面把戲吧！我們早已看出那些不懷好意的異邦野心家們是什麽貨色了。我們知道美國反動派要幫助蔣介石把中國變成「菲律賓第二」，妄想把四億五千萬的中國同胞變爲你們爭取世界的砲灰，這是你們美麗的想像，我們也決不禁止你們去想像，但是我們中國人決不做任何帝國主義的奴隸！

爲了和平民主的新中國，我們決不吝惜任何的犧牲。

今日張家口的轟炸正是中美反動派狼狽爲奸相互勾結的「傑作」。張家口人民的鮮血將永遠鮮紅地烙印在中國人民的記憶中！它將[illegible]爲仇恨，永遠督促我們去復仇！

被難同胞的家屬和親友！請不要哭泣嗚咽，當敵人當前，不是落淚的時候；只有咬牙切齒的恨，才能够復仇！

《只有恨》

（五）《解放》（三日刊）

《解放》（三日刊）于1946年2月22日在北平创刊，由北平军事调处执行部中共负责人叶剑英领导。这是继《新华日报》之后，公开发行的第二份中国共产党党报。尤其值得关注的，这是当年唯一在国民党统治区公开出版发行的中共党报。

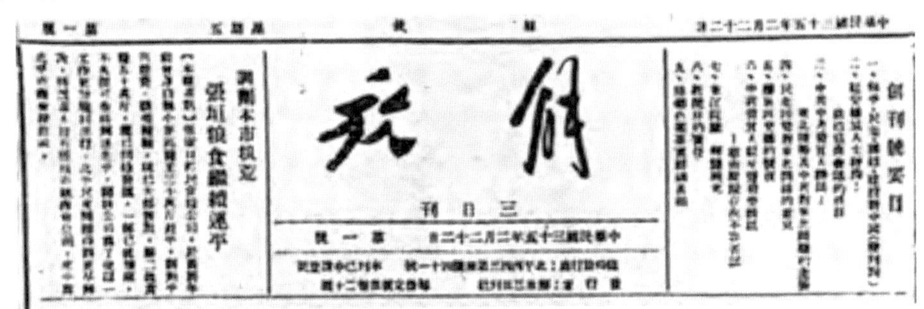

解放

三日刊

中華民國三十五年二月二十二日　第一號

創刊號要目

1946年2月，新华社北平分社成立，萧殷任采访主任，同时参与《解放》（三日刊）的采编工作。

在国统区北平工作期间，萧殷分别以“肖盈”“司徒达”和“殷”等笔名在解放区的《晋察冀日报》发表了多篇报道。

《解放》（三日刊）深受广大人民群众喜爱，每期发行多达5万份。但是，报纸很快遭到了国民党反动派的破坏。萧殷立即写下报道《〈解放三日刊〉出版前后——北平通讯》，寄回解放区，并以“肖盈”为笔名在《晋察冀日报》公开发表，有力地揭发了国民党反动派压制民主的恶劣行为。但是，随着解放的呼声日益高涨，在出版了37期以后，5月29日，蒋介石下令查封了《解放》（三日刊）和新华社北平分社。萧殷与报社全体工作人员怀着难舍之情，向北平人民告别。《解放》（三日刊）的寿命虽然只有短短九十七天，却在平津人民心中播下革命的种子。萧殷随即回到《晋察冀日报》主持副刊工作。

萧殷写下了《再见吧，北平》的诗歌，表达了他告别北平人民的真挚感情，以及一定会回来的信念与决心。

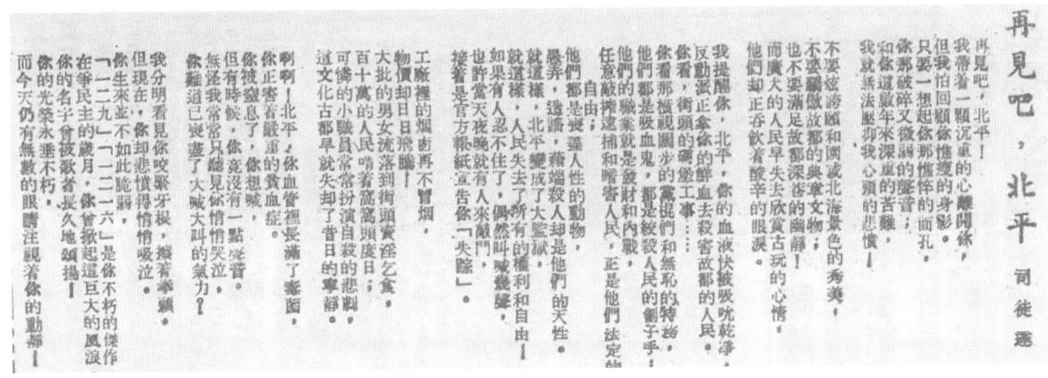

再見吧，北平

司徒達

再見吧，北平！
我帶着一顆沉重的心離開你，
但我怕回顧你憔瘦的身影，
只要一想起你那憔悴的面孔，
你那破碎又微弱的聲音；
和你這幾年來深重的苦難，
我就無法壓抑我心頭的悲憤！

不要炫誇頤和園或北海景色的秀美，
不要驕傲故都的典章文物；
也不要滿足故都深沉的幽靜！
而廣大的人民早失去欣賞古玩的心情，
他們却正吞飲着酸辛的眼淚。

我提醒你，北平，你的血液快被吸吮乾淨，
反動派正拿你的鮮血去殺害故都的人民。
你看，街頭的碉堡工事……
你看那橫視闊步的當兵們和無恥的特務，
他們都是吸血鬼，都是殺人民的劊子手！
他們的職業就是發財和內戰，
任意敲搾逮捕和暗害人民，正是他們法定的自由；
他們都是喪盡人性的動物，
愚弄，造謠，藉端殺人却是他們的天性。
就這樣，北平變成了大監獄，
就這樣，人民失去了所有的權利和自由！
如果有人忍不住了，偶然叫喊幾聲，
也許當天夜晚就有人來敲門，
接着是官方報紙宣告你「失踪」。

工廠裡的烟囱再不冒烟，
物價却日日飛騰！
大批的男女流落到街頭賣淫乞食，
百十萬的人民啃着窩窩頭度日；
可憐的小職員常常扮演自殺的悲劇，
這文化古都早就失却了昔日的寧靜。

啊啊！北平，你血管裡長滿了毒菌，
你正害着嚴重的貧血症。
你被窒息了，你想喊，
但有時候，你竟沒有一點聲音。
無怪我常常只聽見你悄悄哭泣，
你難道已喪盡了大喊大叫的氣力？

我分明看見你咬緊牙根，握着拳頭。
但現在，你却悲憤得悄悄啜泣。
你生來並不如此脆弱，
「一二九」「一二一六」是你不朽的傑作
在爭民主的歲月，你曾掀起這巨大的風浪，
你的名字曾被歌者長久地頌揚！
你的光榮永垂不朽，
而今天仍有無數的眼睛注視着你的動靜！

1946年6月20日，《晋察冀日报》刊登署名“司徒达”的诗歌《再见吧，北平》

（六）编辑《冀中导报》副刊

《冀中导报》于1938年9月10日在任邱县陈王庄创刊，初名《导报》，出过日刊、三日刊和不定期刊，并于1939年春和1942年夏两度停刊。1945年6月，随冀中斗争形势好转，该报又在饶阳复刊。

1946年10月，因战事紧急，《晋察冀日报》被迫撤出张家口。萧殷于11月调任《冀中导报》副刊主编。

在《冀中导报》工作期间，萧殷为副刊写了许多文章。根据《冀中导报史料集》的记载，该报副刊刊登的文艺评论，“有作家肖殷为辅导青年作者写的《谈主题》《试论新闻导语》《论情绪》《论形象》《谈现实》《谈形式主义》”（《冀中导报史料集》，河北人民出版社1990年）[①]。

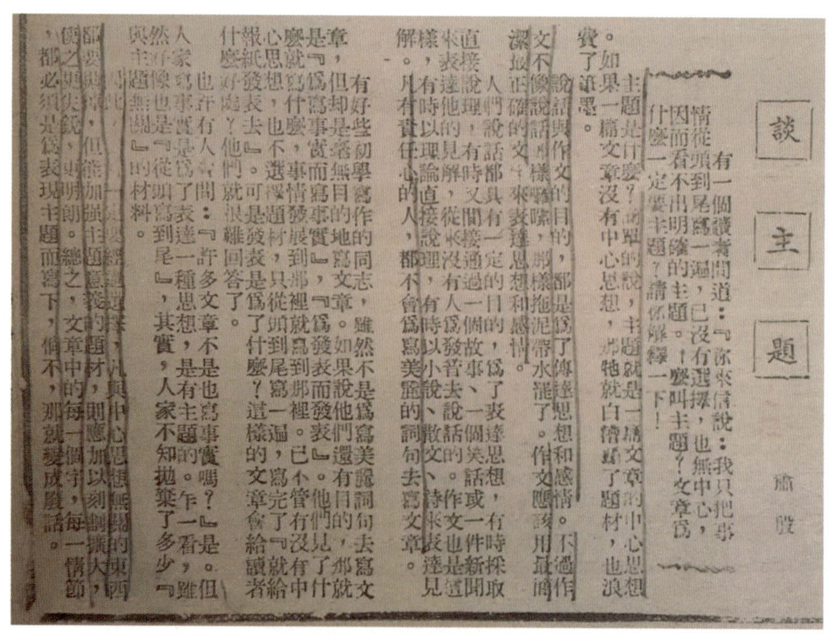

談主題

蕭殷

有一個讀者問道：『你來信說：我只把事情從頭到尾寫一遍，已沒有選擇，也無中心，因而看不出明確的主題。什麼叫主題？文章爲什麼一定要主題？請你解釋一下！』

主題是什麼？簡單的說，主題就是一篇文章的中心思想，如果一篇文章沒有中心思想，那牠就白費了題材，也浪費了讀者。

萧殷在《冀中导报》上发表的文章《谈主题》（剪报册由河北省文艺界老前辈刘庚先生制作并收藏保存，王律提供）

① 此引文中《论形象》应为《谈形象》之误；《谈形式主义》应为《谈公式主义》之误。（编者注）

1947年2月，《冀中导报》副刊收到了华北联合大学学生徐光耀以“越风”为笔名的小说习作《周玉章》，萧殷对作品给予了充分的肯定，并亲自写了按语编发。

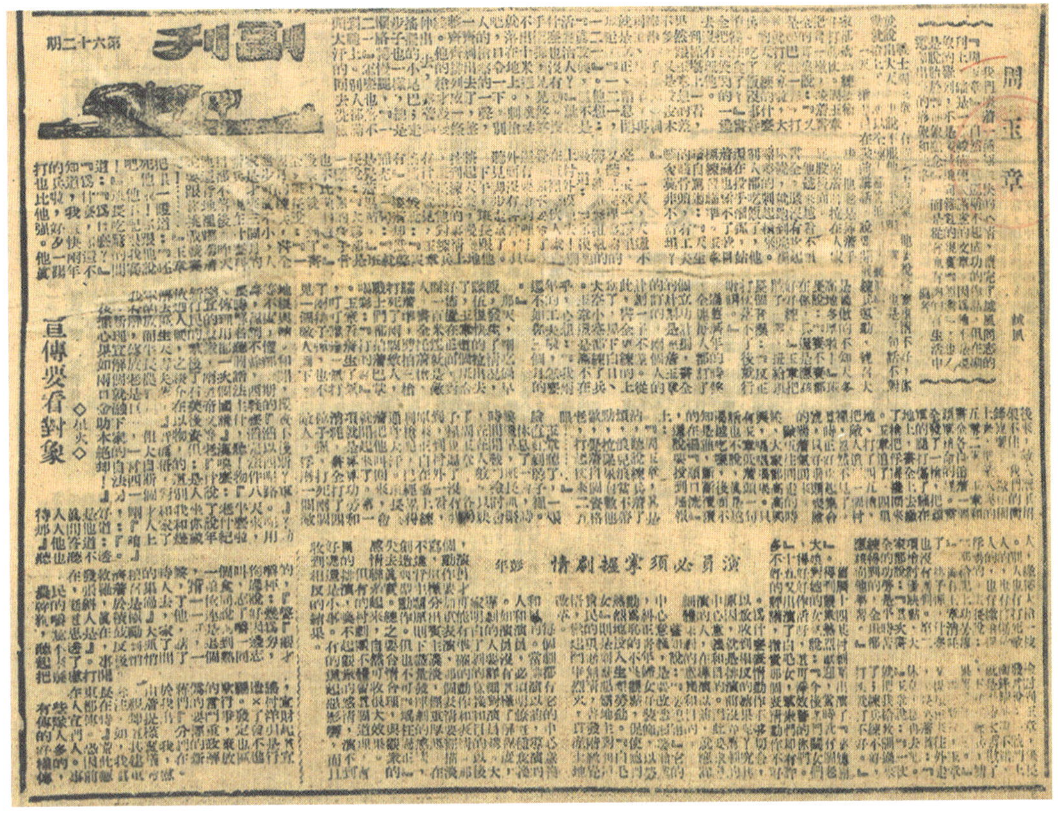

副刊 第六十二期

周玉章 越风

宣傳要看對象 ◇星火◇

演員必須掌握劇情 彭年

徐光耀署名“越风”的处女作《周玉章》，由萧殷编发并写编者按语（徐光耀提供）

萧殷在《冀中导报》为徐光耀的《周玉章》所写的按语——

我们怀着一种极愉快的心情，读完了越风同志的《周玉章》。自然，这还称不起成功的作品。但在副刊上，却是一篇较能使人满意的文章。因为它不是现象的罗列，不是机械地向杂乱的现实“照相”，也不是脱胎于“抽象概念”，而是从有血有肉的（现）实生活中选择出来的形象和性格。——编者。

这篇小说的发表以及萧殷所加的编者按，极大地鼓舞了徐光耀，成为他一步步走进文学殿堂的起点。

在担任副刊主编期间，萧殷在副刊上发起了一个记录与发表农民创作翻身诗谣的活动。1946年冬季，萧殷从发表的诗谣中选编了一部分，由冀中新华书店于民国三十六年六月十日（1947年6月10日）结集，以《翻身诗谣》为名出版。这一版的《翻身诗谣》，并没有萧殷的名字，只署名“冀中导报社编”。

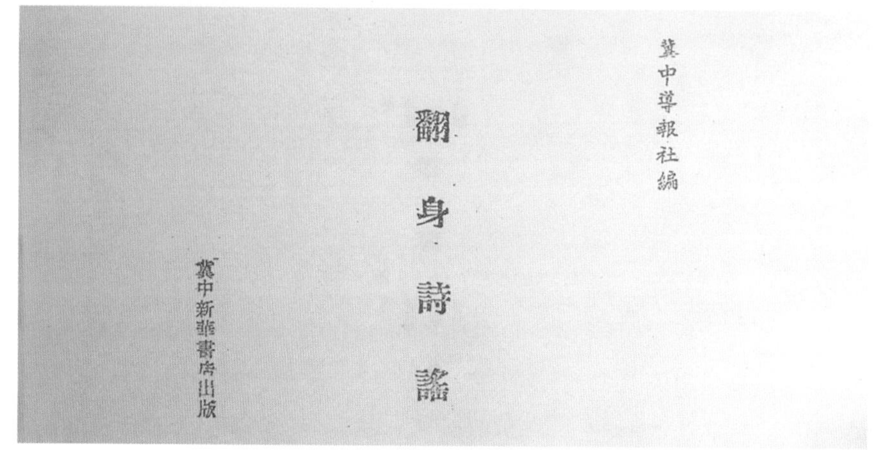

1946年冀中新华书店出版的由萧殷选编的诗集《翻身诗谣》

1951年，广州人间书屋出版社出版了由萧殷选编并附前言的《翻身诗谣》。

1951年11月，广州人间书屋出版萧殷编辑的《翻身诗谣》封面

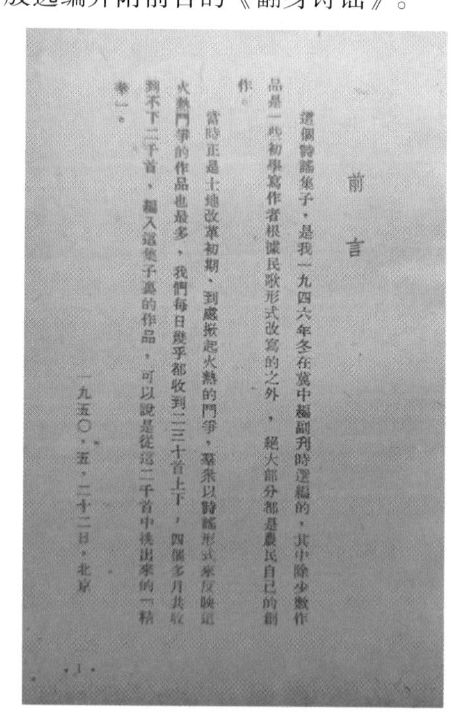

前言

這個詩謠集子，是我一九四六年冬在冀中編副刊時選編的，其中除少數作品是一些初學寫作者根據民歌形式改寫的之外，絕大部分都是農民自己的創作。

當時正是土地改革初期，到處掀起火熱的鬥爭，羣衆以詩謠形式來反映這火熱鬥爭的作品也最多，我們每日幾乎都收到二三十首上下，四個多月共收到不下二千首，編入這集子裏的作品，可以說是從這二千首中挑出來的「精華」。

一九五〇，五，二十二日，北京

·1·

萧殷为《翻身诗谣》所写的前言

在《前言》中，萧殷写道，“这个诗谣集子，是我一九四六年冬在冀中编副刊时选编的”。

（七）编辑《石家庄日报》

1947年11月12日，人民解放军攻克石门后，中共晋察冀中央局决定，从《晋察冀日报》社和《冀晋日报》社成建制地抽调一批新闻干部、管理人员、电务人员、印刷工人到刚解放的石门市创办城市报纸。11月18日《新石门日报》创刊出版。1948年1月1日，石门市改称石家庄市，同日《新石门日报》更名为《石家庄日报》。

石家庄日报

1948年8月，萧殷奉调离开华北联合大学，到《石家庄日报》担任副总编辑。1949年1月31日，萧殷接到工作调动通知后离开《石家庄日报》，并随中共中央华北局进入北平。

下面这份原始档案复印件清楚看到萧殷调离报社的时间：1949年2月11日《社长通知》："市委决定：一、萧殷同志另有任用，即日解放其副总编辑职务。"（"解放"即为"解除"意。）

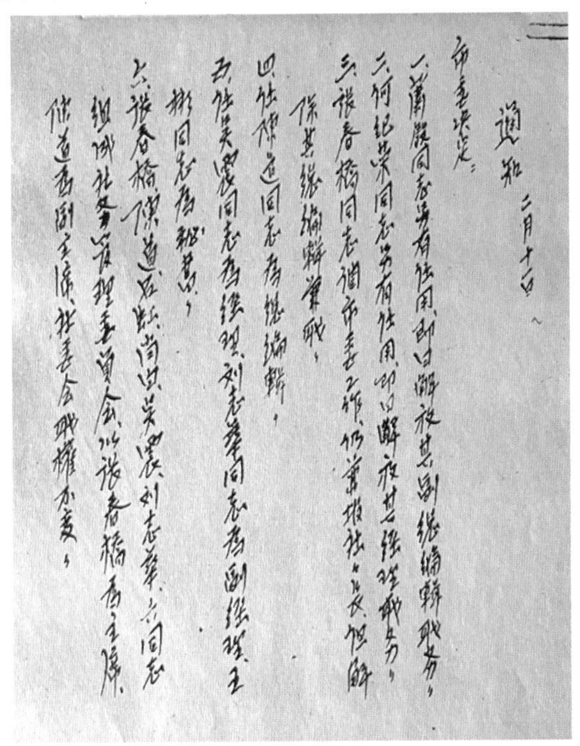
通知 二月十一日

市委决定：

一、萧殷同志另有任用，即日解放其副总编辑职务，

二、何纪荣同志另有任用，即日解放其经理职务，

三、张春桥同志调市委工作，仍兼报社社长，但解除其总编辑职，

四、任陈迹同志为总编辑，

五、任吴震同志为经理，刘孝萍同志为副经理，王彬同志为秘书，

六、张春桥、陈迹、岳斯、尚洪、吴震、刘孝萍、六同志组织社务管理委员会，以张春桥为主席，陈迹为副主席，社委会职权另定，

1949年2月11日石家庄日报社通知（1）（曹孜、王律提供）

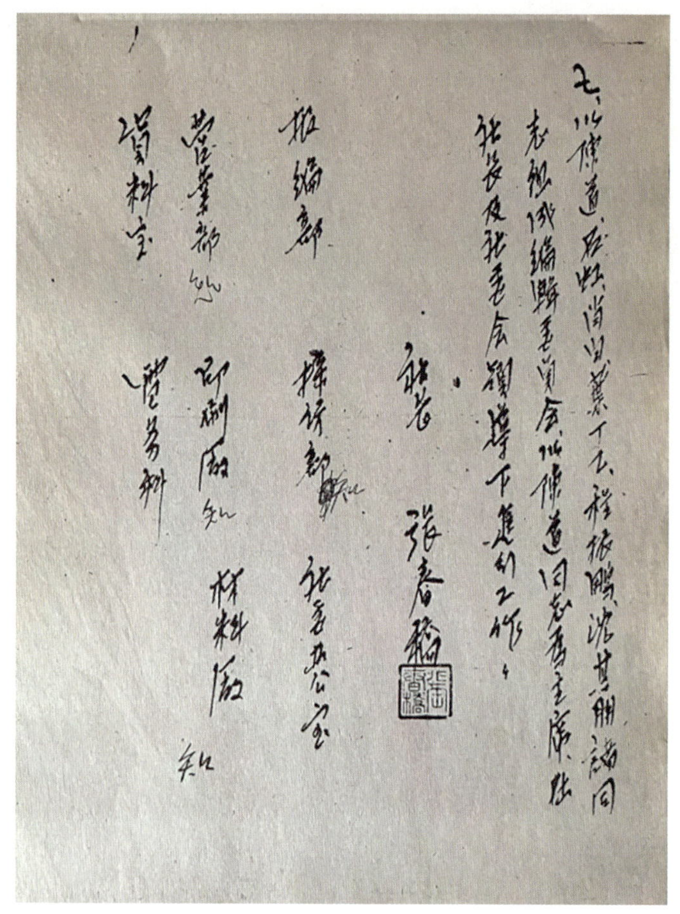

七、以陈道、石灿、肖殷、蔡丁、丁玄、程振联、沈其册、谐同志组成编辑委员会，以陈道同志为主席，在社长及社委会领导下进行工作。

社长 张春桥

报编部 采访部 社长办公室 营业部 印刷厂 材料厂 资料室 总务科 知

1949年2月11日石家庄日报社通知（2）（曹孜、王律提供）

（八）编辑《文艺报》

《文艺报》创办于1949年9月25日，是当时中国最权威的文艺理论刊物，在中国文艺界具有重要的影响力。

1949年9月至1951年12月，萧殷与丁玲、陈企霞同任《文艺报》主编。萧殷的主要工作是负责稿件处理及与作者、读者通联。

《文艺报》第一卷第一期

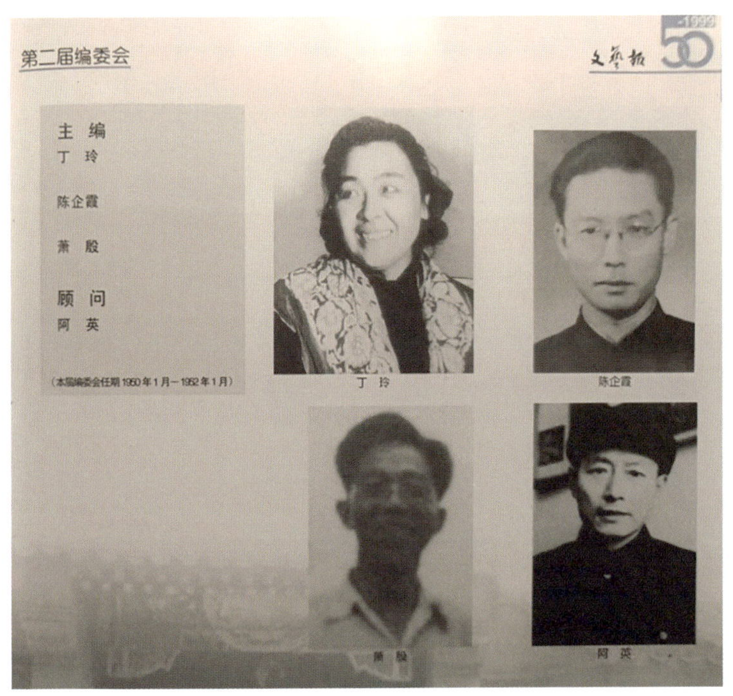

《文艺报》第二届编委会成员（图片来源：《〈文艺报〉创刊五十周年纪念图集》）

阳翰笙……略论国统区的戏剧运动
王朝闻……抛弃旧趣味
金　丁……马华文艺运动散记
黄药眠……香港文坛的现状
贺绿汀……关于“洋嗓子”的问题
蔡楚生……颂《桥》和一些感想
力　群……晋绥边区的美术概况
柳　青……转弯路上
洪　深……优美的作风
宋云彬……略谈杂文
欧阳山……关心创作
何公超　金近……为工农兵的孩子们写作
马健翎……我对于地方剧的看法
曾　克……第二野战军文艺创作简况
碧　野……在实际斗争中改造自己
李束为……民间故事的采集与整理
萧　三……普式金与中国
草　明……工人对文艺的认识和需要
李　桦……1945年后国统区的木刻运动
许　杰……一个经验，一点希望
萧　殷……我们需要文艺批评
文协香港分会　1948年度工作概况

1949年5月26日，萧殷在《文艺报》发表《我们需要文艺批评》

1951年，萧殷（左）与张天翼（中）、陈企霞（右）在北海公园（图片来源：《〈文艺报〉创刊五十周年纪念图集》）

二十世纪五十年代初《文艺报》编辑部同仁在颐和园合影。后排站立者左起为杨犁、萧殷、唐因、不详（未能核实身份），中间坐者左起为丁玲、陈企霞，前蹲者为侯敏泽（照片来源：陈恭怀《悲怆人生——陈企霞传》）

（九）编辑《人民文学》

1949年10月25日，《人民文学》创刊，由中国作家协会主办，是中华人民共和国第一份文学期刊。

1952年《人民文学》封面

1952年2月，萧殷调任《人民文学》执行编辑。

《人民文学》编辑部副主任涂光群在《萧殷在〈人民文学〉》一文中，详细描写了萧殷在《人民文学》担任编辑部负责人时的情景：

不久，《人民文学》编辑部搬到东总布后边的小羊宜宾胡同三号。这是个安静、幽雅、标准的北京四合院。二道门里，宽敞的院中有紫藤罗架、丁香花树、迎春花树，一到春天，先是黄色的迎春花开放，紧接着紫丁香开花，满院生香……

大北屋是编辑部的办公室。东、西厢房一边住着陈涌，一边住着萧殷。这时我才知道当时编辑部的两个负责人就是陈涌和萧殷。他们都不是编委。而主编和副主编基本上是挂名的，四个编委也不处理编辑部的日常工作。萧殷、陈涌共同负责编辑部的全部工作，两人轮流发稿。当一个人发稿时，另一个人就负责抓编辑部的业务学习和其他日常工作。我来编辑部的头两个月，萧殷正担任后一个角色。

（十）编辑《文艺学习》

《文艺学习》（月刊）1954年4月在北京创刊。主编韦君宜，萧殷为编委。

《文艺学习》创刊号

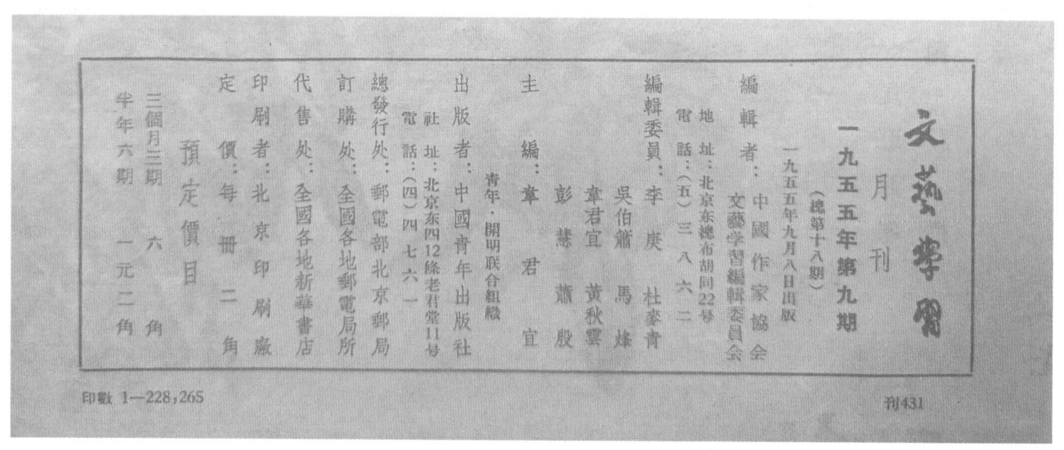

文藝學習

月刊

一九五五年第九期

（總第十八期）

一九五五年九月八日出版

編輯者：中國作家協会 文藝學習編輯委員会

地址：北京东總布胡同22号

電話：（五）三八六二

編輯委員：李庚 杜麥青 吳伯簫 馬烽 韋君宜 黃秋雲 彭慧 蕭殷

主編：韋君宜

出版者：中國青年出版社

青年·開明联合組織

社址：北京东四12條老君堂11号

電話：（四）四七六一

總發行处：郵電部北京郵局

訂購处：全國各地郵電局所

代售处：全國各地新華書店

印刷者：北京印刷廠

定價：每冊二角

預定價目

三個月三期 六角

半年六期 一元二角

印數 1—228,265

刊431

《文艺学习》1955年9月第九期上刊登的编辑委员名单

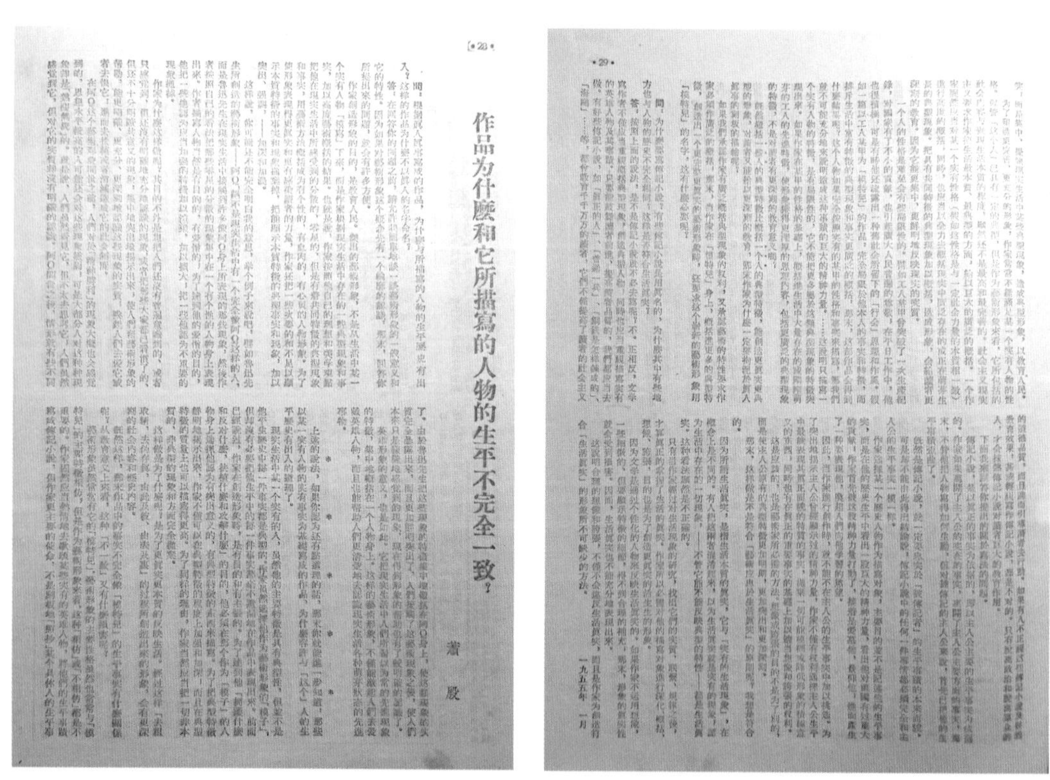

·28·

作品为什麽和它所描寫的人物的生平不完全一致？

蕭殷

·29·

萧殷在《文艺学习》发表的文章《作品为什么和它所描写的人物的生平不完全一致?》

（十一）编辑《作品》与《广东文艺》

1956年，萧殷开始在《作品》发表作品。

目　錄　　　　1956年8月号

小說特寫

剧　本

雜感，隨筆

1956年8月，萧殷在《作品》发表小说《月下》

1962年1月，《作品》复刊。萧殷担任执行主编。上任伊始，萧殷即致函郭沫若，提出广东诗歌界的同志在学习古典诗歌时遇到一些疑难，请教如何从古典诗歌中汲取养料以及如何提高诗歌质量等两个问题。

2月5日，郭沫若复信萧殷：

萧殷同志：接到你一月十七日的信。所提出的两个问题，我草率地回答你。这封信拖延了很久，如可用，请标题为《诗歌漫谈》。春节康乐　郭沫若。

应郭沫若的要求，萧殷将这封信以《诗歌漫谈》为题刊发于1962年第3期《作品》杂志上。

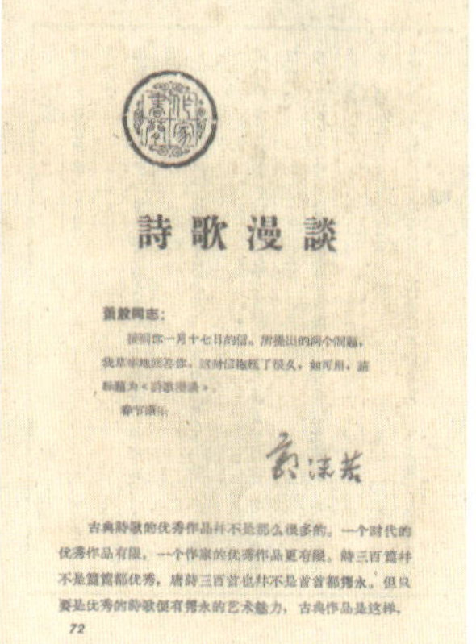

詩歌漫談

萧殷同志：

接到你一月十七日的信。所提出的两个問題，我草草地回答你。这封信拖延了很久，如可用，請标題为《詩歌漫談》。

春节愉快！

郭沫若

古典詩歌的优秀作品并不是那么很多的。一个时代的优秀作品有限，一个作家的优秀作品更有限。詩三百篇并不是篇篇都优秀，唐詩三百首也并不是首首都雋永。但只要是优秀的詩歌便有雋永的艺术魅力，古典作品是这样，

72

新詩也是这样。古典詩歌的优秀作品要比較多些，其原因是經过几千年的淘汰，是沙中存下的金屑。新詩历史比較短，故覺沙多而金少，然而并非无金。因此，我們預先要肯定这一点：并不是古典詩歌都好，而新詩就不行。

詩歌要怎样才算得优秀？必要的条件是：內容与形式起了有机的化合。內容要有正确的思想，純眞的感情，超越的意識。形式要使韵律、色彩、感触都配合得适当。旧詩的形式，經过長期的琢磨，有它的优越处。它可以使你言簡意賅，把思想意識概括得很精巧，使难于摩触的情緒化而为可見可聞、有声有色，或者是鏗鏘的珠玉，或者是咆哮的风雷。旧詩歌的形式也有种种，四言、五言、七言、長短句，詩、歌、詞、曲，还有韵文、弹詞应該都是詩，都是从发展中来。但无論哪一种旧形式都很束縛人，有的在今天实在难于使用。如四言詩，就很难討好。这和言語的发展应有关联，古代言簡，今时言繁。如名物，古或一字可辨，今則可累数字到十数字。因此旧詩的形式也不能完全套用。自然，束縛也有其妙处，束縛与自由得到辯証的統一，如火車之在軌道上驅馳，就可以恰到好处。其实新詩也有束縛性。任何艺术形式、任何事物都有一定規律，規律就是束縛。有規律性的自由是眞解放，无規律性的自由是狂亂而已。

至于思想內容，变迁尤烈。但古典詩歌的思想內容并非全部过时，其中有民主性的菁华，可供吸取。这所謂吸取也不是蹈袭前人。吸取来的东西要成为自己的血肉而再

73

现。如牛吃草而成奶，如蜂采花而釀蜜。在为人上也可以借鉴，古人所謂借以陶冶性情。但主要的学习恐怕还在技巧，要以极精簡的語言表达出深厚的情緒、生动的景色、有意义的生活。有时看来很平易，而却要經过千錘百炼的苦功。倏然的天籟，其实也是从平素的积蓄得来。要有水的积蓄，倏然来风，方能漾起波紋。

形式熟練了，其本身具有音乐性。如听音乐，听者并不一定懂得作曲者的意趣，但也能深受感动。詩歌也是这样，往往有膾炙人口的詩，而并未眞得其解。三百篇中有好些詩，我們就不一定眞懂。唐宋詩也有同样的情形。我且举一首唐人王維的《相思》作例子。

"紅豆生南国　春来发几枝
劝君多采擷　此物最相思"

这恐怕是很多人都能背誦的。我故意未加标点。这詩，我一直到最近，才有把握把标点打正确。我到广东来，在高要看到很多紅豆树，其中有大可合抱的，豆粒呈三角形而扁平，色深紅，冬季成熟。在海南島崖县及其他地方又看到很多草本紅豆，豆粒如綠豆而稍大，有黑臍，色鮮紅，也在冬季成熟。王維所咏的紅豆不知是哪一种。他本是今山西境內的人，无論哪一种紅豆的自然生态，我相信他都是沒有看見过的，他所見到的只是豆粒而已。知此，才能体会到"春来发几枝"句应該打問号。但似乎大家都忽略了。原詩是为贈別而作，有到南方来的友人，他希望他多采些紅豆回去。"此物最相思"者是北方人的感

74

情，是王維最思慕此物。这一例說明我們大抵是"好讀书不求甚解"，也說明旧詩形式有它的迷人处。尽管不眞懂，而人总說好。新詩，我相信也可以做到这样。西方的象征派詩人，就爱在音律上做工夫，而故意朦朧其意趣，使人不可摩触。我們大可以不必走这条邪路，但形式音律总是应該講究的。

新詩到底要怎样才能做好？实在是一个不容易回答的問題。民歌固应該学习，古典詩歌也应該学习，其实外国的詩歌和各种姊妹艺术在可能范围內也都应該学习。可以利用旧形式来盛納新內容，也可以为新內容而鑄造新形式。后者恐怕更重要一些。旧瓶固然可以盛新酒，但酒必須新！要有新生活、新感情、新思想、新事物、新辞汇，这样才能賦予旧瓶以新的生命。主席的旧詩詞就是絕好的范例。陈詞濫調、朽辞腐語，是应該尽量拋弃的。新酒也应該盛在新瓶里，我看誰也不好反对。問題是酒也要新，瓶則不仅新而且要好。不可忽視，也有人用新瓶盛旧酒的。这，我們应該特別反对。把新瓶做好，是值得我們共同努力的工作。但要怎样才能做好，涉及的方面很多，不是三言两語可以說得准确。先要做人，然后做詩。做人方面的努力也是做詩方面的努力。既要做詩，这是語言文字的艺术，技巧的鍛炼斷然不可忽略。个人努力之外还应該加以时代积累。

一九六二年二月五日春节于海南島崖县鹿回头

75

（附萧殷同志給郭沫若同志的信）

敬爱的郭老：

现在，我們广东詩歌界的同志正在討論向古典詩歌学什么、怎么学，以及如何从古典詩歌中汲取养料来提高我們詩歌质量的問題。在討論时，遇到一些疑难。现拟出两个問題，請您抽暇解答。

一、为什么优秀的古典詩歌有那样雋永的艺术魅力？我們应学习些什么？有人认为古典詩歌的思想內容过时了，只限于形式語言上的学习；有人覺得古詩什么都好，連情緒、境界都套用了；有人主张主要学习古典詩歌概括生活、提炼詩意的艺术能力。您看怎样？

二、怎样在学习民歌、古典詩歌的基础上，发展社会主义的民族的新詩歌？請談談您的意見。

祝您健康，并致

敬礼！

萧　殷

一月十七日

76

1962年第3期《作品》刊发郭沫若与萧殷的通信

萧殷担任《作品》杂志主编时，曾经对编辑提出三条看似“不近人情”的要求：一是退稿信必须超过5000字，以示对作者和作品负责；二是年轻人发表作品要经常更换笔名，要脚踏实地，不能祈求一夜成名；三是外出采访要善于提“问题”，而不是“问号”，所提问题要深思熟虑、有的放矢、抓住实质。

萧殷保存的1962年至1963年的《作品》杂志

1963年，萧殷调到中共中央中南局工作。1973年3月，萧殷回到中国作家协会广东分会，任广东省文艺创作室副主任，并担任《广东文艺》主编。

1977年7月，《广东文艺》恢复原名《作品》，萧殷担任主编。他率先为被诬为“毒草”的《三家巷》等文学作品平反，他亲自向丁玲、王蒙、艾青、舒展等“右派”作家约稿。在他的努力下，《作品》刊发了很多优秀作品，如王蒙的小说《最宝贵的》、艾青的诗《垦荒者之歌》、舒展的小说《复婚》、陈国凯的小说《我应该怎么办》、孔捷生的小说《在小河那边》等，并转发巴金的散文《怀念肖珊》。与此同时，萧殷还组织编发了一系列文艺论争文章，在全国最早开展对“四人帮”文艺路线的批判。《作品》是全国最早刊发白先勇小说和梁羽生武侠小说的文学刊物。作为当时全国文艺思想解放运动的排头兵，发行量达到69万份。

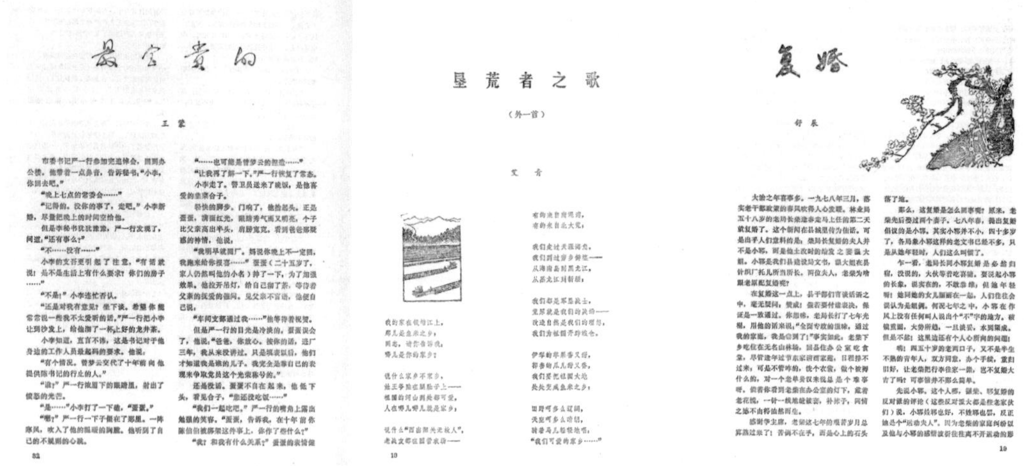

最宝贵的

王蒙

市委书记严一行参加完追悼会，回到办公楼，他带着一点鼻音，告诉秘书："小李，你回去吧。"

"晚上七点的常委会……"

"记得的。没你的事了，走吧。"小李新婚，尽量把晚上的时间空给他。

但是李秘书犹犹豫豫，严一行发现了，问道："还有事么？"

"不……没有……"

小李的支吾更引起了注意，"有话就说！是不是生活上有什么要求？你们的房子……"

"不是！"小李连忙否认。

"还是对我有意见？坐下谈。希望你能常常说一些我不太爱听的话。"严一行把小李让到沙发上，给他沏了一杯上好的龙井茶。

小李知道，直言不讳，这是书记对于他身边的工作人员最起码的要求。他说：

"有个情况。曾梦云交代了十年前向他提供陈书记的行止的人。"

"谁？"严一行浓眉下的眼睛里，射出了愤怒的光芒。

"是……"小李打了一下磕，"蛋蛋。"

"嗯？"严一行一下子僵在了那里。一阵寒风，吹入了他的温暖的胸膛。他听到了自己的不规则的心跳。

"……也可能是曾梦云的捏造……"

"让我再了解一下。"严一行恢复了常态。

小李走了。警卫员送来了晚饭，是他喜爱的韭菜合子。

轻快的脚步。门响了，他抬起头。正是蛋蛋，满面红光，眼睛秀气而又明亮，个子比父亲高出半头，肩膀宽宽。看到爸爸那疑惑的神情，他说：

"我明早就回厂。妈说你晚上不一定回，我跑来给你报喜……"蛋蛋（二十五岁了，家人仍然叫他的小名）抻了一下，为了加强效果，他拉开吊灯，给自己沏了茶，等待着父亲的抚爱的询问。见父亲不言语，他便自己说：

"车间支部通过我……"他等待着祝贺。

但是严一行的目光是冷淡的。蛋蛋误会了，他说："爸爸，你放心。按你的话，进厂三年，我从来没讲过。只是填表以后，他们才知道我是谁的儿子。我完全是靠自己的表现来争取党员这个光荣称号的。"

还是没话。蛋蛋不自在起来，他低下头，看见合子，"您还没吃饭……"

"我们一起吃吧。"严一行的嘴角上露出勉强的笑容。"蛋蛋，告诉我，在十年前你陈伯伯被绑架这件事上，你作了些什么？"

"我？和我有什么关系？"蛋蛋的表情促

32

垦荒者之歌

（外一首）

艾青

我的家在钱塘江上，
那儿是鱼米之乡；
同志，请你告诉我，
哪儿是你的家乡？

说什么家乡不家乡，
[illegible]——
祖国的河山到处都可爱，
人在哪儿哪儿就是家乡；

说什么"西出阳关无故人"，
老战友都在国营农场——
有的来自南泥湾，
有的来自北大荒；

我们走过天涯海角，
我们到过穷乡僻壤——
从海南岛到黑龙江，
从黑龙江到新疆；

我们都是军垦战士，
[illegible]——
改造自然是我们的理想，
我们为祖国开辟粮仓。

伊犁的苹果香又甜，
鄯善的瓜儿甜又香，
我们要把祖国大地
处处变成鱼米之乡；

田野呵多么辽阔，
天空呵多么晴朗，
骑着马儿纵情地唱：
"我们可爱的家乡……"

10

复婚

舒展

大治之年喜事多。一九七八年三月，落实老干部政策的春风吹得人心尽暖。林业局五十八岁的老局长柴逢春走马上任的第二天就复婚了。这个新闻在县城里传为佳话。可是出乎人们意料的是：柴局长复婚的夫人并不是小邢，而是他土改时的结发之妻温大姐。小邢是我们县建设局文书，温大姐在县针织厂托儿所当所长。两位夫人，老柴为啥跟老原配复婚呢？

在复婚这一点上，县干部们言谈话语之中，毫无疑问，赞成！假若要付诸表决，保证是一致通过。你想嘛，老局长打了七年光棍，用他的话来说："全面专政的滋味，通过我的家庭，我品尝到了！"事实如此，老柴下乡吃住在无名山林场，回县住办公室吃食堂，尽管逢年过节东家请西家邀，日程排不过来，可是不管咋的，洗个衣裳，做个被褥什么的，对一个老单身汉来说总是个难事呀。假若你看到老柴在办公室的灯下，戴着老花镜，一针一线地缝被套，补袜子，同情之感不由得油然而生。

感谢华主席，老柴这七年的艰苦岁月总算熬过来了！苦倒不在乎，而是心上的石头落了地。

那么，这复婚是怎么回事呢？原来，老柴先后娶过两个妻子，七八年春，提出复婚倡议的是小邢。其实小邢并不小，四十多岁了，各局象小邢这样的老文书已经不多，只是从她年轻时，人们这么叫惯了。

乍一看，老局长同小邢复婚是必然归宿，没说的，大伙等着吃喜糖。要说起小邢的长象，说实在的，不敢恭维，但她年轻呀！她同她的女儿捆在一起，人们往往会误认为是姐俩。何况七年之中，小邢在作风上没有任何叫人说出个"不"字的地方。破镜重圆，大势所趋，一旦谈妥，水到渠成。但是不然！这里边还有个人心所向的问题！

嗬！四五十岁的老两口子，又不是半生不熟的青年人，双方同意，办个手续，重归旧好，让老柴把行李往家一撤，岂不复婚大吉了吗？可事情并不那么简单。

先说小邢，这个人哪，据柴、邢复婚的反对派的评论（这些反对派大都是些老家伙们）说，小邢姓邢也好，不姓邢也罢，反正她是个"运动夫人"。因为老柴的家庭纠纷以及他与小邢的感情波折往往离不开运动的影

19

《作品》发表王蒙的小说《最宝贵的》、艾青的诗歌《垦荒者之歌》、舒展的小说《复婚》

萧殷编发了上述作品后，受到一些人的批评和质疑。贺朗在《萧殷传》里写道：

萧殷为这件事，特别召开编辑部会议，他给编辑们鼓气壮胆，说明我们刊物的编辑方针和做法是完全正确的。他说："这些人提出批评，我们也提出反批评。凡是有这类问题的信，统统转给我来处理。我们发表艾青、王蒙等人的作品，是对的，没有什么问题，我全部负责，大家放心，大胆去干！"

萧殷又对编辑们说："王蒙、艾青等同志，我很了解他们，他们被划为右派是冤枉的。他们是好同志，五七年到现在，他们受委屈二十多年了，为什么到现在还不让人家发表作品呢？只要他们的作品写得好，我们就发！"

这段时间，萧殷分别收到丁玲、艾青、巴金、周扬的信件，得到他们的赞许和鼓励。

萧殷主编《作品》杂志期间，要求小说组、理论组和诗歌组编辑人员阅稿后，如果发现可以修改发表的作品，必须填写"稿件评阅表"，除了分析文章的不足之处，更要提出修改意见。

编号　　稿件评阅表　　78年11月2日

姓名	谢望新	篇名	“模式化”与“雷同”	稿件性质	创作谈
作者地址	南方日报 文艺部				
内容摘要					
审阅意见					
处理意见					
备考					

稿件评阅表

这是理论组组长易准为作者谢望新[①]填写的“稿件评阅表”，后面是萧殷的概括总结，以点睛之笔指出文章的症结所在以及修改方向。评阅表虽然字迹潦草，但其中每一则细项，都填写得清晰到位，让人感受这“急就章”般的文字处处散发编辑人员对文艺理论鞭辟入里的深刻思维和高屋建瓴的精准指点。这仅仅是当年萧殷主编《作品》杂志期间，那多达上百份“稿件评阅表”中幸存的一页。当年在萧殷领导下编辑人员的工作状态，可见一斑。

① 谢望新后来成为著名作家、评论家。

2023年4月26日，《作品》原编辑部理论组编辑黄伟宗在接受《羊城晚报》记者廖瑀、孙磊的视频访谈时说：

我亲历广东文坛的几度繁荣……《作品》的繁荣时期，正是在萧殷主持工作的六十年代初期和七十年代后期。

纵观萧殷一生，因为工作需要，他多次担任报纸杂志的编辑，在每个编辑岗位上，都耗费了极多心血。为了编辑工作，萧殷一次次放下自己作品的构思，放弃了在文学创作上更大的建树。为广大作者而无私奉献，是萧殷一生的追求、一生的情怀。

第四章／如火的蜡炬

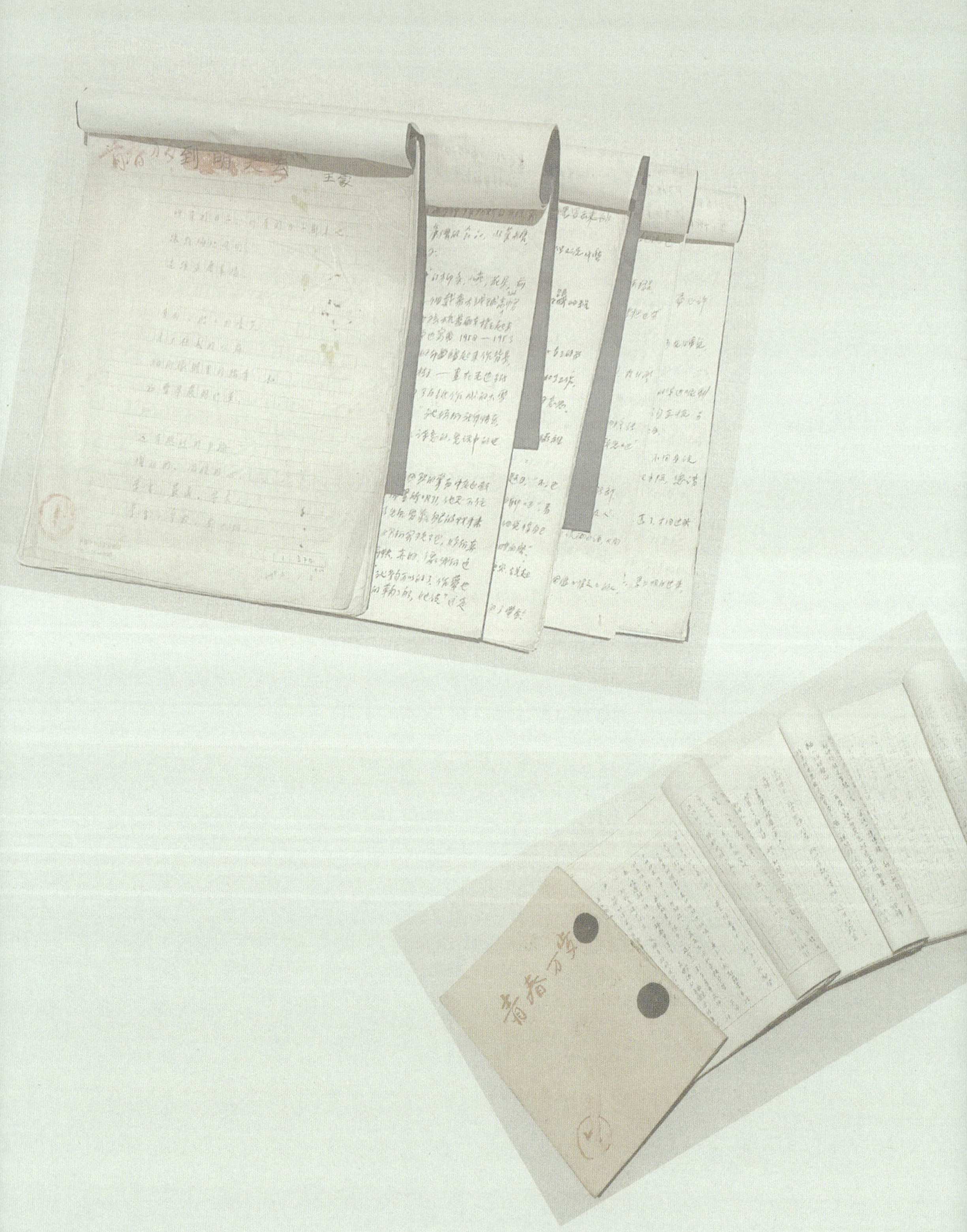

萧殷从小酷爱读书，在中外文学名著影响下热爱写作，但苦于没有名师指导而陷入迷茫。在19岁和21岁那年，萧殷分别给鲁迅先生写信并寄去自己的作品，渴望得到指点，但始终没有等来鲁迅先生的回复，成为终生的遗憾！

萧殷主编《晋察冀日报》副刊期间，一次因战事逼近而紧急撤出张家口，途中工作人员不慎将一篇备用稿遗失，而这正是被萧殷看重的稿件，作者是才华横溢的初学写作者。这件事成为萧殷第二个终生的遗憾！

两次遗憾，切肤之痛，刻骨铭心，萧殷分别从求教者和施教者的角度，深刻理解了初学者在迷茫中渴望导师指点的苦楚。萧殷因此萌生出识才、惜才、育才的坚定信念，决心为青年作者铺路搭桥，辅佐前行。为此，萧殷用毕生心血默默行走在专心阅稿、埋首复信孤寂的小路上，为无数文学新人开启了创作之门。

萧殷去世后，众多萧殷精心栽培、结下深厚师生情缘的作家深切怀念他。学生们用“成灰蜡炬魂如火”形容自己尊敬的导师萧殷，对他坚守初心、至死不渝的牺牲精神没齿不忘。

一、师生情谊

从二十世纪三十年代末期到五十年代，在萧殷身后，出现了一长串光彩夺目的名字：康濯、高戈、徐光耀、王蒙、唐因、唐达成、杨犁、龙世辉、鲍昌、黎白、陈森、刘剑青……他们在萧殷的影响下，后来都成为中国文坛的生力军和文学期刊、出版机构的中坚力量。除此以外，还有更多青年在萧殷的扶持下走上文坛。1949年，萧殷在《文艺报》任主编，此后在《人民文学》和《文艺学习》担任编辑，期间，他除了亲自阅读和筛选青年作者的稿件之外，还花费极大心血给作者改稿、复信。时常约见作者，以准确了解对方写作所遇难题，从而有针对性地作出解答、提出建议。五十年代初期，萧殷亲自编发了青年作家白桦的第一篇小说、诗人邵燕祥的第一首诗歌，发现了刘绍棠的《青枝绿叶》和《大青骡子》，并写文章给予赞扬和鼓励。在这些青年作者发表的每篇作品背后，都有萧殷默默的付出。萧殷的夫人陶萍说：为了不漏掉一个人才，萧殷总是不厌其烦地看初稿，不论什么人送来的稿子，他都逐字逐句耐心地看下去。

六十年代初，萧殷调到广东，在以后的二十多年里，他与广东作家建立了深厚的师生之谊。在他身后，又出现了另一串光彩夺目的名字：编辑家韦丘、易准、沈仁康，作家陈国凯、吕雷、程贤章、金敬迈、谢望新、谢金雄、孔捷生、李钟声、谭日超、钟永华、黄廷杰、王杏元、杨干华、邓良球、张振金、李前忠、杨昭科、邹月照、钟毓材、游焜炳……他们后来都成长为南国文学界的骨干。值得一提的是，在萧殷的直接领导下，广东新一代文学评论家在历经一次次火花迸溅的磨砺后脱颖而出，他们才华洋溢，日臻成熟，其中，萧殷的学生饶芃子、黄树森、黄伟宗更成为广东文学评论界的领军人。

七八十年代，萧殷几乎每天都会收到来自全国各地的来信来稿，为这些慕名而来的陌生作者阅读稿件，花费了萧殷很多时间。萧殷将自己沉浸到稿件里，倾注心血。他不仅要诊断作品的症结所在，就像医生看病一样，有时还要针对青年作者的困惑，不厌其烦地分析、批评、启发、引导……

萧殷去世已经整整四十年，他的风貌却并未如沧海微澜渐渐消散。让我们听亲历者娓娓道来，穿越时空，回看当年；当亲历者忆述往事，依然泪光闪闪，哀叹他走得太早，因为，他的音容始终印在脑海，他的教诲深深烙在心间……

（一）邵燕祥的文字缘

1949年，16岁的少年邵燕祥写出了《歌唱北京城》，寄给当时正在创办的《文艺报》。令他没有想到的是，信和稿子寄出后，“没几天就收到《文艺报》署名萧殷的复信，肯定这首诗‘有泥土味’，但《文艺报》主要发表评论文字，故已将诗稿转给了《光明日报》”。不久，《光明日报》就发表了这首《歌唱北京城》。因此，邵燕祥把萧殷尊称为“老师”，是自己的“一言师”，更在自己的著作深情地写道：

邵燕祥著作

他是一个为众多作者感念的老编辑，他不但把着手教导一些青年作者，并且扶掖许多作者走上文坛。我在此后若干年没有再跟萧殷老师联系，但因他的介绍而得以在“新中国”冒头，对我个人实在是一份值得纪念的文字缘。

我没听文艺界有谁讲过萧殷的“坏话”。人心还是公平的。以他对我的“一言师”来说，他用来称赞我的诗之“有泥土味”这一句话，作为褒义词，到哪里都站得住，说得过去，总比鼓吹“衙门味”“铜臭味”“脂粉味”好得多吧。人是离不开泥土的，即使到了后后后现代，新新新人类，乃至地球人的末日。

——邵燕祥《一九四九，北平故人》

（二）杨澄与约见信

下面这封信，是72年前萧殷任《文艺报》主编时所写。收信人杨澄，是杨杏佛先生的小儿子，1951年在中央美院读书，因萌发写作愿望，写信请教萧殷，萧殷复信约定见面时间。

由于杨杏佛珍藏书信的习惯被儿子传承，致使这封普通的信件在收藏70多年后被发现，通过拍卖公司致使信息流传，让我们得以触摸历史。虽然我们仅得知此次约见的邀请，却无法通过其他途径得知当年萧殷与杨澄会面的情况。

由于当年萧殷负责《文艺报》与作者、读者的联系工作，像这样的约谈和书信往来会很频繁。时光倒流70年，过往的一切早已随时代风暴烟消云散；今天，这只字片纸，足以让我们感受到当年萧殷对年轻作者的良苦用心。

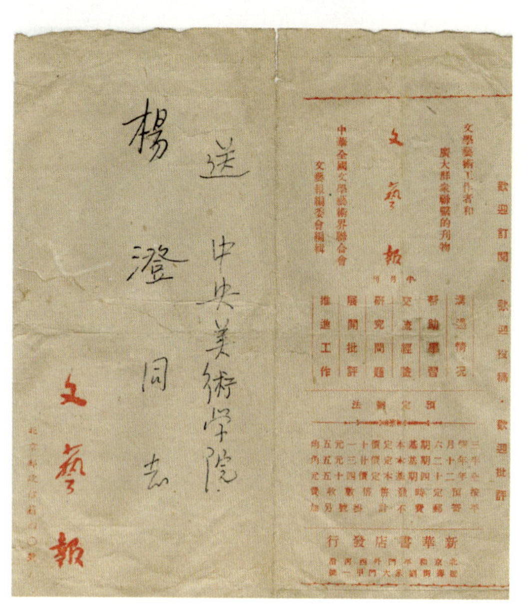

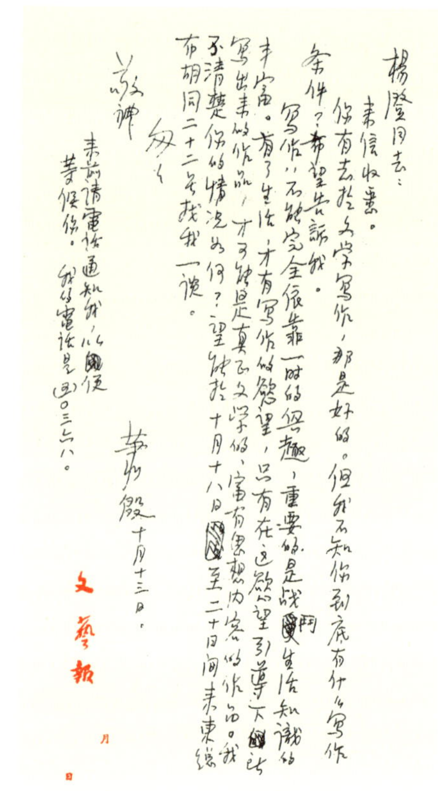

杨澄同志：

来信收悉。你有志于文学写作，那是好的，但我不知你到底有什么写作条件？希望告诉我。

写作，不能完全靠一时的兴趣，重要的是战斗生活知识的丰富。有了生活，才有写作的欲望，只有在这欲望引导下所写出来的作品，才有可能是真正文学的、富有思想内容的作品。我不清楚你的情况如何？望能于十月十八日至二十日间来东总布胡同二十二号找我一谈。

匆匆

敬礼

萧殷

十月十三日

来信请电话通知我，以便等候你，我的电话是（五）〇三六八。

从这封意外得到的约见信，可以看到当年萧殷不惜在每一位有志青年身上付出时间和精力，他用自己温热的手，扶植起一棵棵文学幼苗。

（三）王蒙的第一个恩师

王蒙曾经撰文说："我的第一个恩师是萧殷，是萧殷发现了我……"

五十年代，任共青团干部时期的王蒙（王蒙夫人单三娅提供）

1955年春天，20岁的王蒙跟随中国青年出版社文学编辑室负责人吴小武来到萧殷家。吴小武把王蒙的长篇小说《青春万岁》推荐给萧殷。萧殷花了一个多月时间看完草稿，非常欣赏、重视这位才华横溢的年轻人。萧殷把自己写的书《与习作者谈写作》送给了王蒙。

王蒙回忆道："从此，我成了赵堂子胡同八号的座上客，萧殷同志不仅对《青春万岁》的修改做了许多指点和鼓励，而且，终于在1956年初，他通过中国作家协会青年作家工作委员会给我请到了半年创作假。"这期间，王蒙几乎每个周末都会来到赵堂子胡同八号……

萧殷曾经在《创作随谈录》中回忆道：

> 八个月后，即一九五六年夏，王蒙又将改稿送来。我一看，又惊又喜，比我原来预想的改得还要好。我很满意，什么也没有改动，就交给中国青年出版社了。事后我想，如果我当时只注意情节，而把人物丢在一边不管，这部不成熟的作品可能被埋没，这根茁壮的但是幼嫩的新苗可能被闷死。

1957年2月，萧殷在上海《文汇报》发表了《读〈青春万岁〉》，明确肯定并热情推介王蒙的作品。夏天，萧殷收到中国青年出版社送来的装订成册的《青春万岁》的清样。就在萧殷热切盼望《青春万岁》出版的时候，"反右"运动开始，《青春万岁》出版事宜被搁置。

萧殷在《创作随谈录》中继续写道：

> 他的长篇小说《青春万岁》虽已排印出来，还来不及装订封面，就夭折了。我当时的心情是沉痛的，痛惜一个刚刚闪出光芒的人才被摧残、被毁灭。我曾接触过无数

的文学青年，但从没有这次那样难过。

1957年11月，王蒙又一次来到赵堂子胡同八号那个熟悉的小院，与老师依依惜别，一语胜千言。没想到，怎么都想不到，这一别，就是21年。多年来，任凭文艺界乌云密布、雨泼风摇，萧殷始终把《青春万岁》的清样珍藏在身边，无数次深深想念王蒙，无数次抚读清样，无数次泪水充满眼眶……

北京赵堂子胡同8号小院，萧殷的家。半年多时间，王蒙几乎每个周末都会来这里向老师求教

赵堂子胡同8号的北屋书房。萧殷与王蒙就是在这里建立了铭心刻骨的师生情谊

萧殷爱才惜才的良苦用心，深深打动年轻的王蒙，他为此一直感怀在心。

多年后，王蒙在自己的文集《不成样子的怀念》中，用饱含感情的笔调，描述自己在北京赵堂子胡同8号和萧殷见面的心情，把萧殷称作“我的第一恩师”。

在那里，文学的殿堂向我打开了它的第一道门，文学的神物化为一个和颜悦色的小老头，他慈祥地向我笑，向我伸出了温暖的手。

萧殷诞辰百年的时候，王蒙在《难忘恩师萧殷》中再次提到：

从此，赵堂子胡同八号那个小院，成了我喜欢去的地方，成了我知识与力量的源泉。

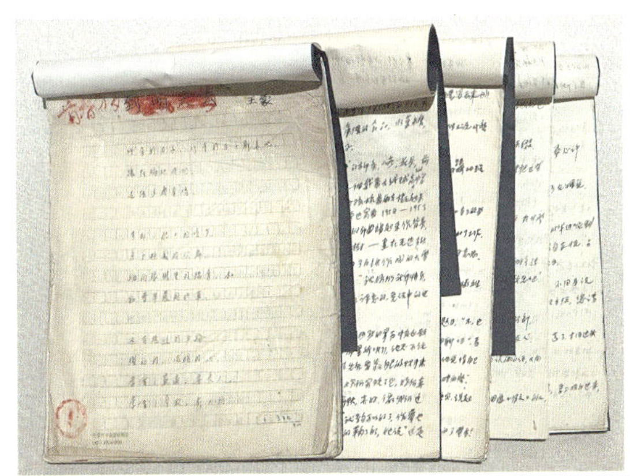

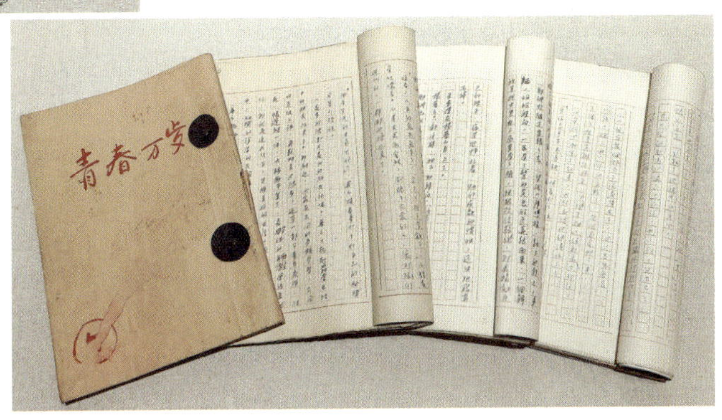

《青春万岁》初稿（王蒙夫人单三娅供图）

21年来，虽然王蒙杳无音信，但《青春万岁》不能出版成了萧殷的心病。每当他见到各大出版社负责人的时候，都会拿出自己珍藏的《青春万岁》大样，向他们极力推荐王蒙和他的《青春万岁》，韦君宜、龙世辉、黄秋耘、李士非、弘征、沈仁康、郭瑞三等出版社负责人都回忆起并且难忘此事。而萧殷向其他出版社和报刊编辑及作家朋友们提到王蒙和他的《青春万岁》，则多得不计其数。

人民文学出版社总编辑韦君宜说：

他（萧殷）给我印象最深的事情，是对于一些青年作家、作品的竭力推荐。这是他的工作。而他办这些是比写他自己的文章或办他的私事都热心得多的。他向我讲过的头一部作品，是王蒙的《青春万岁》。单是向我推荐过起码三次。头一次是在中国作家协会的《文艺学习》编辑部，他提起过《青春万岁》很好。后来，1957年的事情出来了。王蒙被错划了，《青春万岁》在中国青年出版社已经打好清样又停止出版了。《文艺学习》关了门，我被下放农村，萧殷也给调到广东去了。隔了几年，1960年我由下放地点调回一家出版社工作，1961年出差去广东，又见到萧殷。谈起近来有什么作品可出，他忽又说起了《青春万岁》，这时早已时移世变，与1957年以前大有不同，作者王蒙的问题不知几时才有解决希望。而一向平稳的萧殷这时却明明白白地说："是好的！我敢保那部小说是好的。"还说："那没有问题。即使《组织部来了个年轻人》有问题，这书也没问题。这完全是两回事！"虽然只是向我一个人说的，但我不能不感到他这话里包含的重量。到1962年，我和中国青年出版社交涉索要《青春万岁》的清样，同时在社内提出出版这部书。这时又听到了些不同意见，我便写了封信给萧殷，征求他的意见，实际是想找人帮着撑撑腰。他果然不负我的希望，写来回信，还是坚决主张出版。记得还附来了两页他保存多年的剪报资料，这促使我坚定起来，决定发稿。可是，转眼就是1962年底，"利用小说反党是一大发明"的提法又出来了，许多已定发稿的书，不得不又收起来。《青春万岁》也在其列。一直弄到1979年才得出版。——还好，萧殷总算看见了。

作家出版社副总编辑龙世辉说：

萧殷不止一次用平时说话的嗓门大声对我说，他看过《青春万岁》的原稿，王蒙是个很有才气的青年作者，可惜划了右派，表示无限惋惜。他还预料《青春万岁》将来可能还会出版的。反右的风暴在我脑子里深深布下了阴影，在他说这话的时候，我本能地环顾四周，生怕被人听见，其实当时屋子里只有我们两个人。

花城出版社总编辑李士非说：

他（萧殷）说，王蒙写出这部长篇的初稿时只有19岁，他看了初稿，认为很有才气，但是还不成熟，他认真地提了许多修改意见。一年之后，王蒙拿出了修改稿，使他吃了一惊：不仅原有的缺点已经克服，而且整体更有光彩了，可见王蒙的悟性之高。不幸的是，正当这部作品已经打出清样，即将付印的时候，王蒙被打成了右派，作品夭折了，不知何时才能问世。说到这里，萧殷心情沉重地说："把王蒙打成右派，是非常可惜的！"这是1957年之后我第一次听到有人为"右派分子"鸣不平，不禁心头为之一震：萧殷同志的正直和勇气，永远值得我学习。当编辑就要当一个这样有良知的编辑。

黄秋耘是萧殷在北京工作期间的老朋友，后来来到广东，曾任广东省出版事业管理局副局长。黄秋耘提到，萧殷多次向他提及王蒙的《青春万岁》，希望在可能时候，要尽力出版。

《作品》杂志副主编沈仁康说：

有一次我上梅花村他家，他拿出一本自己装订过的王蒙的长篇小说《青春万岁》给我看，他像捧一件宝贝一样说："这本书写得很好，王蒙也很有才华，可惜……"我一看，这是中国青年出版社排印的校样，这本书本来快出版了，1957年反右之后被打入了冷宫，不予出版。不知萧殷同志如何弄到一份清样，一直珍贵地深藏着。王蒙和他作品的遭遇，令他唏嘘好久。他又说："王蒙现在听说在新疆，我想法弄个地址来，你代我给他去封信。"我告别时，很想借那本没有封面的《青春万岁》看看，他怕我丢失了，也可能还怕我张扬，没有借出。过了一些时候，他把地址拿来了，交给我说："写封信去，说我问候他！"信我写了。地址是新疆伊宁市郊的一个所在，地名很生疏，1987年我到伊宁，在车上，有人专门指着一排农舍告诉我说："王蒙曾在这里住过。"但在20多年前，从广东的目光来看，那是多么遥远的地方啊！谁又能知道我的那封信，有没有到达遥远地方的王蒙手中？

萧殷的夫人陶萍说：

记得不只一次，在夜阑人静时，萧殷拿出这本清样，翻着，很久很久对着它出神。一次，不知他翻到什么地方，忽然叫我过去，说："你来看，这里写得多精彩。"

河南人民出版社编辑郭瑞三说：

头一次交谈，他看出，王蒙自己也意识不到在写作上长处是什么、短处是什么。看到眼前这棵苗苗，是这样的稚嫩，又这样生气盈盈，更促使他下决心，一定对这个才华初露的年轻人帮助下去，使这棵文学幼苗尽早绽开鲜艳的奇葩！

以后，每星期用一个下午，给王蒙讲两三个小时，从分析中外名著入手，联系他的稿子，帮助他提高认识，这样连着讲了七八次。针对他艺术上的弱点，我向他强调，你的小说要有一条矛盾的主线，而且这条矛盾的主线要深入你那些出身各不相同的学生的家庭中去。他接受了我的意见。到最后，我看他确实认识到自己写作上的缺点了，并且找到了克服缺点的办法，我就给他请了创作假。他用了八个月，把小说改出来了……改得比我想象的还要好！哎呀，这是一个多么有才能的作者！"萧殷说到这里，两眼闪烁着火花一样的光彩，连额头上深深的皱纹都在笑哩！

我端起茶几上靠近他的茶杯，想请他润一润喉咙，可是老人用他那消瘦的手，把我端起的茶杯轻轻地按下，我不知为什么，只见刚才迸射着火苗的眼睛和神采飞扬的脸面，渐渐变得有些黯然神伤起来：

“万万没有想到，这部长篇小说，还没有来得及贴上封面，作者就被划成右派了。我听说后，非常难过……”

语调是缓慢的，双眉紧紧蹙在一起，仿佛20多年前的隐痛，还在炙灼着他的心。

我的心不由得也震颤起来，想：看到喜出望外的佳构，“非常高兴”；听到有才华的作者遭到不应有的磨难，“非常难过”。这两个“非常”是随随便便脱口而出的吗？绝不是！它们是从这位辛勤的园丁的感情深处流出来的，是他的冰、炭一样的两种心境的真实写照。这两种截然相反的心境，却同系着他那颗对青年作者无比关心和爱护的心！

王蒙不见了，但是《青春万岁》的清样还在。这本没有书名、没有封面的“书”在萧殷家里逃过了一次次抄家的厄运。

“文革”后，萧殷活着从“五七”干校回来了，而王蒙呢？王蒙呢？萧殷多方打听王蒙的下落。萧殷深信，只要王蒙活着，就一定会见到他。萧殷除了继续向北京来人打听王蒙的消息，还嘱托到新疆出差的同事寻找王蒙。

1978年，王蒙不仅活着，而且一直不忘老师，他一回到北京，就立刻给萧殷写信，萧殷接到信后，兴奋得见人就说：“王蒙来信了！”“王蒙来信了！”萧殷立刻向王蒙组稿，并将王蒙复出后的第一篇小说《最宝贵的》编发在自己主编的《作品》杂志7月号。

王蒙曾写道：

直到1978年，粉碎“四人帮”的春雷响过，“实践是检验真理的唯一标准”的春风开始在大地上劲吹的时候，我试投了一封致萧老的信。回信很快就来了，那是一封欢欣若狂的回信。“王蒙来信了，王蒙来信了……”他说，他大叫着把这个消息告诉他的妻子陶萍同志，告诉他的友人。那种洋溢的热情和师情，使我泪下。

他当时正在编《作品》文学月刊，《最宝贵的》便是应萧老之约寄去的。

在致萧殷的信中，王蒙写道：

萧殷同志：

日前秋耘同志来信时曾经提到您对我的关心，我立即回信向他打听您的通信地址，还没有等到他的回信，黄伊同志又来信说到，他在广州和您会面的情况，并转达了您的关怀，令人肝肠顿热！阔别二十余年了，想来我第一次向您求教的时候，我自己才满二十岁。许多的日子过去了，许多的事情经历了，如今，我又在边城乌鲁木齐向身在南国的您投书问安，怎能不让人感慨、欣慰呢。

1978年4月22日

湖南文艺出版社总编辑弘征曾经回忆：

不久后，我重去广州，萧老很高兴地给我看这位作家一封刚来的信。原来，这位当年的青年作家自1958年后就和殷师音信隔绝了，当他从别人的信中得知萧老对他的关切时，不禁“肝肠顿热”！他在信中写道：“阔别二十余年了，想来我第一次向您求教的时候，我自己刚满20岁。许多日子过去了，许多的事情经历了，如今，我又在边城乌鲁木齐向身在南国的您投书问安，怎能不令人感慨、欣慰呢……”我读着不禁感慨万千，萧老的眼圈也红了。

1978年，当人民文学出版社社长韦君宜决定出版《青春万岁》的时候，她不忘多年来萧殷三次向她热切的推介。萧殷先后收到出版社和王蒙请求他为《青春万岁》作序的信。

人民文学出版社

北京朝内大街166号　电报挂号2192

萧殷同志：

您好！王蒙同志过去写的小说稿《青春万岁》，我社拟于近期出版。据作者说，您对这部稿子很熟悉，也很关心，希望您能为这本书写篇序言。我们很同意作者这种想法。因此，特奉函联系，请您在百忙中为本书作序，望勿推辞。清样将由作者直接奉寄。谢谢！

此致

敬礼！

现代文学编辑室

1978.10.4

1978年10月，人民文学出版社应王蒙要求请萧殷为《青春万岁》作序肖殷同志：

您好！王蒙同志过去写的小说稿《青春万岁》，我社拟于近期出版。据作者说，您对这部稿子很熟悉，也很关心，希望您能为这本书写篇序言。我们很同意作者这种想法。因此，特奉函致意，请您在百忙中为本书作序，望勿推辞。清样将由作者直接奉寄。谢谢！

此致

敬礼！

人民文学出版社现代文学编辑室（章）

1978.10.4

面对这两封信，萧殷百感交集，但多年来积聚心头的万语千言实在无法浓缩在短短的序言中。

王蒙说：

《青春万岁》在历时二十余年之后，终于在1979年第一次出版了，我想，萧殷同志的心情绝不会比我平静。我多么想请他为这本晚出的书写一篇序言啊，然而他告诉我，他身体已经不行，力不从心了。

1979年5月，《青春万岁》由人民文学出版社首次正式出版。虽然书中没有提到萧殷的名字，但在有生之年能看到《青春万岁》出版，二十多年的牵念终于放下，萧殷已经满足了，因为他那点点滴滴的心血，早已融进字里行间。

1983年2月4日，王蒙到医院探望沉疴难起的恩师萧殷。一别26年，是重逢，更是告别。临别时，王蒙将自己的两本著作和一把新疆维吾尔族匕首送给萧殷留作纪念。萧殷忍不住潸然泪下，他明白自己此生来日无多，这是他们最后一次见面了……

王蒙赠送的维吾尔族匕首

王蒙当年回忆说：

今年年初，我与妻子去广州的医院探望了卧床已久的萧殷同志。当他用枯瘦的、我要说是冰凉的手握住我的手的时候，当我告别的时候，萧老哭了，我已意识到了，这便是永诀。从那时起，一提起萧老我就长吁短叹。

1983年8月31日，萧殷去世了，王蒙第一时间发来唁电，并在9月8日写了悼念文章《安息吧，鞠躬尽瘁的园丁》。王蒙写道：

安息吧，萧殷老师！那时候您其实还没有我现在的年岁大吧？当年您在赵堂子胡同八号接见的那个青年习作者，还有许许多多您关怀培养过的青年习作者，以及许许多多从您的著作中得益的过去的和现在的青年人，正把您对文学事业的热望和对青年一代的关怀化为祖国社会主义文学蓬勃发展的现实，我们终于迎来了社会主义文学的春天。我们永远不会忘记您这位辛劳的、鞠躬尽瘁的园丁，永远！

1987年7月5日萧殷雕像在家乡落成，时任文化部部长王蒙无暇参加落成典礼，故写信给陶萍致歉。

中华人民共和国文化部

中华人民共和国文化部

1987年6月30日王蒙给师母陶萍的信

萧殷师一生勤勤恳恳，“俯首甘为孺子牛”，许多年轻人受到他的教益。回想二十世纪五十年代，我20岁的时候，他对我的极不成样子的处女作初稿《青春万岁》

的鼓励和指点，回想在赵堂子胡同萧殷师的小院谆谆受教的情景，永世难忘。

萧殷同志是我的恩师。在严峻的日子里，他鼓舞我安慰我；在春回大地的时刻，他热烈地召唤我的“第二次文学青春”。当然，这不仅是对我个人的好处，而是通过这一斑可以看到萧殷师的遗泽与师心。

——王蒙

2022年12月花城出版社出版了学者评论萧殷的文集《师者·文心：萧殷评说七十年》，王蒙为该书题写书名，并写了《永远的萧殷》作为本书序言。

2022年12月出版发行的《师者·文心：萧殷评说七十年》，王蒙为封面题字

永远的萧殷

我读了萧殷的书，他循循善诱，且结合写作实际，提倡生活的真实与艺术的真实，主张文学创作从生活出发，告诫文学青年不要搞公式化、概念化，字字中肯，句句有用。

我受了萧殷恩师的恩，六十五年前，他肯定了芜杂粗糙的《青春万岁》初稿，赞扬了青年王蒙的“艺术感觉”，指出了经营小说结构尤其是主线的重要性，鼓励我把小说改好，并推动了中国作协为我请得了半年的创作假期。

然后有了写作人王蒙，有了许多故事。

又读到这么多朋友想念萧师，评论萧师的文章了，师恩浩荡，心潮起伏，萧师永生！

王蒙 2020.岁末

王蒙为该书写序《永远的萧殷》手迹

（四）被“常常敲打”的黄树森

六十年代初，黄树森在《作品》杂志当编辑，适逢遇到从北京南归的主编萧殷。从此，24年的风雨往来，两人建立了牢固的师生情谊。后来，黄树森成为《当代文坛报》主编、广东省文艺批评家协会主席，于2022年荣获第三届广东文艺终身成就奖。

黄树森曾说：

萧殷的正直正派、率真坦荡，萧殷的保持沉默、不与整人者为伍、不与谎言者同谋，弥足珍贵，于中国文坛，也是一个经典个案。古语云“经师易得，人师难求”，在纪念萧殷百年诞辰之际，萧殷的经验值得我辈深深汲取，萧殷的精神和品格值得我们敬仰。

1983年，萧殷逝世后，我也常进出梅花村萧家，与陶萍、陶萌萌商量打理后事，对那阴冷潮湿住所的归属，很感忧虑。1993年萧殷逝世10年，我参与主编50万字的《风范长存——萧殷纪念和研究文集》，也作为萧殷梅花村气场对我的熏陶、培育和纪念。萧殷常常批评我们提出的问题不是个问题，而是个问号。萧殷常常敲打我们不要脱离实际、坐而论道，弃用公式化、概念化、违背艺术规律的批评处方。萧殷常常要求我们对每份退稿都要写5000字评语，对作者和读者要谦虚谨慎，怀敬畏之心。我在1986年6月《当代文坛报》的《编后偶记》中有言：“斯人已逝，风范犹存。萧殷是非的分明，胸襟的坦荡，神韵的慈蔼，人格的正直，作风的平易，治学的严谨，我们是不应该也不可能忘怀的。”

2015年9月24日，是我的老师萧殷诞辰百年纪念日。20世纪50年代，京城十年，老师迭经重挫；1960年他回归广东，才复振起。《作品》杂志声名鹊起，发行量高峰期达79万份；《典型问题》三篇宏文，横空出世；批判“文艺黑线论”，头角峥嵘，被阎纲评为“使广东大旗多次飘舞在国家队前头”，从此，令岭南评坛蔚然而兴。萧殷回归后，谁人敢轻岭南？！萧殷，在中国文艺批评界是一个难以企及的标杆人物。

——（黄树森《梅花村头忆萧殷》，载于《百年萧殷纪念文集》第226-227页）

1980年9月8日，萧殷率广东文艺评论家和编辑到深圳召开学术研讨会，期间在小梅沙留影。
前排左起：廖虹雷、钟子硕、叶明、刘学强、萧殷、白清芬、易准、谢望新、李育中、黄树森
后排左起：金钦俊、潘晋拔、张木桂、蔡运桂

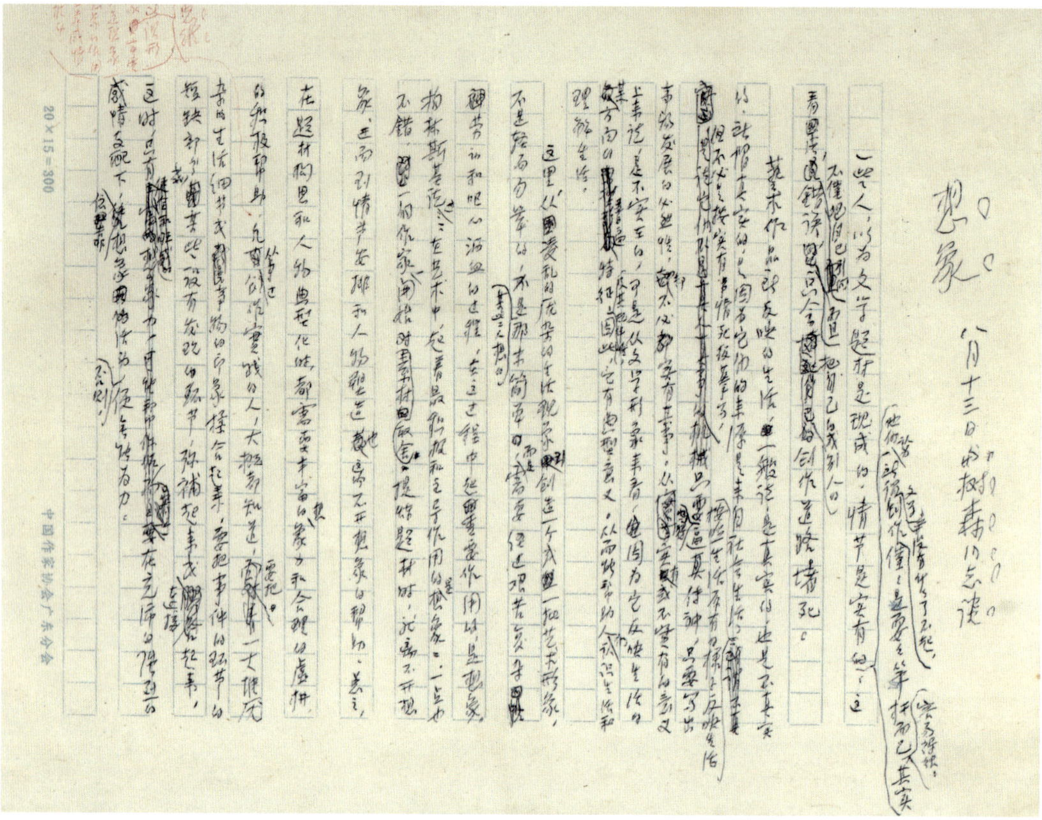

1979年8月13日，萧殷与黄树森谈《想象》手稿1

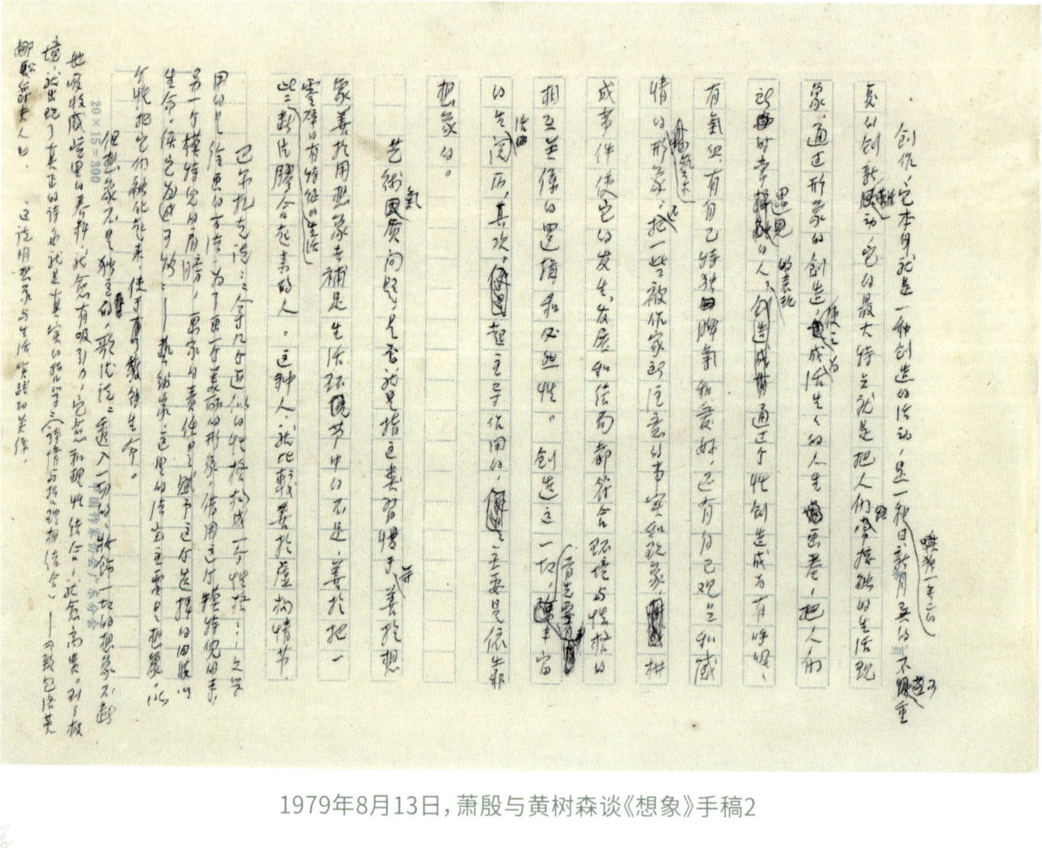

1979年8月13日，萧殷与黄树森谈《想象》手稿2

（五）黄伟宗的不解之缘

黄伟宗在回忆文章中写道：

1961年夏天，萧殷师从中国作家协会下放到他的故乡——广东龙川县体验生活一段时间后，正式确定留在广东作家协会任党组副书记、《作品》杂志执行副主编。他一上任即着力《作品》杂志改版，并要大力开展文艺评论。因为《作品》是月刊，出版周期长，篇幅有限，而《羊城晚报》“花地”文艺副刊每日大半版，发稿量大，省委宣传部决定其每周出版一期“文艺评论”专版，由萧殷师直接领导。我当时是这个专版的责任编辑，所以，我也随之直接受萧殷师领导了。由此开始，我既是他的学生，又是他的下级和助手，与他结下了不解之缘，直至他辞世，共达20年之久。

——（黄伟宗《“花地”、萧殷师与我的二十年情缘》，《百年萧殷纪念文集》第220页）

黄伟宗后来成为中国珠江文化理论的首创者和首倡者，其主编的《中国珠江文化史》填补了中国珠江流域文化史空白，于2022年荣获第三届广东文艺终身成就奖。他曾说：

俯瞰中国现代文学史，广东文学有两度辉煌时期，分别是上世纪60年代初和70年代末至80年代初。在这两个辉煌时期，萧殷作为领军人物，功不可没……萧殷，不仅是文艺批评家的领军人物，也是作家的领军人物。

1980年，黄伟宗与萧殷、陶萍夫妇摄于梅花村35号二楼萧殷家阳台，美国学者林培瑞摄

2015年黄伟宗在萧殷诞辰100周年纪念会会场

（六）陈国凯：一株“洋溢着生命液的文学幼苗”

1962年，广州氮肥厂工人陈国凯在《羊城晚报》发表了短篇小说《部长下棋》，萧殷看到“这样一株茁壮的、饱含着生命液的文学新苗”，非常高兴。他特地约这位青年工人作者到家里长谈。

陈国凯在《是您把我引入文学之门》中提到：

我和萧殷老师第一次见面是在1962年。那时，我发表了一两篇小东西，我不敢企望卓有声望的老作家萧殷会注意到我这无名小卒的习作。但有一天广东作协的同志通知我，说萧殷同志读了我的一篇小说，要见我。在我的设想中，文艺理论家大概是严肃得可怕的人，我怀着对权威人士的敬畏心理来到他家，出现在我面前的是一位和蔼可亲的清瘦长者，说话缓慢温和，就像跟家里人聊天。他谈了很多，亲切的话语，像高山流水，潺潺地流过我的心田。第一次见面，我就感受到：广东的老作家是很关心文学新苗成长的。

平和、亲切、坦率、热诚，对初学写作者不摆任何架子，这就是文学青年的导师萧殷！

萧殷一直把陈国凯看作一株“洋溢着生命液的文学幼苗”，格外重视，并以自己长年抱病之躯关怀着他的成长、指导着他的创作。因此，陈国凯认为“是萧殷同志把我这个普通工人引入文坛的”，是萧殷成就了他璀璨的文学梦。他说：

萧殷老师劝告我：“搞文学是很苦的，有志搞文学，就要下决心吃苦，不要存在侥幸心理，不要只图发表。有一类作家，写了一辈子小说，也到处发表、出版，就是没有给人留下任何印象。你不要学这类作家……”

然而，萧殷老师对我创作上的任何微小进步都很关心。在他的督导下，我面对生活，总结思想，又陆续地写了一些短篇，都交给他“审判”，有的他拿去发表了，有的就地“枪毙”，并详细说明“枪毙”它的原因，使我知道毛病出在哪里。我就是在不断被否定的过程中从他那里学到了一些东西。

当我陆续发表了一些东西之后，萧殷老师考虑给我编集子了。当时我连想也不敢想出版部门会给我这粗浅的工人业余作者出书。一天，他对我说：“你把已发表过的小说收集一下交给我。我已经跟上海文艺出版社联系过了，他们答应给你出一本书。”我把整理好的小说集子交给他，这时，他工作极忙，还是抽时间把10多万字的东西一篇篇审阅过，亲自决定取舍。后来又为这本书撰写序言。他对我从创作上的启蒙到看稿、审稿、组织讨论、撰写序言、著文评介、介绍出版……都做得很细。培养作者的工作，是很细致、很辛苦的工作。萧殷老师数十年如一日地在做这种工作。他给后辈树立了很好的榜样。

……

萧殷老师对文学青年的深情厚爱大概可以用一句话来概括：不想自己树高千丈，但愿千万翠竹成林。他就把主要的精力放在这上面了。目前活跃在广东文坛上的中青年作家，大都受过他不同程度的恩泽和关注的。

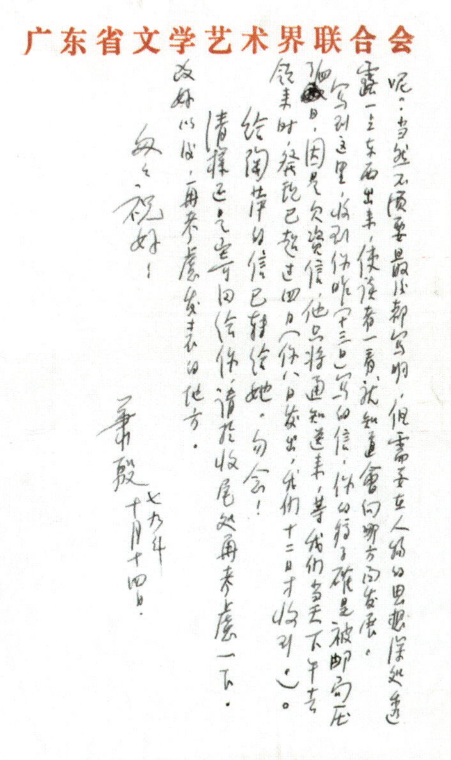

广东省文学艺术界联合会

国凯同志：

《在厂区的马路上》今[illegible]已寄《人民文学》，据别人传闻，北京某些编辑人员仍心有余悸，对于许多比较新颖的题材都有点害怕，因此，他们敢不敢发表，我一点把握都没有。

以后寄稿件，希望在封皮上注明“稿件”二字，还要把信封剪去一角。这次你寄稿时，这两样你都未做，邮局把它当信看待，自然就超重了。这种超重信件，先来个通知，说有件欠资邮件待领，还要带身分证去才能领取，不胜麻烦，以后望注意！

[illegible]当作十个小说，我看可以，只是[illegible]尾需要再考虑一下，因为[illegible]在那样好好的，[illegible]是吗？[illegible]还是丈夫听从妻子劝导：决心学习了？两种可能都有，到底是哪一种呢？当然不须要最后都写明，但需要在人物的思想深处透露一点东西出来，使读者一看，就知道会向哪方面发展。

写到这里，收到你昨（十三日）写的信，你的稿子确是被邮局压了两日，因为是欠资信，他只将通知送来，等我们去下午去领来时，发现已超过四日（你八日发出，我们十二日才收到）。

给陶萍的信已转给她，勿念！

请稍迟几天寄回给你，请在收尾处再考虑一下。改好以后，再考虑发表的地方。

匆匆祝好！

萧殷
七九年十月十四日

广东省文学艺术界联合会

1979年10月14日萧殷给陈国凯的信

萧殷病重的时候，在病房陪伴萧殷的吕雷回忆说：

凌晨二时，一阵令人揪心的呻吟震撼着我紧绷的神经。我蓦地睁开双眼，跳下床来到萧师病榻前。

“萧老师，很难受吗？”我担心地扶起萧殷同志只剩下一些骨头的躯体，好让他躺得舒服一点，“要不要……叫医生？”

“不，我想起了两件事……”萧师艰难地呼吸着，胸部剧烈地起伏。春节前他一直处于病危，每说一句话，都像经受着苦刑。

“……陈国凯的入党，你回去说，希望支部要抓紧，我愿意做介绍人……”

接着，他又提起一位中年作家的调动，要我转告某领导，请求帮助解决……

我含泪点着头。不让他再说话了。他长叹一声，难过地闭上了眼睛。

泪水在我眼中夺眶而出。唉，萧师！即使在死神的魔爪伸过来的时候，您还在用宝贵的生命来扶掖、来哺育后辈啊！

陈国凯后来担任广东省作家协会主席，并成为首届广东文艺终身成就奖获得者。

（七）吕雷的知遇之恩

吕雷在《记忆，撞击着心扉》中写道：

今年三月间，我赶到医院，向萧师汇报了文学院沙湾会议的情况。在这个会上，文学院的中青年作家们一反文坛上“文人相轻”的陋习，团结得亲密无间，在会内会外都能毫不忌讳地当面展开批评和自我批评，还搞了“集体会诊”，有些意见相当尖刻，但没有人感到沮丧和不满，相反，大家都感到振奋……

萧师听着，听着，激动得挣扎着要坐起来，眼睛里竟闪出了泪光！

“好，好！这样对！这样才有希望！”

我告辞时，他哆哆嗦嗦向我伸出干瘦的手：“谢谢你，带来好消息，很好的消息！”

为什么一群文坛后生亲密团结的消息会使萧师这般激动？深知萧师为人的同志都会理解。萧师驰骋文场50年，崇高品格有口皆碑，热情如火地扶掖青年新进，疾恶如仇地与邪恶斗争。他关心青年，不仅要将有志的文学青年培养成作家，而且要把他们培育成无私无畏的革命战士。他痛恨拉帮结派、以权谋私、见风使舵、阿谀奉承、虚伪奸诈。他长久困于病室，但仍关心文艺界的一切动向，对一些不良现象，他常常感到痛心疾首，嗟喟不已……他不止一次向文学青年说：“千万不要带着私心搞事业，有了私心，成就越大，危害越重！”这番话，有如警钟长鸣，常在我耳边回响，使我感奋，使我警惕。

吕雷在《文坛流沙河的淘金者》中写道：

萧殷师临终前也经常喟叹："倘若还有时间，我还要搞出那部《创作论》，我还要写几部小说……"唉，我们这些在文学殿堂外张头探脑的后生，占用了他多少时间，耗费了他多少心血？我自惭自责。泪水漫上了我的眼眶。

在萧殷师指导过的众多作者中，我是个后来者，甚至可以说是个搭上"末班车"的幸运儿。从第一次见到萧殷师，直到他辞世的几年里，我时时得到他的扶掖。我好几篇自我感觉良好之作，他都在病榻上看过，指点过，严厉批评过，惭愧的是，我有负萧殷师的期望，一直没有拿出使他满意的作品来。

没想到连上楼都大喘不止的他，讲起文学来竟中气十足，精神亢奋，简直一发不可收。

会后，我跟着一些业余作者到他房间里攀谈了几句，接着就不知天高地厚地掏出自己一篇习作塞给他，请他"看看"。

这个唐突的举动，竟成了我人生的一个转折点。

当时萧殷接过稿子，锐利地看了我一眼说："我看看。"说着就侧着头凑着光线翻起稿子来。

第二天，他把我找去了："你的稿子，我看有基础，能改好。我昨晚看了一遍，中午睡不着，又看了两遍……"他边翻稿子边谈，一谈创作，他就话似清泉源源不绝，他尤其强调要抓好细节描写，加强典型环境中典型性格的刻画。最后，他回到反复强调的话题上——社会主义文学中揭露阴暗面与过去的批判现实主义的区别，谆谆告诫我：要敢于揭露矛盾和丑恶，但文学的功能不仅仅是揭露……

我这篇习作，就是发表在当年《作品》5月号上的《血染的早晨》，这也是我第一次在文学杂志上发表小说。这篇稿子我至今珍藏着，稿子字里行间还留着萧殷师的手评——他改批青年习作喜欢用铅笔做眉批，都很简短，从不大删大砍和乱画，有的只写个"好"字。有的画上细线，写上"不真实"三字，字都写得很小，充分体现了萧殷师尊重作者、呵护文学新人的一片苦心。事后，我才知道，他当时正发着烧，而且一回到广州就住进了医院。但他仍把我那篇习作挂在心上，亲笔给我写了一封信，告诉我，稿子修改后比初稿好多了，他亲自给稿子改了标题，并决定在《作品》杂志上作重点稿发表。从此，我就经常得到萧殷师的关怀和指导。我也被新时期重建文艺大军的浪潮卷进文坛。

……

有一次，他在东病区的病榻上，向我描述在华北敌后通宵行军的情景：他负了伤，骑马在小路上足足走了一夜，昏昏然中，突然发觉走到大平原的边沿。这时，天破晓了，他立马山崖，面对远处广袤无垠的华北大平原，太阳从金色的云霞中跳出来，壮景奇观使他顿时热血奔涌。他明白了古代军旅诗人，为何有一腔豪情唱大风的绝唱了！他说着，嘴唇哆嗦，眼闪泪光，我全身都被震撼，仿佛感觉到他的体能在辐射出热和光。我想，如果他把那一刹那间的感受和情愫秉笔实录，必定能成为一篇叫人倾倒的好散文。他写散文是大手笔，写出过不少名篇，有的还成为语文教材，然而，他再没有时间和精力了，可惜！

萧殷师想写、要写的东西太多了，而他的精力和时间又如此有限。怎么办？他无私地给了我们——从20世纪50年代、60年代、70年代到80年代初的一群又一群络绎不绝地挤拥在文学小路上的学行者。

……

他是中国文坛这条流沙河中一名真正的淘金工人，年复一年、日复一日地从这条河的流沙里淘金，为了淘出真正的金子，他耗尽了毕生心血，奋斗了一生。

萧殷师永远活在我的心中！

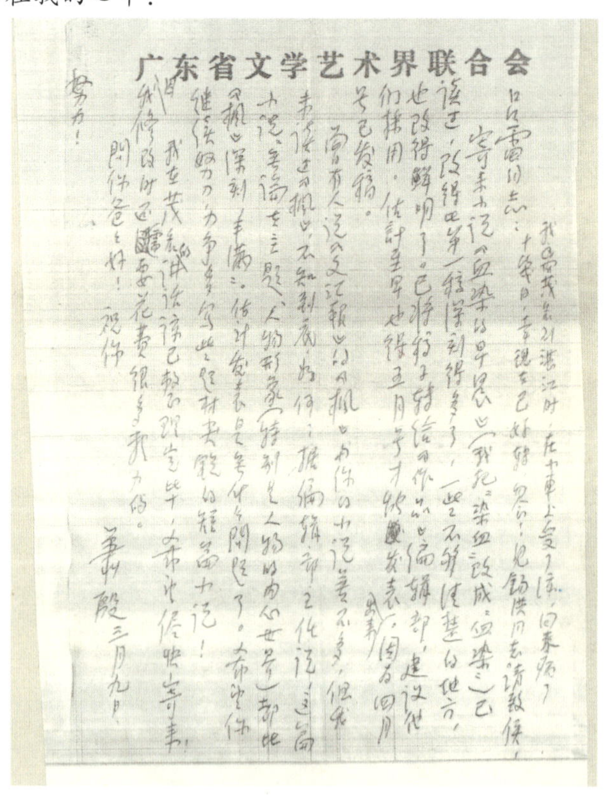

广东省文学艺术界联合会

吕雷同志：

寄来小说《血染的早晨》（我把《染血》改成《血染》）已读过，改得比第一稿深刻得多了，一些不够清楚的地方，也改得鲜明了。已将稿子转给《作品》编辑部，建议他们采用。估计至早也得五月号才能发表，因为四月号已发稿。

……

问你爸爸好！

祝你

努力！

萧殷 三月九日

1979年3月9日萧殷写给吕雷的信，确定《血染的早晨》可以发表

吕雷的处女作《血染的早晨》经由萧殷指导，在《作品》杂志发表。

1982年4月24日　星期六　第二版　　羊城晚报

读吕雷的小说

萧殷

司令员，亮晶晶的钢铁……

陀螺

许享厚

源头活水清

万里归来年更少！

记中国女排远征美国

全国足球甲级队联赛又擂战鼓

南粤三兄弟出师不利

参加九届亚洲锦标赛 我女篮今晨赴日

郑达真飞过新高度

省运会田径赛圆满结束

广州市佛山地区雄庆地区分获团体前三名

深圳市海南区韶关地区获文明礼貌队称号

1982年4月24日，萧殷推荐吕雷作品的文章《读吕雷的小说》在《羊城晚报》发表

萧殷为吕雷打开了文学之门，引领他步入文坛，吕雷后来成为广东省作家协会副主席。

（八）程贤章的《樟田河传》

1961年冬至1962年初，中国作协广东分会办了一个讲习班，萧殷任班主任，程贤章有幸成为他的学生。

1973年，程贤章开始动笔创作第一部长篇小说《县委书记》（1976年在广东人民出版社出版时改名为《樟田河传》）。当时萧殷疾病缠身，但仍然夜以继日、呕心沥血修改书稿，以致脑血管痉挛入院。

谢望新、李孟昱在报告文学《寒凝大地发春华》中写道：

《樟田河》一章一节地在批改中，萧殷的健康状况也一天天在恶化。半月后的一天，早起的萧殷刚批改完第十九章，准备到外室盥洗，刚步出房门，左身突然撞到门上，他毫无知觉，接着，咕咚一声，跌倒在地。当他被送进医院时，医生的诊断书上写着：因用脑过度，致脑血管痉挛。

这天下午，程贤章第四次来到萧殷家里，开门的是陶萍。她告诉他，萧殷已经住院，但没有说明病情。程贤章跟着陶萍走进萧殷卧室，只见《樟田河》稿子铺满床头、书案。程贤章顺手拿起几页稿子，上面用工整的蝇头小楷，密密麻麻地写着眉批、旁批、间批、总批，连个别错别字都改正了。19章《樟田河》，约15万多字，萧殷的批语就有1万多字。看着看着，程贤章这个平日不易动感情的人，也潸然泪下……

黄廷杰在《耐读的萧殷》一文中，提到萧殷于1975年7月28日给他的信中谈到这件事：

上月初因急于在三个晚上阅读一部长篇原著，引起了脑血管痉挛，不仅右脑剧痛难忍，左上、下肢也麻木了……我的单薄体质经过这场急病折磨之后，现在更形虚弱了。

程贤章在《为萧殷整理回忆录琐记》中写道：

萧殷先生非常爱护我。20世纪70年代中，我的第一部不成器的长篇小说《樟田河》请萧殷先生审读，他仔细披阅，要我隔两天到他家去一次……萧殷先生披阅到第十九章，他病倒进医院了，我也因工作回梅州。我为此非常内疚，痛责自己不应把长文章送给萧殷，拖累他风烛摇曳多病的身体。我不知我和萧殷先生之间的不解之缘始于何因。在莘莘学子中，他对我有较明显的偏爱。我知道，即使他在严厉批评我时，眼睛中仍有滚动的莹莹泪水，那是恨铁不成钢的焦灼。尽管我表面若无其事，但心灵中却烈火如焚，这不灭的火种至今仍潜伏在我的心头……

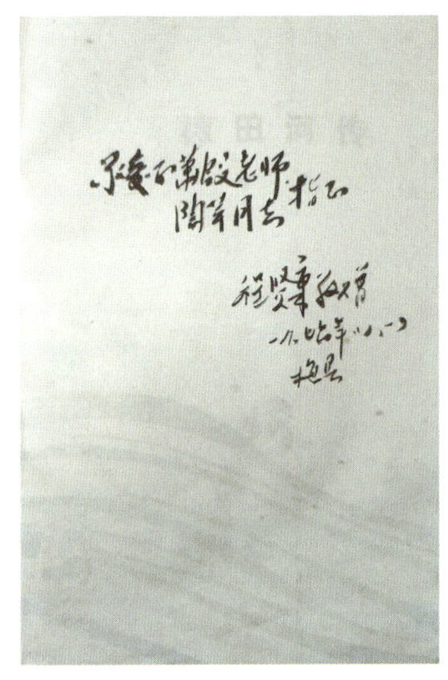

《樟田河传》出版后，程贤章将《樟田河传》敬献给恩师萧殷

《樟田河传》的原稿共275页，现收藏于程贤章后人家中。翻开书页，萧殷的修改批注比比皆是。当年程贤章创作出《樟田河传》后，送给萧殷审阅，萧殷抱病修改，并频繁跟程贤章见面讨论。《樟田河传》的出版，凝聚了萧殷无数心血。

萧殷批注的《樟田河传》手稿1

写对话，不能总是一个样子，表情可放开头、中间或末端。

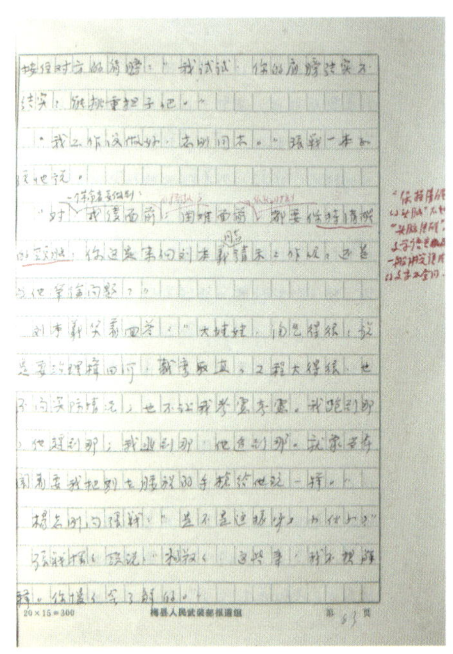

萧殷批注的《樟田河传》手稿2

“保持清醒的头脑”不如“头脑清醒”，文字语言与一般讲究语法的文字不全同。

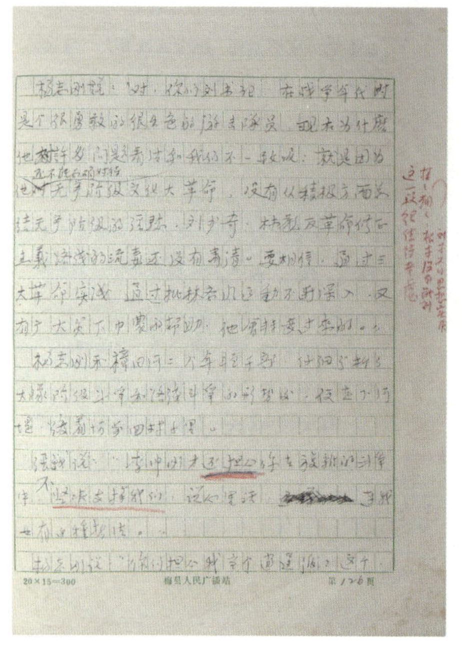

萧殷批注的《樟田河传》手稿3

这一段很值得考虑，模模糊糊，根本没有触到刘本义的思想实质。

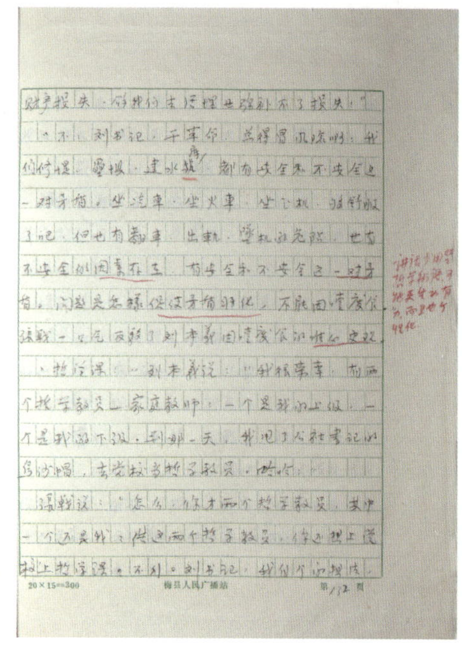

萧殷批注的《樟田河传》手稿4

讲话少用些哲学术语，可能更生动有力，而且也个性化。

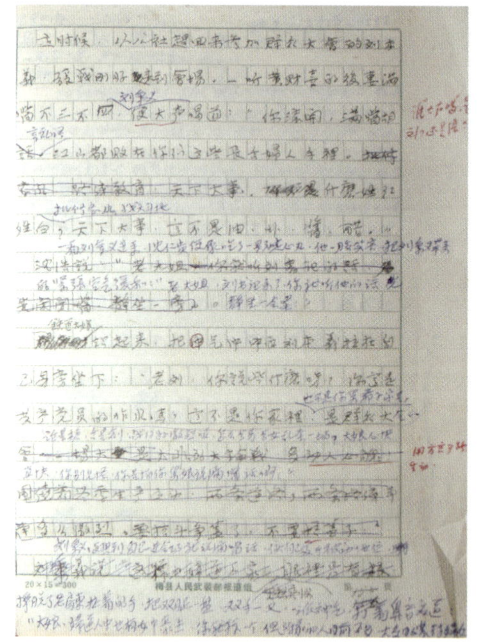

萧殷批注的《樟田河传》手稿5

1. 谁“大声唱”，是刘？还是张？

2. 用方言可能更生动。

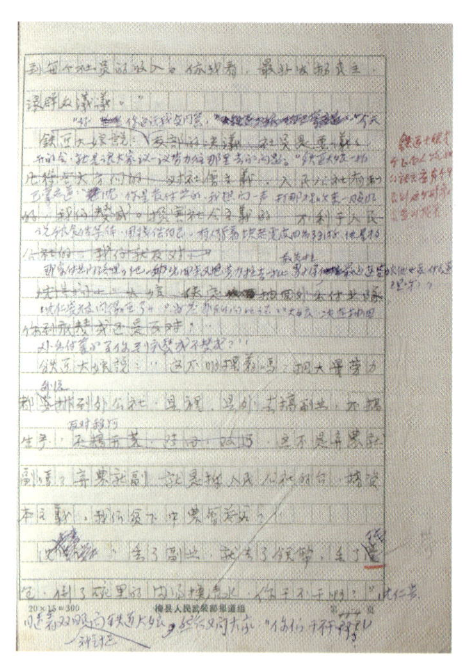

萧殷批注的《樟田河传》手稿6

铁匠大娘是个正面人物，她的语言应有个性。否则，这个形象会受到损害。

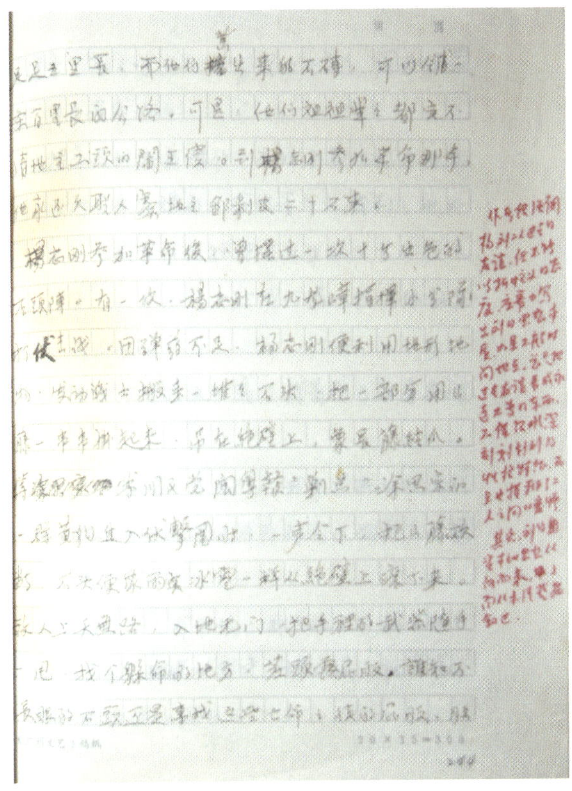

萧殷批注的《樟田河传》手稿7

作者很强调杨、刘二人过去的友谊，但不能以折中主义的态度，应着力写出刘的思想本质。如果不顾时间地点，总是把过去友谊看成永远不变的东西，不仅很难深刻刻画刘的性格特征，而且也模糊了二人之间的爱憎，其次，刘的资本主义思想从何而来，上面从未清楚描叙过。

1982年年初，萧殷在住院期间与程贤章谈论稿件

除了指导程贤章写《樟田河传》，萧殷还花费大量时间与程贤章探讨文学创作问题。在萧殷用心教导和激励下，程贤章的进步突飞猛进，后来成为广东文学院院长。

（九）金敬迈的“文学门槛”

在《谢谢萧殷老师，怀念萧殷老师》一文中，金敬迈说：

说起萧殷老师对我迈入文学门槛时的帮助，感慨良多。

我一直觉得文学这道门槛非常庄严，在萧殷老师主持广东省与文化有关的各项工作时，我还没有迈进文学殿堂这道门槛。有位和萧殷老师很熟的朋友，有一次把我的一篇习作、还是学着写东西的小文章送给萧殷老师看。这篇文章是写1961年我下部队去搞“两忆三查”，在忆苦运动中，一个战士对我讲的故事。他家里很穷困，靠卖烧饼维生，为了给弟弟留下一块烧饼尝尝，把别人咬了一口丢在地上不吃的烧饼捡起来，拿了回去。晚上他爸爸一点账，说：“怎么少了一块烧饼钱呢？”再一看，篮子底下还藏着一块烧饼，就认为是他偷吃了，而且是吃了一口不敢再吃，于是打了他一顿。他妈妈在旁边说：“难得孩子馋了，咬了口烧饼，也不至于打他嘛。”当时这孩子就哭了，但一直也没有说明。最后事情弄明白，原来他是留给弟弟的，当时买烧饼的那个人没付钱，所以差了一块烧饼钱。

我当时觉得这个故事很好，就平铺直叙地写了下来，自认为写得比较成功、动人。萧殷老师看了以后，对把我的稿子给他的人说，你去把他找来，我和他说一说。我第一次见萧殷同志，他问我是哪里人，我说是南京人。他说，你看过朱自清的《背影》吗？我说《背影》我读过，读的时候也是泪流满面，父子真情实在太动人了。当时我心想，叫我编也编不出来。朱自清是何等实力，哪是我一个业余作者能够比拟的。虽然他也全是白描，但那功力我远远达不到。萧殷说，文章不在于辞藻华丽，而在于思想的深沉。他让我好好读一读《背影》，这是他看到的少有的写父爱的佳作，读一读会受益无穷。他嘱咐我说，好好读一篇文章，不要拿起来就翻到结尾，要看看人家是怎么铺陈、怎么白描的。

后来这篇文章我并没有改出来，但事情总在不断地变迁当中。我在写长篇小说《欧阳海之歌》的时候，就把这块烧饼变成了半块糍粑，写了其中一个情节。欧阳海的妈妈没有奶，妹妹快要饿死了，他想用两条鱼给妈妈煲点汤，催奶。于是他用一块糍粑换了两条鱼回来，当鱼汤熬好的时候，欧阳海拿着半块糍粑睡着了。他梦见自己在抓鱼，在这个时候，妈妈一声尖叫，妹妹已经饿死了，不再需要奶了。

我这一辈子好不容易后来算是跨进了文学门槛，但是文学的门槛确实森严，这是一个永远跨不完的门槛，因为你得不断创新，必须永远都处在追求当中，不是创作一篇文章就可以了事的。今年是萧殷老师诞辰100周年，我觉得萧殷老师对文学青年的指导精神是永垂不朽的。谢谢萧殷老师，怀念萧殷老师。

就在金敬迈向萧殷请教后的第三年，他完成了长篇纪实小说《欧阳海之歌》的创作。小说的发行量接近3000万册，达到当时中国小说发行量的顶峰。

（十）启蒙之恩感终生

1. 李前忠

李前忠在《忆萧殷老师》中说：

萧殷边喝茶，边问我的家庭情况；又问平日读什么书，《死魂灵》《红楼梦》等名著读过吗？读《红楼梦》不能单纯从阶级斗争观点去读，应细心看看曹雪芹是如何刻画一个又一个的典型人物，特别是书中各色人物的精彩对话，每一句话都符合人物的性格。凤姐说的话，林黛玉一定说不出。《红楼梦》是个“宝”。还有《水浒传》，李逵、武松这些人物，为什么老百姓都似曾认识他，一见这个人粗，就说：你这个人真像李逵，这就是艺术的力量，还有鲁迅笔下的阿Q等，你应该多读好书，多练笔。

谈了近一个钟头，话题才转到了《落地生根》这篇习作来，萧殷老师没有拿出我送上去的初稿，说起来，小说中几个人的名字他都记住了。他说：“吴鹏这个党委书记的形象基本勾画出来，文章结尾那食甜蛋的细节符合人物性格，鸡嘴尖，鸭嘴扁，这类潮州方言很有地方特点，就是要加以整理，使外地人读得懂，本地人觉得亲切。”在萧殷老师的具体指导下，《落地生根》这篇小说终于在《广东文艺》复刊号上发表了。

从此，李前忠发表了不少作品，后成为潮州市作家协会主席。

2. 杨昭科

杨昭科在《忘不了萧殷同志》中写道：

忘不了，此后萧殷同志经常给我来信，教我如何做人，教我如何写文章。他希望我多读点文学名著，还好几次让陶萍同志给我邮寄各种名著。

……

忘不了，我在创作《风云图》之初，开了十来次头都失败了，我真想搁笔回家。萧殷同志耐心开导我说，万事开头难，开头很重要。开头开不好，就无法写下去。你见过抽丝剥茧吗？先选准了丝头，轻轻挑起来，就能一拉到尾。多形象的比喻啊！在萧殷同志的多方指导下，我终于用个把月的时间，写出了《风云图》10万字的初稿。那时，正值盛夏，天气炎热，萧殷同志知道我家在农村，钱粮两紧。他除了不时邀我吃饭外，还常常通过陶萍同志给我送点粮票或5元10元不等的零用费，嘱我多吃点清凉饮料。萧殷同志跟我非亲非故，对我这般厚爱，真教我终生难忘啊！

在萧殷的关怀帮助下，杨昭科发表了《风云图》等多篇中长篇作品，后成为汕头市作家协会副主席。

3. 麦文峰

当年，麦文峰是广州市东山区文化局一个普通文学青年。1981年7月，萧殷因病住进了省人民医院东病区。在此期间，麦文峰常常到医院看望萧殷，在陪伴先生的日子里，他们建立了师生情谊。

麦文峰说：

萧老是我的老师，是我走上文学道路的启蒙先生。

记得是1981年6月下旬，萧老应湖南人民出版社的邀请，和陶萍同志一起去为一个文学讲习班讲课。但6月底、7月初的长沙，气温比广州高得多，这对一个在“文化大革命”中身体受到严重摧残的老人来说，是无法抗衡天气对他的挑战的，所以，课还没有讲完，他就病倒了，并提前返回广州。

第二天，我赶去梅花村看望了他。就在这天晚上，他住进了省人民医院东病区。

……

就在萧老住院后不久，一个在“文化大革命”初期曾经上书中央文革小组、任意捏造事实告了先生黑状的文学青年，先后几次来信道歉、问候和请教。对这样的人，我曾气愤地对先生说：“在有机可乘的时刻陷害你，在有利可图的时候崇拜你的人，给他回信干什么？”但先生却宽宏大量，抛开个人的恩怨，在卧床难起的情况下还是口述给我，让我给他回了信。信中给他指出了过去的错误，要他牢牢吸取教训，并鼓励他今后好好为人民多写一点好作品。

先生就是这样，对一个在文学上稍为有点基础的人，不管他过去有过怎样的缺点和错误，也要尽力去帮助他，扶持他，使他成长起来。

每天，先生都收到很多文学青年的来信，其中，有一封是从新疆寄来的，这是一位和萧老从不认识的复员军人，他说，自从懂事以后，直到参军复员，他都没有为任何事情哭泣过，但是，当他在报刊上读到先生近几年来，带着病残的身体，仍然勤奋不息地培养文学青年的事例后，眼泪竟忍不住一滴一滴地落在报纸上。对先生，他并没有提出什么个人的要求，或者想得到什么指点、教导，但是，却深情地表达了广大文学青年对先生的真实感情。

萧老在谈话中好几次对我说："我们这些在浩劫中的幸存者，历史赋予我们的任务不但要在有生之年赶快写点东西，而且还要多花点心血去造就一大批文学青年，让他们更快地走上文坛。"

……我常常翻阅他给我批改过的稿页，其中，有不少是画了横线和圈圈的，那上面写得密密麻麻的蝇头小字，便是他拿着颤抖的圆珠笔，一笔一画艰难地写成的。每每在这个时候，我总从内心里责备自己，为什么自己的学识如此浅薄？为什么先生的教导自己没有很好地去领会？

先生对每一个文学青年的要求，都是非常严格的，他从不轻易去称赞或者表扬哪一个文学青年，自然，我也在此之列。有时，我还会受到先生严厉的批评，那便是在我的文章中出现不应有的错别字，或是乱用一些概念不清的名词术语。挨了批评，我却从心底里感谢他，因为有这样一位严师，才使我这个不容易雕琢的人，逐渐靠近文学的大门。

在生命倒数的最后十天里，萧殷不忘抓紧时间启发麦文峰努力创作。在萧殷的鼓舞下，"很普通的"文学青年麦文峰一步步成长为广东散文诗学会副秘书长。

1981年，萧殷在医院与麦文峰谈写作　　（王世儒摄）

（十一）隐匿的学生

萧殷热心辅助青年作者的伯乐形象深入人心，以致有大胆的年轻人请求编辑带他们到萧殷家当面请教，却常常遭到编辑们的婉拒。当他们听说萧殷住院了，便不失时机拜访。而见到年轻人的萧殷总会兴奋不已，忘却自己是病人，竭尽全力回答问题。结果，当然是被护士批评。

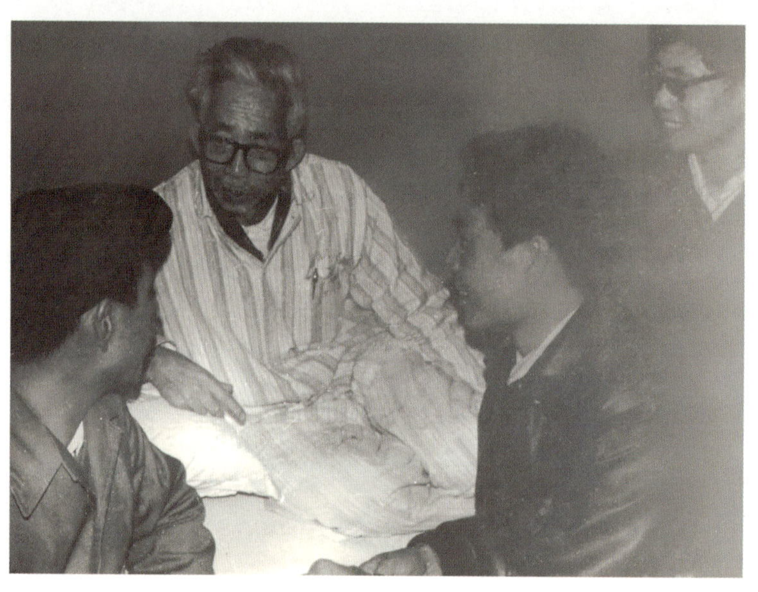

1982年初，萧殷与前来医院探病的文学青年亲切交谈。这是萧殷最后一次在病房会见青年作者

令人感慨的是，还有更多的“学生”只能与萧殷书信往来，永无机会见面。

下面，让我们看看萧殷保留的与业余作者来往的信稿，这些幸存的少量资料，就像阳光下几朵翻滚的浪花，折射出大海的光泽，让人们看到，萧殷对于来自基层、素未谋面的业余作者是何等用心良苦、望铁成钢。

1. 有萧殷先生真好——与赵启强

二十世纪八十年代，是中国文艺的春天，也是中国当代文学的黄金时代。那时年轻人的文化追求很纯粹，文学很美好，大部分青年都渴望把当作家、当诗人的理想融入自己美好的青春。年轻的赵启强读过萧殷的书，他毫不犹豫地把自己的第一篇短篇小说《在百分之九十里》寄给萧殷。

萧殷十分欣赏这篇小说，把它推荐给《广州文艺》。不久，小说配上黄伟宗的评论《角度·广度·深度》，发表在该杂志头条。这是赵启强生平第一次在文学刊物发表作品，后来还获得短篇小说创作一等奖，这成为赵启强文学创作的巨大推动力。赵启强说过：先生的关切、激励，对我人生道路的影响可想而知……

在后来师生密集交流的三年时间里，萧殷又将赵启强的中短篇和长篇小说分别推荐到《羊城晚报》和《芙蓉》杂志发表，从此，这个偏远地区的小学教师创意泉涌，一发不可收，最终走上文艺创作的大道。赵启强先后发表、出版了一百多万字的文学作品，成为中国著名导演、编导、作家和学者。

赵启强在《八十年代有先生真好——怀念萧殷先生》中写道：

从与先生交往，到他离世的三年多时间，竟有20多封书信往来[①]。先生每信必回，有的信长达五六页，直至仙逝前夕。

近日翻阅先生书信，最后两封是1983年夏日。由秘书代笔，一封有先生签名，字迹歪歪扭扭，看得出先生是用最后的力量回复我、关切我；最后一封由秘书代笔的信，连签字也没了——先生已无力握笔了，但心还在他所关心的文学青年身上。见信思人，不禁唏嘘不已……

他曾说，“青年人是我们事业的希望，我能为他们做点事情，也算尽了我自己的一份责任”。

一个初次通信的文学青年，经过先生的手，作品上了《广州文艺》《羊城晚报》，从一个小学教师，进入艺术领域成为作家、编剧、导演，与先生的关切和扶持分不开。

……

重读先生的书信，那种师生关系，那种大师与初学者之间的平等交流令人感动。从第一封信起，我们相互以“同志”称呼。今天看来，连自己都很诧异：以我们年龄差距、社会地位差距，我怎么敢用同志称呼先生？要是放在今日，先生有那么多头衔，怎么都应该冠之“主席”“总编”的称谓。

与先生往来，不仅形式上没有虚假、客套，在观念与思想的交流上，也十分坦诚。

……

我就有这样的幸运——遇到了先生。

对有志投身文学的青年来说，八十年代真好，八十年代有萧殷先生真好！

---

① 见《萧殷全集·第六卷　书信Ⅲ》第155页至194页。

在百分之九十里

赵启强

别说走进运动办公室，单是听到这类名称，便使我产生不自在的感觉。当然，我知道在“四人帮”被粉碎后的今天，这种机构是在从事着另一种性质的工作，但我仍然不愿意走进这样的办公室，不愿意与它发生任何关系。

然而，妈妈偏偏要我去找运动办公室，而且偏偏又是为了那件不堪回首的往事。她一次又一次地对我说：“去吧，为了你爸爸的冤屈，为了我们家的清白……”

那天，她又在重复着这个要求了。她眼泪汪汪地看着父亲的遗像，头上的白发颤抖着，却说不出更多的话来。我突然发现，妈妈才五十来岁，却已经老态龙钟、颤颤巍巍了。我的心顿时感到一阵酸痛：啊，妈妈，可怜的妈妈！……我叹了口气，终于答应了妈妈的要求。

厂运动办公室的李同志非常和气，他请我坐下之后说：“你父亲的历史是有问题，但非常小；而且在他参加革命时便已经作过结论了。”

我没有说话，对这一点我们全家都是知道的。父亲当过国民党兵，但他出身穷苦，是被拉壮丁拉去的，而且只当了两年，后来他在革命队伍里却整整工作了二十年。

李同志继续说：“清队时，并没有立你父亲的专案，从档案中也没有找到‘整’他的任何材料……”

这真是出乎意料！简直不能让人相信——父亲没有挨整就自杀了。

李同志看出我的惊讶，解释说：“你父亲的问题小，没有挨整是不奇怪的。至于他的自杀，很可能是由于……由于某种反常的精神状态所致……”

我浑身一怔。十年前那个曾经使我恐惧和怀疑过的念头，突然伴随着父亲临死前的一些行为浮现在眼前……

在我们家，一天三顿中，晚餐最丰盛。因为我和爸爸的午饭在厂里吃，唯有晚饭时一家四口才能快快活活地坐在一起，享受妈妈高超的烹调技术。妈妈非常准时，六点一定把饭菜摆好，但吃饭却非得等爸爸回来不可。有时，妹妹饿了想先吃，妈妈也决不允许。所以，我和爸爸下班回来，常常见妹妹噘着嘴，拢着手等我们。不过只要一见到我们，一见到爸爸挂在嘴角的微笑，妹妹的两个嘴角也就会跟着挑起来。她赶忙给爸爸打洗脸水，然后揭开盖在菜盘上的碗，摆上筷子……

可是终于，这温暖的家庭幸福开始溶解了……

这天，我比爸爸先到家，方桌上照例已经摆好了饭菜，只是妹妹没有坐在老地方。她斜躺在床上，两眼盯着天花板出神。这是她近来的习惯——由无聊和懒散造成的习惯。她们学校已经成立了革委会，派仗打完了，她所在的那个《红卫报》编辑部也散伙了。她象一个突然从狂热的梦中醒来的人，又疲倦，又懒散，对什么都不感兴趣。

我轻轻地走进房间，没有招呼妹妹。因为我怕听她说那些消极颓唐的话，就象以前怕听她发表那些偏激、措辞尖锐的政治演说一样。

过了一会儿，爸爸回来了。他拖着沉重的脚步走进来，这在他是经常的。爸爸是翻砂工，干活从来不遗余力，而且还时时顶替别人的临时缺班。回

3

发表在1979年第12期《广州文艺》的小说《在百分之九十里》

给赵启强同志的信

萧殷

赵启强同志是我省初露才华的青年作者。他的长篇小说《扎西梅朵》出版后，受到了读者的好评。近年来，他发表在省内外报刊上的短篇小说《在百分之九十里》、《无形的主宰》等，以对现实生活的深刻思考和生动反映，引起人们的注视。老作家萧殷同志从赵启强的第一篇习作开始，就逐篇阅读指导，热情关注他的成长，表现了老一代作家对文学青年的竭诚扶植。最近他写信给赵启强，勉励他注重生活和人物塑造，力戒概念化。这些中肯的意见，对文学青年有普遍的指导意义。征得萧殷同志的同意，我们发表了他给赵启强同志的信，以飨读者。——编者

启强同志：

因我到东江上游一个矿泉治疗所去医治肠胃病，以致有两个月没有给你写信；回到广州后，刚给你发了一封信，真没想到，你也许还未接到我的信，你十二月一日的来信，却先来到我的面前。今天已经是八〇年的最后一天，但我还是照样忙乱不已：上门来的客人还是那样多；约稿信依旧还是一封接一封；待处理的来信来稿，还是那么一大堆；……面对着这一大堆杂务，而我的身体又如此老弱多病；处理事情的能力远不如从前那样利索；老牛破车，对什么都慢吞吞的，那有什么办法呢？尽管自己还有一股倔强的意志，但能拗得过年暮衰老的规律么？就这样，拖延了写回信的时间，请原谅！

当我仔细地读了你的来信，接触到你那矛盾的心情时，很为你不安。你仿佛跌入一个很深的坑穴，在前进道路上遇到了障壁，于是你彷徨，你苦闷，你甚至喊出了"有时我真想放弃干预生活的短篇创作，而仅从文学出发搞搞长篇"……（以上是十二月三十一日写的，因临时有事，中断了很长时间。）

最近寄来的《飞天》已收到，你发表在里面的小说《无形的主宰》也已细读。前面写得很好，很自然，生活气息也较浓；但后面（即写到"四人帮"被推倒之后）却似乎不怎么带劲，虽然不能说是概念化，但艺术感染力明显地减弱了。我考虑了很久，是什么原因呢？大概后半篇的内容不是来自生活，至少那些细节和场景不似前面那样丰满和动人了；是不是你在构思时头脑里老是被那个抽象的"档案"纠缠着，于是为了主题的需要才编造了后面的情节？虽然这样的悲剧在社会中存在着，但在这篇小说里却似乎有点不自然，与前面的悲剧性质似乎不相衔接。从"反革命"的生死问题忽然变成"研究生"、"留学生"的批准问题上，虽然也可以说是因客观情况的变化，而"档案"的祸害发生了另一种形式的主宰；但首先使人感到，根据上面的情节的逻辑，这个"档案"和这个操纵"档案"的人（有意诬陷好人的张旺）还没有在陈星（受害者）身上施展它可能祸害的恶毒诡计，即还没有把那份档案所能制造的冤案、惨案上达到典型的程度，你便急急忙忙地将情节转到"档案"破坏陈星投考"研究生"和"留学生"上去；虽然这样也可以表现出"档案"主宰着人们的命运和前途——扼杀人才的现象，但它牵动人心的力量减少了，艺术感染力也降低了。作为一个艺术整体来看，显然，那个陷害好人的张旺利用"档案"把陈星推向悬崖，正待作者深化的时候，你却轻轻放过，转到一个普通人或所谓"政治上不清白的人"连想望也不敢想望的目标上——"研究生"或"留学生"。这不仅不够典型，也不很自然。

你在前信中提到："我有些作品有深度却无趣味，往往读者面很窄，也想努力改正，却总不奏效。象《逝去的春天》，自以为是自己作品中最好的一篇，无论思想、文字、情调、深度均无可挑剔，结果却毫无反响。"于是你想不通："有时真想放弃干预生活的短篇创作，而仅从文学出发搞搞长篇。可生活在这社会现实中，却又无法对许多事不闻、不问、不想，而无动于衷。"因而你产生一个疑问："应该如何正确对待普及与提高的关系呢？"

很对不起，至今我仍未曾找到那本刊载《逝去的春天》的刊物，因此对这篇小说无从判断，也不知道你的所谓"深度"是指什么，如果按你谈《无形的主宰》的意见来判断，和你对《心永远憧憬未来》的作法，我以为你对作品的"深度"的看法，是值得考虑的，就是说，照你这样来理解作品的"深度"，是不正确的。其实，深刻地反映生活与艺术感染力并无矛盾；生动活泼地反映生活与从生活反映中体现严肃的问题，也并不矛盾一样。而《无形的主宰》的后面却不是这样，以某些观念来支配情节和支配人物，与生活却有点脱节，甚或不是从生活的具体描写来深刻地体现生活的内部运动，这恐怕不能说是"深度"反映。有一种所谓"问题小说"，本来，小说从生活描写中体现出社会问题或其它问题，是正常的事情，不能有任何异议；但是所谓"问题小说"，其特征是从抽象概念出发，以达到提出"问题"为目的，虽然其间也有情节，但其生活气息却很单薄，其艺术感染力更微弱得可怜。这与从生活出发所反映的人们之间的关系、矛盾和冲突是不能同日而语的。一是从一般的抽象的东西出发去编造情节；一是从具体的、个别的、特殊形态去反映生活，从所反映的生活中去表现某种生活真理。

要真正通过艺术形象来反映生活，就必须抓住个别的、特殊的甚至是偶然的形态来表现典型环境中的典型人物。千万要防止从一般去反映一般，从本质去反映本质；作品的深度，绝不是赤裸裸的特征、本质和规律的陈述；必须从个别去反映典型，所谓深度，绝不是离开个别形态、偶然方式来表现，只有通过个别、感性、表象去反映本质，去反映生活的内部运动，才可能有深度。这种深度饱和着艺术感染力，饱和着浓郁的生活气息以及鲜明的人物性格。实际上，艺术魅力存在于个别之中，存在于特殊和偶然之中；存在于有个性的、有生命的形象之中。离开了个性，就谈不到性格，也谈不到生活，当然也就谈不到艺术形象。离开了环境的特殊或偶然情况，也就不会出现有吸引力的情节。没有这些，所谓深刻地反映生活，顶多只是一句空话。总之，这种"深度"与你所说的"有趣味"的生活描写，是统一的，艺术形象与反映现实生活的实质也是统一的，浑然一体的东西。

读了你的来信以及你的小说，我确实感到你在这方面存在着一点界限含混的观点，虽然才刚刚冒芽，但你必须提高警惕。否则，如果让它自由地发展下去，它会把你引到一条奇怪的创作道路上：为追求作品的"深度"，而醉心把从现实中体认到的（或是听人说的）观点，作为创作的灵魂或动力；从这动力出发，去编造一些你认为能串演这观点的"情节"，并塑造（或捏造）一些能表演这情节的"人物"。这是一个斜面，而且坡度很陡，稍不注意，就很容易滑下去。老实说，这不是一条正常的文学创作道路。因为这样写出来的东西，虽然在思想上有被吹捧为"有深度"、"善于思考"、"有深刻的现实意义"的可能；但在艺术上却被格杀了。道理上面已经说过，这里就不必重复了。

这问题，在你主观意识里，也许你从来还没有感觉到，可是在你的来信中以及在你的创作实践上，却已有所流露（虽然还不十分严重），现在诚恳地、直率地向你提出，当然用不着大惊小怪，但盼望你切实加以警惕！……

我现在住在流花宾馆参加省政协第三次会议，已开了十二天，今天下午就结束。这封信就是在会议之间的空隙中陆续写出来的。会议很紧张，对信中所谈的自然不可能考虑很周到，请原谅！……

萧殷 1981.3.5于流花

84 85

1981年3月5日《飞天》杂志发表了萧殷给赵启强的信

赵启强与萧殷频繁"交往"三年，情深义重，却只是"纸上谈兵"、未曾谋面的"陌生人"。萧殷去世后，赵启强一直为双方不知对方"真面目"深感遗憾。

在萧殷"隐匿"的学生当中，编者有幸找到了赵启强，向他索取了当年与萧殷交往时期的照片。让我们替萧殷看看这位素未谋面的学生模样。

赵启强

2. 呕心沥血为剧本——与张波良

1981年，在大埔县文化馆工作的张波良（笔名波思）与人合作创作了小戏剧本《换种》寄给萧殷。萧殷收到剧本后，花了大量的时间与精力进行修改，对人物与情节提出了细致入微的分析和修改意见，还多次写信跟他们沟通交流。为了更准确细致，萧殷做了笔记。下面的照片，是萧殷保存的《换种》原稿以及部分修改稿和书信草稿。

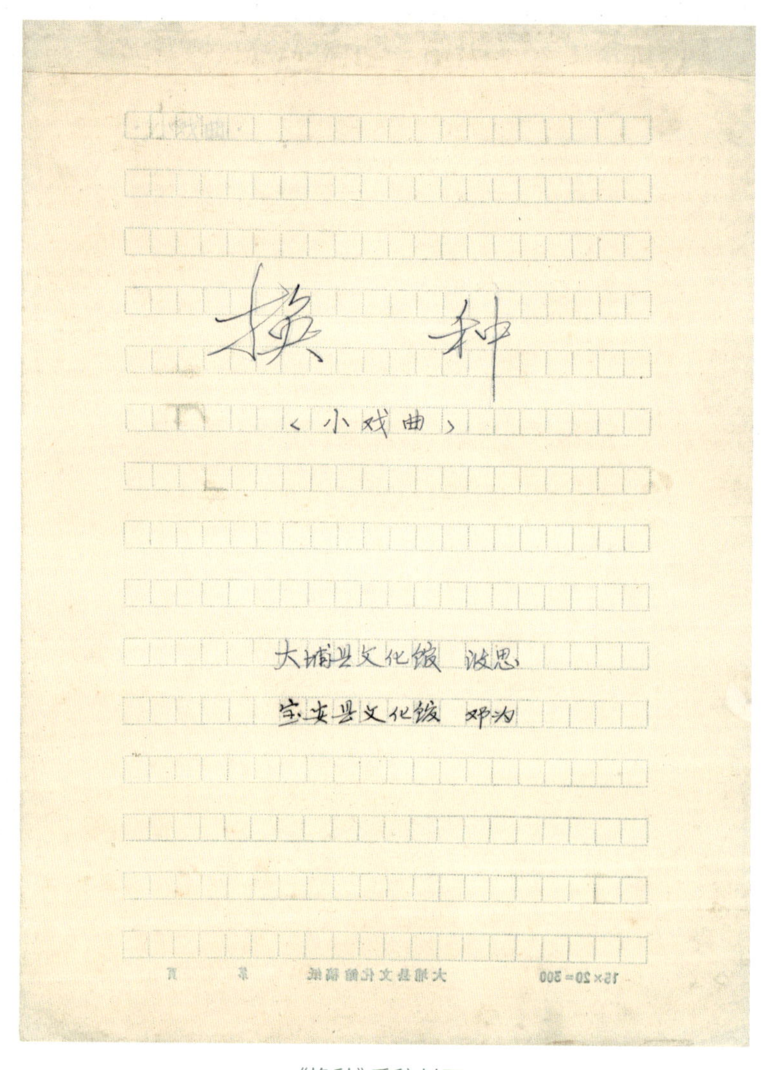
换种

〈小戏曲〉

大埔县文化馆 波思

宝安县文化馆 邓为

《换种》手稿封面

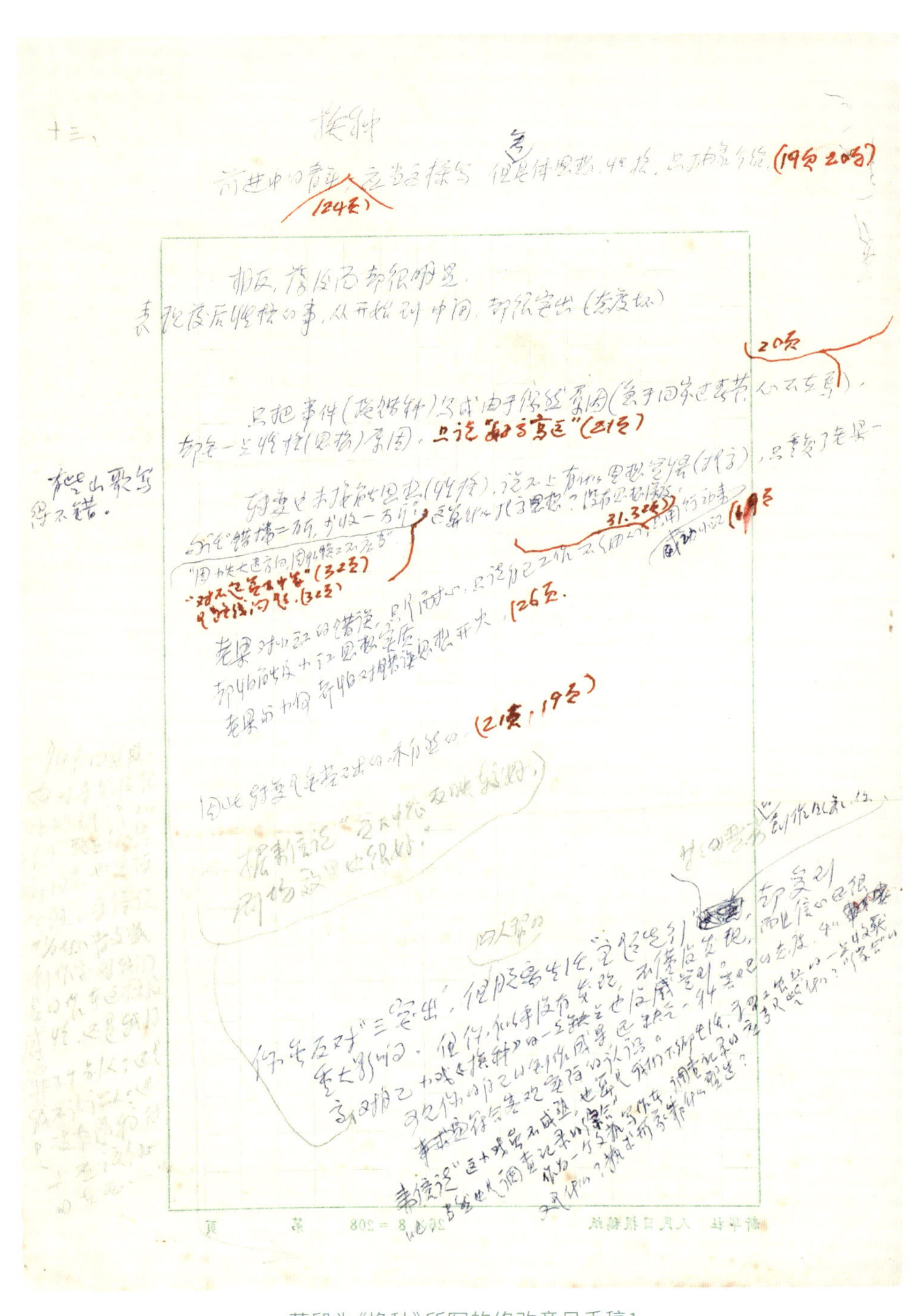

萧殷为《换种》所写的修改意见手稿1

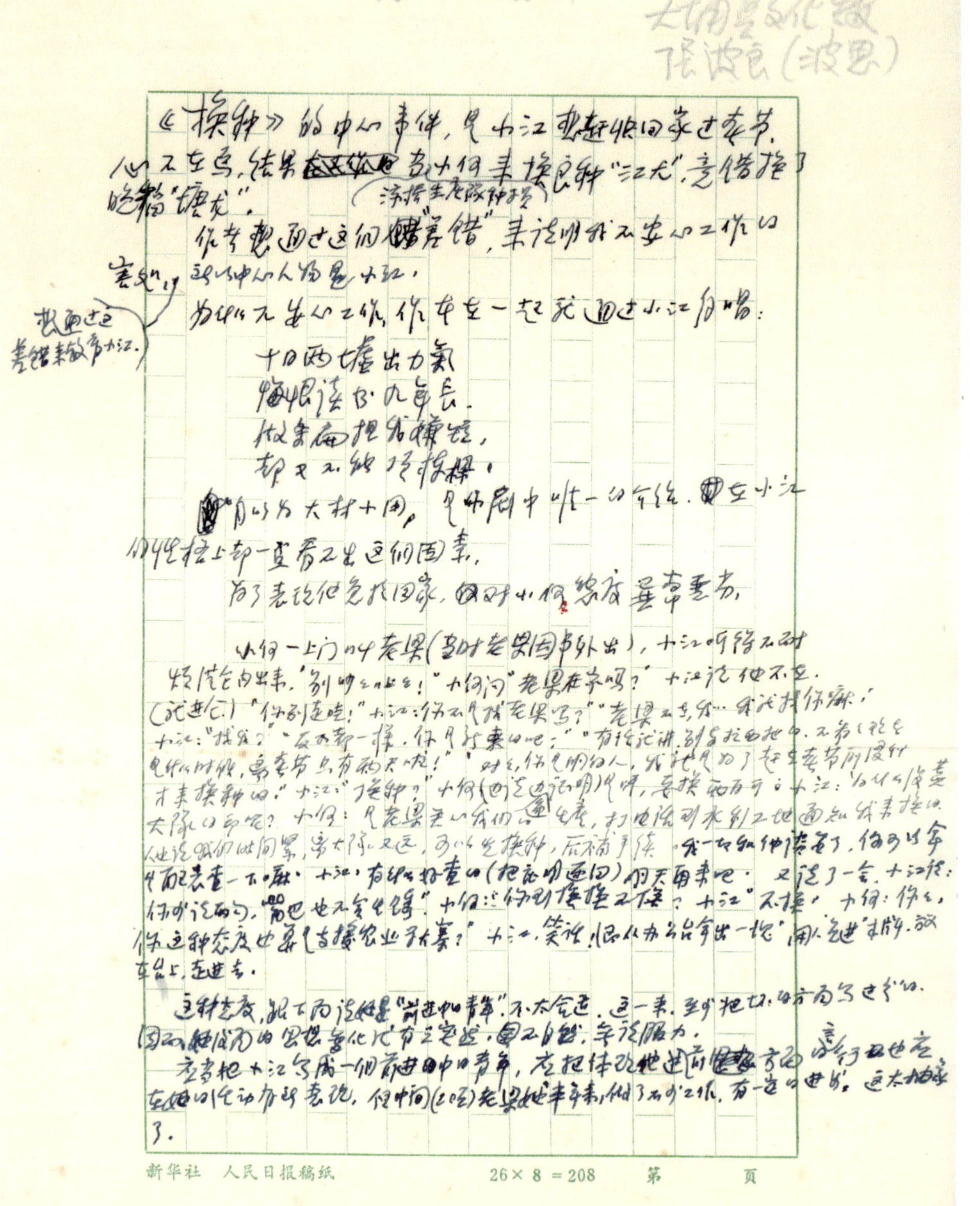
新华社　人民日报稿纸　26× 8 ＝208　第　页

萧殷为《换种》所写的修改意见手稿2

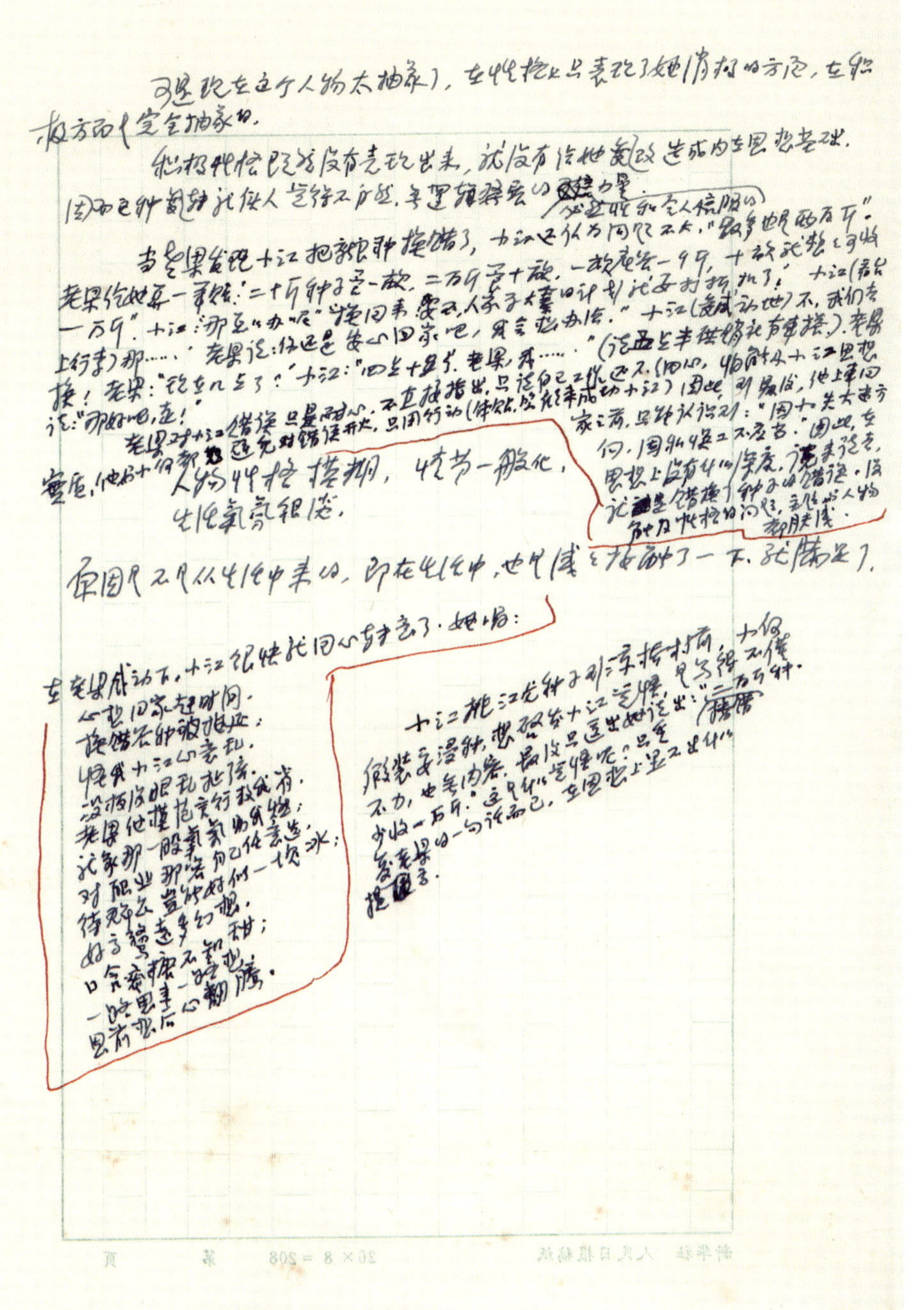

萧殷为《换种》所写的修改意见手稿3

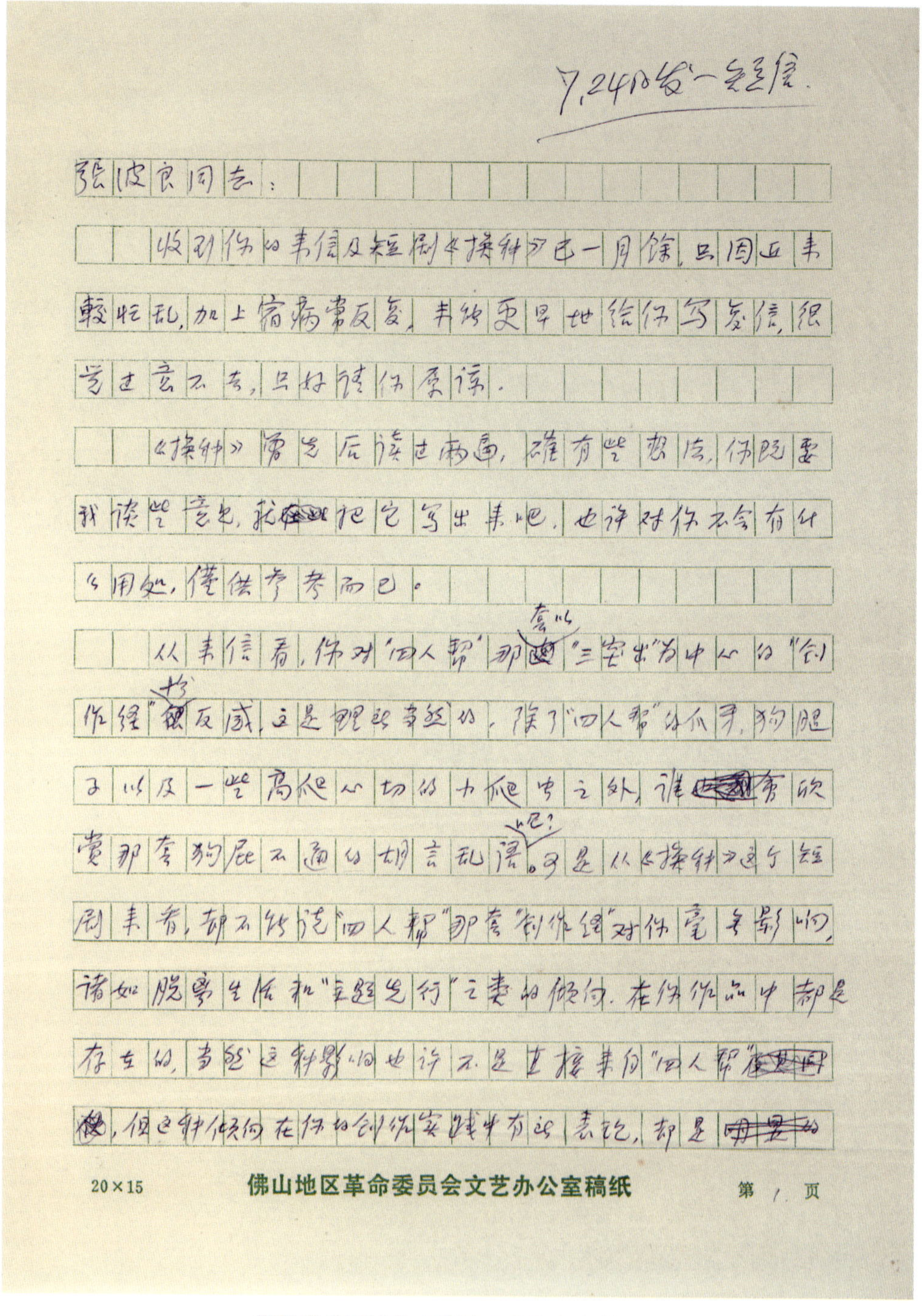

7.24日发一短信.

张波良同志：

收到你的来信及短剧《换种》已一月余，只因近来较忙乱，加上宿病常反复，未能更早些给你写复信，很觉过意不去，只好请你原谅。

《换种》曾先后读过两遍，确有些想法，你既要我谈些意见，我把它写出来吧，也许对你不会有什么用处，仅供参考而已。

从来信看，你对"四人帮"那套以"三突出"为中心的"创作经"持反感，这是理所当然的，除了"四人帮"的爪牙、狗腿子以及一些高爬心切的小爬虫之外，谁会欣赏那套狗屁不通的胡言乱语呢？可是从《换种》这个短剧来看，却不能说"四人帮"那套"创作经"对你毫无影响，诸如脱离生活和"主题先行"之类的倾向，在你作品中都是存在的，当然这种影响也许不是直接来自"四人帮"，但这种倾向在你的创作实践中有所表现，却是的

20×15　佛山地区革命委员会文艺办公室稿纸　第 1 页

萧殷给《换种》作者张波良的信（一）草稿1

事实，因而应该唤起作家的注意。

《换种》的中心事件，是小江（公社粮站仓管员）想赶快回家过春节，人在心不在，结果当潘塘生产队的钟子英小何来换"江龙"早稻良种时，小江竟错把晚稻"塘龙"当良种换出去，作品希图通过这个差错来教育小江，因而，小江成为作品的中心人物。

小江是一个什么样的人呢？据作品介绍，"是个前进中的青年"，而且来粮站工作才半年（"踏进粮站才半年，就被晋升为主任"）的青年，知识青年，"思想"工作上有缺点，作品打算通过粮站站长老梁的教育和帮助来推动她继续前进。作者的用意是积极的，反映这类青年的成长也是极有教育意义的。但是由于作

20×15　　佛山地区革命委员会文艺办公室稿纸　　第 2、页

萧殷给《换种》作者张波良的信（一）草稿2

主题思想为什么这样苍白？

波良同志：

首先向你道歉，你的小戏曲《换种》整整在我这里搁了半年。虽然八月间曾给你写过一封信，一是为不能及时处理来稿表示歉意，二是表示力争十月份给你提出读后意见，不料会议一连串，创作会议、学习文艺……的会议，批判……的大小会议，以至于省政协会议，这中间还住了三个月医院，杂事如此之多，哪里抽得出时间来给你写信呢？真令人焦急！

你的作品我已读过四、五遍，要一般地提出意见是不难的，问题是怕能否说清楚，反而可能使你堕入五里雾中，无以适从。

这个小戏曲给我的印象是，其中有些歌词写得通俗朴素、音韵铿锵，富有山歌特点，因此《换种》当作一般的演唱材料是可以的，偶而演出几次，也可能如你来信说的“曾不少农友反映较好，剧场效果也很好。”可是若把它作为一篇文艺作品来要求，无论在思想性上或艺术性上，都还存在着不少值得商榷的问题。

如果曲调配得好，它会有吸引观众的魅力。

但我不知别人有什么感觉，我每次读完它，都感到主题单薄，思想苍白无力。我这感觉是否可靠？是否符合你的作品实际呢？我想，你首先会提出这个疑问，这是理所当然的，也是应该的；我自己也估计，也不能不反复考虑自己的判断是否与客观实际相一致。因为如果判断脱离了实际或与实际存在着某种距离，那末，这种判断不仅不能帮助作者提高认识，反而可能导致作者迷失方向。

《换种》的中心事件，是某公社粮站管理员小江想快回家过春节，心不在焉，竟把晚稻“塘龙”当早稻良种“江龙”换出去，情节就从这里展开。凉桥生产队青年队长小何刚把“塘龙”谷种挑走，粮站张老头发现谷种换错了，很焦急，决定即刻去换回来。于是他与小江一起赶到凉桥生产队去。

（说明白……但小江不以为然，认为“差也差不了多少”；老贵叔还说：“这两万斤良种好，二十斤算一亩，我可以插六百十亩，每亩一千斤谷算，我想可收一万斤。”使）

萧殷给《换种》作者张波良的信（二）草稿

广东省轻工业设计院

计 算 书 第　　页共　　页

波良同志：

七月下旬曾发一信，谅已收到。这两月来，由于创作会议，组织忙乱了一阵，我虽只作了一次发言，但却花去了不少时间。

早就想给你写信，希望能把对"换种"的意见写出来，不知时间够不够。

我对于《换种》已读了三遍，确有些提高，从你的来信的叙述来看，你们年对这个小戏[illegible]认为是不错的，因此，我的意见未必符合你们的[illegible]不然要开你们的胃。[illegible]只能依照[illegible]来进行剖析[illegible]来商谈。

《换种》的中心事件，是某公社粮站仓库主任黄小江，想[illegible]换"江龙"早稻良种，[illegible]但[illegible]不去，结果[illegible]换"江龙"种，小江[illegible]因此，小江成为这小戏的中心人物。

小江是一个什么样的青年呢？[illegible]

[illegible]

萧殷给《换种》作者张波良的信（三）草稿

萧殷为张波良修改剧本的事，是萧殷去世后其家人发现草稿才得知的。此外，家人再没有发现张波良与萧殷其他来往书信。因编纂本卷，2023年，编者通过有关渠道试图联系张波良，才得知他后来的情况：1984年调到深圳市宝安县文化馆工作，后任宝安县文化局副局长，宝安撤县建区后，转任龙岗区文化局副局长，于2021年去世。他与萧殷从未谋面，相信张波良不会忘记萧殷老师；而在众多曾经用心辅导过的作者中，萧殷也不会忘记张波良——默默地在心里。

萧殷生病住院期间，稍稍好转，即要家人把青年作者的信稿带到医院审阅

3. 对症下药指迷津——与梁超荣

1980年，蒋子龙在北京鲁迅文学院学习时，与陈国凯成为挚友。也许是陈国凯的介绍，蒋子龙又把梁超荣推荐给萧殷。

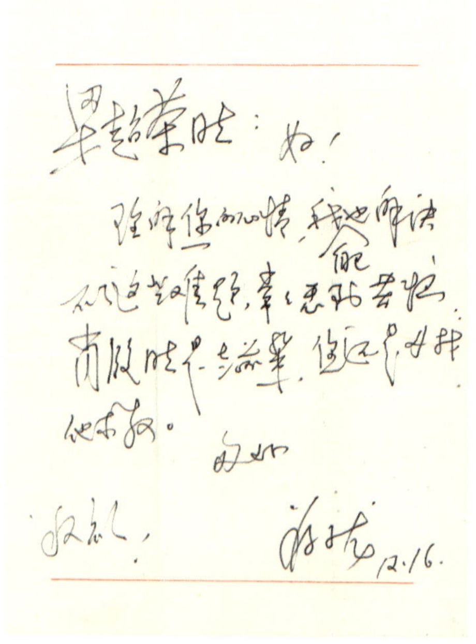

梁超荣同志：你好！

理解你的心情，我也解决不了这些问题，[illegible]能[illegible]：萧殷同志是老编辑，你还可以找他求教。

此致

敬礼！

蒋子龙 12.16.

蒋子龙给梁超荣的推荐信

萧殷阅信后义不容辞地认真回复：

梁超荣同志：

读了你的来信，感到有两个问题需要向你说清楚。

第一，关于“赶形势”的问题。从来信中给人一个印象是，你的创作活动好像很活跃，既答应给上海厂写一个反特故事剧，又为写一部自卫反击战的剧本而到天津部队去体验生活，还先后构思了不少于十个的作品；但由于感到时局迅速变化，赶不上形势，只好一个接一个地放弃掉。由此看来，你对文学的创作，还缺乏应有的认识。很明显，你纯粹是为了使作品能够发表才去写作，并不是出于对生活的感受或激起爱憎，如鲠在喉，才产生了不得不写的创作欲望的。加上你片面地理解文学创作是为中心工作服务，为配合形势去赶“任务”，所以总是感到赶不上时间，因而等一个题材好不容易构思成了，形势却“早已过时”，于是又不得不“放弃”。你大概还没有弄明白，文学是一种艺术，是一种通过语言来塑造文学形象的艺术。既然是艺术，那就不能死板地受时间、空间的限制，更不要死板地去配合中心工作，去赶“任务”。因为按照中心工作或具体政策条文的需要杜撰出来的人物，顶多只是一个木偶，这样的“人物”是没有感染力的。这种做法，绝不是文学创作，而仅仅是图解概念而已。

第二，关于创作素材的收集问题。要写好一篇文学作品，一是要有生活，二是要有对生活的感受，只有两者结合起来，创作才算开始。目前，知道你正着手写一部广西英家起义的长篇小说，并为此，你还走访了一些宣传部、档案局，并收集了有关的资料，也拜访过当年直接指挥这次起义的领导同志。看来，你对这些材料似乎很有信心，但我要诚恳地告诉你：只是热衷于从档案局、资料室搜集来的一大堆资料，而自己却完全没有这方面的生活体验和感受，反而妄想根据这一堆冷冰冰的材料去塑造有生命有个性的艺术形象，是很困难的，甚至是费力不讨好的。但请你不要误会，我不是一般地反对借用档案局的资料，而是像你这样生活阅历尚浅、生活经验不很丰富、写作还没有一定基础（你甚至对一部历史题材的小说中的人物是否使用真名实姓也不知所措）的青年，应该先多接触生活，多接触社会，多从生活出发，从体验过的生活出发，先扎扎实实地学写一些短篇。先学会走路，然后再学跑步，这样摔跤的危险就会少些。我不是向你泼冷水，就你写的这封信来看吧，其中有些语句是费解的，不该有的错别字（如把“十月怀胎”写成“十月怀始”，把“触及”写成了“蛹及”等），在信中也出现了。因此，我建议你不要好高骛远，特别对待创作长篇小说、电影剧本这样复杂的精神劳动，不能掉以轻心。俗话说，心急吃不上热饭，还是老老实实从短篇开始，从自己所熟悉的生活开始，当有了一定刻画人物、表现生活的能力时，然后再写你的鸿篇巨著吧！我相信，只要你肯下决心，刻苦努力，能不断在写作实践中总结经验，不断提高自己的思想水平与写作水平，你的愿望是能够实现的……

萧殷　一九八一年八月六日于广州

4. 阅长诗，予鼓励——与未艾

萧殷收到作者未艾寄来的长诗，多达3600多行。按照惯例，100行以上的诗，叫作长诗。面对这3600多行的诗作，萧殷不仅读完了，而且提出了中肯的意见。后来怎样了？我们不得而知。只有作者本人，才知道萧殷曾经付出的心血。

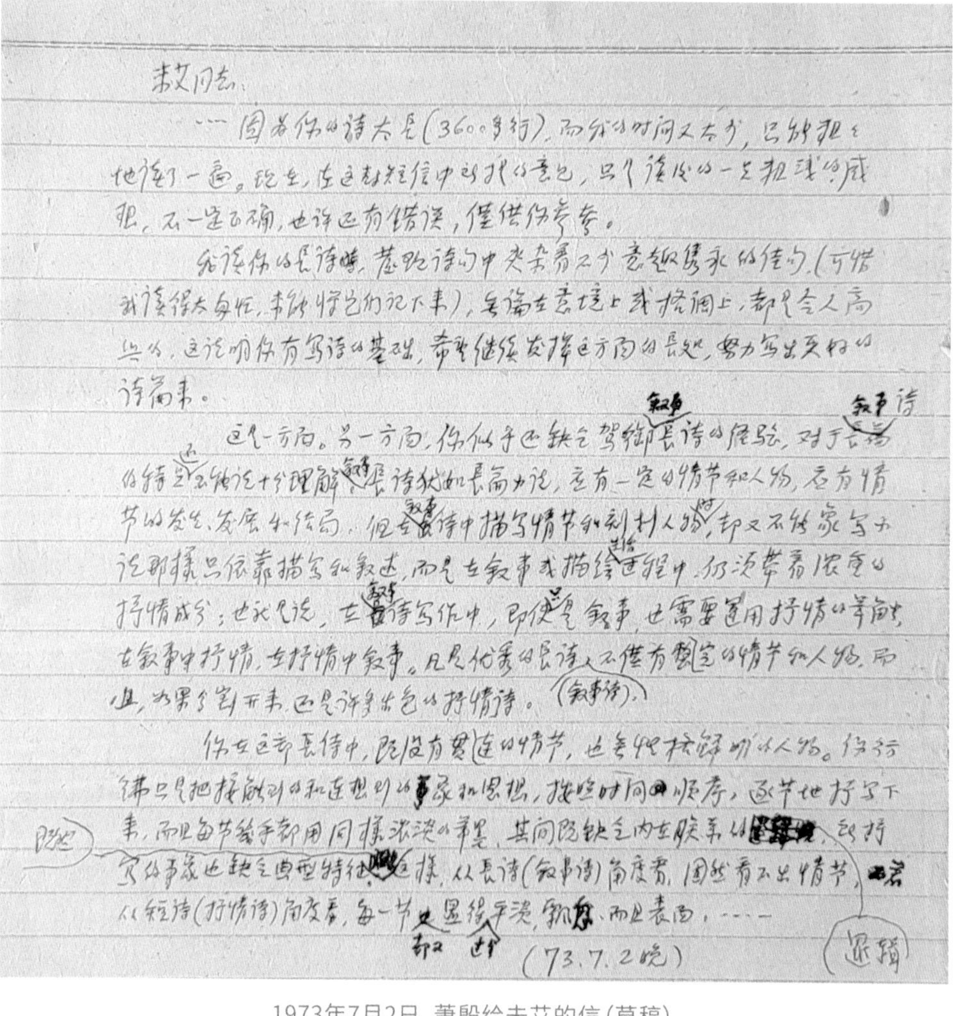

未艾同志：

……因为你的诗太长（3600多行），而我的时间又太少，只能把它[illegible]地读了一遍。现在，在这封短信中说我的意见，只是读后的一点粗浅的感想，不一定正确，也许还有错误，仅供你参考。

我读你的长诗时，[illegible]诗句中夹杂着不少意趣隽永的佳句（可惜我读得太匆忙，未能将它们记下来），无论在意境上或措辞上，都是令人高兴的，这说明你有写诗的基础，希望继续发挥这方面的长处，努力写出更好的诗篇来。

这是一方面。另一方面，你似乎还缺乏驾御叙事长诗的经验，对于叙事诗的特点还不能说十分理解。叙事长诗犹如长篇小说，应有一定的情节和人物，应有情节的发生、发展和结局，但在叙事诗中描写情节和刻划人物时，却又不能象写小说那样只依靠描写和叙述，而是在叙事或描绘过程中，仍须带着浓重的抒情成分；也就是说，在叙事诗写作中，即使是叙事，也需要运用抒情的手法，在叙事中抒情，在抒情中叙事。凡是优秀的长诗（叙事诗），不仅有鲜明的情节和人物，而且，如果分割开来，还是许多出色的抒情诗。

你在这部长诗中，既没有贯连的情节，也无性格鲜明的人物。你仿佛只是把接触到的和连想到的事象和思想，按照时间的顺序，逐节地抒写下来，而且每节都用同样浓淡的笔墨，其间既缺乏内在联系[illegible]，所抒写的事象也缺乏典型特征[illegible]，从长诗（叙事诗）角度看，固然看不出情节，[illegible]从短诗（抒情诗）角度看，每一节[illegible]显得平淡，[illegible]而且表面，……

（73.7.2晚）

1973年7月2日，萧殷给未艾的信（草稿）

5. 廿载培育情意深——与舒燕南

萧殷去世五个月的时候，萧殷夫人和女儿翻阅萧殷遗物时，发现了一封来自韶关市第六中学高二级组语文教师舒燕南的信。于是，女儿在1984年2月29给舒燕南写信，询问萧殷与他联系的往事。因为对方不在上址，直到7月才看到来信。舒燕南除了忆述了萧殷1979年3月4日热情洋溢的复信指导（见《萧殷全集·第六卷 书信Ⅱ》第302页），还泪水喷涌地写下自己与萧殷老师二十年从未谋面的深深情谊：

萧萌萌：

您好……我深深地记得，这是一封您家尊父，吾之尊师给我的看稿后的复信（是他老人家看完我那在1979年第四期）《广州文艺》上与陈国凯、沈仁康一齐发表的《阿尔泰山的雄鹰》（短篇小说）后的批评信。

我哭着回忆完恩师给我的一次训导，因为我接到他的书信后才知道他病重在身，（从一期旧报《羊城晚报》的报告文学《寒凝大地发春华》中知道他的健康状况）我后悔自己把一篇平庸而没有分量的拙作寄去让他费心，我真不该，我对不起恩师，为此，我悔恨多时，直至传来恩师病逝的噩耗，我至少夺去他老生命的几个小时，何止十分钟"会客时间"呢，甚至三年，五年，十年的生命时间。

当时，消息随报纸传来，我揉了一次又一次眼睛，我仿佛做着噩梦，我怀疑自己眼睛昏花了，我怎么能相信我再也见不着我前后二十年通信（浩劫时停歇）的我未曾见过一面的导师呢？！！

妻子怀疑我为什么昏迷过去，是心脏病变，还是休息不够。妻子怀疑我醒后恍惚如痴是否用脑过度，还是写作熬夜过甚，后来真相大白，她也陪着我哭泣起来。人间还有什么比这更无私而崇高的爱呢，他老人家爱文学青年如子呀！

这次看到您的信，我只好用发抖的手去写这封回信，请求您宽恕我失落无价宝的罪过，我还不甘心，我要继续把整个家翻腾几遍。否则，死难瞑目呀！您的尊父，我的尊师如有在天之灵，他不知道会怎么看我？不过，我又想，他平素为人说明他不是计较报答的人，我极力开脱自己的罪责，我极力维系我同恩师之间的感情关系，我这么可笑，可卑，可耻！

我写不下去了，即使写下去，写个三天三夜，又怎能弥补既往的过失呢？！！

唯有铭记令尊的教诲："让失去的忘却吧，重视实干的今天和明天。"（一九六〇年给我的告诫，我始终倒背如流）

我有一个梦寐以求的夙愿，能得到恩师的遗像和他的座右铭。

盼望恩师传文早日问世，我定拜读珍藏。

身体不适，悲思钩动，只好搁笔。

祝您

工作顺利！

燕南（舒心）上

1984年7月11日

6. 解惑之责耗碎心——与高桂清

萧殷去世后，家人看到洛阳的高桂清曾经写信给萧殷，提出对《乔厂长上任记》中人物真实性的疑惑。这是萧殷的回信。

萧殷给高桂清的信（草稿）

上述萧殷与从未谋面的作者的六组“交往”信息，因幸存而被家人发现。而那些没有留下一丝踪影的信息，又会有多少？这原本属于一个编辑团队的工作量，萧殷顽强地以一己之力独自担当。

萧殷去世后，家人在萧殷收存的大量尚未来得及回复的读者来信中，看到来自黑龙江省、辽宁省、吉林省、河南省、河北省、安徽省、湖南省、四川省、陕西省、云南省、广西壮族自治区、福建省、上海市、重庆市……的信稿，真实姓名、详细地址……这些牵扯萧殷心绪的信，再也不能回复了。

7. 痛惜幼苗心难平——“与”刘望安

程贤章在《怀念恩师萧殷》中写下一段令自己追悔莫及的往事，读来发人深省，由此，让我们从侧面感受萧殷对青年作者因受打击却步文坛是何等痛心：

和萧殷同志交谊中，印象最深的是他对我作过的一次批评。记得是1962年，我写过一篇对工人作者刘望安同志的短篇《淡蓝色的闪光》的批评文章。题目是：《什么样的闪光——评刘望安同志〈淡蓝色的闪光〉》。这篇文章在《羊城晚报》文学评论版发表。评论引起文坛一场争论，各执一方的意见持续了一个多月。不久，萧殷陪同中南局宣传部负责同志魏伯来汕头检查工作。那时，我在《汕头日报》担任文艺副刊“韩江水”的编辑。一天，我接到萧殷同志从汕头交际处打来的电话，约我晚饭后到汕头地委交际处找他。我依约前往。当时，他正在海边一幢别墅草坪上和汕头地委几位负责同志谈天。萧殷站起来和我握手，并向在座的同志简单介绍了我的情况。寒暄一阵后，他问我：“你最近有没有看《羊城晚报》？”我点点头。又问：“关于《淡蓝色的闪光》一文的争论是不是你发起的？”我摇摇头。他敏捷地纠正了刚才的措辞：“不，我说偏了，不是发起，是引起。”看他穷追不舍，我心有点慌，便说：“我一个业余作者，有什么能力发动争论？但是，这场争论是我那篇评论引起的。”

我记不清他当时还说了什么，我也不晓得我当时神态怎么样，心情怎么样，我只知道，这是我一生中被年长一辈批评得最严厉的一次。

我很内疚，因为我从此再没看到刘望安同志的作品。也许，我的棍子把这个生气勃勃的年轻工人作者打下去，或者在他纯洁心灵上戳出一个个窟窿，使他再不愿尝试创作的辛酸。但是，他若看我这篇文章，应该高兴，因为他的作品受到萧殷的保护。他对无限上纲的粗暴批评给了非常有力的谴责和批判。

程贤章的悔悟，没有挽回刘望安的创作生命，从此，他在文坛销声匿迹。

初学写作者心中刚刚点燃的梦想火花，很容易熄灭，也更容易被人扑灭——萧殷，不仅是播火者，更是护火者。他的眼里，常常闪着泪花，因为，他太爱这片布满星火的莽原。

1981年，萧殷创立了暨南大学文艺学硕士点，使暨南大学中文系成为国务院学位办第一批硕士学位点的授权单位。1982年夏天，为完成研究生答辩，萧殷在暨大紧张工作了一个月，回家后，看到案头上文学青年的信稿堆积如山，于心难安。他不顾疲惫，立刻用心审稿，仔细复信……心之所向，情之所往，却完全忘记了自己——这是萧殷生命倒数的最后12个月，他的健康状况急转直下。

当从未谋面，而且再也无缘谋面的作者接到萧殷的复信，读着老师热情洋溢的鼓励和呕心沥血的指导时，谁会想到老师已经骨瘦如柴，力不胜衣，气若游丝，却拼尽最后的力气凝聚无限关爱。不，你不需要知道，只要感受到老师的期待，不要放下手中的笔，就够了……

萧殷去世后，在他的遗物中，人们发现了三包用大张的牛皮信封纸包裹、用塑料绳仔细捆绑的信件。牛皮纸上分别写着“已阅待复”“已阅不复”和“未阅”。多年来，萧殷面对青年作者们的信稿，就像看到素未谋面的孩子们的脸；感受到孩子们的心，引导孩子们成长，是自己的天职。

但是，随着身体的迅速垮塌，自己已经渐渐无法及时给嗷嗷待乳的孩子们复信了。1983年4月萧殷最后一次入院之前，他明白自己病情危重，多么希望有回家给孩子们复信的那一天。把这些信稿分类、打包、捆绑的时候，就像看到孩子们从期待到失望的眼神，他的心，痛若刀割……

二、谆谆教诲

在多年从事教学和编辑工作中，萧殷以身作则默默奉献，带出了一批高素质的编教人才，他们后来成为文学领域出色的领导者、领军人，如鲁迅文学院院长唐因、中国作家协会党组书记唐达成、《文学评论》主编侯敏泽、中国现代文学馆馆长杨犁、作家出版社副总编辑龙世辉、文艺评论家闻山、《人民文学》编辑部主任吕剑、《传记文学》主编涂光群、暨南大学副校长饶芃子、《当代文坛报》主编黄树森、中山大学教授黄伟宗、《作品》杂志副主编韦丘、广东省文化厅副厅长易准、广东文学院副院长沈仁康……

萧殷非常重视编辑工作，1980年在《人民日报》上发表文章，针对编辑工作的重要性发出诤言，强调要正确、客观地评价编辑在繁荣发展文学事业中的重要作用[①]。

韦君宜在《为工作而生存——悼萧殷》中写道：

除了王蒙，他在1961年还向我大力推荐过王杏元——一个青年农民作家。他看了王杏元的《铁笔御史》，还有本《绿竹村风云》的稿本，向我连声赞扬，说真有才气，还说他要自己帮助这个青年，逐章修改。我说：“那我就去组稿吧。”可巧那个人不在广州。萧殷就说：“包在我身上！”那劲儿简直好像这位青年作家是他的儿子似的。后来，稿子虽因其他阴错阳差我没有拿到，但是，萧殷那副当场拍板的样子，至今如在眼前。

龙世辉1980年收到萧殷的信，信中写道：

今年三四月间，曾将谢望新同志写的一篇“报告文学”（具体地是写剧作家赵寰同志的遭遇）寄给秦兆阳同志，试试能否在《当代》发表，但如石沉大海，毫无反应。过了四个月，我想把稿子要回来，又给秦兆阳同志寄了一封挂号信，至今又快三个月了，还是毫无反应。一个刊物编辑部完全有权拒用某篇作品，但却无权“没收”人家的作品。本来这是一篇有分量的报告文学，十年来中国知识分子的遭遇，可在这篇报告文学中看见影子，我和作者都喜爱这篇作品，赵寰同志对这篇作品也看过，承

---

① 该文章是指1980年8月20日发表在《人民日报》第5版的《发挥文艺编辑培养新人的作用》，收录于《萧殷全集·第十卷　年谱》第368页至371页。

认：写得很真实也很动人。顺便同你谈谈，不必去过问了。世上事，有些事情大概一辈子也弄不明白。

像你这样水平的编辑，我不同意你离开现在岗位去干其他工作（譬如教导主任），好的编辑不是越来越多，而是少得可怕了。你虽有些困难，但为整体事业，有什么办法？

花城出版社总编辑、《花城》杂志主编李士非在《难忘的教诲——萧殷同志十年祭》中写道：

萧殷同志非常遗憾地说，不知道这位作者后来还有没有写作，可能因为这篇作品的消失，他失去了信心和兴趣，从此不再执笔，这个人才就埋没了；假如作品发表了，他受到鼓舞，继续写下去，可能已经成为有成就的作家。可见编辑处理稿子，在关键时刻往往能影响作者的一生，不可不万分慎重。这一番话从此刻在了我的心头，对我日后处理无名作者的作品帮助极大。

《作品》杂志副主编韦丘在《萧殷教我当编辑》一文说：

他强调当好一个编辑，要认真写好每一封退稿信。他说，写好退稿信，对编辑来说，是从来稿中发现问题，联系实际来提高自己的马克思主义文艺理论水平和审美能力的好办法；对作者来说，是有的放矢、准确而中肯的帮助与扶植，是个对作者爱护和负责的大问题。

……

每一篇被否定的稿件，都有萧殷同志那工整而详尽的批语，分析得那样中肯、那样透彻。然后他又把我叫了去，逐篇和我讲解，讲得那样娓娓动人，有理论，有实际，还有自己创作中的生动事例，不由得令人心悦诚服。

自此，我觉得有幸遇名师了。能够常年不断地听萧殷同志分析作品，谈论文学"家常"的，能有几人？在他的教诲下，我才懂得当一个文学刊物编辑的基础功夫，同时也才开始懂得文学创作的基本规律（关于诗，他和我谈得最多，但无法在本文中述说了）。

《羊城晚报》副刊《花地》主编贺朗在《萧殷师教我做个革命人》中写道：

我未干过这个工作，缺乏信心。萧殷师找我谈话，指出工作的重要性，要我克服患得患失的思想。他对我说："你不要小看自己的工作，这是给青年文学作者传授文学新理论、新知识的工作，帮助他们提高创作水平，非常重要，关系到文学青年的健康成长。我们要认真负责，全力投入。做作者的好友、读者的知心人。"

……

"我们要设身处地替作者着想，为他们打算。不单指出作品的缺点，分析这些缺点产生的原因，同时也要找出作品的优点和成功的经验，指出他们应该发扬什么，向什么方向努力，我们应尽力给作者提供比较具体、切实的帮助。"

要当一个好编辑，要有较高的文学理论修养，要有较高的编辑业务水平和能力，对社会生活有较高的认识能力和审美能力，这样才能善于发现分析问题，发现和扶持人才。

……

萧殷师就是这样在实际工作中，具体指导我怎样去当个好编辑的。这，使我从此以后，在《羊城晚报》、作家协会的三四十年的编辑生涯中，都按照萧殷师的教导，认真细致地对待作者的来稿来信，并能在一些来稿中，发现一些有才华的作者，做了一个编辑应做的工作。

深圳《特区文学》杂志社社长、总编辑戴木胜说：

萧殷师是几乎来稿必阅，读后必亲笔复信，提出他的看法的。这些书简有的几百字，有的长达数千字。我在下乡劳动时曾写了一组诗请他指正，没想到很快就收到他的来信，指出我那组诗主要问题是缺乏意境，后来我有一短篇小说寄他，他阅后也给我复函，极其认真地谈这篇小说的毛病。这些信件我一直珍藏着[①]。

编辑和教授是在不同领域培育人才的导师。当年轻的中山大学中文系教授许桂燊来医院陪伴萧殷的时候，萧殷忘记了自己已经病情危重，与他谈了许多许多。许桂燊在《回忆病中的萧殷同志》中写道：

我坐到了他的跟前，大概因为我是教书匠吧，他一开口就跟我谈文艺教学上的事。他说："作为文学专业的教师，要研究文学艺术领域中的种种问题，并拿研究的成果充实教学的内容，这是对的。但是文艺理论，文艺反映生活的种种规律，都是从

① 《萧殷全集·第五卷　书信Ⅰ》第112页收录一封萧殷致戴木胜的信。

创作的实践中总结出来的。因此，我以为从事文艺教学的同志也要搞点创作，从中取得创作的经验和体会，懂得一些创作的甘苦。这对更具体、更深刻地理解文学艺术的基本理论、创作的基本规律和方法，都极有帮助，而且会使你的讲课内容丰富，使你的讲课深刻、生动，学生也爱听，会收到很好的教学效果。”

萧殷与许桂燊谈了创作与生活的关系问题，谈到为什么茅盾打算塑造新社会的资本家时遇到困难，谈英美的大学教师讲写作课都结合着讲自己的作品，谈自己的创作经验、体会和教训，谈从事文学教学工作，就是从事文艺理论研究、文艺编辑、文艺组织等工作，应该适当地搞一点创作，谈到鲁迅，萧殷说：

“鲁迅是从事文学教学工作的，又是从事文艺理论研究的，还从事文艺编辑工作。他讲课，写文章，把问题谈得很深，从事文艺的组织领导工作，也极有成效，这跟他是一个卓越的创作家是分不开的……”

萧殷以上的话，并不是一口气说完的。这一夜，他几乎没有合眼，不断地喘气，是很痛苦的。我常常是在他开口跟我说话的时候就把灯拉灭，离开他的床前，可是每当端茶水或为他干别的什么事儿走近他的时候，他又说上一阵。我也不知有多少次，心里在默默地说：病魔啊！你别老缠着他，让他走出医院去尽情地说、尽情地写吧！

可是，残酷的病魔偏偏要死死地缠住他不放。前几天的一个晚上，我又来到医院陪他过夜。这时候的萧殷，哪怕要说上三五句话都得费九牛二虎之力了。有时连一句话也得分两次说完。但他还是要说。我说：“萧老！你缺氧，休息吧，别谈了。”

他回答我的是：“活人不说话，比死了还难受！”

我安慰他：“萧老，不说远，你离80岁还有12年嘛，病好了还可以痛痛快快地说它个十几二十年。”

他摇了摇头，说：“我还有许多许多事要做。可现在，这鬼病不饶我了。不要十几二十年，如果能让我认认真真地干它两三年，就谢天谢地了。”我感觉得到，他的话里隐含着巨大的痛苦。我已经从一位护士那里知道他的病情的严重性。现在听了他的话，我心里不禁更为之怆然！他大概并不知道我的心情，所以又向我兴致勃勃地谈起他任所长的广州文学讲习所即将开学的事，似乎要我也来分享他的快乐。

到了第三天上午九点来钟，我准备回去了，萧殷突然想起了什么，忙将我叫住。我回到他的床边，只见他颤动着的左手往席子底下摸了又摸，最后摸出一篇稿子交给我，说：“这是湖南一位青年写的，他托人转来让我看，我不能看了，你现在就替我看看，把意见告诉我，我好叫人处理。要不然，写稿的这青年会急死的！”

我接过稿子，望着萧殷。都病成这个样子了，还惦记着远方青年寄的稿子。我好像不曾理解他，但一下又仿佛比任何时候都更深刻地了解了他。我知道，萧殷生命的很大一部分是贡献给了文学青年的。可是只有这个时候，我才认识到他的献给是如此彻底！

我临走的时候，他还很认真地向我交代一件事：某中年知识分子的住房窄小到连放书写字的地方都没有，叫他怎么生活和工作呢！你给我转告陶萍，让她向这位中年知识分子的学校反映一下情况……

许桂桑和吕雷、麦文峰一样，都是在医院陪伴萧殷的时候，从他生命倒数的最后时刻，感受到了生命“蜡炬之火”行将熄灭而“泪不干”的萧殷风骨。

谈到在《文艺报》工作时的萧殷，唐达成回忆：

那时编辑部收到文学青年的稿件、信件是很多的，他常常一面审阅这些信、稿，一面总有个笔记本在手边，边看边想，不时地记录些什么在那上面。当时许多来稿出自初学写作者之手，稚拙和不成熟是可以想见的。最初我不大明白，从这些稚拙、粗疏的稿件中能记下些什么呢？但是很快就发现，每当编辑部讨论文学情况和问题时，他总是从容不迫地有条有理地举出许多创作实例，或许多创作和理论中的实际问题，加以分析说明，然后提出有针对性的选题；有时他自己就针对这些问题写出了《读稿随谈》或谈创作、谈批评的文章。

他对社会主义文学事业的深情，就这样倾注在文学青年身上。可以说，终其一生，此志不移。即使后来在病魔缠身，年老体衰之际，据许多同志介绍，围绕在他病榻床头的，仍然是文学青年的大量来信来稿，和他呕心沥血、一字一句写下的种种笔记。

有人在悼诗中云：“成灰蜡炬魂如火。”这是萧殷同志一生的动人写照。他确实像一支蜡烛那样，默默地燃烧着，熬尽了自己全部的心血，为热爱文学的青年照亮了前进的路。他以自己火般热烈而又勤劳正直的灵魂，点燃了千千万万文学青年的内心之火，这火是永远不会熄灭的。

《作品》杂志副主编沈仁康在《迟到的纪念》中写道：

萧殷对年轻文艺工作者的扶持，到了倾心倾力、忘我的程度。他把这项工作当作一种事业来做……我一直以为萧殷同志承继了鲁迅先生的这种爱心，他身体力行地使我们亲身深受到了这种爱心。他对青年作者，对他们的稚嫩的作品，真是爱护备至，晓之以理，注以心血，寄以希望。哪怕是在他晚年，身体越来越差，每天只喝点粥、吃点梅菜的时候，年轻人惴惴不安地不敢再提请他看自己幼稚的作品，不敢多坐以致耽误他休息的时候，他仍鼓励他们只管来，鼓励他们谈论自己写作的原委、想法，并给予指导，他仍接读他们的作品。真是像一支红蜡烛，耗尽自己生命之油，发出给人照路之光。每念及此，我双眼饱含泪水。我想，像萧殷同志这样对文学界充满爱心的人，以后也不易找到了。

他是个酷爱艺术、蔑视丑恶、不畏压制、正直无私的人，几十年南征北战的革命生涯，造就他成为一个忠贞的共产党人，但是他始终带有一种清高的知识分子习气。

到作协理论组后，他多次和我谈他的设想——他想用现代美学观点总结中国丰富的诗话词话，并叫我准备资料。中国是个古老的诗国，诗词创作十分丰富，诗话词话著作也车载斗量，学说纷纭，见解各异，蕴藏着非常丰富的内容。可惜的是，它们所用的概念、内涵等与现代美学概念、内涵很难接轨，初学者不容易摸到要领。萧殷同志就寻思用现代美学观念来解释、整理它们，实在是一件艰难的、普及的、发掘弘扬民族文化的有益举措。可惜的是，随后不断的运动，特别是“文革”十年，把这些计划统统断送了。

河南文艺出版社主编郭瑞三在《润物细无声》中写道：

怎么也没有想到，就在这样羸弱的躯体之中，仍然燃烧着一团炽烈的火焰，澎湃着南海潮水一样的热情！第一次见面，他就滔滔不绝地和我谈了一个下午。他有严重的肺气肿，有时正说着话，嗓子眼儿里就像拉风箱般，半天喘不过气来；只有在这时，他才把头朝别的方向一歪，痛苦地咳嗽几声，等那难受的憋闷劲儿一过，就又接着断了的话头，说下去。

不到10天内的两次长谈，内容尽管多是讲的文艺问题，但涉及的方面却很广：从文艺刊物的编辑方针、指导思想、栏目的设置，一直到补白的重要性；从对生活本质的正确理解、写人物、“编故事”，一直到作品的意境和创作个性；从当前文艺界正在争论的问题，一直到港台文学现状的点点滴滴……他谈锋犀利，见解精当。听了他的话，恍若从云雾迷蒙的山谷，走进了风柔日朗的晴川，只觉得空气是那样澄净，景物是那样明丽。虽然如此，给我印象最深的，还是那些关于他培养青年作家的话语和事迹。

早在20世纪30年代，当萧殷自己还是一个青年作者的时候，他就开始帮助别的青年作者写作了；40年代，他在华北联合大学文学系任教时教过的学生，今天有的成了著名文学家，而他自己，仍默默地一如既往，为南海之滨一个文学青年攀上新的艺术高峰，铺路搭梯；50年代，他手把手辅导青年业余作者，如今成了名闻遐迩、誉满中外的作家，满载着中国人民和作家的友好情谊，到大洋彼岸去撒播友谊的种子，去撷揽热情的花束，去笑迎经久不息的掌声的时候，他自己仍然在新铺开的素笺前，为新结识的松花江畔的一个青年习作者，用微微发颤的手，拧开了笔管；60年代，他培养的青年作者，如今正在北戴河的习习凉风中编选作品集子，他自己却在南国的酷暑溽热中，为启发祁连山下一个文学青年正确理解生活的本质，双眉紧锁，在楼板上来回踱步……

不知什么时候，那如丝似线的春雨，又悄悄飘洒下来。雨落在我发热的脸颊上，也落在我激动的心上，凉沁沁的，好不滋润！这不由得使我随口吟道：随风潜入夜，润物细无声。

《传记文学》主编涂光群在《萧殷在〈人民文学〉》中写道：

萧殷尤其强调编辑应加强学习，这样才有可能提高工作水平，做好工作。编辑处理稿件，答复读者来信，不是一般的事务性工作，而是严肃的思想工作。

1962年初春，我去广州出差，我惦着萧殷同志，很快去看望他。他这时正在革新《作品》杂志，兴致勃勃地谈他编辑《作品》的种种设想……刊物要坚定地贯彻双百方针，搞了些新栏目，如“谈薮”“诗文杂记”“文艺书简”“创作谈”等等，还登翻译作品。总之，想把《作品》编得具备自己的风格，新颖别致，内容充实，形式讲究，引人入胜。事实上，这段时间，萧殷将他的心血、精力全都倾注于《作品》的编辑工作上。在20世纪60年代初期，《作品》杂志以它那内容的多姿多彩，开本样式的精美、讲究，在全国文艺杂志中，的确是独树一帜的。

那时听说他要写长篇小说，后来在刊物上也见过他发表的作品片断。但是“命中注定”，他总是被安排做文学杂志的编辑和文学教育工作者。他也乐于这样做。他去南方不久，编辑杂志的担子落在他身上。后来又担任暨南大学中文系主任。几十年如一日，他为编辑杂志，丰富和提高人民的精神文化生活，培养、教育、造就文学新军而耗尽精力。

萧殷是全国知名的文学评论家、作家。但我以为，他实质上更是位“无名英雄”，长期做文学编辑和教育工作，兢兢业业，埋头苦干，不慕荣誉，不计较名利、地位，“为他人作嫁衣裳”，将一生的绝大部分时间、精力，献给了无名、未名的青年人。今天全国闻名的中青年作家中，不少人受过他的亲切教诲、切实帮助。一批文学编辑，是在他的扶助下成长的。他无异于“文学车间”的“工作母机”。这种精神感人、可贵。

作家朱崇山在《高山景行》中写道：

我看见他桌上放有一沓沓年轻人的习作。他看稿，修改，写回信。一笔一字，一丝不苟，宛如一根带着泪柱的蜡烛在黑夜里默默地燃烧。他家徒四壁，两袖清风，在这间大而空的太旧了的房间里，燃尽了自己的生命。

淡泊明志，夙夜在公，他留下给我们的财富实在是太中用了。

《珠海文学》主编杨创基在《萧殷为文学青年的成长铺路架桥》中写道：

其实，萧殷老师钟爱文学青年的深层原因，是他具有伟大的战略眼光，用今天的话来说就是致力于培养跨世纪的文学人才。

萧殷老师一生精心培育文学青年，可谓呕心沥血，完全忘我。我们这些当年的文学青年，都是直接或间接在萧殷老师的指引下成长起来的。陈国凯、杨干华等一班佼佼者就是其中的优秀代表。萧殷老师一生光彩照人，他的工作太伟大了、太感人了，他的建树是显赫的，影响是深远的。

一、创办《珠海文化》杂志，为当地业余作者和文学爱好者提供耕耘的园圃，培养孕育本市文艺新人，以繁荣文艺创作。

二、每年召开两次以上作者座谈会，请名家谈创作经验，分析本地作者作品，开展文学评论。

三、争取企业资助这些工作都是受萧殷精神影响而干起来的，如果有什么成绩，我们要永远感激萧殷。萧殷精神是永恒的。

湖南文艺出版社总编辑、《芙蓉》杂志主编弘征在《小楼长忆坐春风》中写道：

“多年来，我经常和文学青年们聊天，弘征（衡钟）同志是其中之一。他每次来广州，总爱到我的小楼来，面对尘嚣车扰的阳台，提出些问题要我回答或征求我的看法。”这是萧老为我那本习作集《浪花·火焰·爱情》所写的序言的开头语。

又来信说：“你的诗集确已重新读过……在我重读时，觉得其中有个缺点（尤其是《劳动者赞歌》），每一首都几乎使人感到‘没有吟完’，我初步打算按照你的初稿，加上我的一些看法补充……不过，从身体条件看，现在还无法开始。”

但直到他写好序言，将诗稿寄回后的同年底，我到广州去医院探望他时，他还念念不忘地说：“有些诗，我是想做些补充的，实在是无力提笔。”好像是有件事没做完而抱歉似的。在寄回那本诗稿的附信中，他还写道：“诗集的目录上，我打了×的记号的，那是主张删去的记号。”翻开那部稿子的目录和正文题旁，有的打了O，有的打了×，每一篇都有符号为记。这些符号中，倾注了萧殷师多少心血！我仿佛看到老人躺在病床上，手捧着这本诗稿，专注的目光在每一个字上盘桓……然而，就在这本经萧殷师手定的习作集正将出版时，就接到他逝世的噩耗，他已经永远不能看到这本诗集的问世了。

睹集思情，哲人其萎，良师不永，备感悲怆！

《花地》杂志主编陈绍伟在《萧老与〈花地〉杂志》中写道：

萧老本来可以写出更多的文学作品，但他为了培养文学作者，花了不少心血。就在他患病时，病房的床头还放着业余作者的文稿、信稿。他不时摘录些什么，或用蝇头小字复作者的信件。我有时收到读者写给他的信，实在不忍心再费他的神思，不转给他了吧？然而，每次见到他，他老是不厌其烦地说有读者来信要转去。

作为《花地》杂志的顾问，萧老为这棵新苗灌注了不少心血。我刊刚改版时，（梁）广道同志和我一起到他家请他当顾问，他一口气答应了，还就办刊方针等问题一一叮嘱。

游焜炳是萧殷任导师的硕士研究班的学生，在萧殷生命最后的日子里一直陪伴老师。他在《病中的萧殷》中写道：

一位阔别近40年的老战友从北京赶来探望他。老友相见，使萧殷回想起自己一生的理想和追求，他感到不安，挣扎着断断续续地说：“好惭愧啊。我本来想将自己一生从事文学事业的心得体会好好整理出来，希望对文学青年有所帮助，可惜没能做到……没做到……”“不，你做到了，你做了许多。”那位老友赶忙说。

一个深夜，萧殷醒来，见我在他身旁，便若有所思地对我说：“我现在更体会到鲁迅真伟大，他去世前几天还在写作……”萧殷缓慢吃力地说。唉，病成这样子了，他还是在想写作！我叹了口气，一句劝慰的话也说不出。我知道，劝慰也是多余。这是出自心灵深处的一种精神，一股不可遏止、不可改变的爱和力。

正是这种精神，这股爱和力，才让我们在近几年的各地报纸杂志上读到萧殷那些深入浅出的文艺论著，许多与萧殷素昧平生的文学青年，才能得到他恳切认真的复信。要是他们知道萧殷的病情，准会大吃一惊，再不会麻烦他了。的确不容易啊，即便是千把字的书信文章，他也得分成几次才能写成；文学青年寄来的三五千字的习作，他要断断续续、花很长时间才能看完。有时无法读、写，他就靠耳听、口述坚持工作。这需要多大的毅力？实在难于想象。

……

有一次，萧殷读完一封青年来信，连说："问题很严重。"说完便急着要复信。他爱人劝他："病得这么重，那么多青年来信，哪能一一回复呢？即使身体好了，有精力还不如去搞些专题研究更有价值。"萧殷听了，大为生气："你怎么能这样考虑问题！这又不是我个人的事。"说着，便将那青年的来信递给我看。原来，这个青年一心想出名，想当作家。因"求名心切"，他废寝忘食地"奋斗"出好几个剧本和小说，以致晕倒过去。想不到稿件投给报刊，毫无结果。于是他一面抱怨编辑"不负责""走后门"，一面自己深感失望。因听说萧殷一向热情扶植文学青年，便抱着一线希望，投书萧殷，并附来"作品"，要萧殷判定一下他有无"文学才能"，有无"发展前途"，恳求萧殷"拉一把"，否则，他简直不想活了。"像这类做着作家梦的所谓'有志的青年'，还不少呢！我常常收到这样的来信。一开始方向就错了，愈'奋斗'下去，便在危险徒劳的路上走得愈远。我不能不赶快提醒他们。"

今年初，他编完了《萧殷自选集》，让我将书稿交给出版社。他如释重负地对我说道："集子编好了，我的任务就算完成了。等到这本书出版，也许我不一定能看到了——不过没有关系，反正能交到读者手里就行了。"听了这段话，不知为什么，我的鼻子一酸，眼眶湿润了。是担心？难过？感动？敬仰？我说不清，但我的心里却异常清楚，萧殷同志毕生从事文学事业，并不是为了向人民索取什么报酬，而是为了把自己的一切奉献给人民。

把丁玲评价萧殷的话放在这里，似乎略显突兀，但是恰如其分。丁玲说：

解放后这些年，他精力全花在写辅导青年的小文章上头了，本来，他可以写出很多解决高深理论问题的大文章的。他是搞理论的，有这个条件，这样贡献会更大些，可惜了。

萧殷在编辑的岗位上兢兢业业，为此，他放下了筹谋已久的长篇小说写作，放下了鸿篇巨制的文艺理论写作计划，了解他的老朋友都为他可惜。我们相信，萧殷是在经过思想斗争甚至挣扎之后，才决定放弃自我，坚定抱持燃烧自己、照亮别人的奋斗目标。

三、心底微澜

在萧殷的文章及与朋友谈话的记录中，有一些看似自我警诫的格言，是萧殷的精神、意志和信念的象征，更是他一生践行的思想和行为准则。

（一）为文与为人

◇学文学，重要的是学习做人的道理。

◇做人的第一信条：诚恳，说真话！

◇一生务实，最忌空谈。

◇走文学正路。

◇要成就一种事业，必须花费一生的精力。

◇对艺术的追求，不能强调才华，要付代价，花心血，毕生不懈。忘记了艺术，他就不是作家，而被人民唾弃了的人，他就成了一堆垃圾。

◇艺术创造的过程，实质上就是个性化的过程。

◇诗是给人民群众看的，不是自我陶醉的。

◇读书要专注细节，专注从没见过的细节，读书要读境界，要读奇妙想象的语言。

◇搞文学是自投罗网，要锲而不舍。它不仅是神圣的事业，对生活严肃的作家来说，应该把创作当作生命的一部分。

◇创作没有秘诀，不要过分依赖别人的辅导，不要把希望寄托在别人的“传授秘诀”上，主要靠自己的努力，靠自己在实践中不断积累和总结经验。

◇任何大作家，都不是天生的，都是从稚嫩的不知名的文学青年中产生出来，成长起来的。

（二）使命与担当

◇得天下英才而育之，至乐也。

◇这个工作别人不做，我来做！

◇发现、扶植、培养青年作者，是繁荣创作的一个根本性措施。

◇我时刻想到我的服务对象是初学写作者，我处处考虑的是创作实践中的问题。

◇年轻人是我们事业的希望，我能够为他们做点事情，也算尽了我自己的一份责任。

◇丢掉一篇好稿子，就等于丢了一个未来的作家。

◇越来越自觉地投身于辅导青年写作的工作，可以说是一头钻进去，再也出不来了。如此匆匆三四十年，现在不觉年近古稀，两鬓已白，始终未能越出雷池一步，分不出力量来研究其他文学问题，只能在这个小圈子里留下几个脚印而已。

◇千万不要带着私心搞事业，有了私心，成就越大，危害越重！

（三）编辑与园丁

◇新苗娇嫩，除草施肥都要特别小心，不要伤害了嫩苗，这是保护。但也不能锁在保险箱里，一定要让它经风雨见世面。不经风吹雨打太阳晒，花不红，果不甜。

◇培养青年作家，好比养鸡，不要急于取蛋更不能杀鸡取蛋，应该是首先把母鸡养好。

◇我的办法是，启发他们，认识提高了，让他们自己改。

◇看初稿很重要，好像从沙里淘金，不淘沙怎么会出金子呢？

◇成功是从不断琢磨、反复修改中得来的……

◇能编好刊物，甚至拉到名家的稿子，只能得50分，还不算及格；另50分，要看你能不能发现培养出文学新人，这才叫编辑的本事。

◇一篇文学作品的成败，不取决于材料的新奇，而决定于写作者对生活理解的深浅以及艺术概括能力的高低。

（四）创作与评论

◇创作和评论，为车之两轮、鸟之两翼，既要组织好创作，也要抓好评论，作协应把理论研究组尽快建立起来。

◇文学创作和文学批评是繁荣创作的左膀右臂，鼓励和奖励文学批评才能令年轻作家茁壮成长。

◇文学需要批评，没有批评就不能前进。但是，批评绝不是打棍子。

第五章 / 无声的记录

哲学摘录卡

事物发展的根本原因，不是在事物的外部而是在事物的内部，在于事物内部的矛盾性。任何事物内部都有这种矛盾性，因此引起了事物的运动和发展。事物内部的这种矛盾性是事物发展的根本原因，一事物和他事物的互相联系和互相影响则是事物发展的第二位的原因。（289—290页）

唯物辩证法认为外因是变化的条件，内因是变化的根据，外因通过内因而起作用。（291页）

矛盾的普遍性存在于矛盾的特殊性之中。（292页）

其一是说，矛盾存在于一切事物的发展过程中；其二是说，每一事物的发展过程中存在着自始至终的矛盾运动。（293页）

党员

共产党员在革命运动中，应该是民众的朋友，而不是民众的上司，是诲人不倦的教师，而不是官僚主义的政客。共产党员无论何时何地都不应以个人利益放在第一位，而应以个人利益服从于民族的和人民群众的利益。（《中国共产党在民族战争中的地位》四卷本五一〇页）

共产党员决不可自以为是，盛气凌人，以为自己是什么都好，别人什么都不好；决不可把自己关在小房子里，自吹自擂，称王称霸。（《在陕甘宁边区参议会的演说》四卷本八一一页）

萧殷是好学之人，除了读书、写作、劳动，不论工作多忙，一有机会，他便会收集整理学习笔记，长此以往，积习成俗。这里展示的，是萧殷生命最后十年留下的读书笔记、会议记录、语录摘抄、诗词摘抄、中英文对照小卡片和未完成的写作提纲……只字片纸，展示出萧殷对艺术的热爱、对人生的概括、对高尚的追求以及对文学的思考，同时看到他晚年因心力交瘁无法实现文学梦想的遗憾。这批散发着浓郁历史风味的笔记，让我们感触半个世纪前一个人甚至是一代人的心声。

一、笔记摘录

从1949年到1966年的17年中，萧殷写下的十多本日记和大量工作笔记、书信复写底稿、长篇小说草稿和文艺理论创作提纲……在“文革”中无一幸存。下面展示的，是1969年至1971年，萧殷在粤北山区的“五七”干校劳动并接受审查期间留下的笔记。虽然当时前路茫茫，但萧殷没有放弃理想，坚持学习，一有时间就读书、摘抄、做笔记。

萧殷的笔记本(部分)

（一）会议记录

重新整理周恩来总理1959年5月3日关于文化艺术工作“两条腿走路”问题的重要指示。

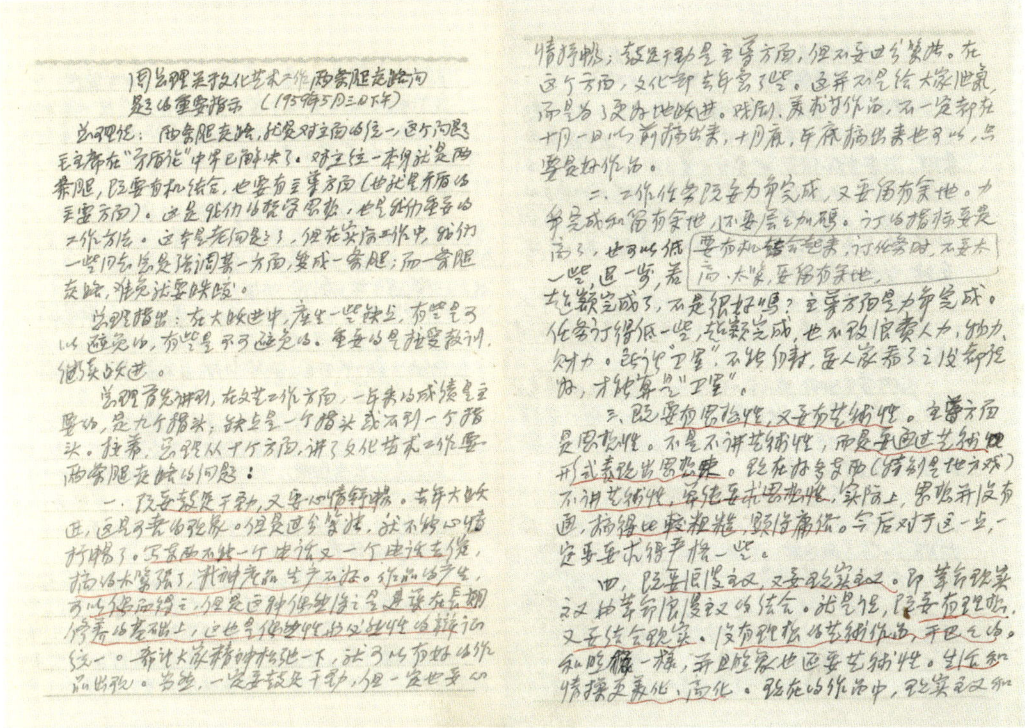

周总理关于文化艺术工作两条腿走路问题的重要指示（1959年5月三日下午）

总理说：两条腿走路，就是对立面的统一。这个问题主席都在“矛盾论”中早已解决了。对立统一本身就是两条腿，既要有机结合，也要有主导方面（也就是矛盾的主要方面）。这是我们的哲学思想，也是我们的工作方法。这本是老问题了，但在实际工作中，我们一些同志总是强调某一方面，变成一条腿；而一条腿走路，难免就要跌跤。

总理指出：在大跃进中，产生一些缺点，有些是可以避免的，有些是不可避免的。重要的是接受教训，继续跃进。

总理首先讲到，在文艺工作方面，一年来的成绩是主要的，是九个指头；缺点是一个指头或不到一个指头。接着，总理从十个方面，讲了文化艺术工作要两条腿走路的问题：

一、既要鼓足干劲，又要心情舒畅。去年大跃进，这是可喜的现象。但是这个劲头，就不够心情舒畅了。写戏画画一个电话又一个电话去催，搞得太紧张了，精神老在生产不好。作品的产生，可以促进的，但是这种促进应当建筑在长期修养的基础上，这也是促进性和必然性的辩证统一。希望大家精神松弛一下，就可以有好的作品出现。当然，一定要鼓足干劲，但一定也要心情舒畅；鼓足干劲是主导方面，但不要过分紧张。在这个方面，文化部去年做了些。这并不是让大家泄气，而是为了更好地跃进。戏剧、美术等作品，不一定都在十月一日以前搞出来，十月底，年底搞出来也可以，只要是好作品。

二、工作任务既要力争完成，又要留有余地。力争完成和留有余地，不要层层加码。订的指标要是高了，也可以低一些，退一步，看（要有机地结合起来，订任务时，不要太高、太紧，要留有余地。）能够完成了，不是很好吗？主导方面是力争完成。任务订得低一些，能够完成，也不致浪费人力、物力、财力。所谓“卫星”，不能乱封，要人家看了之后都说好，才能算是“卫星”。

三、既要有思想性，又要有艺术性。主导方面是思想性。不是不讲艺术性，而是要通过艺术的形式表现出思想来。现在有些东西（特别是地方戏）不讲艺术性，只强调要求思想性，实际上，思想并没有通，搞得比较粗糙，显得庸俗。今后对于这一点，一定要要求得严格一些。

四、既要浪漫主义，又要现实主义。即革命的浪漫主义和革命的现实主义的结合。就是说，既要有理想，又要结合现实。没有理想的艺术作品，平凡无味。和照镜子一样，并且照像也还要艺术性。生活和情操更美化、高化。现在的作品中，现实主义和

笔记一

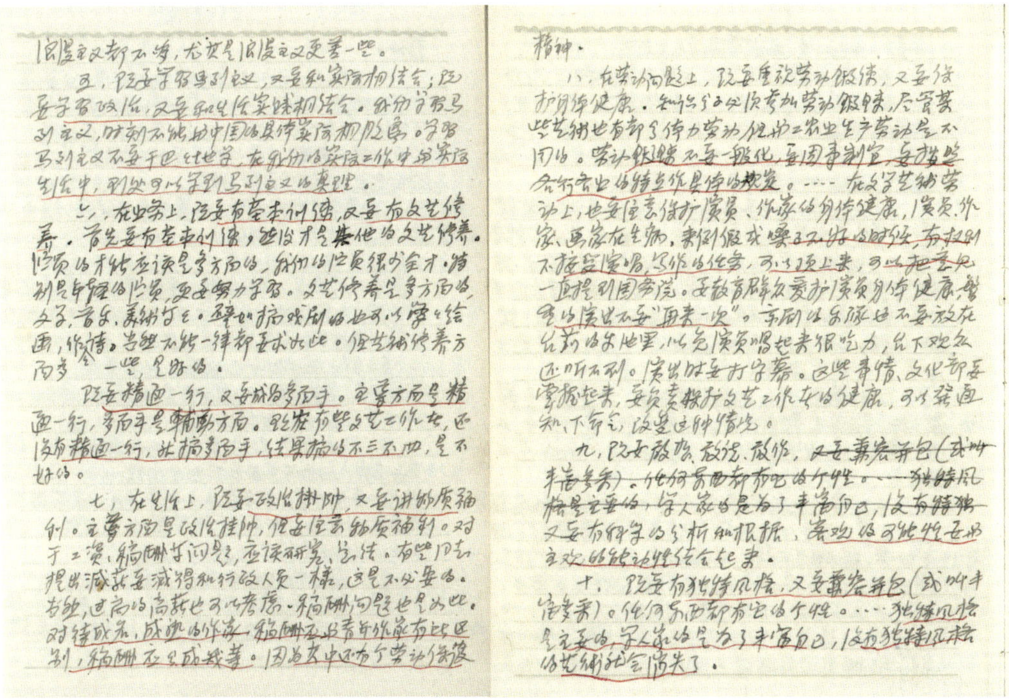

浪漫主义都不够，尤其是浪漫主义更差一些。

五、既要学习马列主义，又要和实际相结合；既要学习政治，又要和生活实践相结合。我们学习马列主义，时刻不能脱离中国的具体实际和现实。学习马列主义不是干巴巴地学，在我们的实际工作中与实际生活中，到处可以学到马列主义的真理。

六、在业务上，既要有基本训练，又要有文艺修养。首先要有基本训练，然后才是其他的文艺修养。演员的才能应该是多方面的，我们的演员很少全才，特别是年轻的演员，更要努力学习。文艺修养是多方面的，文学、音乐、美术等等。譬如搞戏剧的也可以学学绘画，作诗。总理不能一律都要求如此。但艺术修养方面多一些，总是好的。

既要精通一行，又要成为多面手。主导方面是精通一行，多面手是辅助方面。现在有些文艺工作者，还没有精通一行，就搞多面手，结果搞得不三不四，是不好的。

七、在生活上，既要政治挂帅，又要讲物质福利。主要方面是政治挂帅，但要注意物质福利。对于工资、稿酬等问题，应该研究，总结。有些同志提出减薪要减得和行政人员一样，这是不必要的。当然，过高的高薪也可以考虑。稿酬问题也是如此。对待成名、成熟的作家，稿酬应该比青年作家有些区别，稿酬应以质论等。因为其中还有个劳动价值

精神。

八、在劳动问题上，既要重视劳动锻炼，又要保护身体健康。文艺工作者参加劳动锻炼，尽管有些艺术也有都了体力劳动，但和工农业生产劳动是不同的。劳动锻炼不要一般化，要因事制宜，要按照各行业的特点作具体规定。……在文学艺术劳动上，也要注意保护演员、作家的身体健康。演员、作家、画家在生病，剧团假戏哪个不好的时候，有权利不接受演唱、写作的任务，可以顶上来，可以把它先一直提到国务院。要教育群众爱护演员身体健康。要以演出不要“再来一次”。京剧的乐队也不要放在台前的乐池里，以免演员唱起来很吃力，台下观众还听不到。演出时要打字幕。这些事情，文化部要掌握起来，要负责保护文艺工作者的健康，可以发通知，下命令，改变这种情况。

九、既要敢想、敢说、敢作，~~又要兼容并包（或叫丰富多彩）。任何东西都有它的个性。……独特风格是主要的，学人家的是为了丰富自己，没有独特~~又要有科学的分析和根据，客观的可能性要与主观的能动性结合起来。

十、既要有独特风格，又要兼容并包（或叫丰富多彩）。任何东西都有它的个性。……独特风格是主要的，学人家的是为了丰富自己，没有独特风格的艺术就会消失了。

笔记二

重新整理林默涵同志“3.26”“3.27”讲话记录（部分）

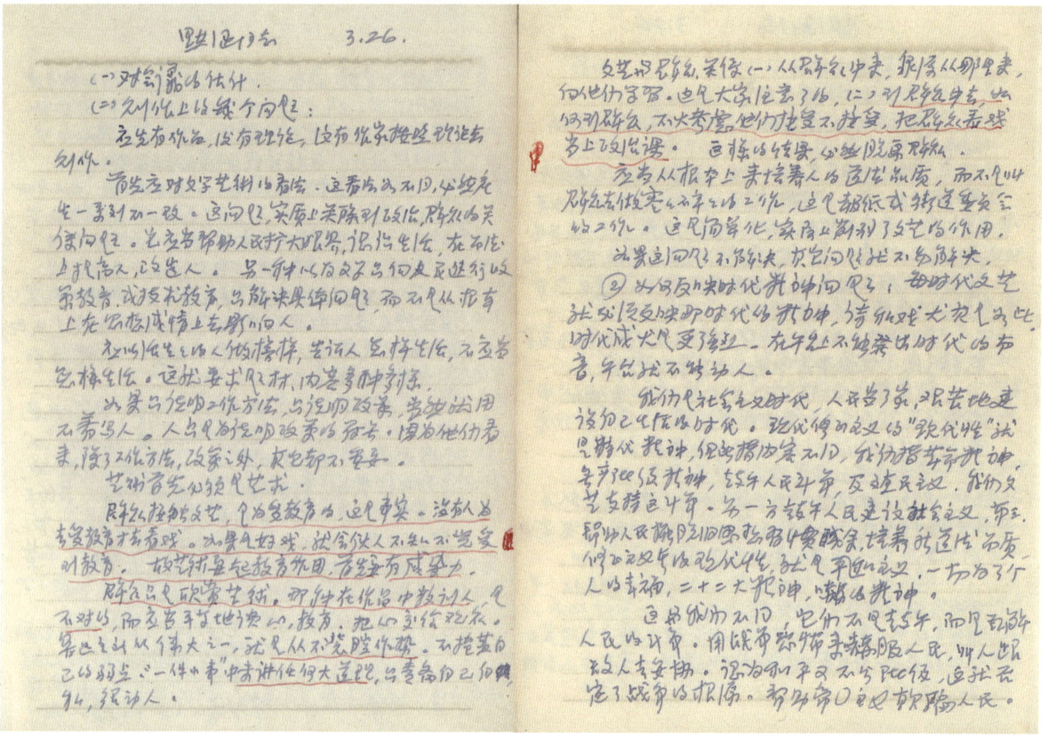

笔记一

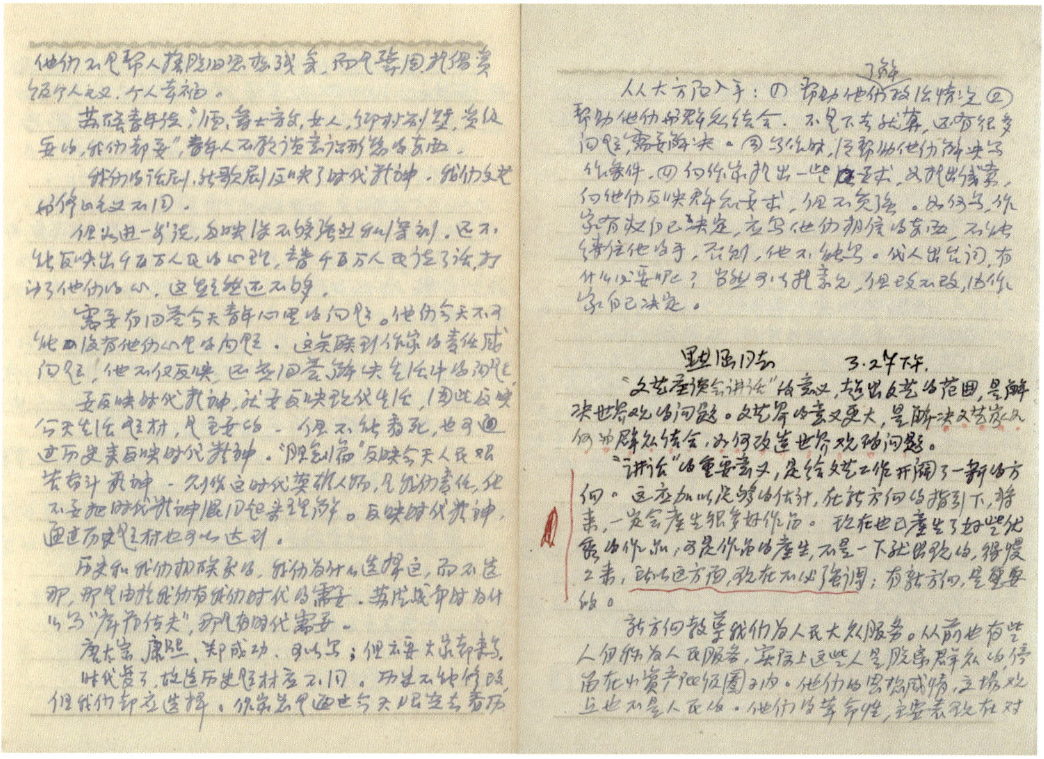

笔记二

（二）读书笔记

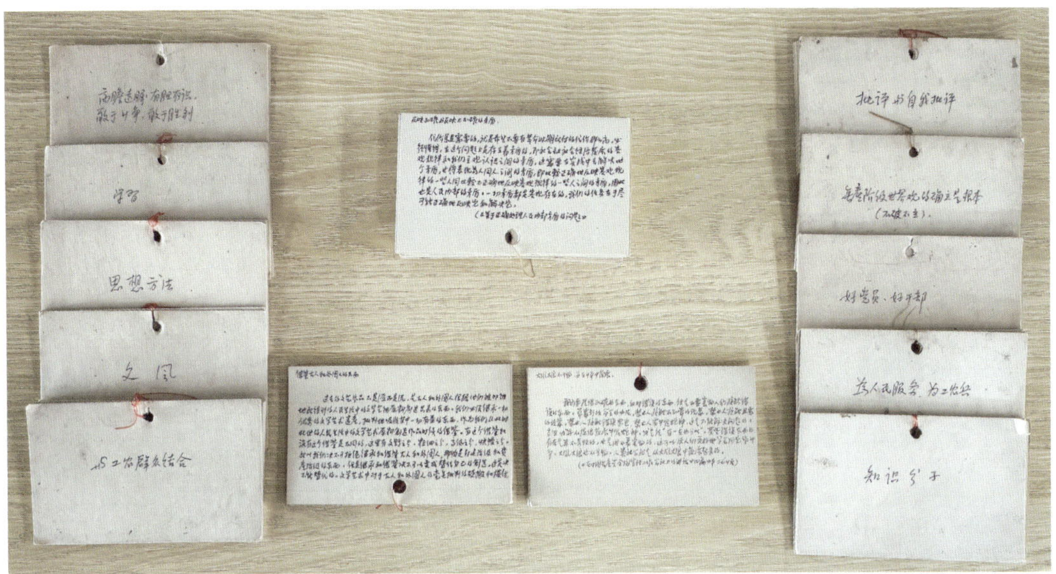

分类读书摘抄小卡片

摘抄毛主席《矛盾论》的笔记

送客

有客相与饮，酒尽惟清言。坐久肠鸣，殷如车辗辕。室案煨芋魁，味美敌熊蹯。一饱失百忧，抵掌谈羲轩。夜阑客辞去，秉炬送柴门。林间鸟惊起，落月倾金盆。

79年作。（殷）状声词。（芋魁）俗称芋头。（熊蹯）熊掌。（抵掌）击掌，表示谈得十分愉快。（羲轩）伏羲、轩辕，传说中的古代皇帝。喻畅谈古人古事。（倾金盆）落山的月亮呈黄金色，如倾斜的金盆。杜甫诗："夜阑接软语，落月低金盆。"

摘《送辛幼安殿撰造朝》末段。

古来立事戒轻发，往往谗夫出乘罅；深仇积愤在逆胡，不用追思灞亭夜。

（轻发）轻举妄动。（谗夫）进谗言害事的小人。（乘罅）钻空子。（灞亭）李广失去官职，在灞亭受辱。劝辛弃疾不必计较以往被小人排挤的事。后四句的前两句说，做事勿轻举妄动，要谨防小人进谗中伤。后两句说，目光远大，以国事为重，个人小事莫屈，不必计较（指辛弃疾做江西福建安抚使，曾被投降派参劾罢官）。罅音下 xia。

早晴

老病常贪睡，萧萧厌雨声。翩然两乌鹊，为我报新晴。

（萧萧）雨声　（翩然）飞行轻快的姿态。

小艇

放翁小艇轻如叶，只载蓑衣不载家。清晓长歌何处去？武陵溪上看桃花。

（武陵）陶渊明《桃花源记》中所写理想世界，就是武陵这个世方。诗句用此典故，指代幻想中的自由世界。

摘抄自宋代陆游的诗《送客》《送辛幼安殿撰造朝》（末段）、《早晴》《小艇》

词抄

紫黯红愁无绪，日暮春归甚处？春更不回头，撇下一天浓絮。春住！春住！黦了人家庭宇。——龚自珍：如梦令。

蔫蔫春燕春不住。藤刺牵衣，碍却行人路。偏是无情偏解舞，濛濛扑面皆飞絮。绣院深沉谁是主，一朵孤花，墙角明如许！莫怨无人来折取，花开不合阳春暮。——龚自珍：《鹊踏枝》过人家废园作。

无恙桃花，依然燕子，春景多别。前度刘郎，重来江令，往事何堪说？逝水残阳，龙归剑杳，多少英雄泪血！千古恨，河山如许，豪华一瞬抛撇。白玉楼前，黄金台畔，夜夜照留明月。休笑垂杨，而今金尽，秾李还销歇。世事沉云，人生飞絮，都付断猿悲咽。西山在，愁容惨黛，如共人凄切。——徐灿：《永遇乐》（舟中感旧）

玉笛压清秋，红蕉露未收。晚香残、莫倚高楼。寒月多情怜远客，长伴我，滞幽州。小苑入边愁，金戈满旧游。问五湖、那有扁舟？梦里江声和泪咽，频洒向，故园流。——徐灿：《唐多令》（感怀）

何事沈吟？小窗斜日，立遍春阴。翠袖天寒，青衫人老，一样伤心。十年旧事重寻，回首处、山高水深。两点眉峰，半分腰带，憔悴而今！——彭孙遹：《柳梢青》（感事）

思往事，渡江干。青蛾低映越山看。共眠一舸听秋雨，小簟轻衾各自寒。——朱彝尊：《桂殿秋》

摘抄龚自珍的诗词《如梦令·紫黯红愁无绪》和《鹊踏枝·过人家废园作》、徐灿的诗词《永遇乐·舟中感旧》和《唐多令·感怀》、清朝彭孙遹的《柳梢青·感事》、清代词人朱彝尊的《桂殿秋·思往事》

不入虎穴，焉得虎子？
How can one obain tiger cubs without entering the tiger's lair,

流水不腐，户枢不蠹
Running water does not go stale and doorhinges do not become worm-eaten.

癞蛤蟆想吃天鹅肉
you're like a toad trying to swallow a swan:

老鼠过街，人人喊打.
Every one calls 'Kill it' when a rat is seen to run across the street.

各人自扫门前雪，不管他人瓦上霜.
Sweep the snow from your own front door; leave the frost on the other man's roof to thaw.

搬起石头打自己的脚.
Lifting a rock only to have his own toes squashed.

恨铁不成钢
It won't do to wish iron could turn into steel at once.

吃一堑，长一智.
A fall into the pit, a gain in your wit.

嘴上没毛，说话不牢.
Downy lips make thoughtless slips

星星之火，可以燎原
A single spark can start a prairie fire.

部分中文成语汉译英摘抄

“不入虎穴，焉得虎子”“流水不腐，户枢不蠹”“癞蛤蟆想吃天鹅肉”“老鼠过街，人人喊打”“各人自扫门前雪，不管他人瓦上霜”“搬起石头打自己的脚”“恨铁不成钢”“吃一堑，长一智”“嘴上没毛，说话不牢”“星星之火，可以燎原”。

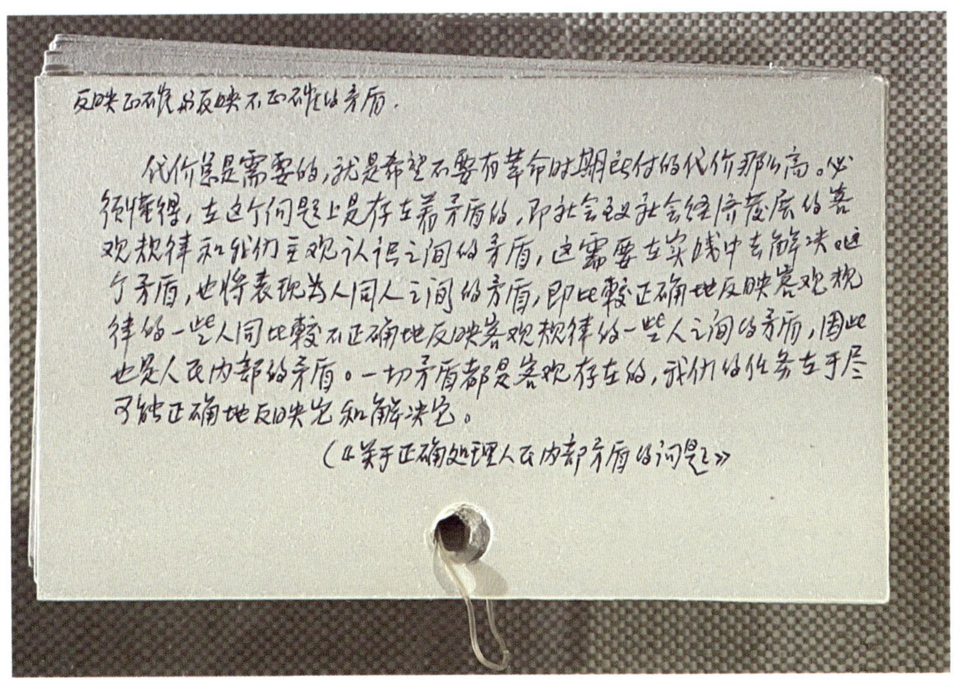
反映正确与反映不正确的矛盾。

代价总是需要的，就是希望不要有革命时期所付的代价那么高。必须懂得，在这个问题上是存在着矛盾的，即社会主义社会经济发展的客观规律和我们主观认识之间的矛盾，这需要在实践中去解决。这个矛盾，也将表现为人同人之间的矛盾，即比较正确地反映客观规律的一些人同比较不正确地反映客观规律的一些人之间的矛盾，因此也是人民内部的矛盾。一切矛盾都是客观存在的，我们的任务在于尽可能正确地反映它和解决它。

（《关于正确处理人民内部矛盾的问题》）

读书小卡片1，关于“反映正确与反映不正确的矛盾”

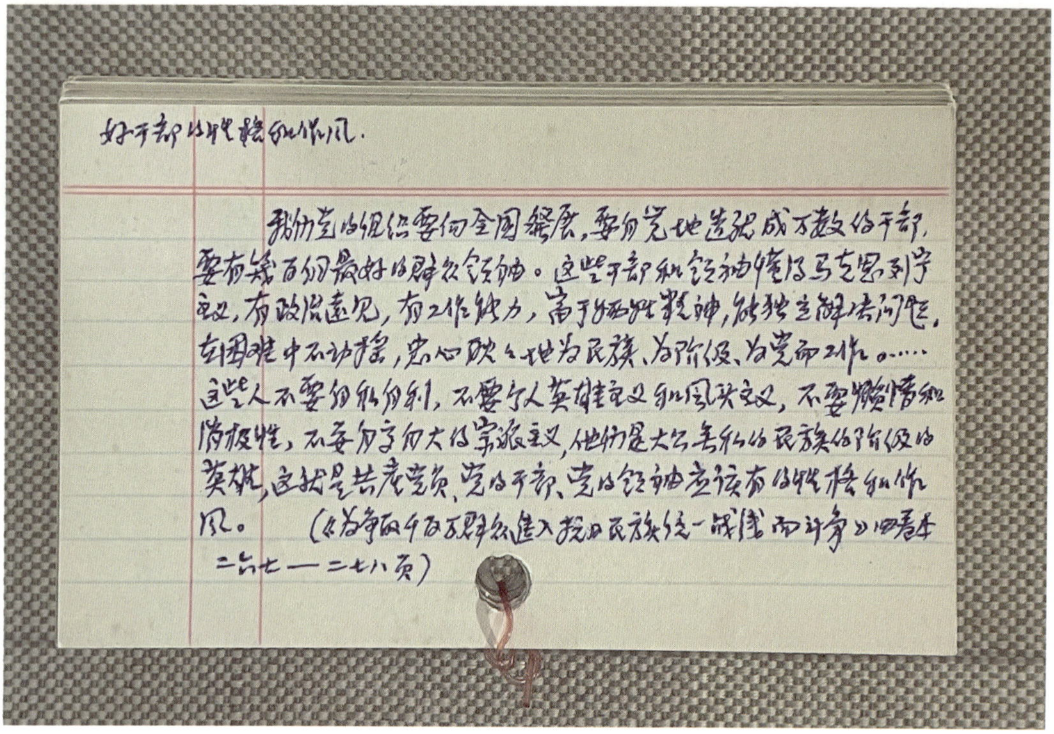

好干部的性格和作风。

我们党的组织要向全国发展，要自觉地造就成万数的干部，要有几百个最好的群众领袖。这些干部和领袖懂得马克思列宁主义，有政治远见，有工作能力，富于牺牲精神，能独立解决问题，在困难中不动摇，忠心耿耿地为民族、为阶级、为党而工作。……这些人不要自私自利，不要个人英雄主义和风头主义，不要懒惰和消极性，不要自高自大的宗派主义，他们是大公无私的民族的阶级的英雄，这就是共产党员、党的干部、党的领袖应该有的性格和作风。（《为争取千百万群众进入抗日民族统一战线而斗争》四卷本二六七——二六八页）

读书小卡片2，关于“好干部的性格和作风”

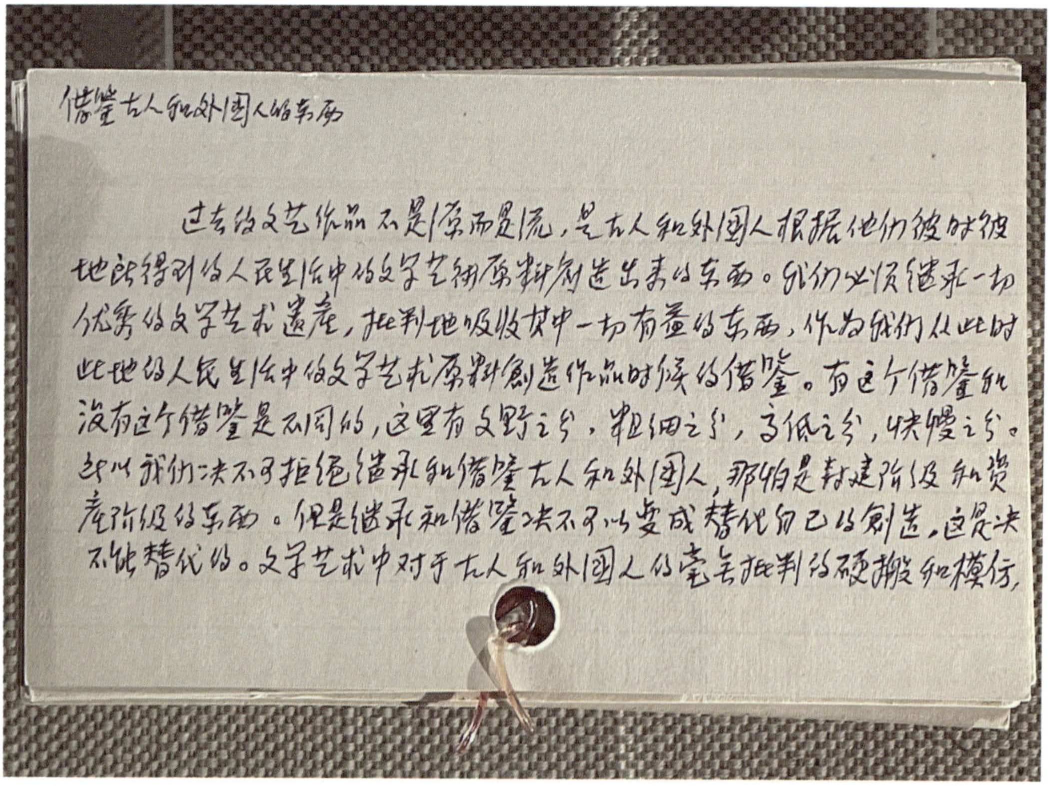

借鉴古人和外国人的东西

过去的文艺作品不是源而是流，是古人和外国人根据他们彼时彼地所得到的人民生活中的文学艺术原料创造出来的东西。我们必须继承一切优秀的文学艺术遗产，批判地吸收其中一切有益的东西，作为我们从此时此地的人民生活中的文学艺术原料创造作品时候的借鉴。有这个借鉴和没有这个借鉴是不同的，这里有文野之分，粗细之分，高低之分，快慢之分。所以我们决不可拒绝继承和借鉴古人和外国人，哪怕是封建阶级和资产阶级的东西。但是继承和借鉴决不可以变成替代自己的创造，这是决不能替代的。文学艺术中对于古人和外国人的毫无批判的硬搬和模仿，

读书小卡片3，关于“借鉴古人和外国人的东西”

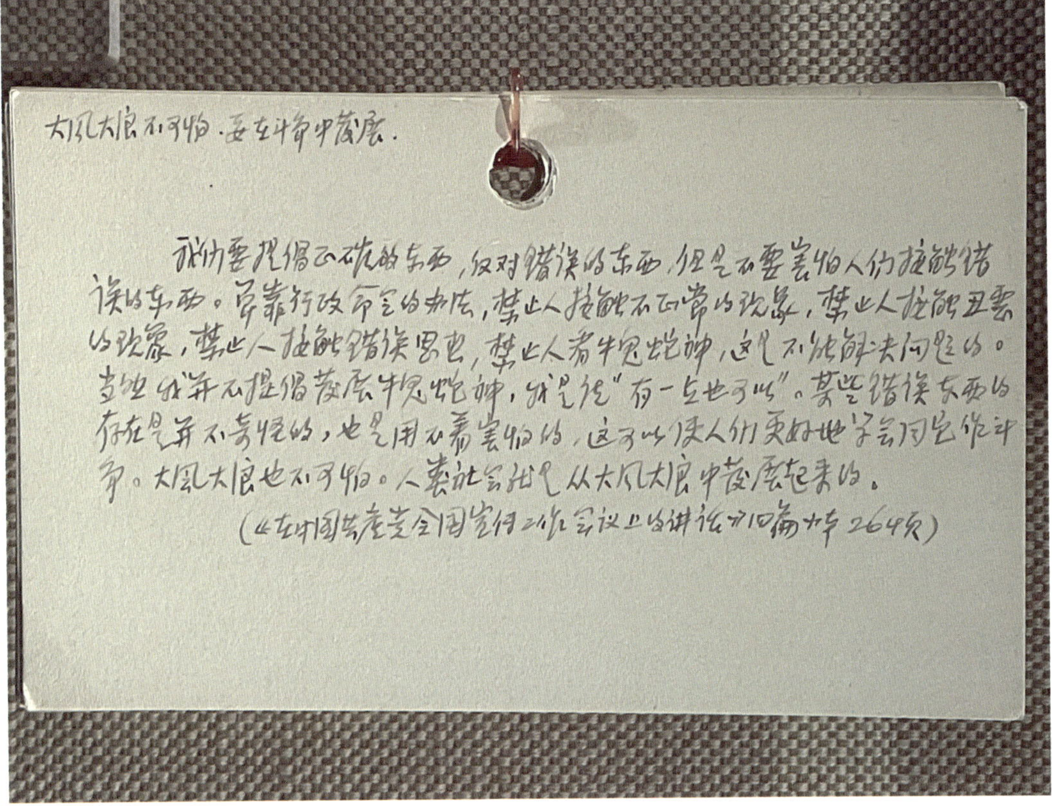

大风大浪不可怕，要在斗争中发展。

我们要提倡正确的东西，反对错误的东西，但是不要害怕人们接触错误的东西。单靠行政命令的办法，禁止人接触不正常的现象，禁止人接触丑恶的现象，禁止人接触错误思想，禁止人看牛鬼蛇神，这是不能解决问题的。当然，我并不提倡发展牛鬼蛇神，我是说"有一点也可以"。某些错误东西的存在是并不奇怪的，也是用不着害怕的，这可以使人们更好地学会同它作斗争。大风大浪也不可怕。人类社会就是从大风大浪中发展起来的。

（《在中国共产党全国宣传工作会议上的讲话》四篇大本264页）

读书小卡片4，关于"大风大浪不可怕，要在斗争中发展"

（三）生活札记

萧殷在"五七"干校时期，除了摘抄文学、文化等笔记，还摘抄了"烹调方法"。

烹调方法摘抄1

烹调方法摘抄2

看着这些笔记，感受一个正在接受审查之人，居然尚存一丝隐居山野的闲情逸致。这是萧殷一生难得且仅有的一段悠闲。结庐在人境，而无车马喧……不知是喜？抑或是悲？但是这样的日子并不长，半年后，粤北寒凉的气候引发的肺气肿几乎夺走这位“闲居老人”的性命。透过这书写工整潇洒的字迹，有谁能理解这位胸怀远志者寄情烹饪的无奈？又有谁能知道他在两年半之前和半年之后两次与死神搏斗的痛苦？潇洒，掩盖了悲凉。

二、手稿留存

萧殷的笔记本里的“回忆杂记”，真实记录了萧殷亲历往事的片段，这亦是散文构思的提纲和细节……虽然最终萧殷无法将这批熠熠生辉的素材整理成文、完成心愿，实属遗憾，但我们仍然能从中窥见萧殷人生空白处星星点点的朦胧剪影……

（一）回忆流浪上海时期的二十多个故事梗概

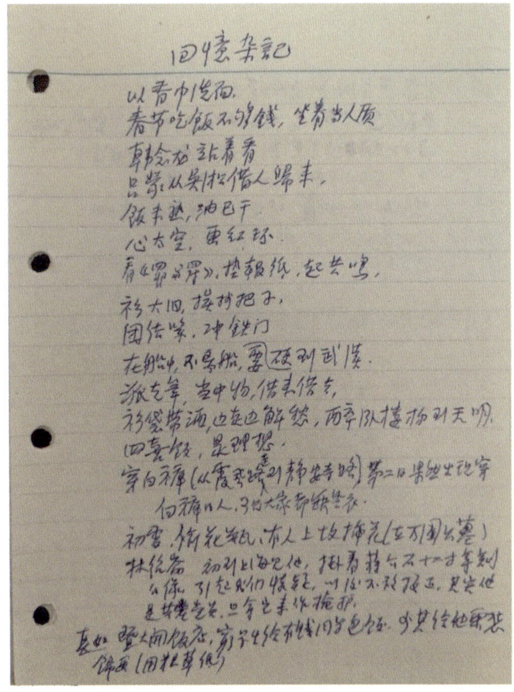

回忆杂記

以香巾洗面

春节吃饭不够钱，坐着当人质

饭未熟，油已干

团结紧，冲铁门

派克笔，当中物，借来借去

《回忆杂记》1

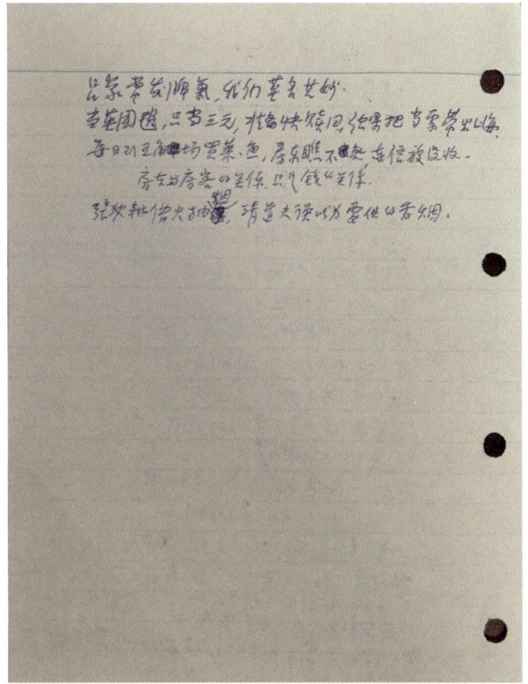

《回忆杂记》2

这两页纸，短短三百字，概述了萧殷流亡上海期间与赖少其、韩念龙、吕蒙相依相携、患难与共的二十多个故事的梗概。每一段，十几个字甚至几个字，浓缩地表述了故事细节的传神绝妙之处，点到即止。看到这些“杂记”，听过这些故事的朋友均心领神会，回味一段段可圈可点的精彩“文稿”，难免为萧殷未能走笔成文而扼腕叹息。

（二）描述太行山经历的散文

1939年7月，萧殷从延安出发到太行山，直至1941年4月，因战地采访负伤引至腿部伤残而被调回延安，这期间，萧殷在太行山担任《新华日报》（华北版）编委及通讯联络科科长。在将近二十个月的时间里，战火纷飞，戎马倥偬，萧殷经历了战争的艰难困苦与生死考验。关于这段经历，萧殷在1957年创作的散文《严寒的夜晚》中有所描述。然而，他还有更多的素材还来不及写成文章，只是在笔记本上写下片刻的灵感。

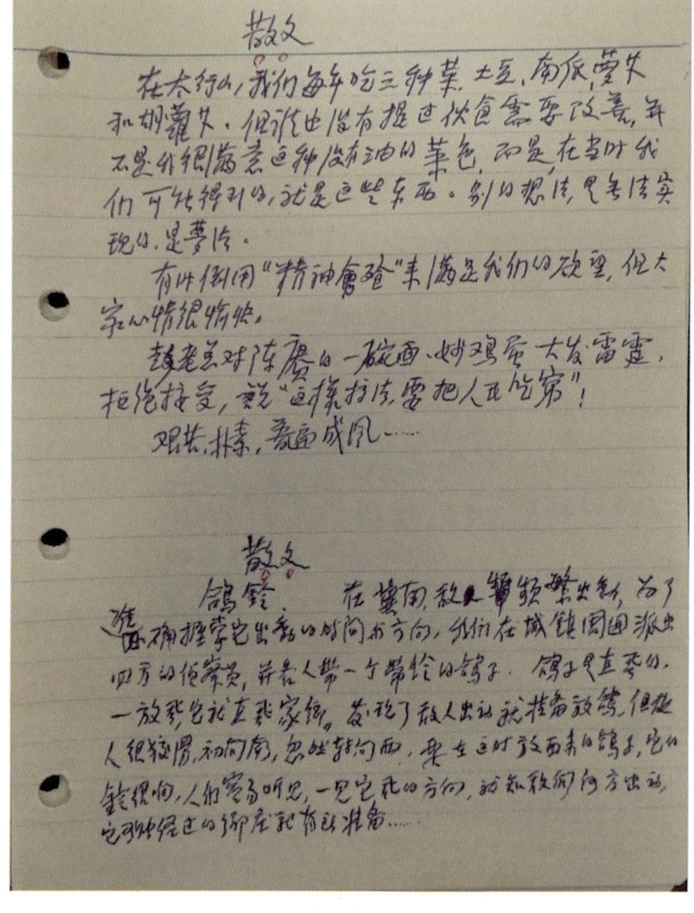

散文

在太行山，我们每年吃三种菜，土豆，南瓜，萝卜和胡萝卜，但谁也没有提过伙食需要改善，并不是我很满意这种没有油的菜色，而是，在当时我们可能得到的，就是这些东西。别的想法，是无法实现的，是梦话。

有时倒用"精神会餐"来满足我们的欲望，但大家心情很愉快。

彭老总对陈赓的一碗面、炒鸡蛋大发雷霆，拒绝接受，说"这样搞法要把人民吃穷"！

艰苦，朴素，普遍成风……

散文

鸽铃　在冀南，敌人频繁出动，为了准确掌握它出动的时间和方向，我们在城镇周围派出四方的侦察员，并每人带一个带铃的鸽子。鸽子只喜欢家，一放飞它就直飞家里。发现了敌人出动就准备放鸽。但敌人很狡猾，初向南，忽然转向西，要在这时放西来的鸽子，它的铃很响，人们容易听见，一见它飞的方向，就知敌向何方出动，它飞经过的乡庄就有所准备……

描述太行山经历的散文

散文

（缺标题）

在太行山，我们每年吃三种菜，土豆、南瓜、萝卜和胡萝卜，但谁也没有提过伙食需要改善，并不是我很满意这种没有油的菜色，而是，在当时我们可能得到的，就是这些东西。别的想法，是无法实现的，是梦话。

有时倒用"精神会餐"来满足我们的欲望，但大家心情很愉快。

彭老总对陈赓的一碗面、炒鸡蛋大发雷霆，拒绝接受，说"这样搞法，要把人民吃穷"！

艰苦，朴素，普遍成风……

散文

鸽铃

在冀南，敌人频繁出动，为了准确掌握它出动的时间与方向，我们在城镇周围派出四方的侦察员，并各人带一个带铃的鸽子。鸽子是直飞的，一放飞，它就直飞家乡。发现了敌人出动就准备放鸽，但敌人很狡猾，初向南，忽然转向西，要在这时放西来的鸽子，它的铃很响，人们容易听见，一见它飞的方向，就知敌向何方出动，它可能经过的乡庄就有所准备……

（三）回忆稿《我怀念姐姐》

萧殷有五个姐姐，姐姐们的故事，深深印在他的脑海里。亲情的浪花时不时拍打心扉，萧殷多次想把姐姐的故事写出来，但是这种属于个人经历的小题材，一直提不上日程，所以一直拖延下来。半个世纪过去了，萧殷心中姐姐们的形象不仅没有磨灭，反而日渐清晰。终于，在住院期间，萧殷腾出空来，请夫人陶萍记下自己口述的这段经历，打算待病情稍好时写出来……

这些没能印成铅字的墨迹，带我们回看姐姐们小小年纪就成为童养媳的伤心往事，看姐姐离家那一刻的痛心画面是怎样永远定格在弟弟心中。

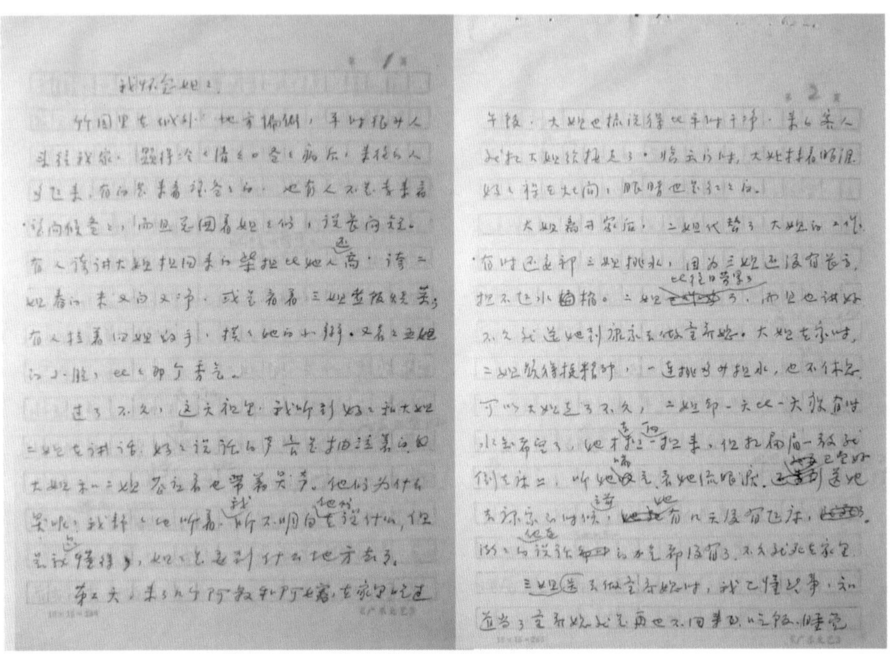

《我怀念姐姐》，萧殷口述，夫人陶萍记录

我怀念姐姐

萧殷口述

陶萍记录（后面缺页）

竹园里在城外，地方偏僻，平时很少人来往我家，显得冷冷清清。爸爸病后，来往的人多起来。有的是来看望爸爸的，也有人不是专来看望问候爸爸，而且总围着姐姐们，说长问短。有人夸讲（奖）大姐担回来的柴担比她人还高，夸二姐舂的米又白又净，或是看看三姐煮饭烧菜。有人拉着四姐的手，摸摸她的小辫，又看看五姐的小脸，比比那（哪）个秀气。

过了不久，这天夜里，我听到妈妈和大姐二姐在讲话，妈妈说话的声音是抽泣着的。大姐和二姐答应着也带着哭声。他（她）们为什么哭呢？我静静地听着。我听不明他们在说什么，但是我只懂得了，姐姐是要到什么地方去了。

第二天，来了几个阿叔和阿婶，在家里吃过午饭，大姐也梳洗得比平时干净。来的客人就把大姐给接走了。临出门时，大姐抹着眼泪，妈妈躲在灶间，眼睛也是红红的。

大姐离开家后，二姐代替了大姐的工作。有时还要邦（帮）三姐挑水，因为三姐还没有长高，担不起水桶。二姐比往日劳累了，而且也讲好不久就送她到康家去做童养媳。大姐在家时，二姐显得挺精神，一连挑多少担水，也不休息。可是大姐走了不久，二姐却一天比一天瘦。有时水缸都空了，她才去担一两担来，但把扁担一放就倒在床上，听她喘气，看她流眼泪。已定好送她去康家的时候之前，她有几天没有起床，渐渐的他（她）连说话的力气都没有了，不久就死在家里。

送三姐去做童养媳时，我已懂些事，知道当了童养媳就是再也不回来了。吃饭、睡觉、干活都不和我们在一起了。永远永远也不会回来了，我一看人们送三姐出门了，就抱住三姐的腿哭着不放，三姐抱着我的头，我们痛哭。我还喊着：“我不叫三姐去，我不要三姐去！”我还捶打脚踢那些来接三姐的人，结果，爸爸妈妈硬把我拉开。三姐走到门口还安慰我说：“我的被子给你盖吧！你长高了，盖我的正好。”

四姐怎样送走的，我不知道。只记得有这么一天，家里人似乎比（以）前忙些，邻居的大人们要去老隆镇赶集，说带我也去看看。老隆镇距离佗城二十华里，有不少人去过，也有人讲过那个镇上的情况。我可是没有去过，一听说要我去那么个好地方，我当然就跟着去了。来回一天走了几十里路，回家来就想睡觉，爬到床上，连饭都顾不得吃就睡着了。

第二天吃饭才发现四姐不在了。我问妈妈："四姐哪里去了？"妈妈叹口气说："四姐昨天出嫁了，怕你拉扯着不放，给我们找麻烦！"四个姐姐不在了，我和五姐都有些担心，生怕把我们也送出去。此后家里来了客人，我俩都快快躲起来。一次有个生人来我家，我躲起来不回家吃饭，妈妈找到我时，我问妈妈："那个人是不是来接我的？"妈妈又气、又笑，骂我："傻瓜，谁要你个丑小子！"

一天，我爬上椅子，对着妈妈那个走了水银模糊不清的镜子照了又照，果然见自己的左眼角上，有一条被树枝划破了痕迹，左边脸上还有没有洗干净的污黑一圈。想起我的姐姐们，脸上总是干干净净的，她们的鼻子是高高的，眼睛也很大，都比自己好看，我相信了妈妈的话。

四个姐姐离开家庭之后人手少了。妈妈有……（后面缺页）

这篇口述记录，说的是自己的四个姐姐小小年纪便离开了家，家里留下伤心的弟弟，本是一出切切实实的悲剧。虽然仅仅是故事梗概，却已真实感人。没想到最后的话题峰回路转，"丑小子"因为担心自己也会成为童养媳被人接走，终于在镜子面前发现了自己的"丑"而放下心来……令人破涕为笑。

三、最后心力

1982年，萧殷身体衰弱，却仍然砥砺前行。他用发抖的手记录下人生最后的“工作备忘”。

（一）归纳出版丛书的要点

1982年5月，《中国当代文学评论丛书》主编冯牧和阎纲、刘锡成计划编纂一套健在的、有成就、有影响、有代表性的文学批评家著作的丛书，以展现我国文学理论和批评的成就。此事得到湖南人民出版社袁琦副社长支持。编辑部拟定第一步为九位老评论家编辑出版选集，其中就有萧殷。为此，萧殷准确记下了出版社的要求。

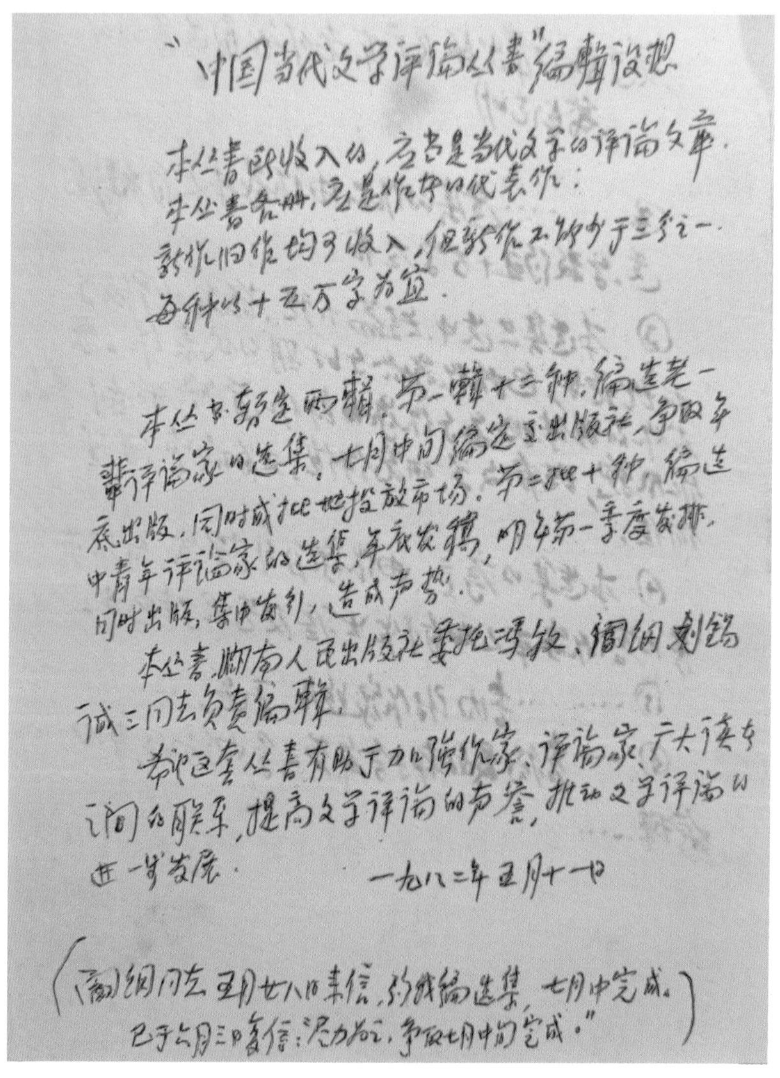

"中国当代文学评论丛书"编辑设想

本丛书所收入的，应当是当代文学的评论文章。
本丛书各册，应是作者的代表作；
新作旧作均可收入，但新作不能少于三分之一。
每种以十五万字为宜。

本丛书暂定两辑，第一辑十二种，编选老一辈评论家的选集，七月中旬编定交出版社，争取年底出版，同时成批地投放市场。第二批十种，编选中青年评论家的选集，年底发稿，明年第一季度安排同时出版，集中发行，造成声势。

本丛书，湖南人民出版社委托冯牧、阎纲、刘锡诚三同志负责编辑。

希望这套丛书有助于加强作家、评论家、广大读者之间的联系，提高文学评论的声誉，推动文学评论的进一步发展。

一九八二年五月十一日

（阎纲同志五月廿八日来信，约我编选集，七月中完成。
已于六月三日复信："尽力为之，争取七月中旬完成。"）

萧殷记录的《“中国当代文学评论丛书”编辑设想》

萧殷收到阎纲5月28日的约稿信函后，认真考虑了编好这套丛书的指导思想和具体要求，并于6月3日复信表示：“尽力为之，争取七月中旬完成”。

8月28日，萧殷再次给阎纲写信。表示：“兹将嘱编的《评论集》奉上，其中三分之一的文章是去年写的，未汇集出版过。全书共约十六万字，如嫌字数太多，可抽掉《是‘英雄典型，还是阴谋家形象’》和《给文艺青年朋友们》，并请把原稿退还给我！如可勉强超出十五万字，则希望保留上述两文。”

1983年3月，《萧殷文学评论选》付梓。8月，萧殷辞世，遗憾未见到此书发行。

（二）摘录与备忘

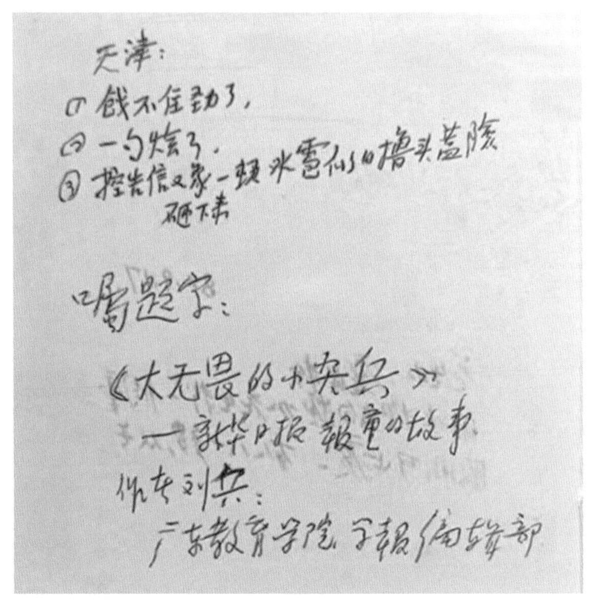
天津：
① 饿不住劲了，
② 一句烩了。
③ 控告信又像一顿冰雹似的撸头盖脸
砸下来
嘱题字：
《大无畏的小尖兵》
——新华小报报童的故事
作者刘兵：
广东教育学院学报编辑部

萧殷摘录的“天津话”方言字与嘱题字备忘

萧殷不会讲天津话，但对于能表现天津话文字魅力的词句极为赞赏，故抄录之。从字体上不难看出他的身体状态。至于为刘兵的著作题字的请求，萧殷终因体力不支而无法完成。

（三）手绘录音机按键说明

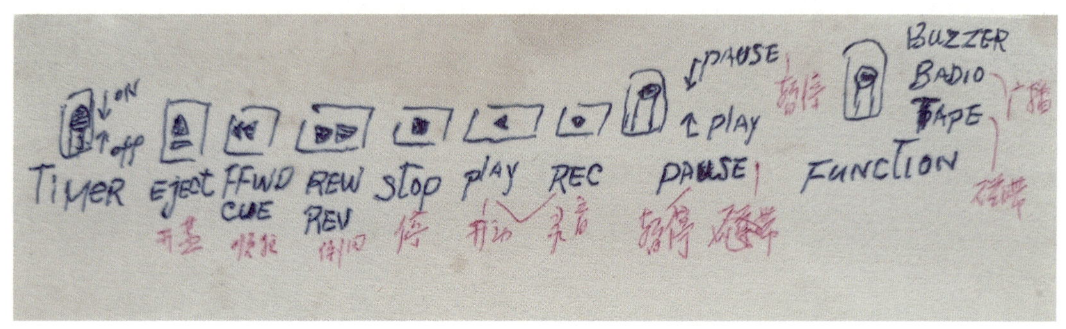

萧殷用颤抖的手抄下录音机按键的英文，并翻译成中文

晚年，萧殷越来越感到自己有太多事情要做，虽然力不从心，却不甘放弃。为了方便写作，他打算用口述的方式记录文字，为此，他特地学习使用录音机，并亲自翻译英文标注，准备亲自操作，完成录制。看到这歪扭颤抖的字体，不禁令人唏嘘，而其“不辞羸病卧残阳”的精神，令人感佩。

第六章 生命的足迹

（在夜训练上写） 8.26.晚

山水画也已入 糕精致.

绍兴文化（后人的印子

不是幸块来赔的

我希望孙子们都听话的

的人，人的一生在社会上不过

几十年，如果他活了一天又

一天，就是白过他。要对人

类社会作贡献，如果没

有贡献，就没有意义。

听首老"风不吹"歌谣

它让我想起小时歌谣

"摇摇哩，摇红乌

人家赌粹 你来踢跚（跳）

人家食粹 你来叫（哭）"

这天晚上，外孙哭得像小猪崽一样，

拍着它的骨枝的屁股，轻轻唱

着"风不吹"的催眠曲哄它入睡，

他听着，想起了小时的歌谣。

萧殷，曾经亲身经历了抗日战争和解放战争的烽烟，他多次在时代的风口浪尖颠簸跌宕甚至危机四伏，数次经历生死攸关时刻，却幸运迎来共和国成立的曙光；后来，萧殷亲身经历了新中国的文化建设乃至后来文艺界频仍的风雨动荡……随着时光荏苒斗转星移风轻云淡，萧殷丰富的人生步履踪迹已被历史的尘埃覆盖，萧殷本人也逐渐淡忘那拌合风云血泪的沉重往昔，但因“文革”期间需要交代自己的历史以证清白，这才令昔日的生命足迹重拾体温，并且化为字符连接起来，萧殷亲笔写下的简历和口述回忆等笔记，让我们回看他的人生步履，轻抚远去的时代脉动，感受人生的意义，竟然如此令人动容。

一、自述简历

（一）亲书简历

1. 1967年5月25日自撰“工作简历”

工作简歷

时间	何地，何部门，何职	证明人	
1938秋—1939夏	在延安鲁艺学习三个月，后组织部调我随李公朴到晋西，协助他做些秘书工作。	方树民（现名方仲伯，似在云南省人委工作）	
1939秋—1941夏	在太行山《新华日报》任编委兼通联科长。	陈濬（现在人民日报）	1940年2月—11月我到冀南採访，参加讨伐国民党叛军的战争，腿部负伤。
1941夏—1944春	在延安中央研究院任文学史组组长；后改为中央党校三部，参加整风。	郭小川	
1944春—1945秋	在延安中央党校四部任文化教员	卢文郭（似在广州军区后勤部）	
1945冬—1946秋	在张家口《晋察冀日报》任编委兼副刊主编。	張春桥 杜导正	46年春—46年夏调北平《解放报》任採访主任
1946冬—1947夏	《冀中导报》副刊主编	高鋒（现在北京中国作家协会）	
1947夏—1948秋	華北联合大学教员	嚴辰（现在哈尔滨文联）	
1948秋—1949春	《石家庄日报》副总编辑	張春桥	
1949秋—1951冬	北京《文艺报》副主编	刘剑青，杨志一（均在北京中国作家协会）	
1952春—1953夏	《人民文学》编辑主任	何路（北京外文出版社）贾霁（北京人民文学出版社）	

“工作简历”第一页

时间	何地、何部门、何职	证明人	页
1953冬—1956底	中国作家协会青年作家工作委员会副主任	吴伯箫（北京教育出版社）	
1957夏——1958秋	在歙川农村生活，准备写长篇小说。	罗伯胜（绩城公社党委）張继元（　中学校長）	1957夏—秋回北京参加反右斗争。
1958秋—1960夏	广州暨南大学中文系主任	饶芃子，叶春贞（均在暨大）	
1960冬—1963秋 1962-24	广州作协副主席、党组副書记 编《作品》		实际工作时间是1960年11月到1962年9月，以后患病。
1963秋 1966—77	到中南局宣传部 《文革》　1968—1977在干校。		
1978—1979	《作品》主编		

萧殷 1967，5.25

20×15=300　　中国作家协会广州分会稿纸

"工作简历"第二页

工作简历

时间	何地何部门何职	证明人	备注
1938秋—1939夏	在延安鲁艺学习三个月，后组织部调我随李公朴到晋西，协助他做些秘书工作。	方树民（现名方仲伯，似在云南省人委工作）	
1939秋—1941夏	在太行山《新华日报》任编委兼通联科长	陈濬（现在人民日报）	1940年2月—11月我到冀南采访，参加讨伐国民党叛军的战争，腿部负伤。
1941夏—1944春	在延安中央研究院担任文学史组组长；后改为中央党校三部，参加整风	郭小川	
1944春—1945秋	在延安中央党校四部任文化教员	卢文新（似在广州军区后勤部）	
1945冬—1946秋	在张家口《晋察冀日报》任编委兼副刊主编	张春桥 杜导正	1946年春——1946年夏调平《解放报》任采访主任
1946冬—1947夏	《冀中导报》副刊主编	高铮（现在北京中国作家协会）	
1947夏—1948秋	华北联合大学教员	严辰（现在哈尔滨文联）	
1948秋—1949春	《石家庄日报》副总编辑	张春桥	
1949秋—1951冬	北京《文艺报》副主编	刘剑青，杨志一（均在北京中国作家协会）	
1952春—1953夏	《人民文学》编辑部主任	何路（北京外文出版社）罗立韵（北京人民文学出版社）	
1953冬—1956底	中国作家协会青年作家工作委员会副主任	吴伯箫（北京教育出版社）	
1957夏—1958秋	在龙川农村生活，准备写长篇小说	罗自胜（佗城公社党委） 张继元（中学校长）	1957年夏——秋回北京参加反右斗争
1958秋—1960夏	广州暨南大学中文系主任	饶芃子，叶孟贞（均在暨大）	
1960冬—1963秋 1962—24	广州作协副主席、党组副书记编《作品》		实际工作时间是1960年11月到1962年9月，以后患病。
1963秋 1966—77 1968—1971	到中南局宣传部 “文革” 在干校		（1967年之后部分为后来补写——编按）
1978—1979	《作品》主编		（后补写——编按）

萧殷1967.5.25

2. 1967年12月23日亲述简历

“文革”期间，萧殷被要求交代自己到中南局工作之前所有的社会关系和经历。他第一次有时间回忆并写下23页纸的《简历》。

第　　頁

简历

1915年农历八月十六日，我出生在一個破落的小商人家庭。根据我八岁以前的印象，我记得我父亲一个人经营一间小南货店，卖些豆豉、咸鱼、姜、盐、酱油之类，更主要的是他自己做红腊烛出卖。生意冷落，架货空虚，只有几排腊烛挂在货架上。我八岁那年（九虚岁那年），父亲去世，他一死，那间小店即被债主收去。后来我才知道，收店是因为欠了隔壁“同裕”洋货店许多债。父亲死后，我哥哥小学还未毕业，即到一家南货店去当店员，一年只有十元工资。母亲又有病，所以一家生活一直十分困难。在小学上学时，我还常去挑砖瓦，在河边出卖自己捞来的鱼虾，挣得十多文钱交给母亲买盐油。每逢缴学费时，就到处向人求助。

1925年北伐军东征部队过境，到处张贴红绿标语，记得其中有一条：“有工做，有田耕，有饭吃，有書读”，留给我的印象最深刻。教我們国文和音乐的教師天天向我们讲打倒帝国主义和土豪劣绅的事，并教我们唱《国际歌》和《少年先锋》，也留下深刻的印象。

在高小念书时，因成绩較好，每学期都考第一名，頗得教師重视，特别是梁卓云、鄧斐章（当时就说他们也是贫苦学生出身）和駱秉云，他们幾次到河边散步时，都到我家里去看过，对我的贫寒家境至表同情。我幾次求助无门、缴不上学费时，都是他们各凑一元多帮

20×25=500

《简历》首页

简历

1915年农历八月十六日，我出生在一个破落的小商人家庭。根据我八岁以前的印象，我记得我父亲一个人经营一间小南货店，卖些豆豉、咸鱼、姜、盐、酱油之类，更主要的是他自己做红蜡烛出卖。生意冷落，货架空虚，只有几排蜡烛挂在货架上。我八岁那年，父亲去世，他一死，那间小店即被债主收去。后来我才知道，收店是因为欠了隔壁"同裕"洋货店许多债。父亲死后，我哥哥小学还未毕业，即到一家南货店去当店员，一年只六十元工资。母亲又有病，所以一家生活一直十分困难。在小学上学时，我还常去挑砖瓦，在河边出卖自己捞来的鱼虾，挣得十多文钱交给母亲买盐油。每逢缴学费时，就到处向人求助。

1925年北伐军东征部队过境，到处张贴红绿标语，记得其中有一条："有工做，有田耕，有饭吃，有书读"，留给我的印象最深刻。教我们国文和音乐的教师天天向我们讲打倒帝国主义和土豪劣绅的事，并教我们唱《国际歌》和《少年先锋》，也留下深刻的印象。

在高小念书时，因成绩较好，每学期都考第一名，颇得教师重视，特别是梁卓云、邓斐章（当时听说他们也是贫苦学生出身）和骆秉云，他们几次到河边散步时，都到我家里去看过，对我的贫寒家境，无不表示同情。我几次求助无门、缴不上学费时，都是他们各凑一元多帮助我解决的。

到高小毕业时，我哥哥的经济更加困难，劝我不要升学，并说已替我找到一个店员的职务。那年暑假，我根本放弃了投考初中的梦想，别的同学都忙于温习功课，准备考中学；我则整天在外捞鱼虾，准备到秋天就去当店员。后来偶然遇见小学教师，他们劝我还是先投考，学费、书籍以后再想办法。我是临考试才去报名的，结果考取了。学费是东拼西凑起来的。教师帮我向高一级的同学借来教科书，才能上初中念书。到初中二，因校长和教务长作风恶劣，任意压制和开除学生，闹过一次风潮，罢课十余日，要求把教务长钟应槐赶出学校。在这次风潮中，我是领导成员之一。到初中快毕业时，我母亲因半身不遂，已卧病在床（到1938年母亲去世）。哥哥劝我不要和有钱人相比，不能升高中了。说父亲没留下什么，他自己又无什么办法，希望我去找个工作。我也知道生活困难，便决定去找工作，但什么工作也找不到。后来听人说广州有些公费学校可投考……于是到了广州，一天，见到市立美术学校招考，明明知道无力上这类学校，只抱着考了再说的心情去应试，结果考取了，还是前四名。我即刻写信给哥哥，请求他千万设法帮助，不久，他说用"凑会"方式筹借了二百多元，但他说明每半年要偿还一部分，并说这种方法也不能持久。这一来，我也没有任何信心，只抱着念一天算一天的心情。在这段时间内，我与几个在广州念书的佗城同学办了一小张半月刊，刊名叫《一区》（因为佗城是龙川第一区），专门揭露佗城的地主和土劣欺压人民的罪恶，并揭发伪区公所和伪县政府种种腐败现象，给这班反动家伙以沉重的打击。

我只在市立美术学校读了一年，再也无法读下去，到1933年暑假便停学回乡。下半年在乡村师范教了半年书，第二年（1934年）春到佗城小学当教员……到暑假，我又到广州找工作，找不到工作，暑假后，回到佗城时已开学，再找不到工作，既苦恼又愤恨……从这时起，我开始学习写小说。到1935年春，又到佗城小学教书，因有几位教员借端攻击我。所以到暑假又跑到广州，想在广州找工作，但始终找不到门路。记得有个市美同学在《环球报》工作，他想介绍我去当校对，我也很愿意去，但报社不接受。不得已于年底又回到家乡。1936年春，我到民教馆管图书，趁空也写了一些小说。在这段时间内，有一个团的国民党军队驻在佗城，我与该民教馆工友徐亚香悄悄印刷“反对内战，枪口对外”的传单，由亚香在半夜去张贴。到暑假，我又跑到广州，这次为了节省房钱，决定住石牌中山大学宿舍，这一次我放弃了寻找工作的幻想，决意用笔杆参加斗争。我的短文主要是投到香港《珠江日报》副刊《江声》（《珠江日报》是广西李[①]、白[②]的报纸，当时李、白与蒋介石对抗，所以这个报纸是当时香港反蒋色彩最浓的报纸），短文的内容主要是攻击蒋介石压制抗日民主运动和揭露国民党政府的种种腐败现象。我当时写文章用的笔名是“肖英”，记得杜埃、楼栖等也在这个副刊发表过不少类似的杂文。后来情况逐渐变坏，我们的短文被“开天窗”的段落越来越多。鲁迅先生追悼会当晚，广州有一批青年被捕。几天后的一个星期六晚，我从石牌到广州惠爱西路找市美同学，当我快走近他们的住所时，看见有两个伪警察守住他们的门口，知道事情不妙，但又不好即刻回头，便硬着头皮走过去，出了小巷，赶快搭车回石牌。第二天一早有人来告诉我，住在那里的三、四个人全被捕了，叫我不要外出。这时赖少其（现在安徽省委宣传部）也躲到石牌，但不久他躲到惠阳去了。

1936年底，赖少其从惠阳回到广州，说广州也不能久留，约我一起到上海，他说已写信给吕蒙（现在上海美术家协会）。走得很匆促，我临时向地质系一个同学借了

---

① 李：李宗仁。

② 白：白崇禧。

十元，便与赖少其搭船到上海。到上海时刚天亮，吕蒙在码头接我们，便一起到贝勒路一间小旅馆里暂住，下午到萨坡赛路租了一个后楼，交了房租，我们的钱所剩无几。当晚我与赖少其都写信到《珠江日报》要稿费，并将新租的房子地址写在信上。但第二天下午，吕蒙与一个代他转信的小学教师来，说上海伪公安局很注意我们两个人，以为我们是代表广州救国会到上海联系的，曾两次到该小学要人，那个小学教师不承认有这件事，伪公安局就把复印的信及信封给他看，那个教师说，我不知道这两个人，他们也没有来上海。这突来的情况使我们吃惊，即把书上的签名涂掉，把行李上贴的“由广州到上海”的标签撕下来。我们都改名换姓，从此我由姓郑改为姓肖。同时又怕昨天写的信落到伪公安局里，所以也不敢到新租的房子去住，白白丢了八元房租。便把毯子拿到当铺去当了，吕蒙又带我们到北四川路底一家印刷厂向工人借了三、四元，这样才又在金神父路花园坊租了一间亭子间，三人住在一起，两人睡地板，一人睡床。因为钱少，我们每人每天只花一角钱吃饭，即每人每天只吃两碗“阳春面”，一顿顶多只有二两面，半年多都是如此，经常处在饥饿的状态中。当时，据说《珠江日报》的态度变得更坏了，我们再不能往那里寄稿。后来由暨南大学一个同学介绍，我们帮一个高中教员改作文，每篇五分钱计算，每星期改六十篇左右，一星期能拿到三元钱，平均每人一元，所以仍然没法糊口。在这段时间内，有一个叫“老舒”的山东人，穿蓝布大褂，外表很像商人，他经常给我们带来一些《解放文选》（油印本，是从延安《解放》周刊的文章选编的）及《方志敏传》之类的油印小册子，有时也告诉我们一些陕北红军的动态。四、五月间，他说有个组织叫“东亚和平促进会”，问我们愿不愿参加，赖少其问这组织是谁领导的，老舒说：是中共领导的。我们问：为什么用这么一个名字？他说：取这个名字是为了不引起反动派注意。我们都嫌它灰色，不愿参加。六月初赖少其回广州，吕蒙临时到一间小学去代课，我无钱租房子，从六月起，只好到金曼辉处去搭住。但到六月底，金曼辉要到侨光中学去教书，六月底就退房，我无处栖身，七月一日夜，我在马路上蹓跶（溜达）了半夜，第二早，遇到陈凌霄（即当时与冼星海合作《战鼓》等进步歌曲的“俯拾”，当时是暨南大学学生，现在好像在天津文联），他见我如此狼狈，要我到真茹暨大去住。只住了四、五天，陈凌霄介绍唐敬斋与我认识（唐是暨大学生，四川人，后来据说在新四军，现情况不明），由唐敬斋带我去参加“上海大学生暑期无锡农村服务团”，他把我也说成是暨大学生。这个服务团的任务，一是宣传抗战，二是调查户口。我们不明它调查户口的目的，不愿被利用，为了应付，只叫人把原有户口册抄一遍，我们把主要精力放在宣传抗日上。刚到无锡，卢沟桥事变即爆发，这给了我们有利条件，我们每到一处就宣传奋起抗战，并抗战到底。八月初，我们回到上海，仍住暨南大学。此时虹桥事件已爆发，局势异常紧张，上海已实行灯火管制。不幸八月十日夜，我忽然患疟疾，第二天上午我到上海看病，但下午就交通断绝，北站已架设铁丝网，我无法回暨大去，只好到生活小学找吕蒙，我的全部衣物一下子丢得干干净净。吕蒙当时在生活小学代课，只供他吃饭，他为了让我吃他那份饭，他自己只好离开学校。我每日下午都发疟疾。八月底上海成立了许多抗日救亡团体，许多青年都参加到各种救亡组织里。八月底或九月初，我的病不再发作，吕蒙要我和他一起参加"上海防护团"，该团主要负责人是方树民（他原与吕蒙熟悉，现名方仲伯，1938年在延安抗大学习，1957年在云南大学），该团的任务是宣传抗战和救护伤员。成员除青年知识分子、青年学生外，还有一半是工人，总共四五十人，我现在还记得的人，有严希纯（现在中国科学院）、韩念龙（当时叫蔡仁元，现任外交部副部长）、谢锋（贵州人，据说在抗战前，曾任中共北平市委，以后一直不知音讯）、张建甫（又名张棣耕，抗战时在延安，1950年在西安工作）、麦西（东北人，抗战时在太行山，解放后听说在吉林省委任组织部长，好像改名为张梅溪）、梁建勋（抗战时在新四军，解放后听说在上海某部队）等。方树民在表面上一般避免与我们接触，后来才知道他与严希纯、谢锋等最熟悉。他的许多工作都通过严希纯来安排。这个防护团的团长，姓郑，很反动，但不住在团内，十天半月来讲一次话，宣传莫（墨）索里尼伟大之类的谬论。他每次讲话后，严希纯（有时严希纯委托韩念龙）总是召集我们六、七人谈话，揭露郑某讲话的反动实质，并从正面讲清道理，然后要我们分头去找自己亲近的团员进行"消毒"工作。记得严希纯当时曾叫我们注意章乃器发表在《申报》上的《多建议，少批评》一文，他认为这篇文章很坏，是与我党的方针相对抗的。大约两个月以后，日寇已侵占徐家汇，我们只好由爱群中学迁到难民区（靠近黄浦江边，民国路东头），第二天，日寇已侵占老西门，距我们不到三里，形势紧张，许多人都走了。晚六点多，我和吕蒙、张建甫、梁建勋等七、八人还彷徨民国路上，通往法租界的闸门已上锁，无法通过。满街难民拥来拥去，敌人的炮弹在头上呼啸，情况异常危急。几次想从商店通过都未成功，一直到七点多钟，一家商店开门让他的熟人通过，我们和数十个难民一拥而入，才逃离了虎口。

在法租界住了约一星期，严希纯要我们到汉口去。除韩念龙留上海外，其他六、七人都决定到汉口。当时黄浦江上敌人舰艇如织，不易通过，只好乘意大利商船到南通，在江北步行三日，到天生港，然后乘船到武汉。这只船本来写明是开往武汉的，后改为开往南京。当时南京大官僚任意封船搬家。如果这只船到南京，估计以后无法离开南京。这时敌军在无锡、苏州一带进展很快，估计南京很快就会沦陷。所以在开船之前，我们找船长交涉，要求开往武汉，但无结果。开船后，我们在大统仓里开了群众大会，坚决要求开到武汉，其中有许多人在南京等了一个多月都搭不上船，特地到天生港来搭船赴武汉的，他们的态度最坚决，与我们采取一致行动，一同到船长室去交涉。经过这样的斗争，我们获得了胜利，安全地到达武汉。

到了武汉，暂住青年会。几天后，严希纯要我们到第七战区（刘湘部队）政治部宣传队去工作。他对我们讲明了形势，说刘湘与蒋介石矛盾很深，刘湘几十万军队现驻皖南，为了站住脚，刘湘不得不伪装进步，拼命靠拢共产党。他说，你们可以利用这种机会到那里进行革命宣传工作。于是我和吕蒙、张建甫、梁建勋等到了第七战区政治部宣传队。在这里，我们经常能听到八路军驻汉办事处一些负责同志的报告，记得张爱萍、张经武和聂鹤亭都去讲过政治工作和游击战略问题。同时该政治部还印了一本专门介绍游击战的专书发给大家（书的内容全是我党我军负责同志的文章）。南京被侵占后，德国驻华大使使劲劝降，蒋介石十分动摇。我们遂以第七战区名义在汉口街头出壁报，表示坚决反对投降，力主抗战到底。当时国民党反动派说我们是"七路半"（意即与八路军一个腔调）。1938年一、二月间，决定把宣传队调至皖南前线，但刚到南昌，刘湘在汉口病死，第二天就宣布要解散宣传队。我们知道前面不远就是刚刚建立起来的新四军根据地，坚持就地解散，但他们不答应，一定要我们回汉口去解散。不得已回到汉口，一到汉口就星散了。我与席道崇（现在中央联络部工作）住在一间小学校里，不久他到延安，我由陈农菲（现名陈同生，上海市统战部长）介绍到"中国青年新闻记者学会"工作。我的工作除处理来往信件外，主要是协助编辑《新闻记者》月刊。住在会里的人只有我和"小鬼"王杰（原名王书绅，徐州人，是徐州陷落时失散的孩子，由范长江由徐州带到武汉，安插到学会工作，当时好像是十五岁）。当时我和《新华日报》往来多，对于托派的反革命活动比较警惕。参加《新闻记者》编辑工作的，还有个胡宇琛（他像是挂着新闻记者学会理事之类的名义来参加编辑工作的），但他常向王杰宣传三民主义如何如何好，引起了我的怀疑，并把他这种表现向新华日报徐迈进反映过。同时我在《新闻记者》上也写过一两篇反对托派的短文。

七月，日寇步步逼近武汉，新闻记者学会准备向重庆撤退。我和王杰遂决定到延安。由新华日报介绍到八路军驻汉办事处，谈过几次话，七月底便到了延安。在鲁迅艺术学院学习了三个月。在这期间，我参加了“民族解放先锋队”（简称“民先”），十月我参加了中国共产党。在鲁艺学习期间，（去西安看牙时）硬是被拔去两颗大牙，三叉神经受了重伤，一直发展为严重的神经官能症。学习结束后，组织上分配我到“中国青年新闻记者学会延安分会”工作，但不久，中央组织部又决定我随李公朴到晋西。十二月上旬离延安，五、六天后，到晋西吉县城。与我同去协助李公朴工作的，还有方树民和罗平。我和方的任务，主要是帮助李公朴写讲演提纲，并帮他写些文章。在这段时间，我和方树民与八路军驻晋西办事处主任王世英同志经常有联系，他常向我和方介绍晋西的政治情况，我们也把第二战区政治部宣传部某些可疑人物的表现向他汇报。……1939年4月末，我们回到延安。

我只在延安逗留了两个月，七月初组织决定调我到敌后太行山去工作。经西安、潼关，过黄河，经晋城、阳城、壶关、陵川等，行军两个多月，九月底到达北方局。第二天就分配我到《新华日报》工作，任通讯联络科长。1940年一月，报社派我到冀南采访平原游击战及政权建设的经验。到冀南后，适逢“剿逆”战争（即打国民党石友三叛军的战争），我即随军赴前线，转战一个多月，一天，遇王宏坤副司令员，决定跟他回军区司令部。当时只有十三个骑兵护送，要以最快速度急行二百余里，但至半夜，前方敌情不明，不得不进村摸情况，据了解，伪军一个团在这个村驻了五日，今日傍晚才离开。我们匆匆出村，刚到村口，旁边一匹劣马忽然双蹄踢来，我登时晕倒落马，胫骨被踢碎，无法行动。第二夜被送入军区医院，治两月，无效，膝骨以下快要腐烂，决定锯腿，但我不同意，经一个民间医生医治，这条腿才没有腐烂，但骨伤无法医治，成为二等乙级残废。出院后，组织上把我“坚壁”在一个“红色家庭”里，一直到八月，才能起来行走几步，但仍不离拐棍。

十一月回太行山报社，路遇日寇对“百团大战”的报复“扫荡”。回报社后，参加编辑工作；皖南事变发生后，参加社论、专论写作。三月，神经官能症急性发作，被送入白求恩医院。四月，组织上鉴于我胫骨伤残，不适于游击战争环境，决定调我回延安。在鲁艺闲住了一个月，然后到中央研究院文艺研究室学习和工作。1942年四月开始整风，九月反王实味的斗争开始。是年冬因急病入医院，后在学生疗养院疗养。1943年四、五月，回研究院（此时研究院已扩大，改为中央党校第三部）参加抢救运动。

1944年春，调我到中央党校第四部当文化教员，同时与这些军事干部（党校四部绝大部分是军事干部）一起学习了党的政治路线与军事政策。

1945年五月，我上山开荒，一回来就患急性偏头痛，两三个月不能工作。八月日寇投降，八月底我离开延安动身赴晋察冀地区，行军二月余，经阜平到张家口。到张家口后，即调新华社晋察冀分社担任编辑组长兼《晋察冀日报》编委。1946年二月，北平军事调处执行部成立，组织上调我到北平参加《解放报》（三日刊）工作。我负责领导记者采访工作，我自己也担负对外采访任务，主要是采访军调部中共代表团的活动及各地军事冲突的新闻。四月三日凌晨，国民党反动派妄想以查户口为名行秘密逮捕之实，派来大批军、警、宪、特，气势汹汹地闯入报社。他们在搜查之后找不到任何借口，便强行逮捕，除前面十余人被带走之外，后面的同志到了门口就与军、警、宪纠缠，以拖延时间，最后我们的同志全聚集在门口大街上，大声向四邻讲话，目的是把临近居民惊醒，并对军、警、宪、特展开面对面的斗争，一直到太阳出来，最后粉碎了反动派的阴谋。到了五月底（或六月初）国民党反动派又使用了另外另一种手法，以封闭七十七家报刊为名，封闭了《解放报》和新华社北平分社。六月中，报社的同志都回到解放区，我也回到张家口。一回到张家口，我就编《晋察冀日报》副刊。到八月初，平津公路的安平镇事件发生（即美军袭击我军事件），军事调处执行部成立了二十五特别小组。组织上调我和仓夷同志到北平参加二十五特别小组的报导工作。仓夷当天在大同被杀害，到北平后，我方只有我一个记者参加三方面的会议，每日写一至两条报导发至延安。至八月底，我又回到张家口，继续编副刊，一直到十月十日夜撤出张家口。

我们搬到了阜平，约住了一星期，即到冀中平原，十一月我开始编《冀中导报》副刊。1947年四月，调我至华北联合大学文学系教书，担任《创作方法论》一课。是年冬，参加获鹿县土地改革，一直到1948年四月底才结束。五月继续上课，到八月底石家庄市委调我去编刊物，但到石家庄后说刊物暂时不出，要我到《石家庄日报》任副总编辑。

1949年二月，调我随华北局赴北平。到北平后，住后圆恩寺华北局院内。当时周扬是华北局宣传部长，也住在这个院内……周扬问我愿留宣传部工作、还是到华北文委去，我当即表示愿到文委去。所谓“文委”，其实连我在内总共只有三个人，只有两三间临时借来的房间，什么也没有，也没有什么工作可做。三月，开始筹备第一次文代大会，把我们三个人都调去参加筹备工作。七月第一次文代大会开幕，在大会期间我在宣传组工作。会后调我到《文艺报》，经过一个多月的筹备，该刊于九月创刊，一直到1951年冬，我离开《文艺报》。在这段时间，除1950年五月初到六月底随“和平宣传团”（是和大组织的、主要是宣传斯托哥尔摩和平宣言）到五、六个城市转了两个月之外，其余时间都在编辑部工作……

1951年冬，我参加北京市工商业的“五反”运动，在一个多月内清查了两家“五毒俱全”的大商号。回到机关时，我得到通知，决定我到《人民文学》工作……我与杨思仲（陈涌）轮流执行编辑，当时住在编辑部的编委是周立波，所有稿件最后都要经过他审阅、签名，然后才能发稿……

当时是胡乔木管文艺，他认为《人民文学》每期都应有名家的作品，稍有名的作家都搞行政工作，约稿也约不来。

1953年四月，斯大林逝世，胡乔木转来一个新月派诗人（名字忘了）的一首诗，他说登不登由编辑部决定；我们看诗后觉得感情太陈旧，与纪念斯大林不相称，决定寄回给作者，但当时负责诗稿的编辑吕剑却粗心地把诗寄给胡乔木。为此，胡乔木给我来了一封信，意思是不要因个人爱好而排斥不同风格的诗，还举斯大林对苏联作家的事为例。不得已，只好勉强发出去。

五月，我的神经官能症恶性发作，编完了六月号《人民文学》，便到颐和园去休息并由红十字医院治疗。但我离开《人民文学》不几天，作家协会秘书处来电话催我搬出编辑部，要我把留在《人民文学》编辑部的东西搬走，我无地方可搬……不久，邵荃麟、沙汀、何路、罗立韵等到颐和园游览，顺来我休息的地方，问我愿意不愿意搞评论委员会工作……我拒绝了。

在我休养期间，作协创作委员会召开会议，讨论杨朔的小说《三千里江山》……他们开了两次会我都没有参加，但看了发言记录，这些发言与《文艺报》唱着同样的调子，妄图否定这部小说的成就。我表示了不同的意见。沙汀要我发言，找人记录了我的意见，并在第三次会议上念了我的发言稿（见1953年中国作协内部刊物《作家通讯》第四期）。

十一月，红十字医院认为我需要继续疗养，但不要总在一个地方，最好到外面去走动几个月，于是我决定到中南海军各个海岛去走走。到广州后，决定趁此机会回佗城家乡去看看，只住了六天。这是我自1936年离开后第一次回家乡去。

在海岛走动了两个多月，神经官能症有很大好转，遂回北京。

三月底，组织上叫我随几个教授（如冯至等）到鞍山访问劳模事迹，半月后回到文学讲习所……

1955年下半年，我的主要任务是青年作家委员会的辅导工作，由几个青年人组成一个办公室。阅读全国各地业余作者的来稿，并对来稿提出意见……

1956年上半年我提出离开作协，愿到农村去搞创作，但未获答复。从八月起，我忙于到几个省、市去参加青年业余作者会议，年底才回到北京。但十二月廿六、七日，作协党组忽然通知我，同意我搞专业创作，从1957年一月起停发工资。一时弄得我的生活非常狼狈。

在外出参加会议期间，我在河北青年业余作者会议上，主要谈题材多样化，创作方法多样化……

在这段时间内，我两次趁休假期间回佗城，每次都住五十天左右。一次是1955年夏，一次是1956年夏。1955年那一次没有与县委接触，一直住在佗城，写了小说《五月间》。1956年那一次，除在佗城写过《天旱的时候》和小说《月夜》外，曾经写过一封信给广东省委（是直接写给杜埃的），主要是反映佗城区粮食不足情况及干部生活特殊化。经地委派工作组调查后，该县的粮食问题普遍得到解决，广大劳动群众对这事反映热烈，但他们把功劳都归到我身上，我很觉不安。1957年夏我再回去时，我一再向群众说明，我只是反映了情况，问题能解决，主要是党、是毛主席的政策的正确，是县委和广大干部坚决执行了党的政策……

从1957年一月起，我主要靠稿费生活，一直到1958年九月为止。1957年二、三月间，不少刊物编辑来约稿，当时不少地方发生了“闹事”事件，叫嚣要共产党“下台”，要“轮流做（坐）庄”，我意识到有人想变天，要夺权，便连着写了《严寒的夜晚》和《桃子又熟了》两篇散文，借追忆亡友来抒发我对闹事的不满情绪，想通过描写战友的斗争和牺牲来说明新社会制度的诞生之不易。四月底回到佗城，打算以此作为生活根据地，准备在农村生活一个较长的时间。但到七月底，我又回北京去参加反右派斗争。到十一月，我不但带了党的关系，同时连户口也转到佗城。开始，参加县委组织的慰问老苏区的活动；春节以后，参加大跃进的宣传。三月想构思一个长篇小说，后因中国作协严文井来广州，他要我写五十篇新人新事的特写，结果两种打算都落空。六月，地委同意我到县委工作，我准备接受任务，但不久，王匡、杨康华联名写信要我到暨大中文系工作。我不认识杨康华，我到广州的第三天，他到作协找我谈话，我说明在离京之前，上级曾嘱咐过不要浮在中间，要深入到基层；同时我说明我不善于做教学行政工作。杨康华当时以“工作需要”为理由，一定要我服从调动。话说到这样的地步，我什么话也不好说了。为了将来还能搞创作，我希望两年以后能离开暨大，他表示同意，说：“只要把中文系创办起来，两年就两年吧。”我到暨大后，发现人手很少，除原来安排好的系的政治秘书和业务秘书外，只有两个讲师和五、六个助教……这时正是大炼钢铁高潮，中文系师生都参加炼焦……搞了两个月，所以第一学期基本上没有上课。到第二学期（1959年春）才开始上课的。这学期我的主要精力都用到几门课程的设计及中文系的制度建立上。暑假时，因患病，回北京休息。十月回到暨大，参加反右倾斗争，一边领导全系进行反右倾运动，在全体师生大会上带头作思想检查，同时又参加党委会的斗争会议，经过互相揭发和批评，最后我进行检讨。

1960年初，我患肝炎，不能继续坚持工作，决定到佗城去养病。五月回到暨大。六月省委同意我离开暨大回北京……

九月，杜埃要求把我调回广州，并得广东省委同意。不久，我离开北京来广州。一到广州，适逢广东第三次文代会也快要召开，我准备了一下，在大会文学组作了发言。

接下来，作协广东分会的人都下乡参加整社工作，要我驻会负责机关工作。1961年一、二月间，区梦觉在迎宾馆召开一次文艺界的会议，到会的绝大多数都是民主人士，同时叫各单位党的负责人去听取“批评”。这个会像是“出气会”，区梦觉号召大家对于一切不合理的现象进行揭露，对于粗暴干涉艺术创造活动的作风展开批评。二、三月间，省委文教部一再召开会议，强调要把“争鸣”搞起来，并把《文艺评论》交作协党组负责编辑，因此四月开始讨论小说《金沙洲》。五月给省委文教部写了一个汇报。六月底，省委把各个协会的人以及专区文艺界人士集中到“百花园”学习《文艺十条》，要求用《文艺十条》精神检查自己的工作和思想。从七月到十月，我与几个青年同志合写了有关《金沙洲》讨论的三篇文章。

到1962年，《作品》复刊，虽只编了六期，执行了《文艺十条》。五月，我患急性阑尾炎入医院，出院后，身体很坏，便不再管作协的工作。年底，身体稍好，与几个同志到汕头参加业余作者学习班，但船刚开不久，急性阑尾炎又发作，拖了一天半，阑尾已穿孔，一到汕头就动手术。1963年初回到广州。在我去汕头之前，于黑丁和黎辛曾去看我，黑丁希望我到中南局宣传部工作。等我从汕头回来，王匡约我谈话，要我到中南局宣传部工作。七月，杜埃告诉我区梦觉已经同意了。于是我八月到中南局宣传部报到。

1967年12月23日

注释：原稿中的“腊烛”“付刊”“付部长”均改为“蜡烛”“副刊”“副部长”。其他皆照原稿不改动。（编者注）

3. 1980年萧殷填写的干部履历表

业务专长	略懂文学理论	健康状况	弱。胫骨受伤，定为"乙级二等残废"，自动停止领取残废金
主要社会职务（包括人大代表、政协委员及社会团体兼职等）	省政协委员；曾任中央美术学院兼任教授； 中国作家协会理事会理事；中国作协青年文学工作委员会委员； 天津《小说月报》顾问；《羊城晚报》顾问； 中山大学兼任教授；暨南大学教授兼带研究生； 等等。		
主要经历（包括何时参加文艺工作及工作简历）	三十年代初期靠写小说生活。八一三后，在上海任《金陵日报》（陈铭枢、何香凝主编）的驻沪记者。38年后在范长江所编青年记者学会机关刊《新闻记者》，太行山任我党北方局《新华日报》编委兼特派记者；后任延安中央研究院文艺研究员及中共中央党校教员。 抗战胜利后，任《晋察冀日报》编委兼副刊主编；1946年我党与美国、国民党谈判期间，任北平我党党报《解放报》及新华社北平分社采访部主任；解放战争期间在华北联合大学文学系任教，教《创作方法论》，继任《石家庄日报》副总编辑。 新中国建立后，历任《文艺报》主编；《人民文学》编辑部主任（执行编辑）；中国作家协会青年作家工作委员会副主任，"文学讲习所"副所长；同时兼任《人民日报》副刊《人民文艺》编委及《光明日报》副刊《文学》主编，兼任中央美术学院文学教授。 1958年任广州暨南大学中文系主任，兼中山大学教授；继任中国作家协会广东分会副主席，党组副书记及《作品》月刊副主编。1963年调中共中央中南局文艺处处长，兼广州对外文化协会理事。 现任广东省文联副主席、党组副书记、中国作家协会广东分会副主席、分党组副书记。曾兼《作品》主编三年，最近才卸职。		

萧殷填写的干部履历表第一页

3

业务成就（包括解放前后主要创作、理论研究、教学、导演、表演、摄影、美术、翻译、编辑及其他著作、演出等。注明发表、出版、演出的时间）	出版过以下著作： 《论生活、艺术和真实》（人民文学出版社） 《谈写作》（湖南人民出版社） 《习艺录》（广东人民出版社） 《月夜》（广东人民出版社） 《生活·思想·随笔》（人间书屋） 《怎样写新闻消息》（以黎政笔名出版·人间书屋） 《创作方法论》（编著，暨南大学印） 《荔枝满山一片红》（以暨大中文系名义出版，作家出版社） 《翻身诗谣》（编，人间书屋） 三十年代初期的短篇小说数十篇，因找不到当时的出版物，从请缺如。抗战中的报告文学都找不到当时的报纸，待查。此外，在这期间（特别是在抗战期间）曾写过一些文艺论文，因一时找不到，都未编成集子。 近两年来，发表了近六七万字的文章，都还没有编辑整理。

萧殷填写的干部履历表第二页

1980年萧殷填写的干部履历表

<table>
<tr><td>业务专长</td><td>略懂文学理论</td><td>健康状况</td><td>弱。胫骨受伤，定为“乙级二等残废”自动停止领取残废金</td></tr>
<tr><td>主要社会职务（包括人大代表、政协委员及社会团体兼职等）</td><td colspan="3">省政协委员；曾任中央美术学院兼任教授；
中国作家协会理事会理事；中国作协青年文学工作委员会委员；
天津《小说月报》顾问；《羊城晚报》顾问；
中山大学兼任教授；暨南大学教授兼带研究生；
等等。</td></tr>
<tr><td>主要经历（包括何时参加文艺工作及工作简历）</td><td colspan="3">三十年代初期靠写小说生活。八一三后，在上海任《金陵日报》（我党党员陈农非、何云等编）的驻沪记者。38年与范长江同志编青年记者学会机关刊《新闻记者》。太行山任我党北方局《新华日报》编委兼特派记者；后任延安中央研究院文艺研究员及中共中央党校教员。
抗战胜利后，任《晋察冀日报》编委兼副刊主编；1946年我党与美国、国民党谈判期间，任北平我党党报《解放报》及新华社北平分社采访部主任；解放战争期间在华北联合大学文学系任教，教《创作方法论》，继任《石家庄日报》副总编辑。
新中国建立后，历任《文艺报》主编；《人民文学》编辑部主任（执行编辑）；中国作家协会青年作家工作委员会副主任，“文学讲习所”副所长；同时兼任《人民日报》副刊《人民文艺》编委及《光明日报》副刊《文学》主编。兼任中央美术学院文学教授。
1958年任广州暨南大学中文系主任，兼中山大学教授；继任中国作家协会广东分会副主席，党组副书记及《作品》月刊副主编。1963年调中共中央中南局文艺处处长，兼广州对外文化协会理事。
现任广东省文联副主席、党组副书记、中国作家协会广东分会副主席、分党组副书记。曾兼《作品》主编三年，最近才卸职。</td></tr>
<tr><td>业务成就（包括解放前后主要创作、理论研究、教学、摄影、美术、翻译、编辑及其他著作等。注明发表、出版、演出的时间）</td><td colspan="3">出版过如下著作：
《论生活、艺术和真实》（人民文学出版社）
《谈写作》（湖南人民出版社）
《习艺录》（广东人民出版社）
《月夜》（广东人民出版社）
《生活·思想·随笔》（人间书屋）
《怎样写新闻消息》（以黎政笔名出版·人间书屋）
《创作方法论》（编著、暨南大学印）
《荔枝满山一片红》（以暨大中文学名义出版、作家出版社）
《翻身诗谣》（编、人间书屋）
三十年代初期的短篇小说数十篇，因找不到当时的出版物，付诸阙如。抗战中的报告文学都找不到当时的报纸，待查。此外，在这期间（特别是在抗战期间）曾写过一些文艺论文，因一时找不到，都未编成集子。
近两年来，发表了近六七万字的文章，还没有编辑整理。</td></tr>
</table>

（二）1971年在干校口述经历

1971年，萧殷的儿子葵葵到粤北“五七”干校探望父亲。萧殷在劳动之余，回顾自己前半生经历，由儿子做笔记，共29页。萧殷在笔记的最后一页写上“未完，在连山上草干校”。

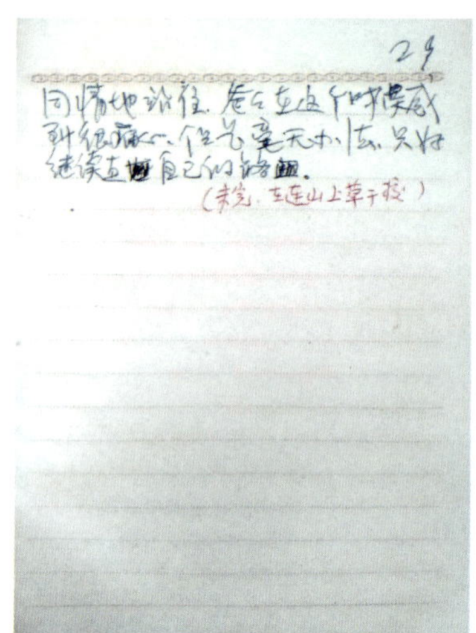
29
同情地说道，爸爸在这个时候感到很痛心，但毫无办法，只好继续走自己的路。
（未完，在连山上草干校）

1983年9月4日，萧殷去世后第四天，女儿萌萌根据弟弟的记录，以第一人称整理（将“爸爸”改为“我”），并以《自传》为题。

口述经历第一、二页

口述经历最后一页

自传

我在八岁的时候，爸爸就去世了。

爸爸死以前，开着一个小杂货铺，只有爸爸一个人经营；主要是做蜡烛卖，几个月做一次。我那时很小。每次做蜡烛时，爸爸把店门关上，到楼上去做。我都去看，看爸爸自己做，也没人帮忙，什么都是自己动手。我看爸爸煮好蜡，又把蜡倒进罐头罐里，做成蜡烛，挂在一个会转动的架子上。看着开始做出的细细的蜡烛一层层加厚、变粗，很有趣。最后把白色染成红色，然后到楼下去画，常常是一边坐柜台（卖几斤豆豉，几斤咸鱼），一边在蜡烛上画龙、凤、菊花，我总是看着。这个杂货铺主要是出售蜡烛，其他杂货都是很少的，如豆豉、榄角、咸鱼、酱油，而且量很少。每次进货每样东西只有两、三斤或四、五斤，对门的杂货铺都是一篓一篓的进货。（爸爸的）生意很冷落，没有多少人来买货，隔壁的洋货店（同裕）和对门的杂货铺，生意都很大，经常顾客满店。相形之下，爸爸的小杂货铺就显得格外的冷落，除了做蜡烛外，做饭也是爸爸做。哥哥当时上学，也不能帮爸爸做什么。我年纪小，也不能帮他什么忙。我有时候和爸爸一起在店里睡，有时回竹园里老家住。

到了我八岁那年，爸爸病了，脚上很肿，也不知道是什么病，以后就关起店门，回家去了，爸爸一直病了好几个月。到阳历七月间就去世了。那时他才四十几岁。他死时听说连棺材也买不起。后来听说还是上高涧的三姐夫临时砍了一株杉树，做成棺材，才埋葬的。

爸爸死后，杂货铺被隔壁的洋货店收去了。连家具和一些剩余的货品也全部收去。记得有一个很鲜亮的油漆桌子，一个很大的白瓷脸盆，都是家里最贵重的家具，都被收去了。有个在老隆做买卖的人用香粉给我做了一匹马，有轮子的，也被没收了，还有用空麻秆做成水车，夹进一些草叶，做成能转动的玩具，还有用植物茎做成的小喇叭，这些都被收走了。我当时莫名其妙，怎么搞的，为什么把我们的东西都拿走呢？到好几年以后才知道，原来爸爸欠了他们很多债。

爸爸死后，家里没有什么收入了。哥哥高小还没有毕业，就去一家杂货店当店员。除供他吃饭外，一年只有六十块钱工资，平均每月只有五块钱养活全家。

在我的印象里，爸爸死后，也的确没有见到收过什么租谷。我小时候也没有听说爸爸留有土地，哥哥也从来没说过。但这次“文化大革命”，有人到家乡去了解，听说爸爸当时留有七亩地，并说这七亩地一直留到土地改革。但我对这些土地情况一点也不知道，所以以前填家庭成分时，总是填“破落的小商人家庭”。

当时我知道在乡间，一些稍为发达一点的邻居们都买了一点田，多少收一点税呀租的，可是我家却没有这些。

爸爸去世后的第二年（一九二四年），我上了私塾，当时家庭生活很困难，常常在放假的日子去帮人挑泥砖。那时才九岁。一担只能挑三块砖。两块砖有十几斤重，三块有二十多斤。挑几里路，挑到工地，就领一个竹签，每三块砖得两分钱。夏天，黄皮树上的果子已经被人摘光，树上还剩下一些“水果脚”。我就爬上树去。把东零西散的黄皮摘下来，用小麻绳把水果扎成整整齐齐的一小捆，拿到桥边榕树下，与卖凉粉的老太婆在一起卖掉水果。卖回的一分钱都交回给妈妈，买盐，买火水，买豆腐脑。有一次爬树去摘果子，因为肚子太饿。一下子没站稳，从树上掉了下来，跌昏了过去。有时去池塘和小河里捞些鱼虾去卖，钱也全部交给妈妈。当时我穿衣服都很困难，到了冬天不能不穿上姐姐穿小的衣服。至于吃饭，就更困难了，常常只吃些杂粮，如红薯、芋头、粟饼，至于青菜，常常是没有一点油的。

第二年（一九二五年），我不满意在私塾读古书，转到国民小学，但是这个学校的体育教师（骆汉卿，抽鸦片烟的），喜欢打人。很多学生被打得不敢上学，用一块七寸长，两、三寸宽的木板子打手心，还罚学生站在太阳下。头顶一条柴或一瓶墨水、一杯水，为了不让人动一动。我也被打过几次。

第三年（一九二六年），我又回到私塾念书。但是冬烘先生只叫死背书。读的是什么也不知道，记得有一句诗是“缗蛮黄鸟，止于丘隅”我们念成“每晚放牛”。这样的例子太多了，这样读书不能满足我的求知欲。那年寒假，听说国民小学的体育教师不教书了，所以决定第二年又转到国民小学，就这样一直念到初小毕业。

在这段时间，妈妈的身体越来越不好了。患半身不遂症，常常躺在床上不能起来。只靠嫂子（秀婵的妈妈）送饭。嫂子对妈妈的态度又非常不好，常常在妈妈面前发脾气，妈妈一句话也不敢说。我放学回家吃饭看妈妈，妈妈躺在蓝麻布帐子里，窗子很小，从外面射进绿色的光，树影幢幢，房子里光线很暗。妈妈脸色很难看，看了使人心里难过。妈妈不敢对我说什么，我问妈妈吃饭了没有？嫂子把饭做好放在锅里也不盛给妈妈吃。我知道妈妈还没吃饭，就装给她吃。（姐姐们已出嫁，每周轮流回来给妈妈洗澡）。妈妈边吃饭边悄悄落泪，却不说什么话，老人家悲苦的心情是可以想象得出来的。在这样贫寒的环境中，我已经开始尝到贫穷的滋味，但前途茫茫，内心充满了忧郁，不大爱说话，常常沉入哀愁之中。

当我在读小学四年级念书的时候，有一个国文教师（后来听说是个共产党员）很喜欢宣传革命，讲什么是帝国主义，什么是土豪劣绅，还教大家唱《国际歌》和《少年先锋》，这给我很大的影响。

升入高等小学以后，由于我功课成绩好，每个学期都是考第一名，有两、三个教师对我很好，有几次缴不起学费，就是这几个教师，每人凑点钱，帮我缴学费的。这时，家庭生活似乎更困难了，特别是遇到要交制服费，更是无法可想。每学期交学费，对我来说，都是一个难关，哥哥拿不出钱，我只好到处去求人借贷，但是常常失望而归，要不是那几个教师帮助，早就停学了。当时，每一遇到缴费的时候，我就有停学的思想准备。因为借贷无门，而亲戚们都很穷，觉得自己根本没有念书的条件。到小学快毕业时，哥哥对我说，再没有钱念书了，希望我当店员去，并且说，已经替我找好了一个铺子。所以，毕业以后，根本没有准备投考初中，一直在家里捞鱼虾，等待当店员去。一些老师觉得很可惜，很多同学也来劝我，但我自己觉得读初中是根本不可能的。到龙川一中报考的前两天，有几个同学硬要我去报名，报名费也是他们给的，我想考就考吧，反正是缴不起学费的，结果考了个第四名。大家都替我高兴，可是我却无动于衷。后来，大家帮我向高一班的同学借书，老师也答应帮助。哥哥听到我考到第四名，也觉得不读太可惜，就这样稀里糊涂地入了初中。

一九二七年十二岁的时候，我在初中时，给墙报写的一篇稿子《风雨之夜》，就是抒写缴不起学费的困境和悲哀的。这篇短文引起国文教师的注意，后来被介绍到广东省全省的美术展览会，并获得二等奖。就是这个时候起我对文艺发生了兴趣，也是从这时候开始，对数理化的兴趣逐步下降了。

我在初中时，课外书读得多了，慢慢的脑子里有了民主思想，对不合理的事情常常不满。记得在二年级一次讲演中，对当时的广东军阀陈济棠公开表示愤慨，表示要杀他，主持讲演的教师当时还表示称赞，但教务长非常跋扈，随便骂人，引起全体同学的公愤。举行罢课，我也是这次罢课的发起人之一，由于人心不齐，罢课斗争没有成功。

在初中念书的整个时候，我都是抱着念一天算一天的消极态度，所以对于功课也就慢慢地不感兴趣了。又因为不能继续升学，幻想将来在文学上求出路，所以到了三年级每天早晨很少温习功课，把最好的时光用来阅读文艺作品，有时候也练习写一写。此外，在美术教师的影响下，我在绘画方面发生了兴趣，有一个时期几乎每天都画，而且有一些还裱起来，所以到毕业时开展览会时，我的绘画被展出了几十幅，绝大部分是花鸟之类。

快毕业了，出路的问题又在脑子里打转。上高中是绝对没有希望了。听说有些公费学校可以投考军官学校之类，我没有兴趣，不想投考。听说有个测量学校要招生，但是听人说要国民党员才能投考。过几天就和几个想投考的同学到伪县党部找小学的一个老师（这位老师以前帮助过我），我向他说明了想投考公费学校的来意，就希望他写一个证明信。他说证明信不能随便写，要填个表才好写，当时我因急于投考公费学校，便毫不犹豫地填了表。到毕业典礼举行以后，便去拿证明信。但到广州投考测量学校没有被取录。便一气之下，把证明信撕了。我当时对国民党虽然没有一个深刻的认识，但它的腐败，我是知道一些的，根本没有参加国民党的兴趣，当时是因为无钱升学，想投考公费学校而填了表，这就是我当时填表的动机，把证明信撕了以后，也就和它们没有关系了。

有一天，看见报纸广告，知道广州市美术学校要招生，便去报考。我明明知道考取了也没钱上，只是抱着试试看的态度，结果被取录了，而且还是第四名。便写信告诉哥哥，不久接哥哥来信，他对我考取美术学校表示高兴，并且说准备“凑会”（就是一种借款的形式）借钱给我缴学费，但说明这种方法也不能长期维持下去，就这样，我上了美术学校。

在美术学校期间，对于中国画那种脱离现实生活的画法有点失望，当时农村破产的现象很严重，阶级矛盾也很尖锐，加上当时一些进步电影的影响，如《城市之夜》《都会的早晨》《摩登时代》等，所以社会上的土豪劣绅的胡作非为和剥削制度已产生了憎恨的情绪，所以在这一段时间，写了不少小说。大部分在一九三五年发表了。

同时和几个中大的龙川同学（刘世馗等）办了一个小刊物，叫做《一区》（铅印的，由我画封面）专门揭露佗城一些土豪劣绅的罪恶和龙川伪县政府的一些欺压人民的罪行，引起这些家伙的仇恨和不满。

到了（一九三三年）暑假，回到故乡。哥哥说：“再也没有办法弄到钱了，还是休学吧。”听了这话，我心里很难过，但也只好留在乡下了。

下半年在龙川乡村师范教了半年的美术，第二年春乡村师范停办了，我只好到第一区小学去教书，这个小学中的有些教师很反动，因为我在第一区的一个小刊物上写了一些批判旧制度的短文，这批教师便趁机向我攻击，引起我极端反感，很想早点离开佗城。

这时妈妈的病更严重了，根本不能起床，大小便都在床上，给她送饭的还是那位脾气很坏的嫂子。妈妈老是躺在黑房子里。只有时四姐或五姐来帮她冲凉、洗衣服。我每天吃饭时，虽然也去看妈妈。但因满腹心事也没有什么话说，老人家的心情看得出来是很寂寞，很悲苦的。

一九三四年，一到放暑假，我带着两个月的工资（共四十元）跑到广州去。目的是找工作，打算再不回龙川去，但是三个月一会就过去了，还是找不到工作，钱也用完了，不得已，只有又垂头丧气的回佗城去，但因为回去太迟，一区小学已另聘了教师。再不能教书了，幸好，和我在广州办刊物的一个中大学生（刘世馗）在民教馆当馆长，他请我去当干事，去管图书，我在这段时间看了大批进步的社会科学书，还写了一些诗和小说。

一九三五年寒假，那个中大同学辞去馆长的职务，到一区小学当校长去了，于是我也不能在民教馆待下去了，到开学以后，才决定调我到一区小学教书。那批反动的教师仍然还在那个学校，这时他们更猖狂了，想陷害我，说我是共产党。虽然对这个环境不满，但为了吃饭，又不能不待下去，不过我的小说这时已经开始一篇接一篇地在报纸上发表了，所以暑假一到，我又溜到广州去，目的还是想找工作，但是和国民党没有一点关系，什么门路也找不到，甚至有一个美术学校的同学想介绍我到一家报纸当校对也不能成功，这次我在广州认识了不少中大的进步同学，同时也写了一些进步小说在报纸上发表。所以暑期满了我也不想回佗城去。快到春节了，经济上实在支持不下去，才又不能不回家乡去。

一九三六年，春天，又回到民教馆管了半年图书，在这时间，我与上海，广州一些进步青年常常通信，关系更密切了，政治倾向也更鲜明了，在通信中，也知道了红军的动向和共产党的一些情况。

在这段时间，我和民教馆的一个工友合作搞了一次“一致对外，反对内战”的传单，我刻蜡板，工友油印，并到四个城门去张贴。因为当时佗城住了一个团的国民党军队（团政治部主任是黄桐华），传单除张贴之外，还在民教馆阅览室放了很多。

暑假一到，一九三六年夏，我又到广州去了，这次我决定再不回去了，也不打算去找工作了，因为这是根本没有希望的。一到广州，后住到石牌中山大学宿舍里，一为节省房租，二为便于和进步同学联络。当时中大的许多救亡活动，我都参加了，如世界语的组织，新文字的组织，文艺界的进步组织，我都参加其中的活动，并且给各个文艺刊物写稿。

当年七八月，广东军阀陈济棠被蒋介石的势力挤走了，蒋介石的势力在广州一天天的大起来，原来广州几家可以发表写反蒋文章的报纸，也被蒋介石的势力控制了，这时，香港有《珠江日报》（是广西军阀李宗仁，白崇禧的报纸，这个报纸当时是反蒋的）可以发表反蒋的文章，我就向这个报纸投寄反蒋杂文，至少每个礼拜有一篇。杜埃、楼栖也在那里发表同类性质的杂文。有一次蒋介石的一个主任刘建群来中大讲演，公开警告中山大学学生的共产党，开始时，有三千人听讲，到最后只剩下一两百人，而且在他讲演完了时，礼堂的两边已经贴出了两三百个驳斥他的谬论的壁报。第二天我写的反驳他反动谬论的杂文也在《珠江日报》发表了。

《珠江日报》开始时，反蒋的态度比较明朗，但是慢慢的，暧昧起来。甚至对我等的文章开起天窗来了（即把最重要，最厉害的话删掉，印出时代之以□□□□□□）。

在广州，反革命势力一天天地增长，救亡运动也慢慢不那么活跃了，捕人的事也出现了，甚至蒋介石的特务也跑到中山大学教务处写条子传人（因为特务不敢直接到宿舍去，怕遭到反击），所以有些同学就告诉我："以后如果有人写条子来传人，你就不要随便去，要注意。"

十月间，我在文明路中大旧址，即现在的鲁迅博物馆礼堂，为鲁迅先生开追悼会。

当晚有一批人被捕了，过了几天，是星期六晚，我从石牌乘校车到广州，在大东门附近下车，准备到惠爱西路（即现在的中山六路）找美术学校的同学（我每星期六都到那里交谈政治问题）。才走了几步就遇到一个龙川人，他一定要我到茶楼上去坐一坐，我本来对这个人很讨厌，就勉强和他一起上茶楼上，只坐了半小时就告辞了。等我走到那个同学的住宅时，发现门口站着两个伪警察，知道事情不妙，但又不好回头，便硬着头皮走过去，到了门口，斜眼往里边一溜，里面正乱哄哄地抓人。我走出胡同，搭上一部黄包车，赶快回到大东门去，接着乘校车回石牌，第二天，赖少其也躲到石牌来了，不几天他又跑到惠州去了。我躲在石牌一直不敢到市区去。

十二月中，赖少其说他不几天回广州，约我一起到上海。走得很匆忙，当时钱也不够，临时向一个同学借了十块钱，就离开了广州。

到上海是早晨五点多上岸的。吕蒙在码头上接。我一上岸就去找旅馆，当天上午吕蒙带着我们去租房子，租了一间房子，房东先要把房租交了才给住，因为钱少，我和赖少其都即刻写信到香港《珠江日报》，要求立刻寄稿费，并且把新租房间的门牌写在信上，但是下午，吕蒙带来一个小学教师看我，这个小学教师是给吕蒙转信的，小学教师说："前几天上海公安局来找我，要我交出两个广东人。我当时说我根本不认识什么广东人，伪警察便把复印的信拿出来说：这两个广东人这两天就到。我说这我不知道……"这一来把我们吓了一跳，最糟糕的是给香港的信已经投邮，信上写着名字和地址，要是伪公安局截获了那封信。岂不是就会来抓人吗？没有办法，虽然房租交了也不能去住了，而钱也剩下不多了。

以后吕蒙就带着我到北四川路一家印刷厂向一个工人借了几块钱。才又到金神父路去租了一个亭子间，三人住在一起，生活很困难。每顿吃两个馒头和一碗阳春面。开始还每天端着脸盆去几段马路去买一盘洗脸水，后来连这个钱也没有了。只在吃阳春面时，拿"香巾"来擦擦脸，以代替早晨的梳洗。拿到钱时，就买一箱子米，从朋友处借了一个煤油炉，自己做饭。每天早晨，我们三人去买菜，每次都只提着一把白菜回来，房东见我们这样穷酸，又瞧不起，发展到把我们的信也扣着不给。有一次烧饭，水刚烧开，米还没有涨开，煤油就没有了，又没有钱去买，吕蒙提议："就这样吃了罢。"还有一次，虽然买了白菜，但是发现盐也没有了，当时一个铜板也没有，只好淡吃。

以后不能做饭了。每天每人只用一毛钱吃阳春面，当时一毛钱是二十八个铜板，一碗阳春面要十三个铜板，加上一个铜板的小费，一顿饭恰好五分铜（钱？）。而阳春面虽说是说一碗，其实只有一杯子的挂面条，其他都是汤，两三个月都是这样过的，可以说那时候每时每刻都觉得饥饿。这时候实在一个钱也没有了，我由广东带的一个毯子，只好叫让吕蒙去当了。吕蒙问："当多少钱？"我说："当三块钱吧！当得太多以后赎不起，准备钱来了就赎回来。"但是一直到离开上海时，当票还在我的口袋里，以后蚊帐也是这样当了的，当了就没有赎过。

我、吕蒙、赖少其三人都没有职业，也没有经济来源。开始，靠《珠江日报》一点稿费，后来《珠江日报》的政治态度逐渐变坏，便不再寄稿去，唯一的经济来源断绝了，只靠吕蒙有时候去弄堂小学代课，拿来几块钱维持着。但是这样的代课职务是不常有的。有一段时间，吕蒙常常回来向我们发脾气，开始我对他这样的发脾气很不理解，以为他脾气不好，后来慢慢才理解，原来他在外面受了各种冷眼，对旧社会各种人憋了一大肚子的火又无处发泄，只好回到亭子间向我们发泄，回想起来，旧社会把青年人逼得好苦。后来，有一个高中的语文教师要我帮他改作文，一星期改六十篇，每篇五分钱，平时我们也没有心情来改，到了星期六晚上，三个人集中力量苦干到深夜，这样每人每星期又捞到一块钱的生活费。

这时候，有一个地下共产党员叫老舒，谁也不知道他的真名字是什么，他常常来，给我们讲陕北的情况和抗日统一战线的发展情况，还给我们拿来那些秘密的油印宣传品。

到六月初，赖少其决定回广东，吕蒙暂时又去弄堂小学代课，我一个人租不起房子，只好去找一个叫做金曼辉的人，到他那里去搭住，住在这层楼上亭子间的还有一个我在广州认识的袁姑娘（她和金曼辉是朋友），但是到六月底，金曼辉又要走了，我又没地方住了，从六月二十八日就到处去找地方住，但是哪里也找不到。一九三七年七月一日那天，我饿着肚子跑了一天，还是找不到一点头绪，又饥又渴又累，一身汗酸，脚板疼痛，四肢无力，到傍晚五点多，到戈登路上，忽然想起了张金轩住在这里附近，便去找他。他刚从洋行下班回来，正准备吃饭，我就问他：这里能不能住？他说不方便。我无言地依偎在他的床柜上，他一句话也不说了，就拿起筷子准备吃饭。这家伙平常满嘴革命，也曾翻译过列宁的书，平时对我也很客气，往日我到他那里去，他总是留吃饭，可这个时候他却冷淡地问一句：“吃了饭吗？”我一气之下说吃了，他便吃了起来不说话了，我实在饿得难受，便下楼去了。

当时我在马路上又饥又渴又疲劳。垂着脑袋，满腹心思事。突然眼前出现一块草地，抬头一看，原来是一个外国公寓，从窗户看进去，很多电扇都在转动，可是里面没有一个人。心想：上海这么大，为什么连自己住的地方也没有？于是继续走，找到静安寺路，即现在的南京西路。

来到焦敏之家里，据他的爱人叶亚仙说，老焦刚出去，并关心地问我吃饭没有，我说两天多没吃饭了，她立刻给我做饭去了，我就在他的床上睡着了。不久，她把饭端来，把我叫醒，说什么菜也没有了，只剩一点黄瓜，我的肚子饿得很，也不管有没有菜，就吃了起来。这一餐算是解决了，下一餐又怎么办呢？没办法，还是要找张金轩。

于是又拖着疲惫的身体向张家走去。到了张家，他老婆说他刚刚出去。他每晚都要出去赌回力球，要赌到深夜才能回来，我只好离开了。第二天又去找他，他刚要出门。我觉得这人没有同情心，又不讲道理，和他也没有道理好讲，没什么事好商量，因此见到他第一句话就讲："我要住在这里。"张金轩听了说："不方便吧。"我说："有什么不方便的？"张金轩想了想说："没有盖的东西。"我明知他是推脱之词，可是没有办法，一气之下说："好，我回去拿。"说完回头就走。

从戈登路到法国公园，路非常远。我很累，很饿，心情十分不好，自己读了不少的书，一肚子的抱负，可是前途茫茫。我走着走着，好像听到有人叫我，但我自己的心情十分沉重，也没有理会，后来那个声音总是不断，我才听清楚了，那人不停地叫着："先生。"我停了下来。我回过头去看，原来是个与自己年纪相仿的青年，穿着西装戴着眼镜，他对我说："先生，可怜，可怜我吧，给一分钱买个大饼吃也好啊，先生。"我脱口而出："我一分钱也没有老实跟你说，我现在还没地方睡觉呢！"他听了顿时又绝望又同情地站住，我在这个时候感到很痛心，但是毫无办法，只好继续走自己的路。

（一九七一年口述于上草干校，葵葵记录，萌萌抄并整理于一九八三年十月四日。）

注释：原稿中的"腊烛""象"均改为"蜡烛""像"。戈登路，即现今的江宁路；法国公园，即现今的复兴公园。（编者注）

（三）《中国现代作家传略》刊登的《自传》

1983年5月由四川人民出版社出版的《中国现代作家传略（下）》刊登了萧殷简略的《自传》。

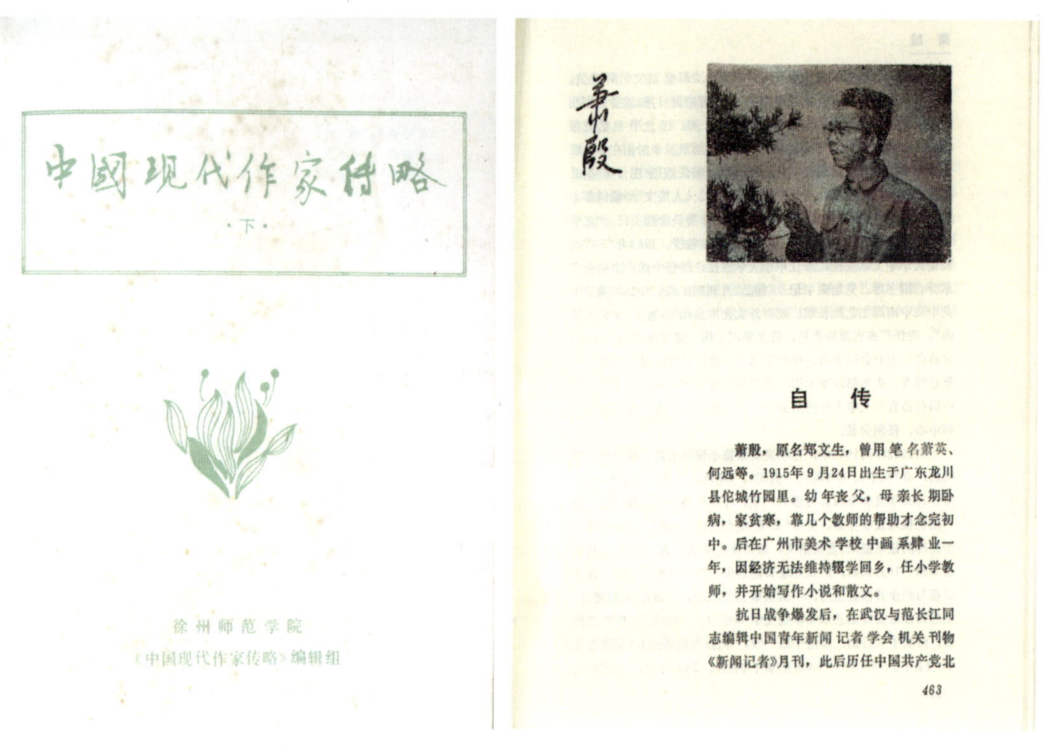

中国现代作家传略

·下·

徐州师范学院

《中国现代作家传略》编辑组

萧殷

自传

萧殷，原名郑文生，曾用笔名萧英、何远等。1915年9月24日出生于广东龙川县佗城竹园里。幼年丧父，母亲长期卧病，家贫寒，靠几个教师的帮助才念完初中。后在广州市美术学校中画系肄业一年，因经济无法维持辍学回乡，任小学教师，并开始写作小说和散文。

抗日战争爆发后，在武汉与范长江同志编辑中国青年新闻记者学会机关刊物《新闻记者》月刊，此后历任中国共产党北

463

《中国现代作家传略（下）》刊登的萧殷《自传》

萧殷自传

萧殷，原名郑文生，曾用笔名萧英、何远等。1915年9月24日出生于广东龙川县佗城竹园里。幼年丧父，母亲长期卧病，家贫寒，靠几个教师的帮助才念完初中。后在广州市美术学校中画系肄业一年，因经济无法维持辍学回乡，任小学教师，并开始写作小说和散文。

抗日战争爆发后，在武汉与范长江同志编辑中国青年新闻记者学会机关刊物《新闻记者》月刊，此后历任中国共产党北方局《新华日报》编委兼特派记者、延安中央研究院文艺研究员、中共中央党校教员等。抗战胜利后，任《晋察冀日报》编委兼副刊主编。1946年我党与美国及国民党谈判期间，任北平我党党报《解放报》及新华社北平分社采访部主任。解放战争时期在华北联合大学文学系任教，讲授《创作方法

论》，继任《石家庄日报》副总编辑。新中国建立后，历任《文艺报》主编、《人民文学》编辑部主任（执行编辑）、中国作家协会青年作家工作委员会副主任，“文学讲习所”副所长，同时兼中央美术学院文学教授。1958年任广州暨南大学中文系主任，兼任中山大学教授，继任中国作家协会广东分会副主席、党组副书记及《作品》月刊副主编。1963年调任中共中央中南局文艺处长兼广州对外文化协会理事，直至“文化大革命”。现任广东省政协委员，省文联副主席、党组副书记，中国作家协会广东分会副主席、党组副书记。曾任《作品》月刊主编，今年已辞去。去年第四次全国文代会当选为中国作家协会理事，兼中国作协青年文学工作委员会委员。1980年成立世界笔会广州中心，任副会长。

自1932年到1935年，连续发表短篇小说数十篇，其中较有影响的，有《疯子》《乌龟》《倒闭》《沦落》《灾》《车夫阿火》等。1936年夏蒋介石势力渗入广东，斗争形势日益尖锐复杂，在广州已很难发表作品，便以“萧英”笔名在香港《珠江日报》（是一份反蒋的桂系报纸）发表杂文，猛烈攻击蒋介石黑暗统治及其社会罪恶。10月以后，广州环境日趋恶劣，随时有被捕危险，遂于岁暮与赖少其潜赴上海，一面从事救亡活动，一面靠卖稿度日。抗战后在延安鲁迅艺术文学院文学系学习。1939年调至华北敌后，活动于太行山、冀南平原一带，写过《井圪塔的血》等报告文学（发表于重庆《新华日报》和延安《新中华报》。1940年春，在冀南剿逆战争中负伤，成为二等乙级残废。从此病痛纠缠，身体一直不好，遂回延安。全国解放后，虽有时也写些散文、小说，已编入《月夜》一书（北京出版社出版），并开始写作长篇小说《多雨的夏天》，只完成三分之一，原稿及提纲都毁于1967年“史无前例”的岁月中。但主要精力则放在辅导青年写作及文学评论工作上，自1949年至1965年共出版五、六本文艺评论集，共约六十多万言，现改编为两集，一是《论生活、艺术和真实》（人民文学出版社出版），一是《谈写作》（湖南人民出版社出版）。粉碎“四人帮”后，决心写一部阐述创作规律的《创作论》，由于病和忙，进展得很慢，前年写出来的一部分，广东人民出版社已集成一册，以《习艺录》名称出版。出版后读者反映热烈，表示十分需要这类阐述创作规律和方法的书籍。

一九八〇年十二月十七日

二、家人回忆

（一）往事深藏

1983年7月下旬，萧殷沉疴难起。这一天，他突然陷入沉思，并且开始细语喃喃，陪伴在身边的女儿十分惊讶，听清父亲是在述说自己过往的故事，立刻取出小本做下笔记。萧殷一生经历丰富，有很多精彩“故事”一直在脑海盘旋，打算写成散文，却苦于无暇而付诸东流。7月以来，萧殷明白自己将会不久于人世，他不愿把所有的“素材”带走，决定用最后的气力口述点滴。在往后的三十多天里，每当气喘稍平，萧殷就缓缓口述往事，一共7次，女儿共记下57页，约六千字。多年后，当人们看到这些断断续续迸发浓烈生活气息的生动素材，忍不住扼腕叹息：萧殷为培育文学青年花去极多心血，却一直没有完成自己精彩的回忆。

这里选出的，是稍显完整的片段。萧殷在最后一次口述的四天后辞世。

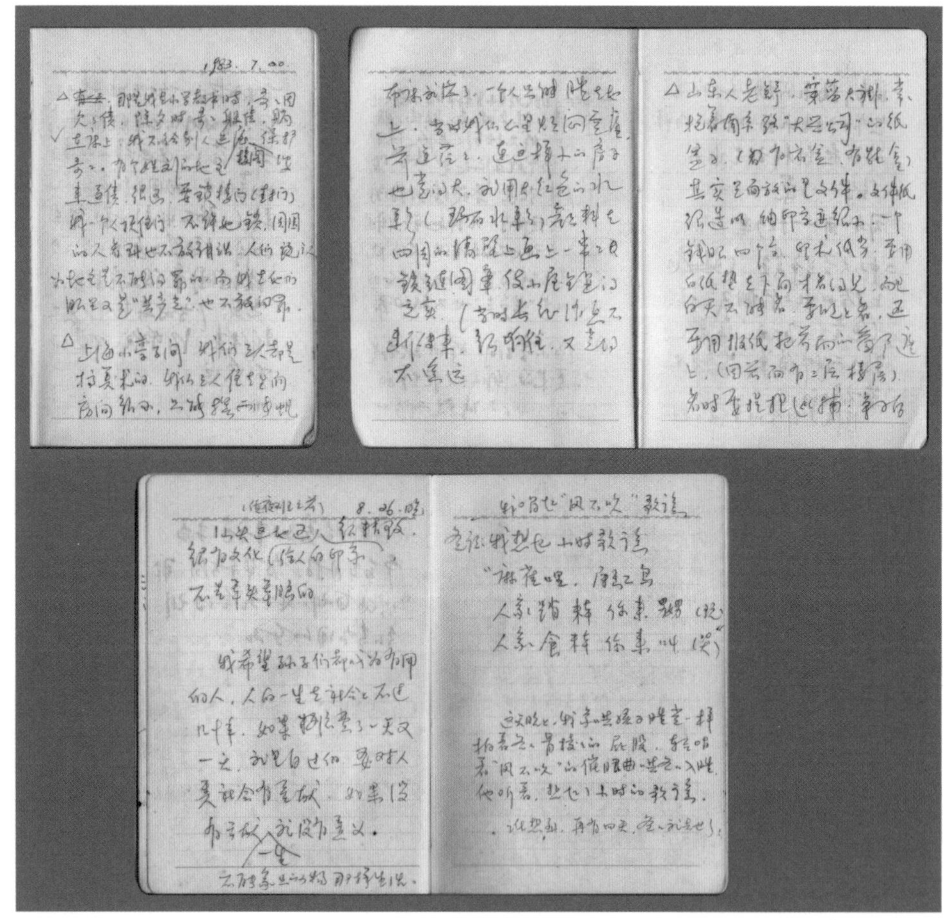

往事深藏——女儿记录稿

往事深藏

（按照回忆的顺序记录）

4.1 散忆（1）

1983年7月20日

△那是我在小学教书时，哥哥因欠了债，除夕时，哥哥躲债，躺在床上，我不给别人进楼阁，保护哥哥。有个姓刘的地主婆来逼债，很凶，要锁楼门（封门），我一个人顶住门，不许她锁。周围的人看到也不敢讲话。人们认为地主是不能得罪的。而我在他们眼里又是“共产党”，也不敢得罪。

△上海小亭子间，我们三人都是搞美术的，我们三人住在里面，房间很小。只能摆两张帆布床就满了，一个人只能睡在地上。当时我们心里烦闷空虚，前途茫茫，连这样小的房子也觉得大。就用大红色的水彩（玛丽水彩）颜料在四周的墙壁上画上一串串锁链图案。使小屋里显得充实。（当时长征消息不断传来。很向往，又觉得太遥远。）

△山东人老舒，穿蓝大褂，常常抱着南京路“大兴公司”的纸盒子（有衣盒、有鞋盒），其实里面放的是文件，文件纸很透明。油印字迹很小，一个钱眼四个字，印术低劣，要用白纸垫在下面才看得见，而且白天不能看，要晚上看，还要用报纸把前面的窗户遮上，（因前面有三层楼房）看时要提防巡捕，桌子后面有个抽水马桶，马桶已无，只有一个抽水箱，准备一有情况就把材料放进水箱。

△徐华——吕蒙

司马一角——赖少其

△中山大学斗争复杂，在水边上搭的水上竹棚子里吃饭（食堂），有一天，饭桌上出现了两种传单，共产党和蓝衣社的。

国民党行营的主任（姓刘），在“中大”礼堂说：“我警告中山大学的共产党……”

△郑玉秋（萧殷父亲的名字——编按）

△1937年8月13日中国军队开始抵抗，十月间，日本占领了上海东南，从法华民国路（今人民路–编按）冲进。（张棣耕写过这段故事，在胡风的刊物《七月》发过）。

打仗了，大家都拥向法租界，商人就把门关起来，不让进租界。

在法租界我们（与吕蒙、张棣耕……）一起住了十几天，以后一起去武汉，去前听说田汉在前面船上被查出并被杀害。我们想：冒着被杀的危险也得出去。于是乘意大利船离开上海。船经过黄浦江时，满江都是日本战舰，耀武扬威，随时会被喝令停船的危险。走了一天多，到了南通县（江北一个口岸）上岸了，（有个孩子剧团也在船上）第二天在江北走路，走了三天。（那时无锡苏州（江南）打得很厉害。）以后到了天生港（镇江县），买了船票（去武汉的票），大家很高兴，原来有些人从南京下来，到天生港来取道去武汉，南京军阀官僚天天封船，南京人离不开南京（后来南京大屠杀杀了十几万人）。

开船前一小时。船方突然宣布：不去武汉了，去南京了！（从南京来的人告诉我们不能去南京！）我们（与吕蒙）召集群众开会，大家一致认为不能去南京。并与船方交涉。不断找船方负责人交涉。当时高履平（著名戏剧女演员）与丈夫石凌鹤（剧作家）也在船上，还带了一个小孩，别人叫她们孩子“石膏”，我们到了南京都不下船。来了驳船不下船。与上面讲，一定要到武汉。结果船停了一个多小时，没办法。只好把我们开到武汉。前途茫茫，但方向明确。

到了武汉，新的战斗又开始了。

4.2　童年回忆（风雨飘摇的童年）

7月28日

①我每次都去看父亲做。看着他煮好蜡，又把蜡倒罐头罐里，做成蜡烛，挂在一个会转动的架子上，看着开始做出的细细的蜡烛，一层层加厚、变粗，很有趣，最后把白色染成红色，然后又到下面去画。常常是一边坐柜台（卖几斤豆豉，几条咸鱼），一边在蜡烛上画龙、凤、菊花，我总是看着。

△一担三块（两块十几斤）

△上小学时，星期天去挑泥砖。九岁，每块砖很重。挑九里路，挑到工地。就给一个竹签，每挑三块砖两分钱。

△夏天，黄皮树已被人摘光，树上剩下“水果脚”。我爬到树上，把东零西散的黄皮摘下来，用小麻线把水果扎得整整齐齐，到江边的榕树下，与卖凉粉的一起卖水果。给妈妈回家买盐，买火水，豆腐脑，一分钱都交给妈妈。

②一个很鲜亮的油漆桌子，一个脸盆（大的白瓷脸盆），老隆一个做买卖的人用香粉给我做了一匹马，有轮子的，也被没收了。

小时候用空麻秆做水车，夹进一些树叶。转动时可以带动，用植物的茎做小喇叭。

③一些稍为发达一点的邻居们都买了一点田，多少收一点税呀租的，可是我家却没有这些。

④打人，很多学生被打得不敢上学，用一块七寸长、三寸宽的木板打手心，还在太阳下头顶着一条柴或一瓶墨水或一杯水。为了不让人动。

⑤有一句“缗蛮黄鸟……”我们念念“每晚放牛……”

⑥放学回家看妈妈，妈妈躺在蓝麻布帐子里，窗子小。从外面射进绿色的光（树影）。使人心里很难过，妈妈不敢和我说什么，我问妈妈吃饭了没有？婶婶把饭做好放在锅里，也不盛给妈妈吃，我知道她没吃，装给她。我姐姐们每周回来给妈妈洗澡。

为什么我这样努力，这样自爱，这样慎重，这样同情劳动人民？就是因为我有这样一个童年。

4.3　回忆茅盾

茅盾（沈雁冰）给我的印象就像是个孤儿。他是共产党的发起人之一。1928年白色恐怖严重，党劝他暂到国外去躲一躲。他就去了日本。过了两年1930年回来。

现在的说法是当时王明“左”倾路线排挤了他。

其实三十年代他是一个抗日战争与党的事业与革命的事业关系十分密切。而且是领袖。1940年去了新疆。后来去了延安。要求恢复党籍。但当时说他在党外的作用比在党内大。结果全国解放了，当了文化部部长。

4.4　散忆（2）

△“沙引子”（黄河大道）

银边庄靠近“沙引子”（养病处）

老百姓说，“有我就有你”。抬到树林里，春天，我盖着一床大红被。很显眼。风很大，我睡着了。不一会听到马蹄声，一看，林外一片黄腾腾一片。是日本骑兵来了，我当时准备死了。枕头上有个皮包，皮包里有区党委的秘密文件（称“黑海”）。集中力量，撕、嚼文件。枪声响了，树叶掉了下来，我忘了死的恐怖。集中力量撕呀嚼的。

文件吞下后，日本人也走远了。

△故事自然，人物出场自然，两个月写了几十万字。

1983年8月5日

37年8.13沦陷

离开了上海，到了武汉，在中国青年新闻记者学会工作，编《新闻记者》杂志。

1983年8月6日

身体好后。我要写些散文、小说，别人说我满脑子题材。

△在上海时，住在金曼辉家里，我和他住前楼，后楼住着袁小姐，也写东西（抗战后到南洋）。金去代课。离开了，我就无地方住了，从早到晚。从沪东到沪西，窜来窜去，到了戈登路（上海北），张金轩住在那里。

4.5 回忆上海生活片段

1983年8月16日记录

张狄耕——上海生活片段之一

我想起了张狄耕。他原是东北的作家（现在西安）。抗战开始以后，我们去南市（南市区今已撤销—编按）找救亡团体联系，正在走着。老张烟瘾大发，就从口袋里摸出半截香烟。马上向路旁的清道夫说："借借火。"（用东北话）上海清道夫没听懂，一看他的模样，有了成见。就说："我才点着，给你？！"老张很尴尬，只好把半截烟拿出，说"不是呀，我要借借火"。

张，20多岁，穿着长大褂。满襟都是脏的，吃饭的油呀，菜汤的痕迹历历在目，他的习惯给他招来了无数麻烦，因为他胸前总有油渍。巡捕一看到这种人马上就拿出枪来，要他举起手来搜身（上海人叫"抄靶子"）。

我与张一起走路。走得高兴，边走边聊，突然来了一个巡捕，要搜他，他若无其事从容不迫地举起手来，搜完了没事。

（在上海要当小偷，必须要置一套西装，这样才能藏武器在身上）

张麦西——上海生活片段之二

有个人叫张麦西（也是东北人）写诗的，从东北流浪来。他住在荣市路，与肖军、宋之的等东北作家在一起（也是亭子间）。他经常精神苦闷，理想不能实现，生活非常困难，他常常借酒浇愁。他常穿件旧大衣，大衣袋子里有个汽水瓶，里边装了一点酒，他走一阵子，喝两口，走一阵子又喝两口。回到住所已经醉了，但自己还不知道，上楼后又下去小便。下楼时顺着楼梯滑下去，就在楼梯上睡到天亮。早晨，别家的娘姨（保姆）起得早，看到他就告诉宋之的等人，马上抬上去。不久就醒，问他："你昨晚回来后又出去干什么？"他说："我没出去呀。"大家告诉他昨晚的事。他惨笑一下不出声了。

△（1936年）

中大很多进步学生被捕，我无意中发现（惠爱西），就走脱了，第二天一早，梁逸就来通知我不要出去。

西装　地下党员蔡仁元（即韩念龙）——上海生活片段之三

他是复旦大学毕业生，爱人是复旦附中，后来去新四军离了婚。现爱人王珍。

他家里是地主，但他过的是一个穷苦的救亡青年的生活，经常饥寒交迫。

有一天，他到我们的亭子间来，我们的衣服都是最廉价的纱线衫。已糟了。用力一扯就会裂开缝了，既不能洗也不能拉。他看到我们在看书，人人都穿着烂衣服，于是走上来扯我们的衣服，一下就撕烂了。我们大声惊呼："哎呀，撕烂了，下午没有衣服穿呀！"他说："不怕，我们去买新衣服。"原来他家里寄了点钱来。他家里隔三四个月寄几十块钱来，每次都是如此，早上寄到，下午就全部花光了，完全接济了穷朋友。但他自己却饿得要死，经常与他走在马路上，他突然不动了。两眼发直，我们都奇怪。顺着他的目光看去，原来路边的饭店的玻璃橱里吊着烧鸡烧肉。他太饿了，我们说："看什么？太无聊了。"他如梦如醒，说："哎，我自己都不知道。"于是大家又一起往前走。可是在前面饭店前又站住了……

南市救亡团体住址原是个女中，有间房里全是女鞋。我想到韩的爱人没鞋穿，我选了两双平底的，大小合适的，用报纸包好。傍晚碰到韩，说："去你家里看看。"他说："好。"两人同去，两人都各带一包报纸的东西。我问："你那包是什么？"他反问："你那包是什么？"我们都未回答，只微微一笑。等到了他家，大家拿出来一看，原来他也带了两双鞋来，一共是四双，一试，四双都合适，她高兴极了。

我们的最高理想是吃一餐"四喜饭"。就是一碗蒸饭，饭面上有两块扣肉，放些猪油、酱油。饭拿来后，我们先把两块肉拨在一边，用酱油和猪油把饭吃完，然后再要一碗白饭，用肉送下。

1958年，韩念龙从瑞典或挪威当大使回国。在隆福寺看到我，大叫：“老萧，模样一点没变，”他说：“到你家去吃，看看你老婆。”于是坐他的小车走了。经过东四的饭店，看到摆菜的玻璃橱，问他：“现在看到这些有何感想？”他叹声不止。

吕蒙——上海生活片断之四

到上海初，他老向我和赖发脾气，（也不是不友好），就是忍不住，发后又很难过，以后流浪生活长了，当时流行一首高尔基写的俄罗斯民歌。

“生活像泥河一样的流，父亲打他的儿子，丈夫打他的老婆……”

那时，我们理解了这首歌，吕蒙把我们当成唯一的亲人，他不向我们发泄又向谁发呢。

1937年6月初，赖少其要回广东了，我与吕蒙送他上船，无多少人。船未开，我们坐了一阵子又下来，赖看着我们，深情看着我们：这两个流浪的朋友在上海怎么过下去！他叫了一声：“萧英、吕蒙。”我们回过头，看着他问：“什么事呀？”他惨笑一下，说：“没有什么。”

1983年8月17日记录

穷途潦倒——上海生活片断之五

1937年春节，赖少其很高兴，说春节该吃顿好的，于是我们从很远的极司非尔路（今万航渡路–编按）来到法租界蒲北路蒲北饭店。来的目的不是因为此店有好菜，而是因为平常都在这里吃饭，这里比较安静，据我们印象，除我们这群人之外，去这里吃饭的人很少。

每逢佳节倍思亲，我和吕蒙都心事重重，谁也没有想到吃的事，只有赖少其对菜牌子感兴趣，他平常喜欢吃鱼，就点了一大盆鱼，菜牌子上的价钱和平常一样，不贵，两个菜只一块多钱，所以赖少其边吃边赞菜味好吃。我和吕蒙心不在焉，毫无反应……使人难过的是后面算账的时候，说我们共吃了两三块钱（春节菜加价），可是我们身上只有一块多钱。我们你看看我，我看看你，不知怎么办好，大家自然把眼光集中在吕蒙身上，吕蒙责无旁贷去借钱，叹了一口气，说“你们等着吧，什么回来可难说啊！”就出去了，我们看着他的背影消失在门外，也相对叹了一口气，店里的人看着我们也不来收碗，也不来理我们，我们对着桌上的碗惨笑。店内有很多金色的小虫飞来飞去，我们一句话也不说，呆呆地看着那些小虫。

说起吕蒙来，常常在紧要关头都要有他，他过去在上海生活，有些老熟人，穷朋友。有几次我们没有饭吃了，也是有他带着我们从闸北路到南市（江湾），从复旦大学那个区跑到沪西，有时为了我们，吕蒙吃尽了大苦，有次为了借一两块伙食费，吕蒙从市区法租界一直跑到吴淞口，到了以后，钱不仅没借到。连车费都没有，他只好又求人说“给我两角钱车费回去都好呀”，结果那朋友（代课教师）就给他一个两角钱的银角子。回来时，从吴淞上车（要走八九站）。上车买车票时，售票员说钱是假的，给退回来，要他下车，他只好下车，那是夏天，太阳像火一样，他气得发昏，于是又上了汽车，上车后，买票又说是假的，车子到了下一站又被赶了下来。就这样，一站一站终于捱到了北站，他一肚子火，又热又渴，他就进了冰室：“要一杯酸梅汤”，慢慢地喝，电风扇在上面转，很凉快，他做好了打架的准备，就去交钱，楼房上一个二十多岁的女人在收钱，整个冰室也没有第二个人。吕蒙把银角子用力“啪”的一声摔在楼台上，谁也没有想到，那个年轻女人看了他一眼，随后找了一角多钱给他，吕蒙快快走出了冰室……

可是现在，我们仍像人质一样坐在饭店，等啊等啊，足足等了三个多钟头，才见他回来，他拿来了钱。我们（得救了）。

1983年8月18日记录

老舒——上海生活片段之六

有个人叫做老舒，是党员，他是山东人，皮鞋，蓝大褂，个子不算太高。他什么都管我们，生活上也关心我们，有时给我们一块钱。更多关心我们的思想，我们的成长，把陕北情况及时转给我们。大兴公司的盒子里放着文件。

我和吕蒙在延安整风时期。（吕在新四军，我在延安）都讲了老舒的情况，但是党从来没有追问过。看来组织上对他是相当熟悉的。

他介绍一个山东馆子，很小的，像我住的113这么大（113，指的是当年萧殷住在广东省人民医院东病区病房的房号），每个菜都是三分钱一份，我们在那里吃了好久，后来连这样的水平都维持不下去了。

他介绍我们去参加一些组织，我们怕有些托派组织用极左的口号来欺骗自己，于是很惶恐，特别提防极左的革命口号，同时也注意极右的。有一次老舒介绍我们参加“东亚和平促进会”，我们怀疑怎么这么右的口号，我们问这个组织的背景是什么？老舒说当然是C.P（共产党）。可是我们始终不报名参加，一直怀疑。（1937年5月）。

他每次送来文件，文件是用很劣等的纸印成。字也很小，在两张纸中要夹进一张白纸才能看清字迹。每次一定要用报纸把前窗遮住。以防前面三楼的人看见。我们头凑在一块，念完放进那个抽水箱里（无马桶），以防巡捕。

也有些朋友来往。都是些文化界的，有些穷青年。有个朋友叫方树民，是公安局侦缉处的处长。他本人就是个共产党员，他是我们的好朋友（他现在云南）。

严希纯（年老了）参加过北伐，后来一直做地下革命。很爱护我们这些青年，介绍我们给他老婆看病。

上海有个防护团（是防空宣传组织），我们抗战开始（37年7月以后）就住在那里，一个团长是公安局派来的，很反动。全讲蒋介石那一套。青年团员们个个都很反感。方树民以大队副（副团长）的名义又秘密召集我们一些可靠青年，进行消毒。

8月20日记录

△向武汉撤退后，路上，我们走去货仓。有一人高的一包包的黄豆，一包有百来斤。突然有一包黄豆滑下来，掉在吕蒙身上，吕蒙"哎呀"的叫，旁边只有我，我一走过去，马上把那包黄豆提起来，端起来扔到一旁。我当时很瘦弱，又肚饿，为了朋友，不知从哪来的力气。

△我每天要学很多东西，每天都要有收获，有所感受，应该活得扎扎实实。你们一天这样过去了，一生有多少时间？一生的时间是不多的。社会对我们要求很低，要对社会发展做出贡献才能在人类社会上留下痕迹。

我们从小就那么努力，那么刻苦。每做一件事，每讲一句话都要有用处。

△不是有病，人人都说我的脑子好，其实就是处处不离开实践，不说空话。

△怎么发现啊？发现实践中间要怎么做，怎么开始。实践中有什么困难，就会发现问题。然后从书本、人生的直接的、间接的经验中寻求办法来解决。要想得高，深，周到，到发表意见，就成熟了。

△我有经验，比如在《文艺报》时，读者、电话、会议，忙得不得了。但总有十分钟空闲吧？这时我就思考，赶紧把它记下来，有心得体会、有问题，分门别类加以思考，有些要统一的问题，没有实践变成抽象的空话。要具体地考虑问题。等我有空时，写起来，脑子里已经成熟了。

在医院里，给《人民文学》写文章，就用礼拜二下午两个钟头写出来的。

△我对麦文峰说："要有个奋斗目标，有斗争方向，那么他每到一处，就会得到很多有用的东西。"

4.6　散忆（3）

（值夜班之前）8月26日晚记录

△汕头这地区给人的印象很精致，很有文化，不是笨头笨脑的。

△我希望孙子们都成为有用的人，人的一生在社会上不过几十年，如果浪费了一天又一天，就是白过的。要对人类社会有贡献，如果没有贡献，一生就没有意义。

不能像只动物那样生活。

△我（女儿）唱起"风不吹"歌谣，爸（萧殷）说：我想起小歌谣。

"麻雀哩，屎缸乌

人家踏粄你来嬲（人家做米糕你小麻雀在玩）

人家食粄你来叫（人家吃米糕你来吵着要吃）"

（萧殷临终口述至此，因病情恶化戛然而止。萧殷最后"用文字"留下的，竟是"小麻雀"的歌谣。就在儿时歌谣纯净的韵律中，萧殷渐渐进入弥留状态，脑际展现的，必是儿时家乡最美的画面与声色……）

（下面这段话，是女儿当天记录后所写）

这天晚上，我像哄孩子睡觉一样，拍着爸爸骨棱棱的胯骨，轻唱着《风不吹》的催眠曲哄爸爸入睡，他听着，想起了小时的歌谣。

（下一句为后来所写）

谁想到，再有四天，爸爸就去世了。

注释：原稿中的"象"均改为"像"。（编者注）

（二）最后时光

1983年8月31日清晨4点50分，萧殷告别人世。弥留时刻，他虽然闭目难语，却头脑清醒；他依然能在心里向亲人、学生和朋友依依不舍地告别……

女儿守护身旁，悲伤地体验失去最亲最爱的父亲那一分一秒切割心肺般的剧痛。父亲去世后，女儿更忍痛回忆起那段难忘时光，并用发抖的字迹记下父亲生命消逝的全过程。小笔记本的原始记录共17页。

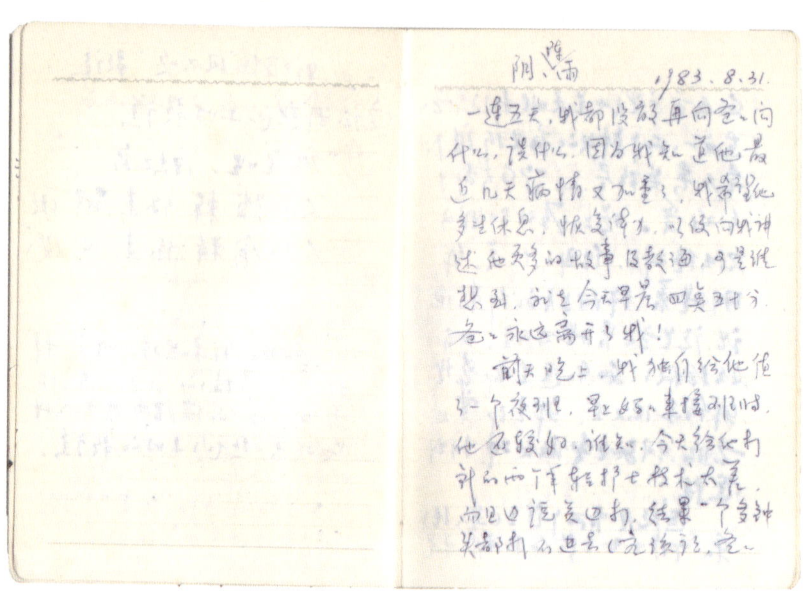

阴 降雨　1983.8.31.

一连五天，我都没敢再向爸爸问什么，谈什么，因为我知道他最近几天病情又加重了，我常劝他多些休息，恢复体力，以便向我讲述他更多的故事和教诲。可是谁想到，就在今天早晨四点五十分，爸爸永远离开了我！

前天晚上，我独自给他值了一个夜班，早上好好来接替我时，他还很好。谁知，今天给他打针的两个年轻护士技术太差，而且口气很凶，结果一个多钟头都没有进去（……

女儿记录1

女儿记录2

女儿记录3

1983年8月31日　阴、阵雨

一连五天，我都没敢再向爸爸问什么，谈什么，因为我知道他最近几天病情又加重了。我希望他多些休息，恢复体力，以便向我讲述他更多的故事及教诲，可是谁想到，就在今天早晨四点五十分，爸爸永远离开了我！

前天晚上，我独自给他值了一个夜班。早上妈妈来接班时，他还较好，谁知，今天给他打针的两个年轻护士技术太差，而且边说笑边打，结果一个多钟头都打不进去（应该说，爸爸的血管这些天也是更难打了），爸爸在这一两个钟头的痛苦折磨下，气力丧失殆尽……一个白天都十分难受。晚上，原计划我可不去值班，但到了十一点，我刚睡着，许阿姨就打来了电话，说是爸爸昏睡不醒，又开始抢救了。她和医生都希望我们家派人去。我立即穿上衣服，风驰电掣般地冲刺到医院。(后来才知道，当晚十点，爸爸临睡前，曾经问许阿姨：萌萌还不来呀？许阿姨说，萌萌今晚不来了。爸爸当时已经很难受，但多么希望有亲人在身边！但他知道女儿已经很累，便默默睡了，谁知意外发生了。)

医院里有两个医生（苏、张）和一个护士正在给他打针，可是怎么也打不进，我看到爸爸平静地仰卧床上，张开着嘴大口呼吸……我不顾一切，冲上四楼，叫来了最会打针的老护士杨慧娟，这时，针已经打进了。

我们一同调整了滴速和氧气，爸爸醒过来了，原来打的是醒脑剂。医护人员走后，给爸爸吃了一奶瓶蛋花豆浆。他全喝了下去。许阿姨也睡下了。只由我来陪着爸爸。这时我发现爸爸肚子胀得厉害，硬梆梆（邦邦）的，叫了医生来问，才明白是他刚才张着嘴呼吸，空气进了胃肠。我给他搽了驱风油，又用暖水袋给他热敷，稍好了一些，他睡了。看得出，他今天很难受，讲话少了，冷汗多了，也不像过去那样急着叫“擦擦”。他很不安静，老是睁开眼向上望，并有些神秘地问我：“还没打完？”我告诉他：“刚开始打，要耐心。”他听了轻轻点点头，我说：“你现在应该闭上眼睛和嘴巴好好睡一觉，不然天亮了就不能睡了。”他听了顺从地闭上眼又闭上嘴。（前夜他听从我的劝告，毫不紧张，一夜都睡得较安稳。昨天一早，他还对妈妈说起我是怎么“指导”他睡的，他觉得我的办法十分好）。就这样，我看他睡稳了，也拉开一张躺椅睡在他床边了……他还问我：“她（指杨护士）怎么还不来？”我说她一点钟才上班，现在是十一点半，再等一会儿就来了。他又说：“你去叫她来吧。”我说：“她要休息一会。”我让他闭上嘴呼吸。他服从地闭上嘴，我又让他闭上眼，他也服从地闭上眼。于是爸爸又睡了，睡了一会又要翻身，我只好帮他托起手下的垫板，给他侧了过来，没多久，他又要仰睡……他似乎非常不平静，在床上扭来扭去，我只好用严厉的口气说：“爸爸，您别老动，肿了又要重打的！”（他最怕重打），于是他安静了一会儿，我熄了灯，发现他在半黑暗中又睁开双眼，我又叫他闭上……

这时杨护士来上班了，她跟爸爸说了几句话，就忙着去了。我看爸爸还安静，就迷迷糊糊睡着了……

也许是一点半，也许是两点，杨护士来了，打开灯一看，叫了起来：“哎呀！怎么搞的！”我一看，爸爸已经在不知不觉中（也许是有意的）将针头拔了出来。滴液在床上湿了一小片（看来不久）；氧气的管子也从玻璃瓶处掉了下来。不知有多久，爸爸处在既无输液又无氧气的状态中。我后悔极了，暗骂自己贪睡。（是的，怎么能两个陪人都睡了呢？）

杨护士看了看爸爸，想了一下，出去拿了两根针来给爸爸扎在手腕内侧，她说，这样爸爸可以好睡些。针扎好了，爸爸并不想睡。我好像没有看出任何异常。可是，杨护士却说：“肖主任，你有什么要说的就马上说吧，不然就没有机会说了，有什么快和你女儿说吧。”我当时并未意识到这么严重。

输不输液杨不能做主。只好又去找医生，苏医生说要输，于是杨又来输液。

这时危险的情形出现了。医生给爸爸量血压时发现很难量出血压。于是，医护人员都来了，惊慌起来。爸爸从昨天起很少小便。利尿针打下去，老是有便意，可尿又尿不出。一次只是尿出两三盒万金油盒那么点点尿……脚肿了起来，肚皮又变得硬梆梆（邦邦）了，特别是血压，也量不出来。

苏医生叫我打电话给妈妈，说爸爸今晚是过不去了。

我给吕坪同志和妈妈挂了电话。不久，吕坪同志来了，我问爸爸：“爸爸，认得是谁吗？”

爸爸向我点点头，有些急促而含糊地说：“吕坪，怎么不知道？”这时候他还清醒。不久，妈妈和游焜炳也到了。

最后的抢救开始了，妈妈没有机会与爸爸话别。也许爸爸自己已也不能说太多了，他只是喃喃地说：“田鸡粥，嗯，田鸡粥”，吕坪同志说：“你今天好了的话，明天我叫家里给你煲些来。”爸爸似乎并无反应，又喃喃地不知说起了什么，我凑近也听不清。

紧张的情形开始了，爸爸开始翻白眼了，两手（一只输液，一只量血压）往鼻孔抓。（是不是那只橡皮管堵塞了？不知道）。我只是把他的输液的手放回原处。

杨护士按医嘱来回跑，一针接一针地往输液管里打进各种升压针等急救针。有一下，似乎看着爸爸还好，他迷茫地看着这么多人在忙，人，还平静，只是不能讲话了。后来，呼吸困难了，苏、张两位医生轮流给他做人工呼吸。我也给他做，可是他的呼吸越来越慢了，越来越不规则了，出气时，两个嘴唇像吐泡那样不能控制了，眼睛又翻了上去。这时张医生拿来了人工吸痰器，但爸爸不肯张口，张就从鼻孔里伸进管子。那可怕的声音，那剧烈的颤动，不知爸爸有多么难受呢？他心中一定明白“要死了”。可是他再也无法讲给我听了，他在做最后的挣扎……

吸痰器好像没吸出什么痰来。每当管子插进去时，爸爸都痛苦地手足颤动，他的神经依然像往常一样敏感。他有多痛苦啊！每一口气都喘得极艰难。他什么都不能讲了。渐渐地，呼吸变了，吸气似乎艰难而弱，而呼气是大口大口的气，最后，有一线血水从口角流出来，我把他的身子稍稍侧向一旁，一口更大的瘀血从口中流出，医生说：“隔膜穿了”，血继续流出来。估计有100ml。爸爸似乎还在呼吸，但不能动了。（也许他已经去了，可我们不相信，我们都已麻木了），又过了一会儿，血水继续从口中涌出，爸爸侧身躺着，越来越平静地躺着，从颈处还看到一丝微弱的呼吸……

医生看了看手表，4:50。我们都明白了。

一切都平静了，爸爸不再受苦了，他静静地躺在床上，全身都很放松。

我的心缩紧了。

我亲爱的爸爸。这半年来，我与您相依为命，每天我想着您，为着您。天一亮，我想到的第一件事是为您做什么，一直到躺下睡觉。我已习惯了：活着就是为您的健康奋斗！今后我怎么办呢？

我用心用手巾给爸爸擦干净全身，最后一次给您换下脏衣服，穿上干净的衣裤。我又一次抚摸那摸惯了的躯体——最后一次了啊，爸爸，我亲爱的爸爸。人世间，我多么爱您啊，超过别的一切亲人——您的躯体与生前一样，柔软有余热，只是，不动了。

穿好衣服，太平间的车子来了。我与杨一起为爸爸包好白布单，我最后一次抱起爸爸的头，托着他的上半身（葵葵与杨托脚）放在担架上，轻轻放啊，不要让爸爸有丝毫痛苦。

担架抬走了，我两腿发软，一步也走不动了。

在萧殷的遗物中，有一张女儿为父亲记录的笔记，题为“30号尿量”。如下：[①]

早上	08:00	10ml
	10:00	20ml
下午	2:00	50ml
	4:30	60ml
	6:00	40ml
	10:00	15ml
	11:00	10ml
	12:00	5ml[②]
	12:30	5ml
	1:00	3ml
	2:00	2ml[③]
		（总计：220ml）

（29号为310ml[④]）

人，在生命的帷幕即将落下之前，将会出现精神、呼吸、尿量及血压的明显变化。家人按照医嘱所做的尿液记录，明示了萧殷已经到了弥留时刻。我们无法想象，弥留时刻的萧殷身体有多痛苦，也无法想象，弥留时刻的萧殷是否已经放下人生的万千牵挂……但是，可以肯定的是，在凌晨两点左右的时候，在明确自己生命时钟已经倒数至最后一两个钟点的时刻，他侧头定睛注视着陪人床熟睡的女儿，无声地向亲人作出最后的告别，然后坚定而默默地拔下了针管……

① 当时记录者只是按照医院的要求而记录，却并不知道远远少于正常人尿量的病人正在进入生命最后的倒数。

② 这个时间应为8月31日零时。

③ 当时记录者并没有估计到病人将会只有两个半小时生命。

④ 先后两天尿量的对比已出现明显差异。医生对萧殷的生命时钟了如指掌。

注释：原稿中的“象”均改为“像”。（编者注）

第七章 珍贵的遗存

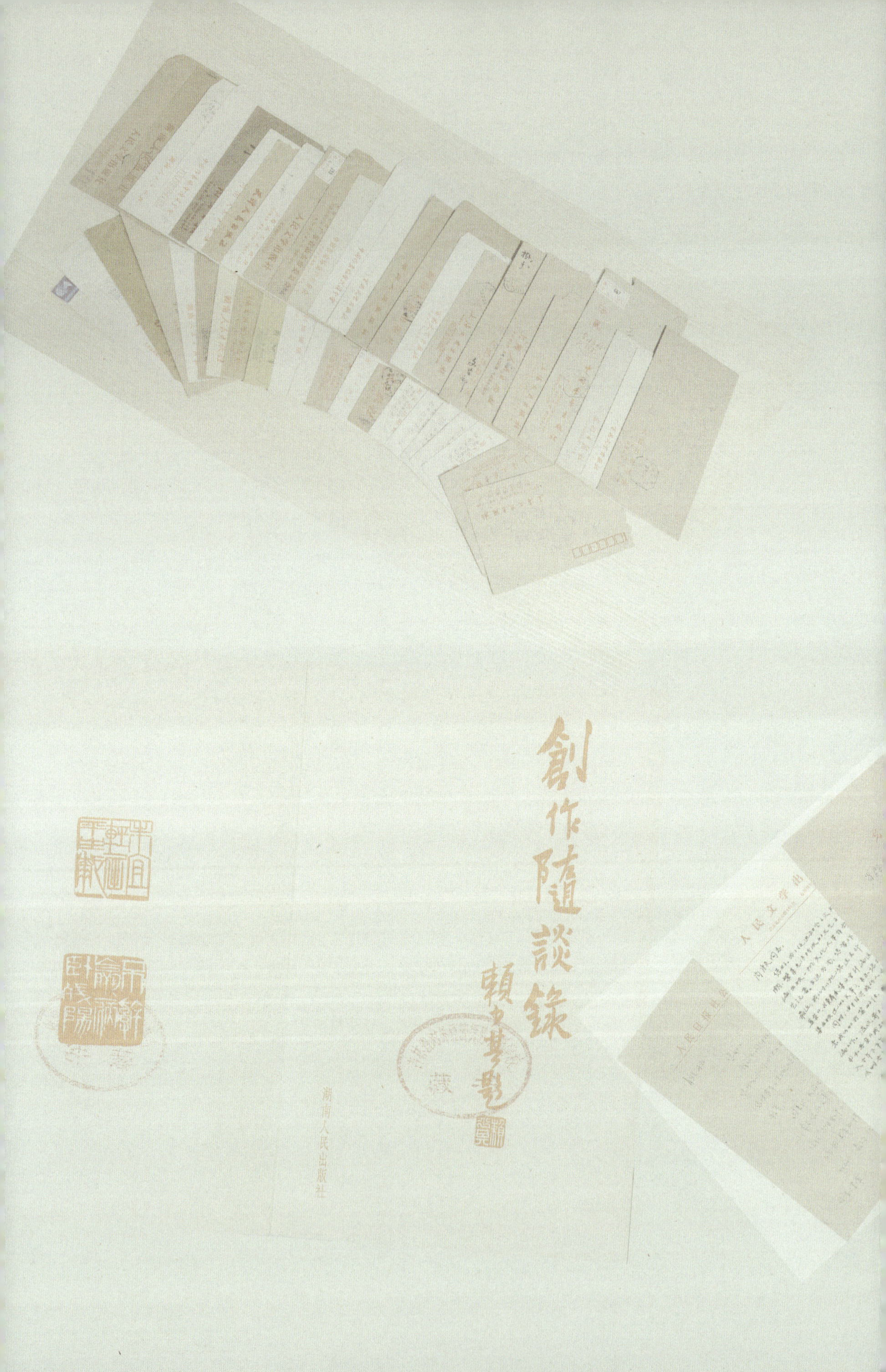
創作隨談錄
賴少其題
湖南人民出版社

清点萧殷的遗物，虽然都是最后十年的留存，却浓缩了他的晚年甚至一生的追求与热爱。

细数遗存，可将萧殷68年的人生分为四个17年来概括，第一个17年为无所收存，第二个17年为无法留存，第三个17年为悉心珍存，而最后的17年为尽失所存，以及最后的有幸遗存。

风雨如晦，鸡鸣不已；贫穷而不潦倒，彷徨更需勤奋，是萧殷第一个17年的人生写照。关于这17年生活的一鳞半爪无所收存。

第二个17年从1932年开始。17岁的文学青年萧殷经过不懈的追求和探索，成功发表系列文学作品，一步步实现了当作家的梦想。但是在国难当头的时刻，他毅然放下梦想，无惧征尘暗，霜风劲，勇敢地走上为民族解放奋斗的征途。回看这期间，从手中流失的珍品计有：在广州报纸副刊发表的小说、散文、诗歌，在香港报纸副刊发表的杂文，在广州读书期间购买的《柴霍甫短篇小说集》（译本），两次给鲁迅先生写信寄稿的底稿，在延安、太行山、北平发表的多篇文章，在武汉和延安“青记”工作期间编辑的杂志，与各报社、八路军办事处往来的文件和重要会议记录，在延安“鲁艺”读书期间的笔记和课本，在延安中央党校和华北联大教书期间的教案和资料……这一切，均已片纸无留，只字不见。

萧殷曾说，在延安前后五年宝贵的时间里，他保存了一些书籍、笔记、文章底稿和报纸，但这一切，最后都“保留”在黄土高原——两次从延安步行几千里前往敌占区，随身携带的，只有一小片薄纸介绍信，缝在衣服前襟下角，以便一旦遇到敌情，可随时嚼碎吞下销毁证据。而抗战胜利后的四年，内战风云又起，萧殷在四间报馆工作期间的大量文件资料均无法留存。

这期间，还有一样令萧殷不能忘记的东西——一条毛毯。1936年冬天，萧殷又要去广州了，母亲将家里最值钱的东西——一条旧毛毯交给自己疼爱的小儿子。从广州到上海，这条带着母亲体温的毛毯一直陪伴着萧殷。但是上海的日子窘迫难熬，为生活所迫，萧殷无奈以低价将之典当，打算尽快赎回，岂料直到离开上海，都无力赎回。17年后，当萧殷再次回到家乡，母亲早已不在，而当年母亲捧出毛毯交给自己时的情景历历在目，烙刻于心，无法释怀：为什么自己不能珍藏住这份母爱？

这第二个17年，是萧殷投身革命、以身报国、为民族解放而奋战于烈火硝烟的时期。细数这17年留下的物品，只有临近全国解放的前几年在报社当编辑记者时留下的一支钢笔、一副相机的黄滤镜和一个铝制胶卷筒。除此以外，在抗日战争和解放战争的战火中流离转徙中失去的东西，太多太多，这一切，只能留存在脑海。

1949年，开启了萧殷生命的第三个17年。中华人民共和国成立，和平时期来临，萧殷在北京有了安定之所，他的工资除了接济家乡的建设和亲友的需求外，几乎全部用来购买心爱的书籍。每个星期天，萧殷必然到王府井大街买书，每次买回的书籍足足两大摞，每摞两尺高，只好雇三轮车拉回家；萧殷的书柜一个个增加，里面摆满书籍，甚至里外两层。其中有世界文学名著：但丁的《神曲》、薄伽丘的《十日谈》，托尔斯泰的《战争与和平》、肖洛霍夫的《静静的顿河》，巴尔扎克的《欧也妮·葛朗台》，俄罗斯短篇小说，如契诃夫、陀思妥耶夫斯基和屠格涅夫的小说集（选），俄国文学批评家“别、车、杜”的著作，而莫泊桑、巴尔扎克、欧亨利、梅里美、马克·吐温的作品也在他的书柜里。书柜里还有多部唐诗宋词，以及屈原的《离骚》、刘勰的《文心雕龙》，还有《红楼梦》《水浒传》以及《青春之歌》《红旗谱》《创业史》《林海雪原》《红岩》《苦菜花》……而给孩子阅读的《格林童话》《安徒生童话》和《小朋友》《少年文艺》等书刊，则放在书柜最下一层。

萧殷爱惜书籍，从不在书页窝角，甚至从不把书页完全打开以免抻拉造成书脊变形。

除了书籍，萧殷还酷爱音乐，北京的隆福寺、王府井都是他购买黑胶唱片的必到之处。当他把唱片轻轻放在留声机的圆盘上，稳稳摇动发条，小心翼翼放上唱针的时候，音律飘动——风雨人生的回味令人感慨，天地自然的奇美令人陶醉——感人的韵律，令人心神相随。萧殷珍藏着数百张黑胶唱片，有贝多芬的《月光》《田园》《命运》《英雄》、柴可夫斯基的《如歌的行板》、舒伯特的《小夜曲》、舒曼的《梦幻曲》、德弗札克《幽默曲》、马斯奈的《沉思曲》……无论听过多少回，唱片封套依然整洁如新，甚至看不出曾经打开过的痕迹。

这17年里，萧殷写下十多本日记，创作了长篇小说《多雨的夏天》近20万字的草稿，还呕心沥血积累了10万字文艺理论著作《创作论》的提纲。这期间，萧殷珍存了王蒙的小说《青春万岁》的出版清样、多年来给作者复信的厚厚一本复写底稿、郭沫若及沈雁冰等多位文化名人为萧殷题写的书法条幅、古代碑帖的珍稀拓本、岳母遗留的珍贵祖传字画、黑胶碟留声机、爱克山泰照相机，以及记录了那个时代真貌的大批宝贵书信……

这些凝聚着萧殷心血的珍存，从北京赵堂子胡同8号的小院，到广州大沙头沿江路17号的文人大院，再到梅花村20号的“梅庐”小楼……时间来到1966年，当第四个17年来到的时候，萧殷的以上珍存大部分丧失殆尽，而幸存下来的，只有全国第一次文代会的证章，还有他亲自用家乡的九里香木料自制的蘸水钢笔笔杆。而萧殷的生命，也剩下最后17年。

“文革”过后，当老友见面互道一句“你还活着”的时候，萧殷突然发觉，虽然自己珍存多年的物品一无所留，但是自己从未珍惜过的性命，竟然幸存。

后来的日子，因为顿悟，也因为身体原因，萧殷不再刻意收存什么。

然而，落花有意，流水无心。后来的日子，风不起，雨不大，用心经历过的一切，便成为遗存。

一、友情珍藏

（一）编辑来函

1972年，萧殷从位于粤北连山县上草镇的中南局“五七”干校回到广州。此时因中南局已经取消，萧殷回到中国作家协会广东分会工作。这期间，萧殷收到全国各大出版社、报社和文学杂志社的来信。这些信除了约稿，也有请求推荐作者、请求为年轻作家作序……这里展示的只是其中一部分。

各出版社、报社、杂志社来信1

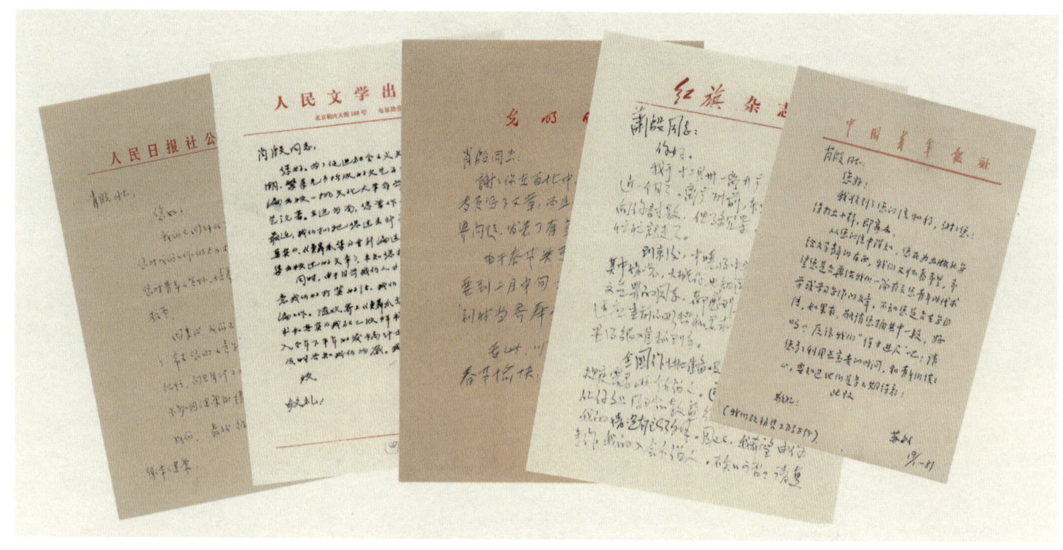

各出版社、报社、杂志社来信2

（二）友人的信

自左至右：艾青、周扬、丁玲、巴金给萧殷的信

（三）名章篆刻

在萧殷文学馆的一个展柜里，展出了萧殷生前使用过的印章。

萧殷文学馆展示的部分印章

友人为萧殷篆刻的印章

与上图对应的印章边款

其中的12枚是萧殷的学生和朋友为他篆刻的，当中有三枚为弘征所刻。

弘征，原名杨衡钟，湖南新化人，1955年毕业于株洲铁路机电学校。曾任湖南人民出版社文艺室副主任、湖南文艺出版社总编辑、《芙蓉》杂志主编等。他于二十世纪七十年代便以篆刻名世，并先后出版了《望岳楼印集》和《现代作家艺术家印集》等。

从萧殷与弘征的通信中，可以知道弘征曾为萧殷刻过至少六枚印章，遗憾的是仅有三枚保存在萧殷文学馆，另外三枚印章不知所终。给萧殷所刻的各枚印章，弘征在2020年12月21日给萧殷女儿的信中有说明：

最初是1978年间，我重新燃起了少时曾刻过印的热情，就刻了一方“萧殷”的小名章和“萧殷藏书”的印请殷师指正。因为我知道殷师年轻时学过美术，和赖少其是广州美术学校的同学，殷师收到后很喜欢给予我许多鼓励，又命我刻了一方大点的名章和一方收藏印。那方名章我后来在出版《现代作家艺术家印集》时，放在书的第一面，边款上刻有“殷师之命，弘征敬刊”。收藏印放在第二面。此外，殷师还命我刻过两方闲章，印文为“未宜轻屈平生膝”，与“不辞羸病卧残阳”。

“文革”后，萧殷“复建书橱”，因此专门请弘征刻了藏书章，印章边款道出了萧殷请弘征刻藏书章的缘由。如今，这些盖有萧殷名章和藏书章的藏书，全部由萧殷家属捐给萧殷文学馆。

1996年，湖南美术出版社出版了弘征篆刻作品集《现代作家艺术家印集》，这本由刘海粟题签、周谷城题耑、费新我书额、钱君匋与秦牧分别作序的印集，收录了弘征历年所刻的376枚印章。书中收录的其中两枚闲章：一枚内容为“只愿常留相见面，未宜轻屈平生膝”，出自宋代刘克庄的《满江红·和王实之韵送郑伯昌》；另一枚内容为“但得众生皆得饱，不辞羸病卧残阳”，出自宋代诗人李纲的诗《病牛》。这两枚闲章是萧殷1978年嘱弘征所刻，当时萧殷经历了“文革”活下来。作家章明曾经写道：“记得‘四人帮’刚垮台后我去医院看他，那时他患了严重的肺气肿和肠胃病，但是精神却非常亢奋，兴高采烈地说：‘十年来的感慨是说不尽的，但当前最要紧的还是工作！‘白发书生神州泪，尽凄凉，不向牛山滴’啊！尽管我身体不够好，但只要努力，还是可以做出一点贡献来的。我愿像李纲的诗里写的‘病牛’那样，

‘但得众生皆得饱，不辞羸病卧残阳’……”章明被萧殷发扬蹈厉的气概所感动，后来写了一篇两万多字关于萧殷的报告文学《老牛羸病犹奋蹄》，发表在1981年第4期《芙蓉》上，在刊发这篇文章时，编辑认为弘征篆刻的“不辞羸病卧残阳”这枚闲章恰如其分概括了萧殷的精神面貌，于是征得萧殷同意，在刊发这篇文章的同时配发弘征所刻闲章。

弘征认为萧殷嘱他所刻的两枚方闲章，是先生高贵人品与情操的真实写照，因此接到“师命”后心潮澎湃，在给萧殷的信中说道：“闲章中‘不辞羸病卧残阳’及‘未宜轻屈平生膝’两句感人肺腑，启人深思。”两枚闲章通过弘征与萧殷几次书信交流修改后才得以完成，可见师生两人对这两枚印章的重视程度。1937年出生的弘征，比1915年出生的萧殷小22岁，两人并非传统意义上的师承关系，但弘征一直恭恭敬敬地称萧殷为自己的老师，言必称“殷师”或“尊师命”，他曾在给“殷师”的一封信中写道：“廿几年前，当我还是少年时，您就是我最尊敬的老师了。您那许多和后辈们谈创作的论著，是那样使人感到亲切，宛如面聆请诲，那一滴滴富于营养的甘醇乳汁，至今仍沁在我的心头。”弘征在《小楼长忆坐春风》一文中，生动记录了第一次到广州梅花村35号拜见他敬仰的老师萧殷的情景：“我第一次到这座小楼来拜见他已是1978年春，正跨不惑之年。但在萧老心目中，我仿佛还是20世纪50年代初在读了他的《与习作者谈写作》后写信向他求教的小伙，仍然是一个‘文学青年’。”“十年动乱的灾难岁月折磨着他，那时，他的身体已经相当羸弱，为了不使老人过于劳累，我原先只打算问候之后就告辞的。但一见面，萧老的话就像喷泉一样地涌出来……茶沏了一壶又一壶，第一天、第二天……每当我担心他太累而起身时，他总是说：‘不要紧的，再坐一会儿……’”“由于在这之前他曾在信中嘱我为他刻几方印章，我去时便刻了一方带去。以致，我们最先不是谈诗，而是谈篆刻和书画……他学过素描，临过古画，书法隽秀，尤其对传统的中国书画有非常精辟的见解。”

自1978年弘征第一次与萧殷见面后，他每次到广州，必去梅花村萧殷的住处，短短五年半的时间居然有30次之多。萧殷对这位文学青年十分关爱，鼓励弘征把写过的诗歌收集整理结集出版，他对弘征诗歌的挑选与修改提出了非常具体的意见，在先生的指导下，弘征的诗歌集《浪花·火焰·爱情》出版，萧殷为该诗集写下热情洋溢的序言，在序言的开头，萧殷提到了他们之间的交往：“多年来，我经常和文学青年们聊天，弘征（衡钟）同志是其中之一。他每次来广州，总爱到我的小楼来，面对尘嚣车扰的阳台，提出些问题要我回答或征求我的看法——更多的时候是书信往返。他的爱好很多，我们谈话的内容也非常广泛：谈诗、谈小说、谈金石书画……”萧殷对弘征十分信任，同时还因为对文学与治印的共同爱好成了忘年交，短短的五年半时间里，萧殷的多部著作如《谈写作》《给文学青年》和《创作随谈录》先后交由弘征在湖南人民出版社和湖南文艺出版社出版，两人之间书信来往非常频繁，至今保留下来的就有80封。

第一枚

尺寸：3 cm × 3 cm × 5.5 cm

内容：肖殷之印

边款：殷师命刻姓氏　从汉印篆　功力不逮　师其恕之　弘征谨识

治印者：弘征

第二枚

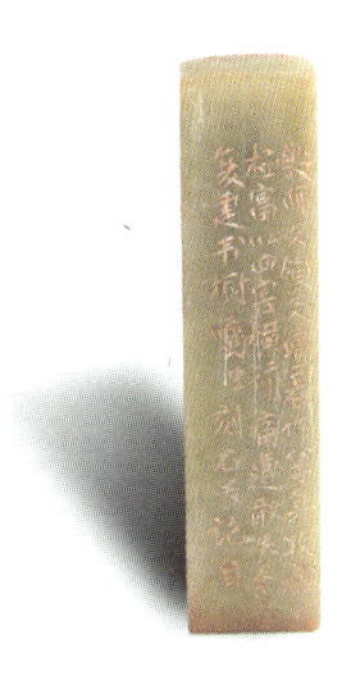

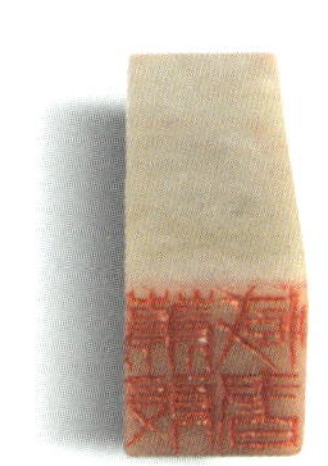

尺寸：2 cm × 2 cm × 8 cm

内容：萧殷藏书

边款：殷师久领文坛　著作等身　收藏极富　以四害横行　痛遭散失　今复建书橱　嘱生刻石为记　自惭浅薄　师命难违　当发精研　他日重刊　以娱师目也　一九七八年十一月弘征敬刊

治印者：弘征

第三枚

尺寸：1.5 cm × 4 cm × 4 cm

内容：萧殷收藏

边款：殷师收藏之记　弘征敬刊

治印者：弘征

另外一位为萧殷治印的是著名篆刻家房阑凝。

房阑凝（本名力平）山西平遥人，南开大学教授，书法、篆刻艺术家，幼时入读私塾，故对汉语文字有良好的基础。二十世纪五十年代毕业于中央美术学院绘画系，曾任教于新疆艺术学院、广州美术学院。在广州工作期间认识了萧殷，为其刻制名章三枚。

收入《阑凝印稿》的上述萧殷名章与边款

第四枚

尺寸：1.7 cm × 1.7 cm × 4.2 cm

内容：萧殷

边款：辛酉中秋为萧老仿秦鉩即乞教正　阑凝

治印者：房阑凝

第五枚

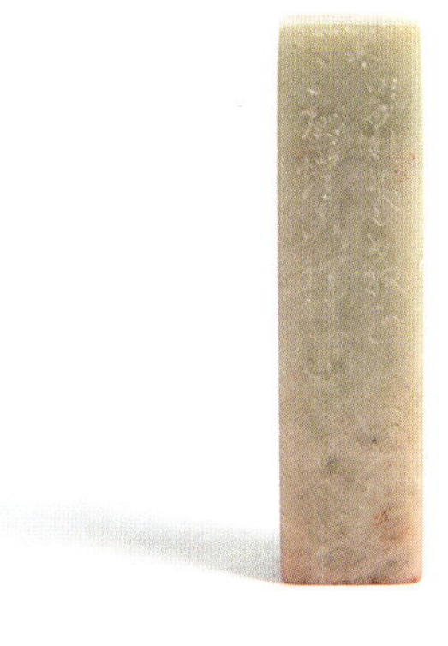
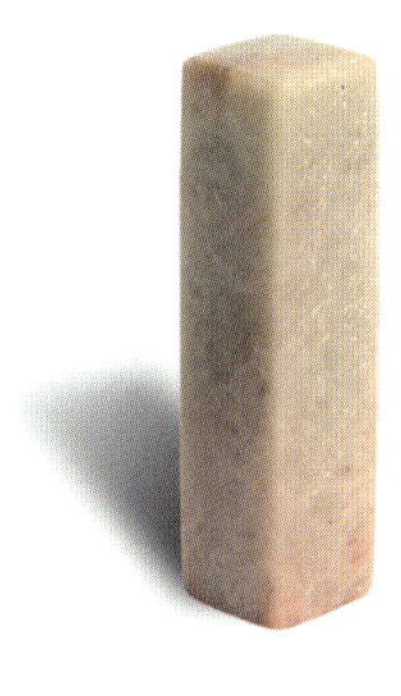

尺寸：1 cm×1 cm×4 cm

内容：萧殷

边款：萧老教正庚申盛夏灯下挥汗作　阑凝

治印者：房阑凝

第六枚

尺寸：2 cm×2 cm×2.5 cm

内容：萧殷

边款：落絮无声春堕泪　行云有影月含羞　吴文英句　萧老颇爱前诗句　今作此印　特录之于石　籍充款字　即请教正　辛酉春节　于广州梅花村　阑凝

治印者：房阑凝

第七枚

尺寸：2 cm × 2 cm × 4 cm

内容：萧殷

边款：萧殷同志正篆　七七年十月

治印者：卢炜圻[①]

第八枚

尺寸：2 cm × 2 cm × 4 cm

内容：萧殷藏书

边款：萧殷同志教正　七七年十月　炜圻刻

治印者：卢炜圻

① 卢炜圻，著名书画家卢子枢之子，师从黄文宽，专攻篆刻书法，深得秦汉印真髓。

第九枚

尺寸：2.5 cm × 2.5 cm × 5.5 cm

内容：萧殷藏书

边款：萧殷藏书

治印者：阙名

第十枚

尺寸：1 cm × 1 cm × 2.5 cm

内容：萧殷

治印者：阙名

第十一枚

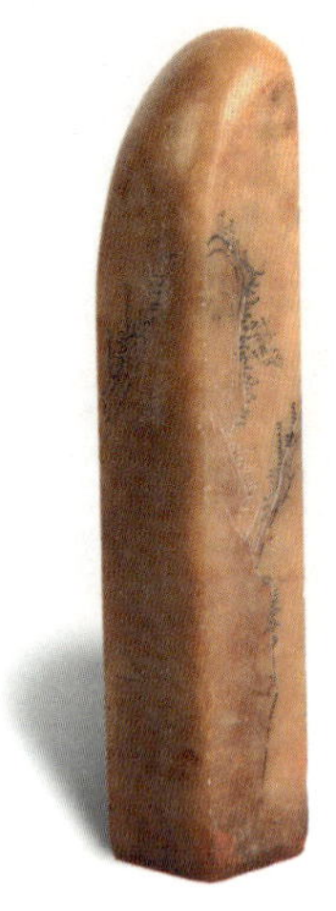

尺寸：1.5 cm × 1.5 cm × 8.5 cm

内容：萧殷

边款：四面为国画

治印者：阙名

第十二枚

尺寸：2 cm × 2 cm × 4 cm

内容：萧殷

边款：萧殷同志雅属　庚申六月　瑞元刻

治印者：瑞元

除展示在萧殷文学馆展柜里的12枚萧殷印章外，弘征还为萧殷刻了一枚名章和两枚闲章。

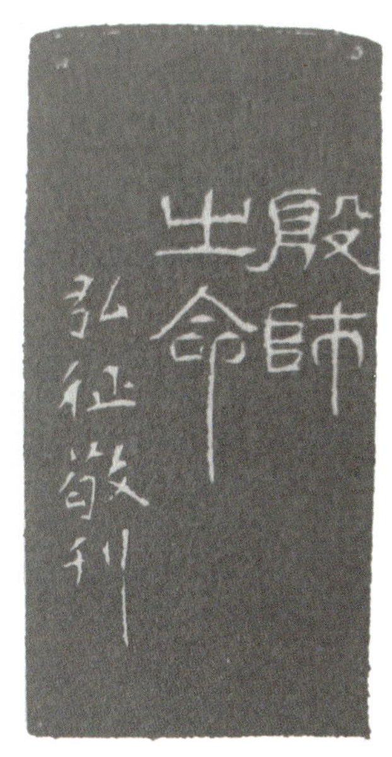

此枚印章收入在弘征的《现代作家艺术家印集》

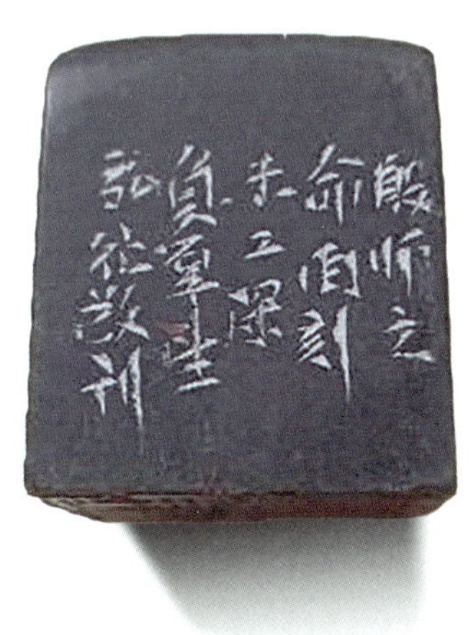

闲章“未宜轻屈平生膝”（弘征治印）

此枚闲章为宋代刘克庄的《满江红·和王实之韵送郑伯昌》中的诗句。“未宜轻屈平生膝”，意为保持操守，不轻易屈服。

印章边款为“殷师之命　两刻未工　深负厚望　弘征敬刊”。

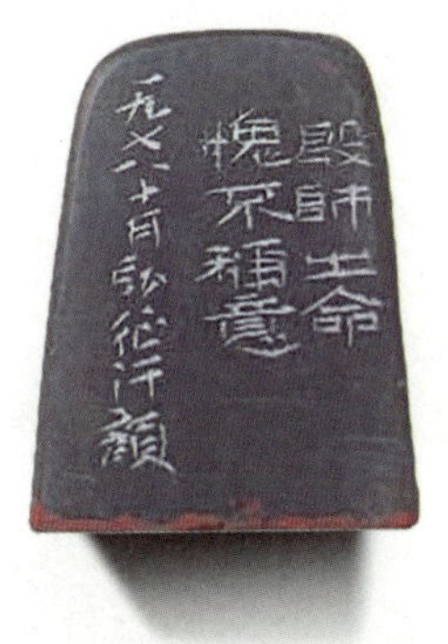

闲章“不辞羸病卧残阳”（弘征治印）

此枚闲章内容“不辞羸病卧残阳”出自宋代李纲的《病牛》，是萧殷不顾自己百病缠身，呕心沥血奋力耕耘的真实写照。

边款为“殷师之命　愧不称意　一九七八年十月　弘征汗颜”。

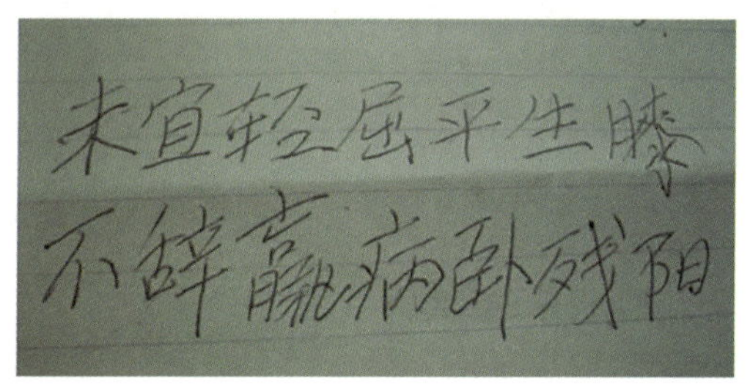

弘征手书为萧殷所刻两枚闲章的内容

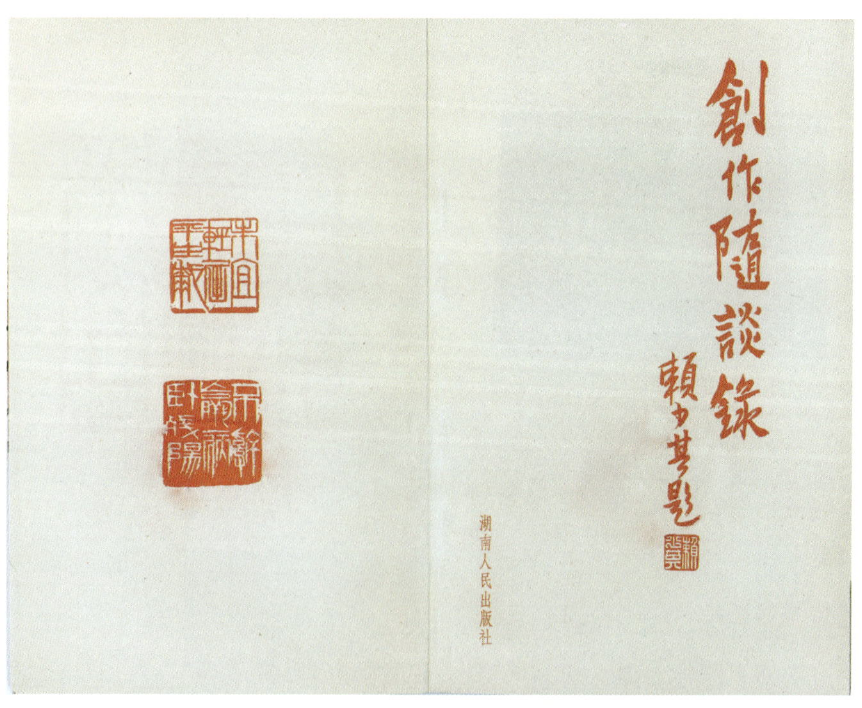

萧殷的著作《创作随谈录》的扉页刊登了这两枚闲章

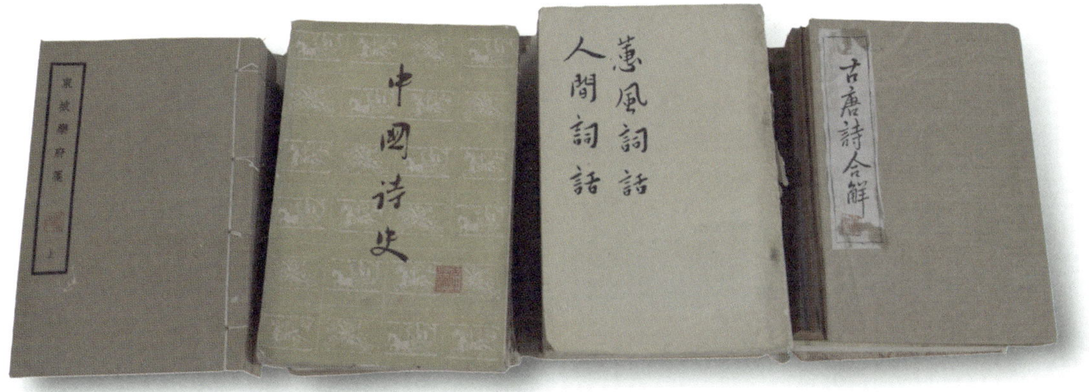

萧殷在所藏古典书籍、线装书籍及自制诗词合解书籍时均加盖名章

萧殷收藏的《古诗源》四册均加盖名章

萧殷收藏的《列宁杂文集》《周恩来论文艺》《马克思主义文艺论著》及《西方美学史》封面均加盖名章

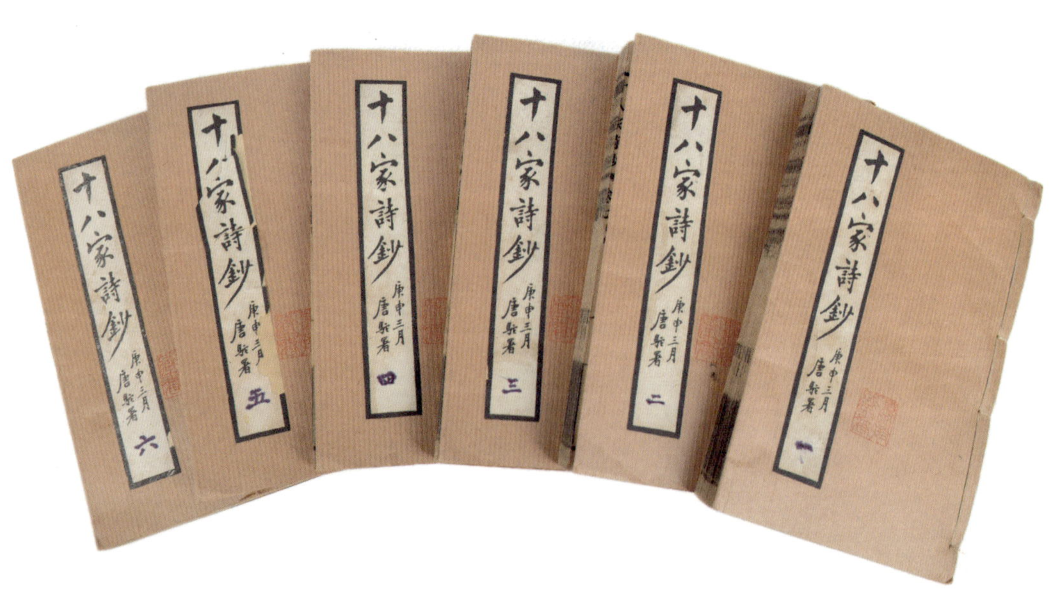

萧殷收藏的《十八家诗钞》均加盖藏书章

（四）文友馈赠

萧殷与中国文坛的许多作家情深谊长。茅盾、丁玲、巴金、艾青、张天翼、杨朔、韦君宜、陶铸、沙汀、杨沫、王蒙、欧阳山、秦牧、陈残云、唐人等作家，都把自己的书送赠萧殷。

1980年2月28日，巴金签赠萧殷的《往事与随想》

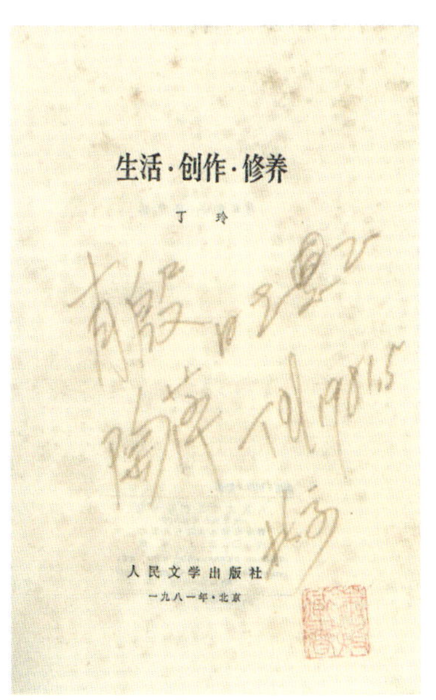

1981年5月，丁玲签赠萧殷夫妇的《生活·创作·修养》

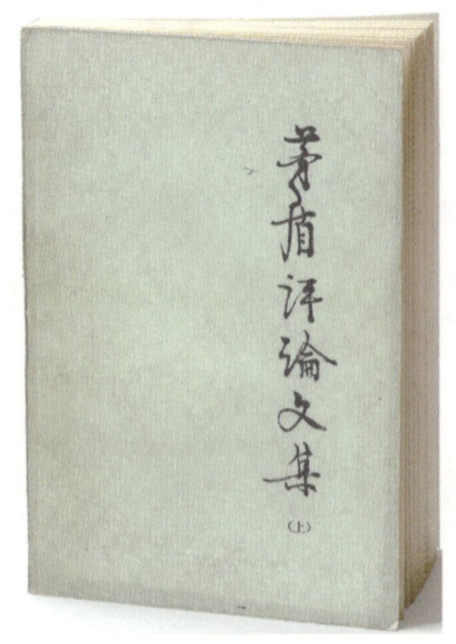

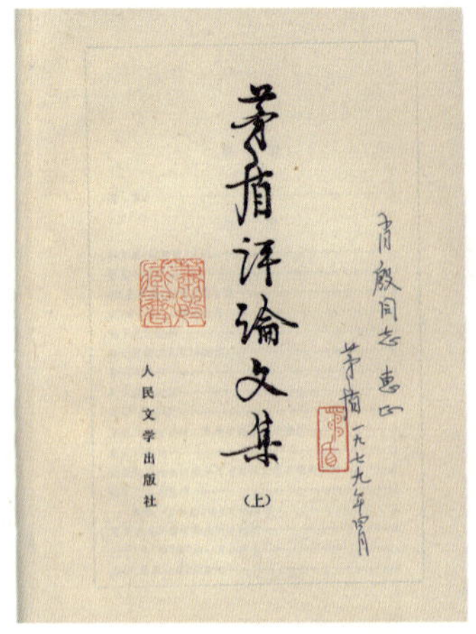

1979年4月，茅盾签赠萧殷的《茅盾评论文集》

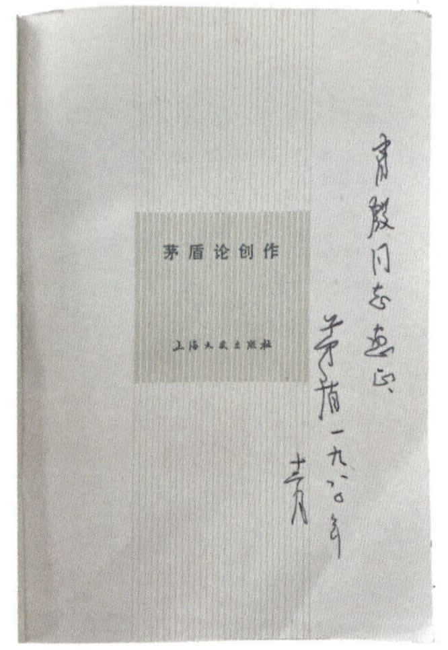

1980年12月，茅盾签赠萧殷的《茅盾论创作》

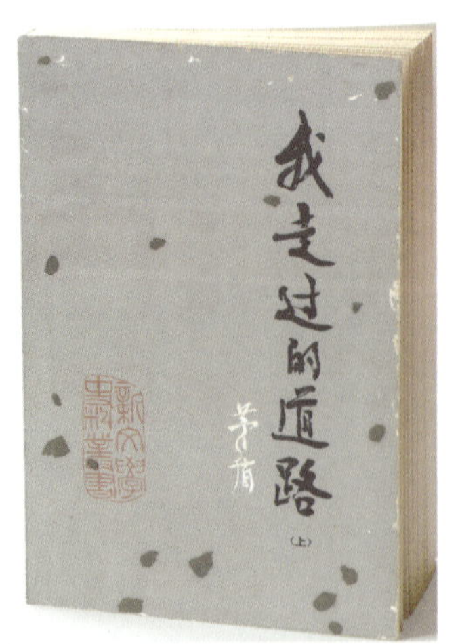

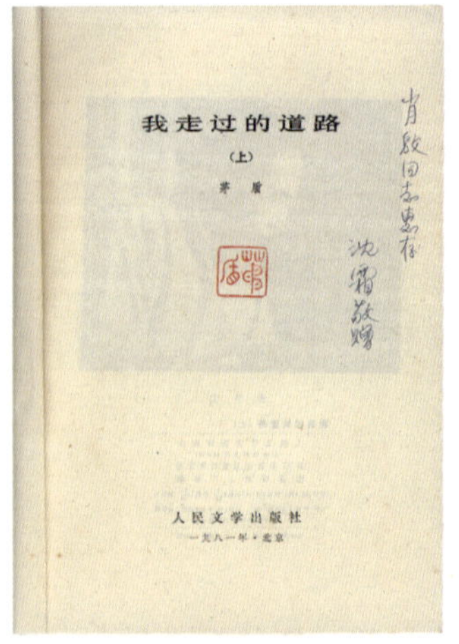

茅盾的儿子沈霜签赠萧殷的茅盾著作《我走过的道路》

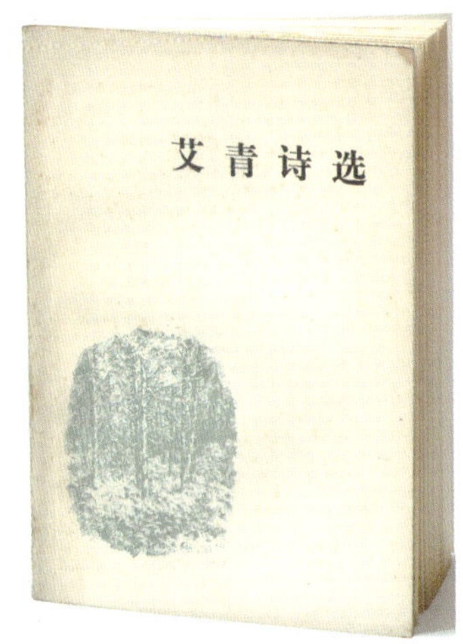

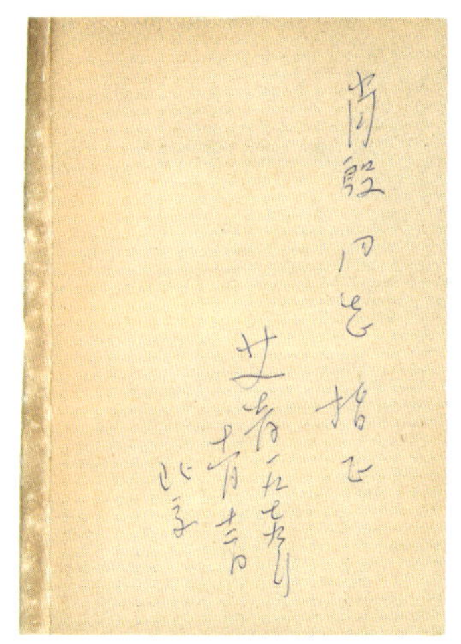

1979年11月12日，艾青签赠萧殷的《艾青诗选》

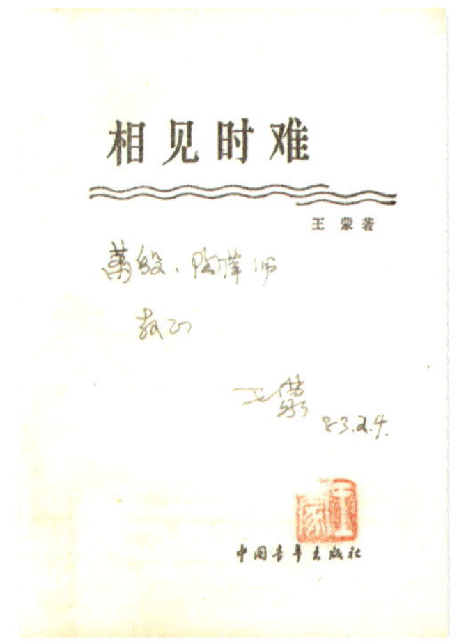

1983年2月4日，王蒙签赠萧殷夫妇的《相见时难》

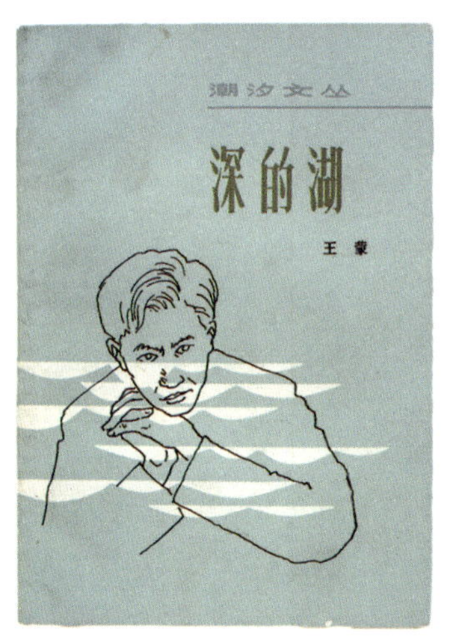

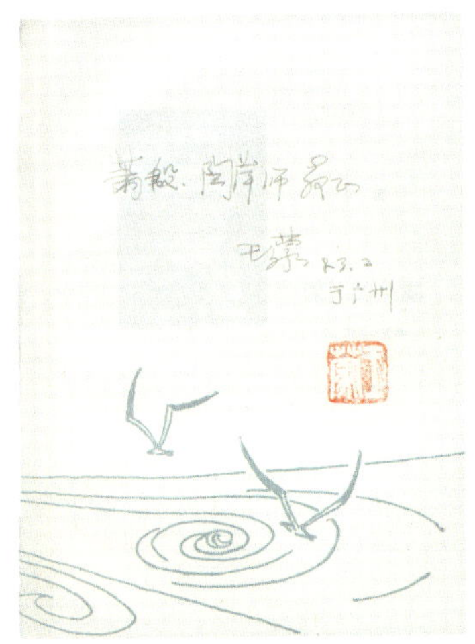

1983年2月，王蒙签赠萧殷夫妇的《深的湖》

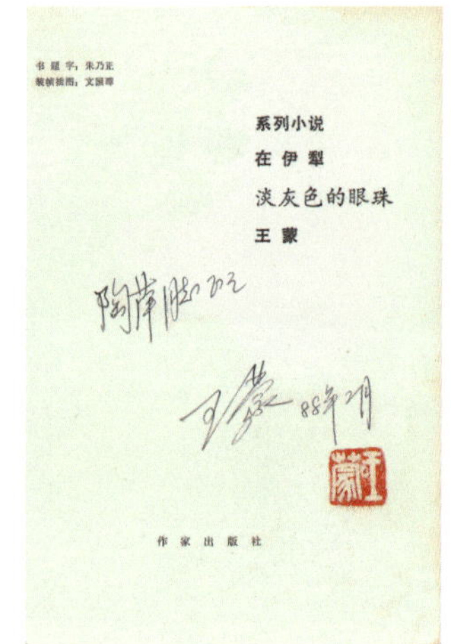

1988年2月，王蒙签赠萧殷夫人陶萍的《淡灰色的眼珠》

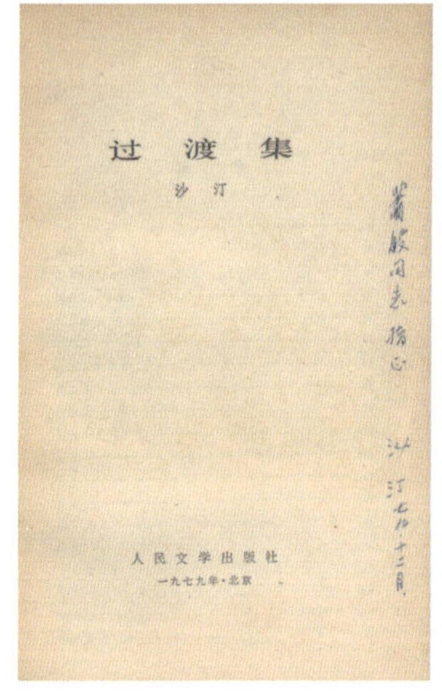

1979年12月，沙汀签赠萧殷的《过渡集》

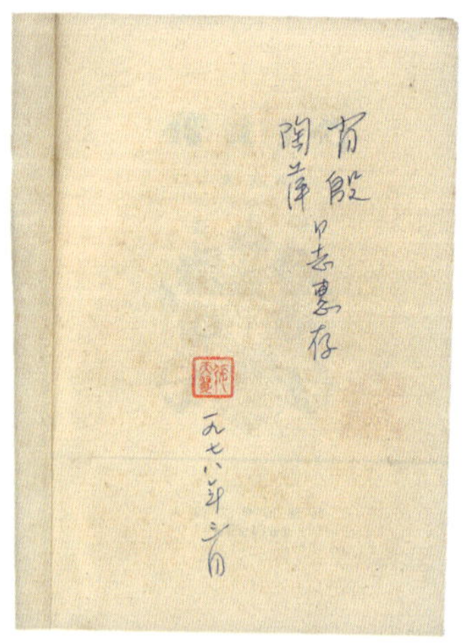

1978年3月，张天翼赠送萧殷夫妇的《给孩子们》

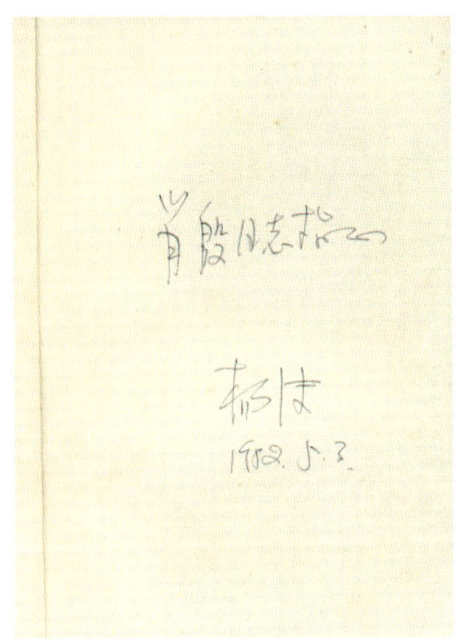

1982年5月3日，杨沫签赠萧殷的《不是日记的日记》

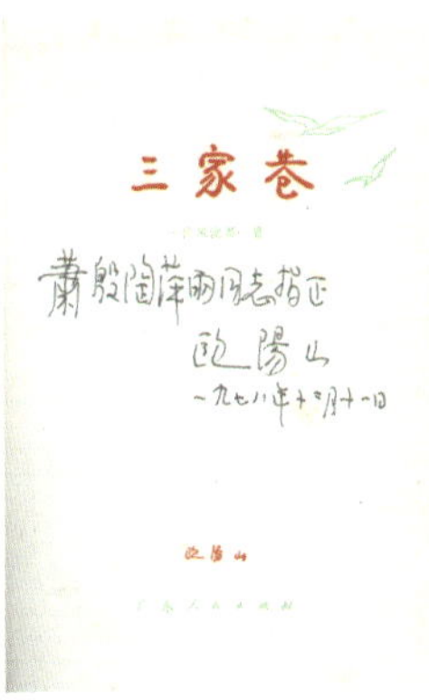

1978年12月11日，欧阳山签赠萧殷夫妇的《三家巷》

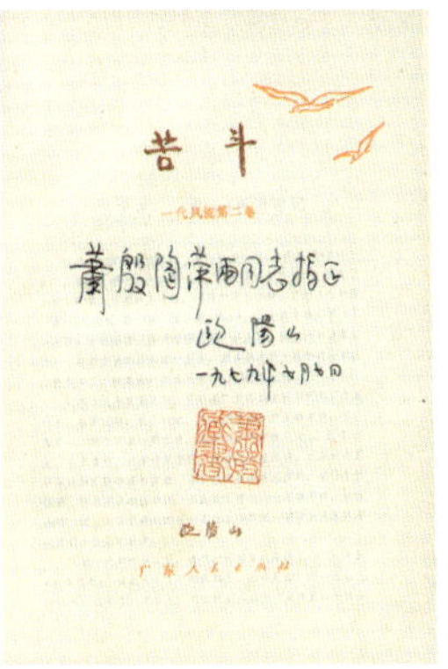

1979年7月7日，欧阳山签赠萧殷夫妇的《苦斗》

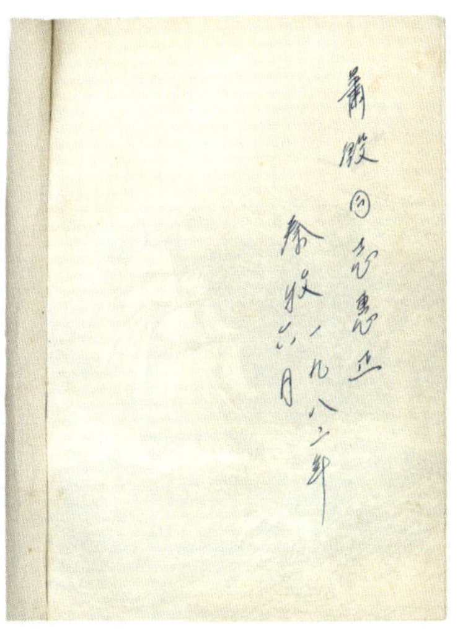

1982年6月，秦牧签赠萧殷的《愤怒的海》

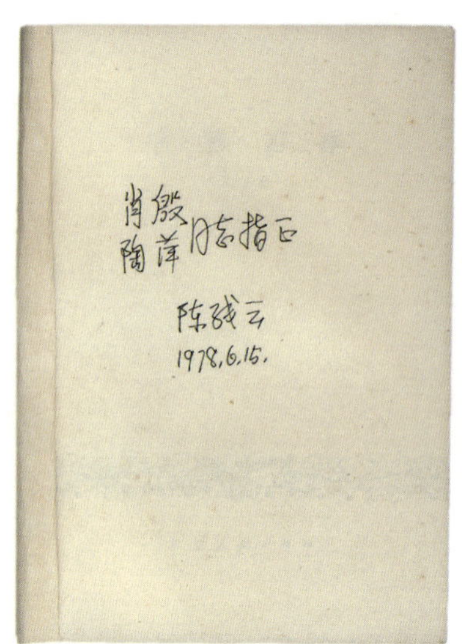

1978年6月15日，陈残云签赠萧殷夫妇的《香飘四季》

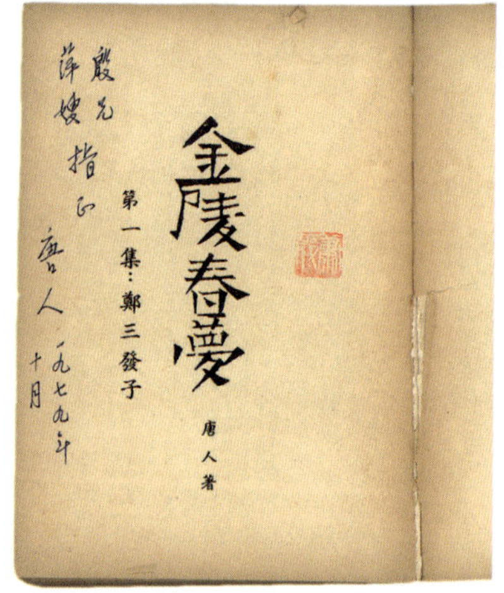

1979年10月，唐人（严庆澍）签赠萧殷夫妇的《金陵春梦》

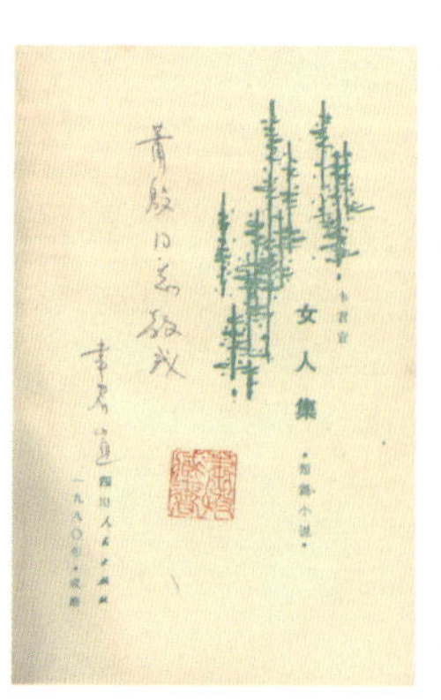

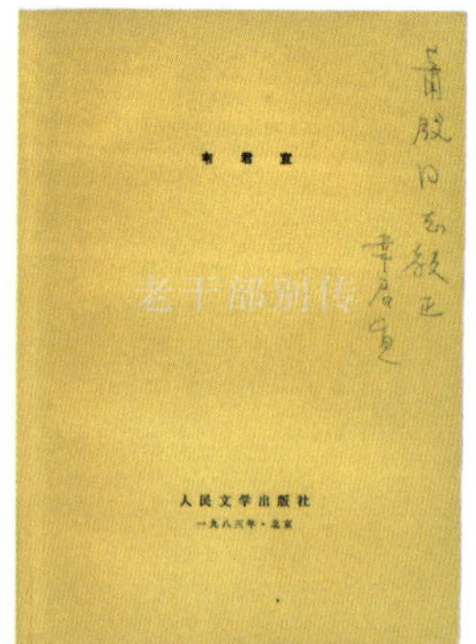

韦君宜签赠萧殷的两部作品《女人集》与《老干部别传》

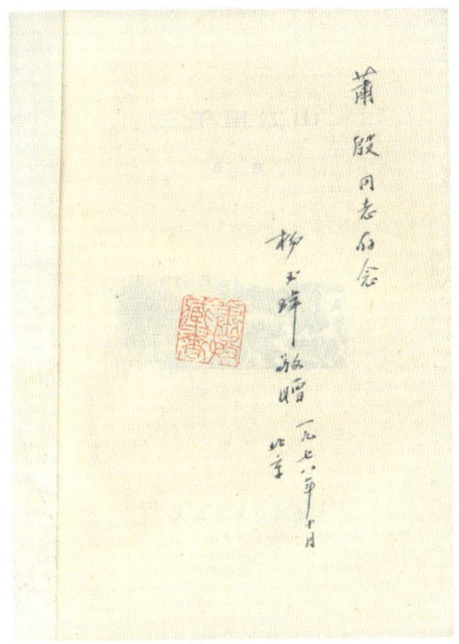

1978年10月，杨朔胞弟杨玉玮签赠萧殷的杨朔著作《三千里江山》

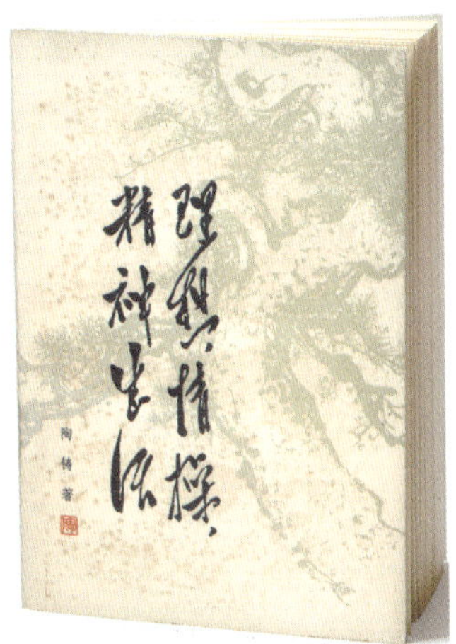

1979年1月29日，陶铸女儿陶斯亮签赠萧殷的陶铸著作《理想，情操，精神生活》

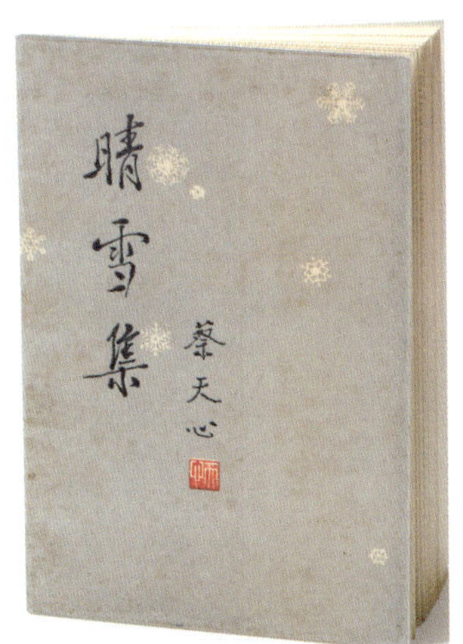

1981年5月，蔡天心签赠萧殷的《晴雪集》

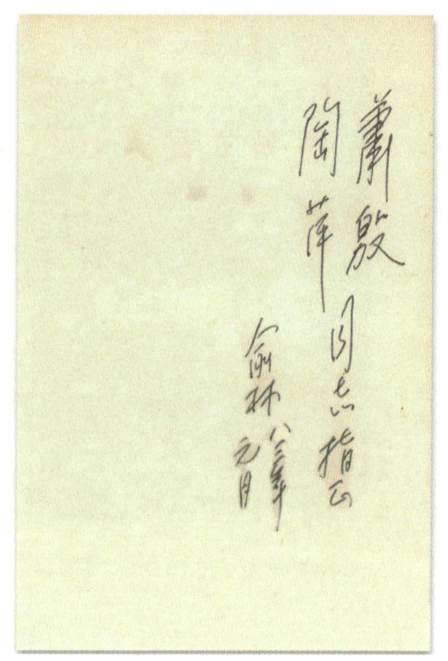

1983年1月，俞林签赠萧殷夫妇的《人民在战斗》

1979年3月26日，严文井签赠萧殷夫妇的《小溪流的歌》

（五）名家翰墨

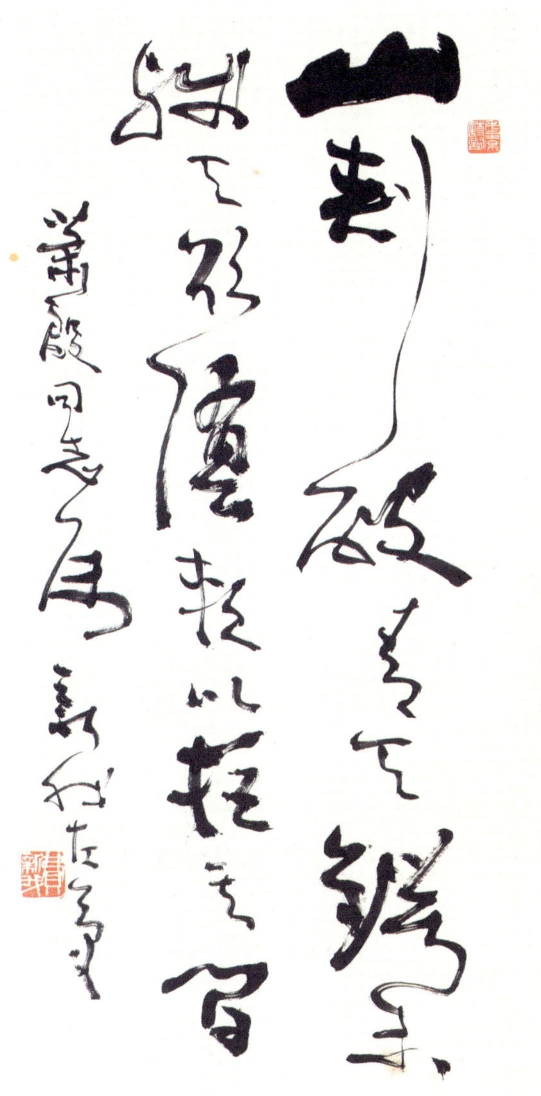

费新我[1]赠送萧殷的行草条幅

尺寸：68.5 cm × 35 cm

内容：山　刺破青天锷未残　天欲堕　赖以拄其间　萧殷同志属　新我左书

作者：费新我

① 费新我（1903.12—1992.5），学名斯恩，原字省吾，字立千、号立斋，后改名新我，浙江湖州人。久居苏州，供职于上海、南京，曾任江苏省国画院一级美术师。因右手病残，苦练左腕运笔，其隶法古拙朴茂，楷书敦厚，行草不受前人羁绊，参以画意，有强烈的节奏感和音乐感。从1962年起，先后在海内外多次举办书画展。中国书协主席启功曾赋诗道："秀逸天成郑遂昌，胶西金铁共林翔，新翁左臂新生面，单势分情韵更长。"作品有长卷《刺绣图》《草原图》。著有《费新我书法选》《怎样学书法》《费新我书法集》等。

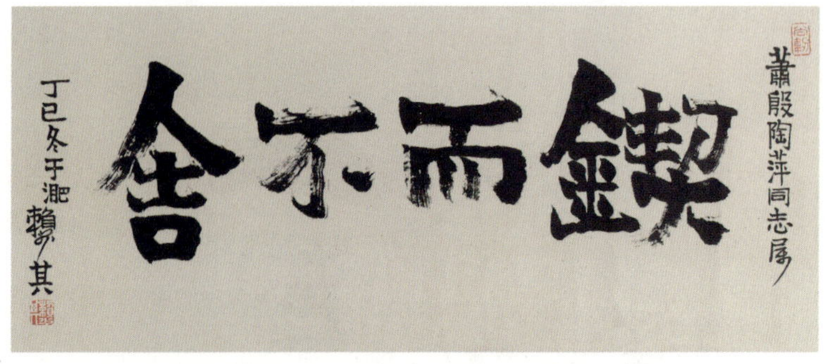

赖少其赠送萧殷夫妇的书法横幅

尺寸：68 cm × 29 cm

内容：萧殷陶萍同志属　鍥而不舍　丁巳冬于泗　赖少其

作者：赖少其

月夜

論生活、藝術和真實

習藝錄

赖少其为萧殷的三本著作题写的书名

王贵忱[1]题赠萧殷的魏碑拓片稿

题书如下——郑孝穆[2]《周书》有传，《魏书·郑义传》《隋书·郑浑传》并附有孝穆行谊简历，与此石文不尽同耳。北魏正光年间刻石以高贞、元倪两刻为言碑家所重，此石书艺与高、元二碑居伯仲间，而笔意凝重浑实则又过之也。此石为清季南海李宗颢[3]宦游北省所得，光绪间辇归岭外者，李氏生前秘不示人，殁后藏石精英泰半为东官卢子枢老先生收得，又五十余年未尝拓墨，故世鲜有知者。承子枢丈厚谊，获叚拓数本储之，殆亦好事者尔。铁岭王贵忱附识于羊石寓所中，检奉往时拓本以上革命前辈萧殷同志惠鉴，唯旧题草草不足存，但取献璞之意可耳。贵忱敬呈。

① 王贵忱（1928—2022）：古文献版本学家、古钱币学家、金石学家。曾任广东省中山图书馆副馆长、广东省博物馆副馆长。

② 郑孝穆（生卒年不详）：本名道邕，字孝穆，荥阳开封（今河南省荥阳市）人。北魏到北周时期大臣，范阳太守郑琼之子。

③ 李宗颢（1862—？）：清末藏书家、金石学家、版本目录学家。

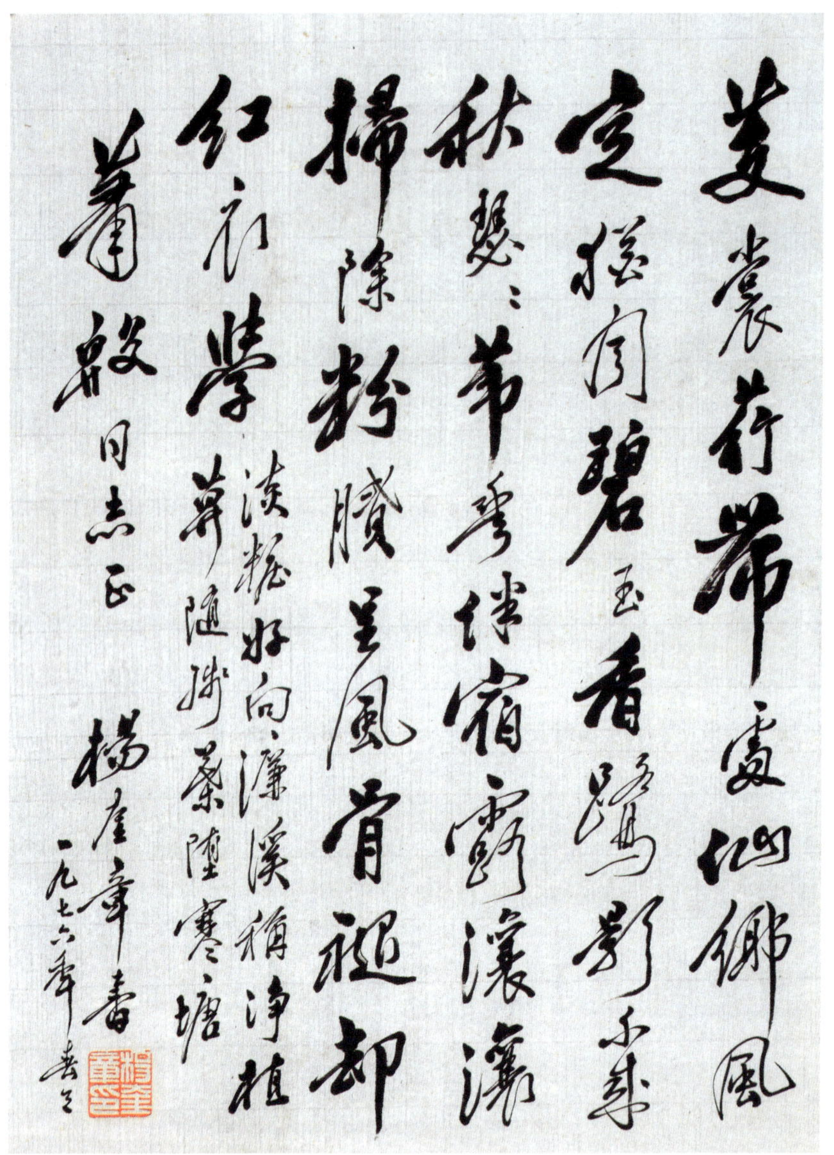

杨奎章[①]将自己书写的鲁迅诗《莲蓬人》赠送给萧殷

诗曰：

芰裳荇带处仙乡，风定犹闻碧玉香。
鹭影不来秋瑟瑟，苇花伴宿露瀼瀼。
扫除腻粉呈风骨，褪却红衣学淡妆。
好向濂溪称净植，莫随残叶堕寒塘！

① 杨奎章（1921—2009）：第五届广州市政协常委。曾任广州市文化局局长，广东省文联副主席。杨奎章是萧殷以诗书交心、推心置腹的朋友。

行草　作者：苏华

苏华写给萧殷的信：

萧殷老师：

得到您的鼓励，心中十分感谢，但也惶恐。您不但是文学界的老前辈，也是美术界的老前辈，望您给我指出缺点和努力方向，我一定努力克服缺点和多去实践。等您身体好些，再让萌萌领我去拜访您。当面听您的指教。

敬礼！

苏华　一九八〇年八月廿七日

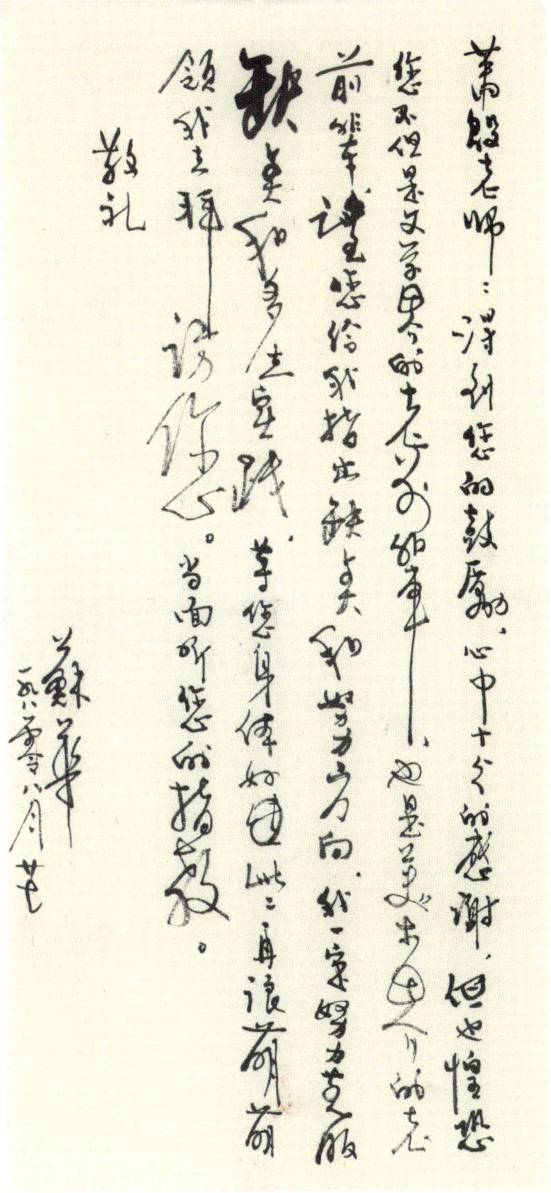

苏华[1]写给萧殷的信

① 苏华（1942—　）：广州画院专业画家。曾任岭南美术出版社编辑室副主任、广东省书法家协会副主席、广州市美术家协会副主席，第十届、第十一届广州市人大常委。

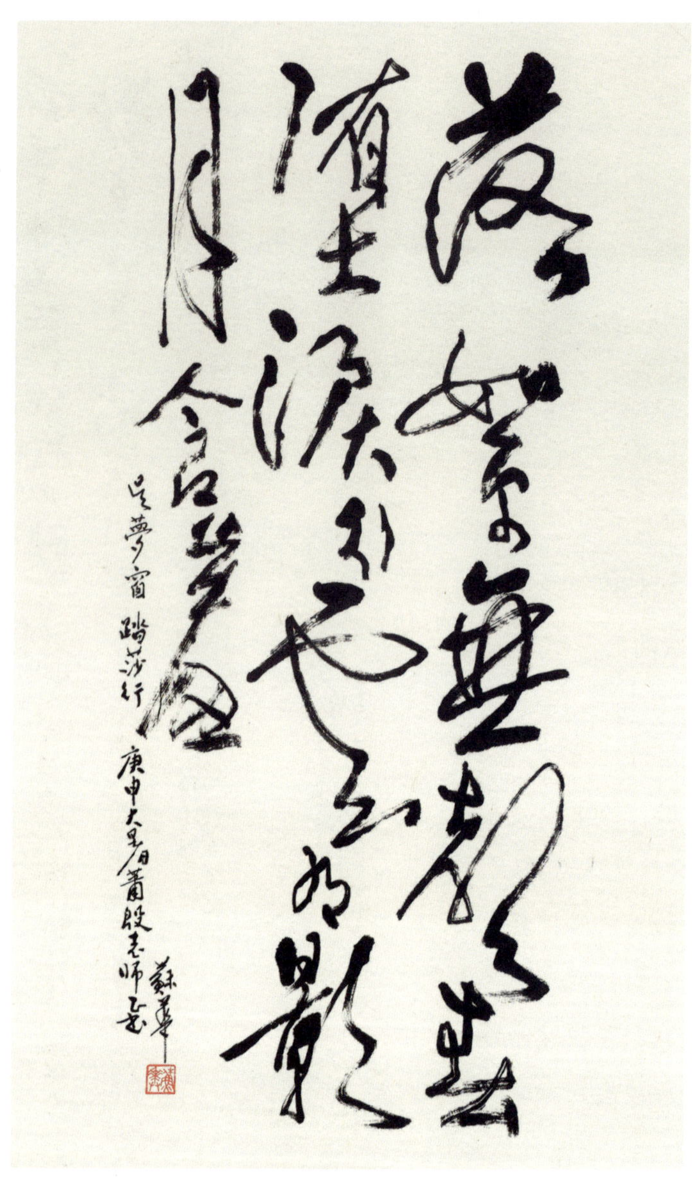

苏华赠送萧殷的行草条幅

尺寸：80.5 cm × 35 cm

内容：落絮无声春堕泪，行云有影月含羞　吴梦窗踏莎行庚申大暑萧殷老师正书

作者：苏华

尺寸：140 cm × 25 cm

内容：春风大雅能容物　秋水文章不染尘　奎章[①]句　苏华书　时辛酉大暑

作者：苏华

苏华赠送萧殷的书法对联

尺寸：25.7 cm × 42 cm

内容：野火烧不尽　春风吹又生　萧殷同志正腕　一九七七年十二月　麦华三

作者：麦华三

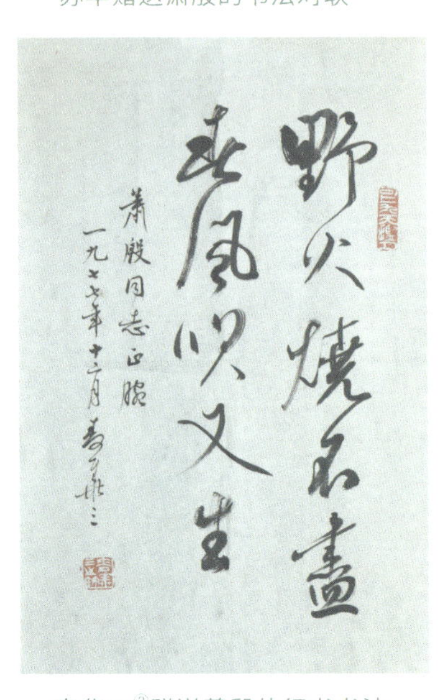

麦华三[②]赠送萧殷的行书书法

① 奎章，即杨奎章。

② 麦华三（1907—1986）：中国书法家协会理事和广东分会副主席，第四、五届广东省政协委员。曾任广州美术学院副教授，广东省文史研究馆馆员。

二、文房用品

（一）文房五宝

萧殷使用过的各类毛笔

萧殷使用过的木制毛笔笔盒

萧殷喜欢书法，也收藏了一些著名徽墨制作大师如胡开文、曹素功和汪近圣等的“藏烟”古墨。

“藏烟”古墨1

“藏烟”古墨2

萧殷收藏的部分古墨。

徽州屯镇老胡开造

颐性养寿堂藏墨　乙亥仲冬子谌自制于歙县

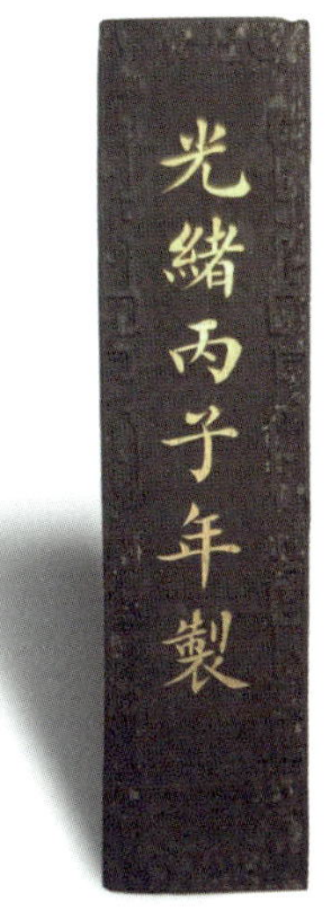

光绪丙子年制

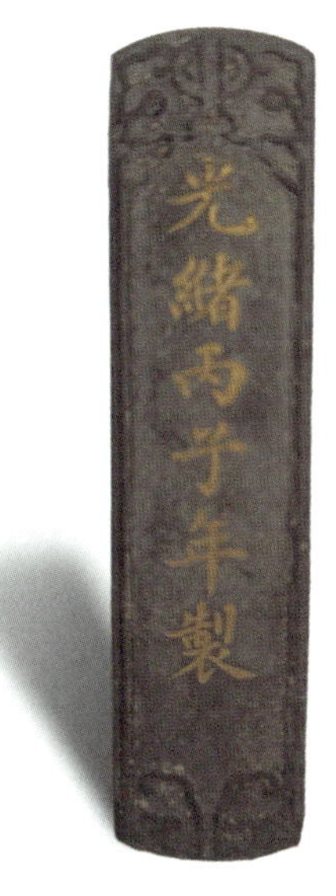

光绪丙子年制

玉山选烟

龙门

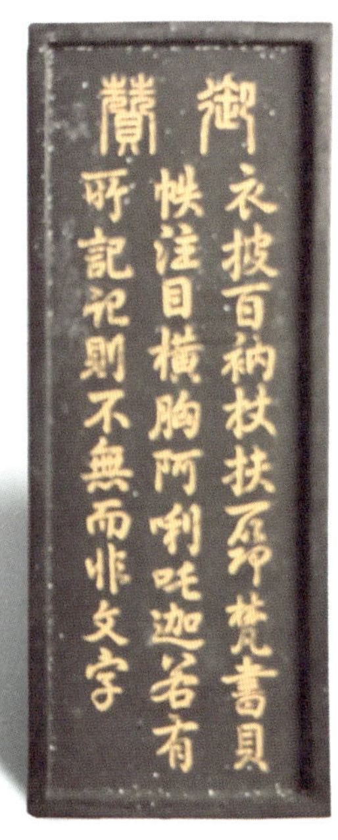

御赞
衣披百衲，杖扶一筇。梵书贝帙，注目横胸。阿唎吒迦，若有所记。记则不无，而非文字

萧殷收藏的古墨

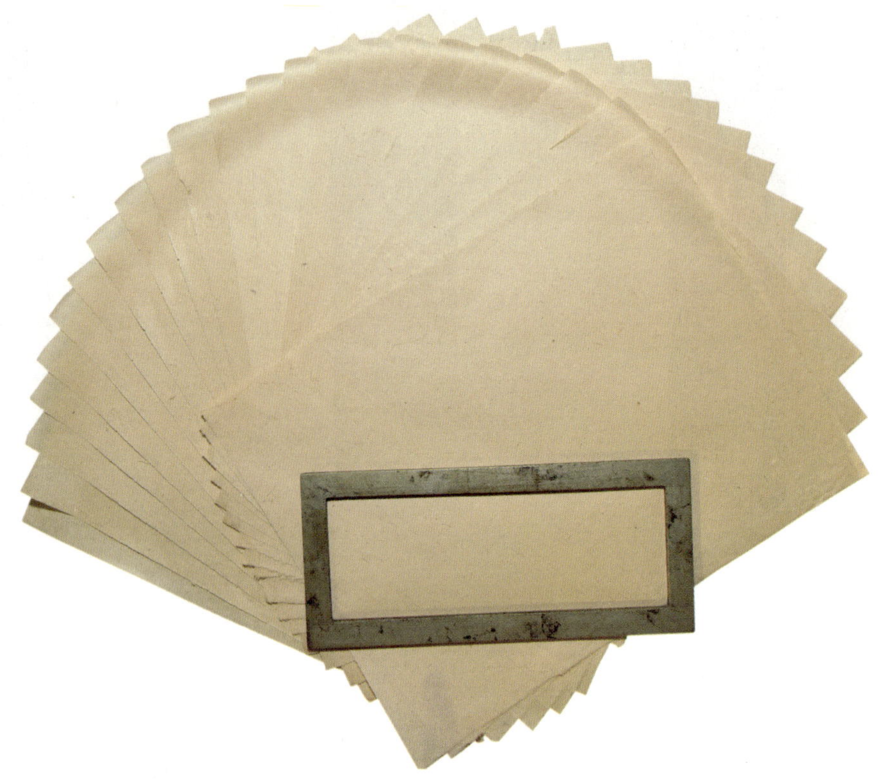

毛边纸，是明末江西出产的手工竹浆纤维纸，色浅黄，质柔韧，吸水性强，适于毛笔书写，又可用于印制古籍。相传明末大藏书家毛晋在江西特造厚实的竹纸，并在纸边盖上一个篆书“毛”字，故被称为毛边纸。

萧殷的书房，一直保存有毛边纸。每当他买回大卷毛边纸后，定会亲自细心裁成信纸大小备用。

铜制镇纸上的墨迹牢牢粘附；四十年前的墨香亦挥之不去。

萧殷使用过的砚台，用剩的墨条为“黄山松烟”

萧殷生前一直使用的水盂

（二）其他用品

萧殷以废用瓷片作备忘录

在瓷片上作备忘录，便于擦拭更新，可反复使用。

瓷片上最后的墨迹为1982年。备忘事宜为确定《萧殷自选集》目录与准备最后的著作《创作随想录》稿件等工作。此后，因身体情况未能展开其余工作，备忘录便没有更新。

萧殷使用的眼镜、眼镜套盒和鹿皮眼镜拭布

二十世纪四十年代末使用过的铝制胶卷筒

使用并保留了35年的派克自来水钢笔

这支二十世纪四十年代末使用过的钢笔，萧殷直到新中国成立初期仍在使用。

二十世纪五十年代初期，萧殷在写作

二十世纪四十年代末保留的相机滤镜(黄镜头)

制作线装书的工具:刀、剪、锥子和箭猪刺

用家乡的九里香木料自制的蘸水钢笔笔杆

二十世纪五十年代，萧殷常常用这种笔杆配上笔尖，进行写作。

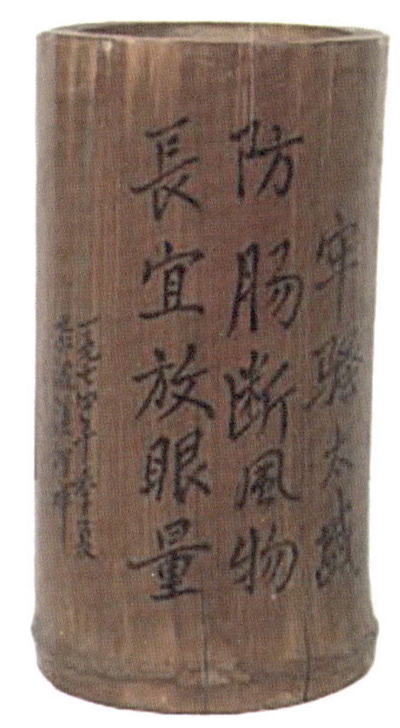

自制的竹节笔筒

1974年夏天，在广东从化流溪河畔温泉疗养院休养期间，萧殷在竹林中捡拾废弃的竹节，亲手制成笔筒，并亲笔书写毛主席的诗句“牢骚太盛防肠断，风物长宜放眼量”，亲自配上“清风明月劲松图”，表达了“文革”后期自己不屈不挠的风骨。

九尾狐珊瑚笔架

（三）文代会证章

1949年，第一次中华全国文学艺术工作者代表大会召开。作为大会筹委会评选委员会小说组成员，萧殷参加了大会。

萧殷保存的大会证章，刻有“1949”及“中华全国文学艺术工作者代表大会”字样，图中人物为毛泽东和鲁迅。

中华全国文学艺术工作者代表大会证章

三、古书与典籍

（一）《宝晋斋法帖》

1961年中华书局上海编辑所出版的国家一级文物《宝晋斋法帖》影印本

经过岁月的侵蚀，萧殷收藏的这本176页的书法帖子已经溃不成册，那破损的书页，无声诉说着曾经的主人心底的厚爱与无奈。

当年，北宋大书法家米芾（1051—1107）得到宰相蔡京所藏东晋王羲之《王略帖》、王献之《十二月帖》及谢安《八月五日帖》的墨迹，欣喜不已，特将自己的书房命名为“宝晋斋”。米芾在担任无为（今安徽省无为县）军知州时，将这三帖墨迹刻石。

可惜的是原石遭兵火残毁，后葛祐之以拓本为据重刻。米芾去世多年以后，担任无为军通判的曹之格开始了刻印《宝晋斋法帖》的接力之旅，他搜集旧石历时十五年重新摹刻，除此三帖另加米芾家藏的晋帖及米芾帖多种，包括《快雪时晴帖》《十七帖》等，集为十卷，题名《宝晋斋法帖》。由于许多古刻宋代便已散佚，现藏上海图书馆的十卷本《宝晋斋法帖》是当前公认的宋拓全本。这部深受名家重视的传世名帖具有极高的艺术价值。

1961年，中华书局上海编辑所（今上海古籍出版社）将此国宝级孤本《宝晋斋法帖》影印出版，一种为三册一函的线装本，一种为五册一函（附释文一册）的精装本，如今均已极为罕见。而萧殷珍藏的，正是这个版。

据家人回忆，“文革”后家里已经基本没有书籍收藏，究竟这部法帖来自何时何方，亦无法考究。

（二）部分中国经典古籍

二十世纪五十年代起，萧殷购买了大量中国经典古籍，均失于“文革”。这是七十年代以后萧殷的部分收藏

四、自制字帖

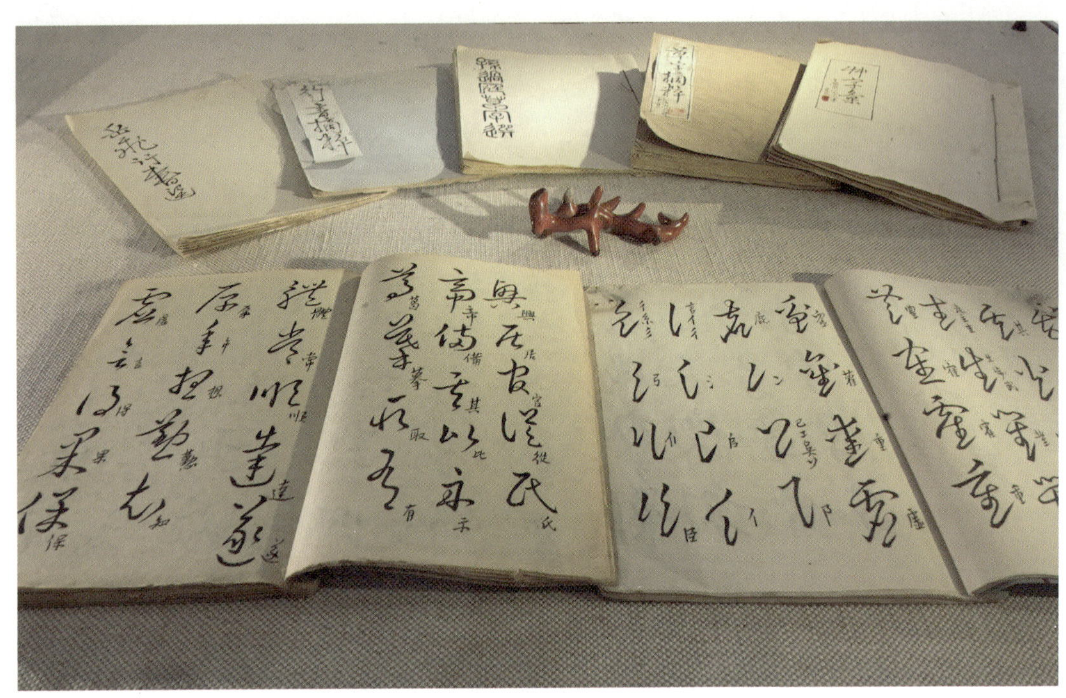

萧殷自制的草书字帖

萧殷亲自整理、书写和装订的其中五本行草及篆书字帖（共九本）

五、赠书女儿

1981年寒冬二月，严重的肺心病痛苦地折磨着萧殷，直到有一天，他郑重地赠书女儿。当“留念”二字展现眼前，父女二人眼圈都红了，却无语。第二年，又是在二月，在病痛中，萧殷再次赠书女儿，看到“存念”二字，女儿明白，这是父亲明确地向自己告别了。父亲从未说过告别的话，唯有赠书，代替了父亲的告别。两次赠书，沉重，沉痛。在萧殷去世的四十年里，女儿每次打开父亲题字的赠书，都会潸然泪下。

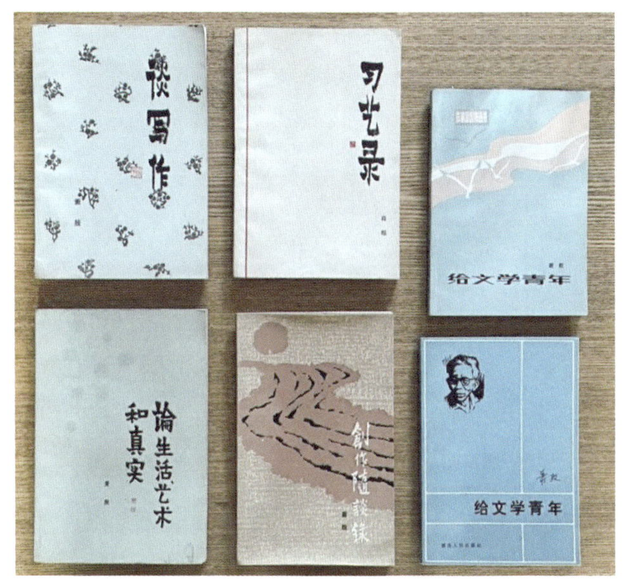

1981年至1982年间萧殷亲笔签名赠送给女儿的著作

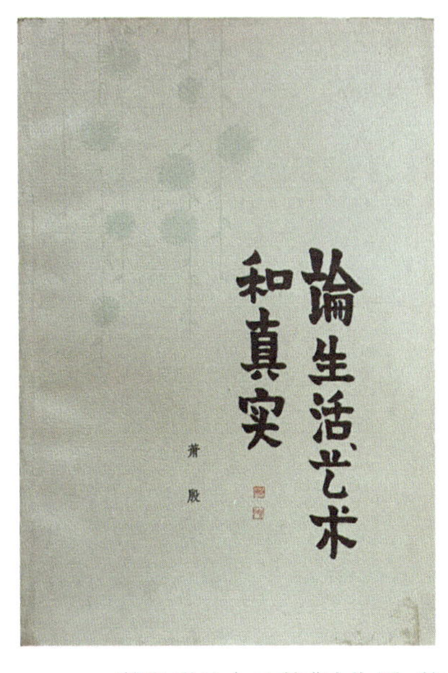

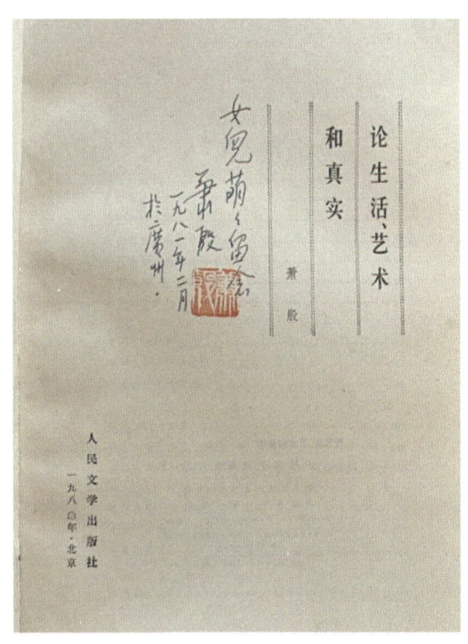

萧殷赠予女儿的《论生活、艺术和真实》及签赠手迹（1981年2月）

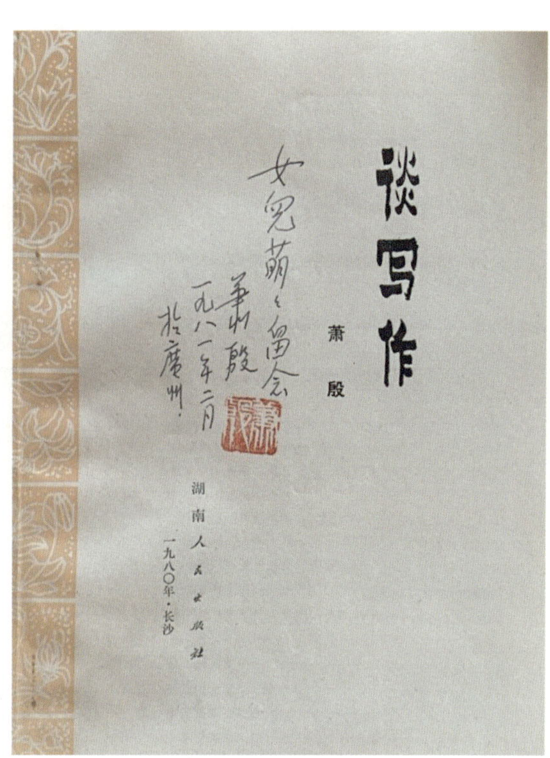

萧殷赠予女儿的《谈写作》及签赠手迹（1981年2月）

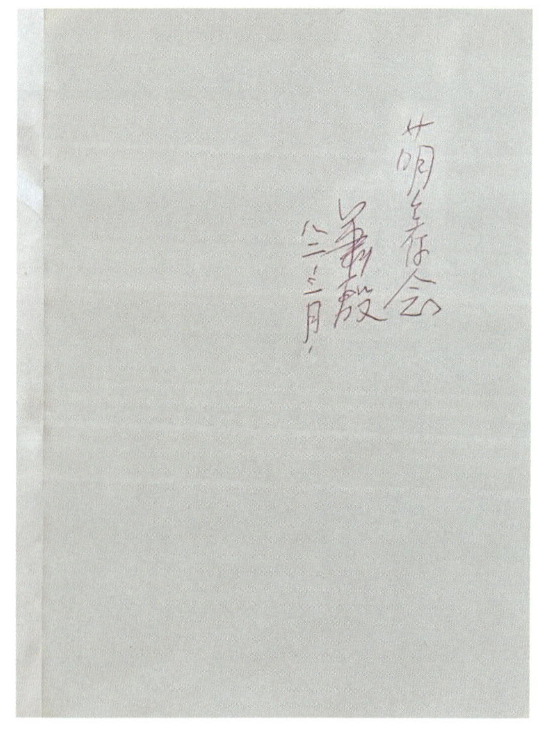

萧殷赠予女儿的《给文学青年》及签赠手迹

六、翰墨鸿影

迄今为止，我们看到萧殷先生最早的字迹，是1934年9月6日，不满19岁的萧殷以原名郑文生写给鲁迅先生的信和稿（原件藏于北京鲁迅博物馆，图片见本卷第一章）。

下面展示的，是萧殷先生各时期的部分书信、题跋，以及为文化设施和刊头的题字。

（一）给钟永华的信

永華同志：

来信及诗稿均收到。因为在中南戏剧会演工作，抽不出时间给你写信。现会演刚刚结束，但我们的工作则未能结束。

五月间，我去访问罗马尼亚，六月底一回到广州，第二天就去参加会演筹备工作，一直忙了近两月，不仅没有写信，连我坚持多年的日记也中断了。

这次戏剧会演很成功，不但好戏多，而且也解决了不少戏剧创作上的问题。

你的诗稿，我已交给《羊城晚报》的红棉同志，好像要发表一首，其余的不知他们将

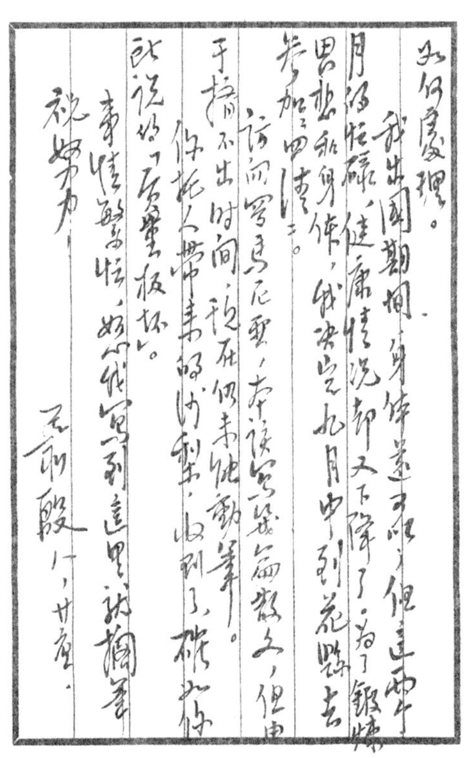

如何处理。

我出国期间，身体还算可以，但这两个月份忙碌，健康情况却又下降了。为了锻炼思想和身体，我决定九月中到花县去参加四清。

访问罗马尼亚，本该写几篇散文，但由于搞不出时间，现在仍未能动笔。

你托人带来的咸梨，收到了，据你所说的「荔蜜」板坏了。

事情繁忙，好以我写到这里，就搁笔。

祝努力！

萧殷 八，廿夜。

1965年8月20日夜，萧殷给学生钟永华的信

永华同志：

来信早收到，因为忙，而且又因事到从化温泉去住了几日，所以到现在才有时间给你写信。

你回到部队附近搞四清，而且抓学毛著的样板，~~定~~将有更大的收获。

药和茶叶尚未收到，估计不会像你所预想的那样容易买到。原来茶叶，据说在乡间也不容易买到。不必忙，能买就买，买不到就算，千万不要为了这些小事去麻烦你的父亲。

我的健康情况仍不好，胃口和睡眠情况都很坏，因而神经官能症就更显得严重。记忆力极差，思索问题十分吃力。要请医生详

1966年3月，萧殷给学生钟永华的信1

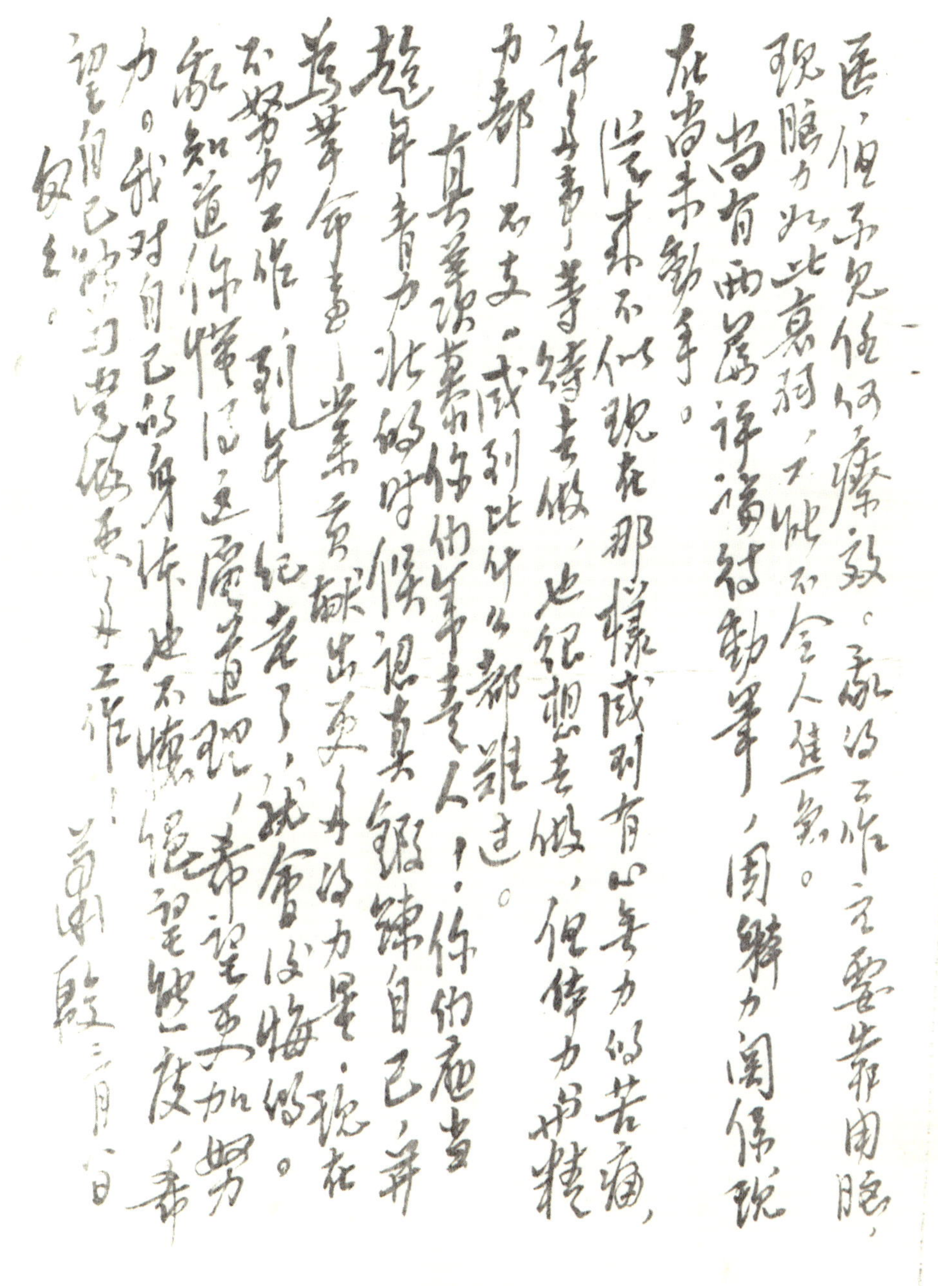

医，但不见任何疗效。我的工作主要靠用脑，
现脑力如此衰弱，大概不会长进了。
尚有两篇评论待动笔，因脑力关系现
在尚未动手。
学术不似现在那样感到有心无力的苦痛，
许多事情都可去做，也很想去做，但体力与精
力都不支，感到比什么都难过。
真是羡慕你们年青人！你们应当
趁年青力壮的时候认真锻炼自己，并
为革命事业贡献出更多的力量。现在
不努力工作，到年纪老了，就会后悔的。
我知道你懂得这层道理，希望更加努
力。我对自己的身体也不悲观，总望能恢复，希
望自己以后能做更多工作！
敬礼。
萧殷 三月六日

1966年3月，萧殷给学生钟永华的信2

钟永华，是萧殷在暨大任教时的学生，大学毕业后参军，在部队做文艺创作工作，幸以保留萧殷“文革”前的部分信件。

（二）给吕蒙的信（诗词抄录）

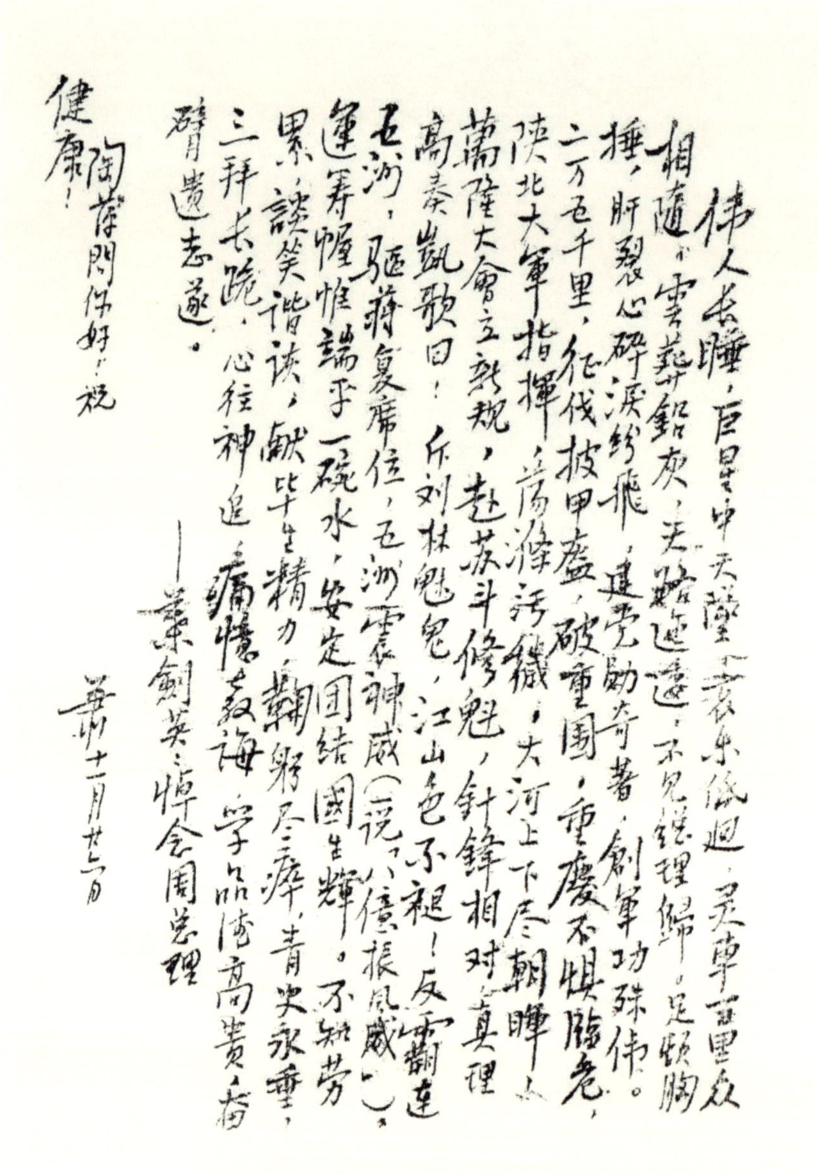

伟人长睡，巨星中天坠，哀乐低迴，哭声盈众相随：云葬骨灰，无踪迹遗，不见总理归，足顿胸捶，肝裂心碎泪纷飞，追思勋奇著，创军功殊伟。二万五千里，征伐披甲盔，破重围，重庆不惧临危，陕北大军指挥，荡涤污秽，大河上下尽朝晖。萧隆大会立新规，赴苏斗修魁，针锋相对真理高奏凯歌回！斥刘林魍魉，江山色不褪！反霸建五洲，驱蒋复席位，五洲震神威（一说八亿振风威）。运筹帷幄，惟端乎一碗水，安定团结团生辉。不知劳累，谈笑谐诙，耿毕生精力，鞠躬尽瘁，青史永垂，三拜长跪，心往神追，痛惜教诲，学品德高贵，铭背遗志遂。

——叶剑英：悼念周总理

萧 十一月廿六日

陶彦问你好！祝

健康！

1976年11月26日，在给老朋友吕蒙致信的最后一页，萧殷抄录了叶剑英悼念周总理的诗词。

（三）名家题跋

1954年3月，萧殷路过上海，与著名的国画大师黄宾虹有一面之缘，两人相约年底萧殷亲到杭州黄宾虹府上当面请教。无奈不久后，黄宾虹沉疴难起至离开人世。1978年，著名古文献版本学家王贵忱邀请萧殷观赏了黄宾虹老人书写的《画学篇》。睹物思人，萧殷留下了无限感慨的题跋。（原件由王贵忱的儿子王大文珍藏）

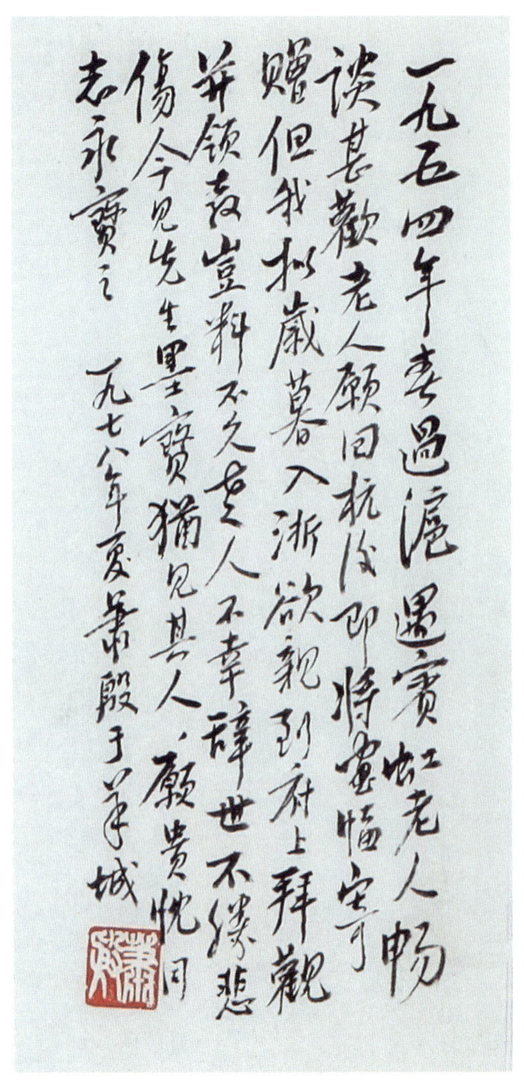

王贵忱保存的黄宾虹手卷《画学篇》卷后的名家题跋

题跋：一九五四年春过沪遇宾虹老人，畅谈甚欢。老人愿回杭后即将画幅寄赠，但我拟岁暮入浙，欲亲到府上拜观（觐）并领教。岂料不久老人不幸辞世，不胜悲伤。今见先生墨宝犹见其人。愿贵忱同志永宝之。

一九七八年夏萧殷于羊城

（四）题字赠易征

“白发书生神州泪，尽凄凉。不向牛山滴。”出自南宋词人刘克庄的《贺新郎·九日》，为重阳节登高引发的感喟，表达了自己关注国事民生却报国无门的苦闷——我已经是一名老去的书生，但始终只为神州大地的不幸落泪，绝不会因为自己生命的短暂而悲泣。

借此词句，萧殷痛快地表达了自己的情怀。

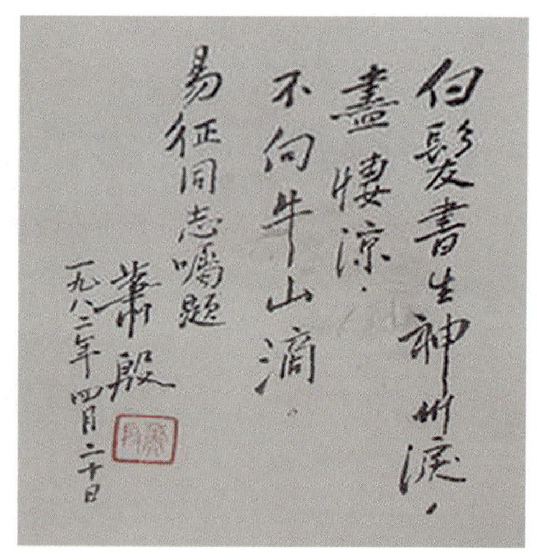

1982年萧殷题赠易征：“白发书生神州泪，尽凄凉，不向牛山滴。”

（五）笔记

毛筆富有彈性，毛筆之间含吸墨汁，書寫者可以按自己的意图，運用练就提按顿挫功夫，揮洒出有浓淡、輕重的長短、粗細的线條和各种形状的色块，或書或画。用毛筆寫的字，刚劲的有如金刚怒目，圓秀的似恰美女簪花，瘦硬的有点仙风道骨，浑厚的宛若敦厚長者，雍容的貌若文人学士，险峻的向似諍谏直臣，枯劲的好比杈桠老樹，流暢的直是婆娑劍舞。至于寫画更可以寫出各种不同风格，不同形象的画面来，成为人类文化世界的璨璨繁星。

尖、齐、圆、健是选择毛筆的标准：尖是毛的尖端尖利；齐是蘸水后用手把筆毛捺開，筆毛齐一；圆是筆肚粗壮飽满，寫来浑厚丰润，寫精细的线条和筆调流畅的，宜用健毛。鈹染、書寫篆隶書不好用各种毛筆，寫大字则非羊毛不可了。

——録自《毛筆浅谈》見創刊号《風采》

录写关于毛笔的深奥原理和妙用法则

王羲之書法

夫書字不用平直，不用調端，先須用筆，或偃，或仰，或敧，或側，或大，或小，或長，或短，凡作一字，或似篆籀，或如鵲头，或如散隶，或如八分，或如虫食木，或如流水態，或如壮士利劍，或似婦人纖麗，然後裝束。必須注藏詳雅，起發齐密，疎閑相間。每作点，必須悬手作之，或作波抑而复曳。每作一字，即須作数种意况，或横画似八分，而发如篆籀，或章豎如深林之乔木，或屈折如鋼鉄鈎，或上大如针萬，或下細如针韭，或转发如鸟飛，或棱側如流水，作一字横豎可連满一行，直看媚态。第一須存筋藏鋒，灭迹隐端，用笔尖如落鋒势，无一毫如尖笔势，意况生举，爽爽若神。凡一字须数体俱入，若作一纸，皆须字字意别，勿使同。若書弱紙用強筆，若用書強紙用弱筆，強弱不等，则蹉跌不入。凡書之時，貴乎沉靜，令意在筆前，字居心后。未作之始，结思成矣，纵下笔不困急而须迟，何也，筆是將軍，故須持重，心不宜迟，心是箭鋒，箭不欲迟，迟则中物不入。夫字有缓急，一字之中，何者是急，上如乌字下手一点，点须急，横直画皆须迟，欲乌之脚張大須急，不急不有形势。每書欲得十迟五急，十藏五出，十起五伏，后然是書。若直点急牵急裹，此暂看是書，久味无力。又須用笔着墨，不过三分，不得深浸，深浸则毫弱无势。墨须用松节研之，久久不动弥佳矣。

录写关于王羲之书法法则

（六）题写书名

为《荔枝满山一片红》题写书名

1958年，萧殷重新创办暨南大学中文系期间，亲自组织学生下乡采风，创作民歌，并选编了这本民歌集《荔枝满山一片红》。这是萧殷亲自为民歌集题写的书名。

（七）为文化设施题字

1980年为家乡佗城影剧院题字

萧殷的家乡龙川县佗城镇政府，为了保留萧殷的题字，在城镇大规模拆建改造的年代，不动砖瓦，保留下影剧院原貌。

（八）为刊物题字

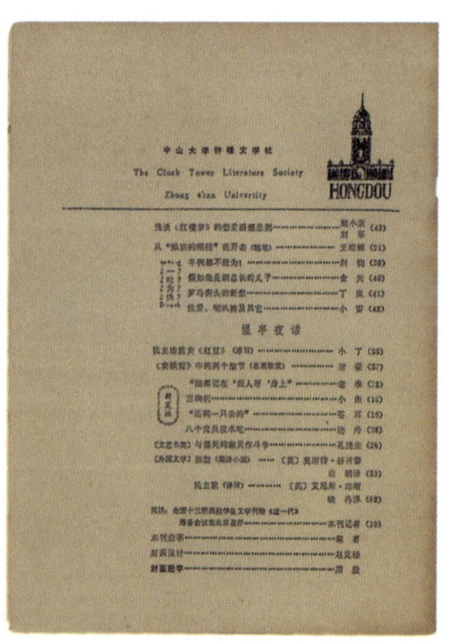

萧殷1979年为中山大学钟楼文学社《红豆》月刊题写的刊头

1979年2月，萧殷被中山大学聘为中文系教授。3月，应中大钟楼文学社主编苏炜的请求，为校园文学杂志《红豆》月刊书写刊头。

（九）为杂志题字

唐代韩愈因反对大办佛事劳民伤财而谏劝皇帝，被贬到广东潮州当刺史。虽然他只在此地工作了八个月，却积极济世安民，关心农桑、办学兴教等，为潮州百姓所铭记，特以“韩埔”“韩渡”“韩江”“韩山”等命名当地山水。

萧殷一向关心潮汕地区的文学创作活动，多次到潮汕地区与文学青年座谈。1980年，当他知道《韩江》文学月刊创刊时，欣然命笔，为《韩江》题写了刊头。

萧殷为《韩江》文学月刊题写的刊头

（十）为友人题写书名

萧殷为弘征的印蜕集书写的《粤海印缘》

（十一）为报刊题写刊头

1983年9月30日，萧殷去世三十天，为纪念萧殷生前为社会主义文学事业作出的卓越贡献，《南风》第六十六期重新刊登萧殷两年前为刊物的题字“南风”，以志悼念。

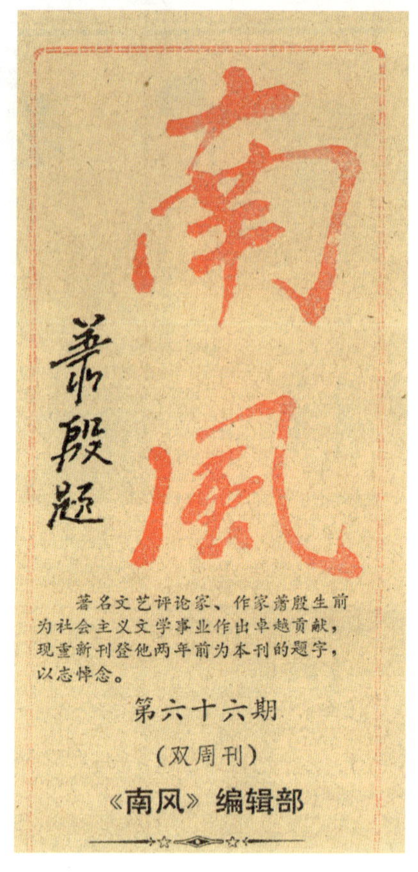
南風

萧殷题

著名文艺评论家、作家萧殷生前为社会主义文学事业作出卓越贡献，现重新刊登他两年前为本刊的题字，以志悼念。

第六十六期

（双周刊）

《南风》编辑部

萧殷为《南风》（双周刊）题写的刊头

回看萧殷的墨迹，让我们重嗅时代气息，似再次与其相遇。

粤海南北，韩江两岸，红豆相思，南风拂面——萧殷的心，永远与他爱惜的文学青年和读者相连。

第八章

永恒的纪念

萧殷同志追悼
一九八三年九月十日上午十时

1983年8月31日，萧殷的生命之火终于燃尽，终年68岁。在得知萧殷逝世的消息后，他的亲朋好友和学生以及众多文学青年顿时陷入巨大的悲恸之中。

家乡为他建立了纪念公园、竖立了纪念雕像、创立了萧殷文学馆，文艺界举办了萧殷文艺思想研讨会，出版了萧殷纪念文集，在萧殷逝世后的四十年里，人们一直没有忘记他。

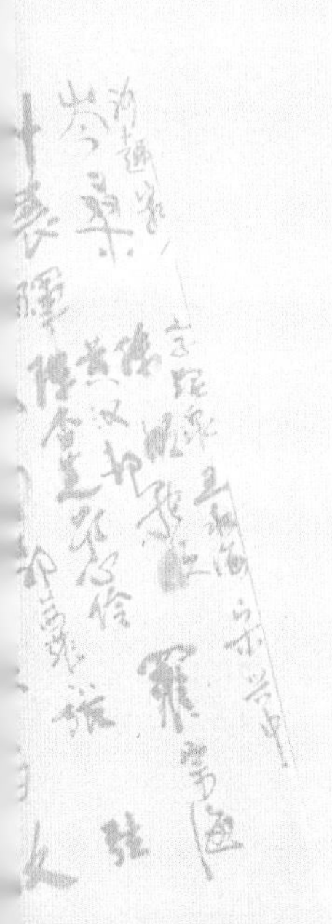

一、真诚缅怀

（一）沉痛的追悼

萧殷逝世后，萧殷治丧委员会成立，名单见下图。

肖殷同志治丧委员会名单

主任委员：　吴南生

副主任委员：（按姓氏笔划为序）

丁　玲（女）　巴　金　王　匡　杜　埃　杨应彬　杨康华　张光年　陈残云　陈越平　周　扬　欧阳山　秦　牧　梁威林

委员：（按姓氏笔划为序）

于　逢　于黑丁　王　起　王　蒙　王阑西　韦　丘　韦君宜（女）　田　蔚（女）　白燕仔（女）　艾　芜　吕　坪　华　嘉　关山月　刘　仑　刘天一　刘剑青　冯　牧　阮章竞　沙　汀　李　门　李　蛙　李　超　李运耆　李雪光　李鹰航　严文井　陆青山　佘　本　肖　玉　吴有恒　张一林　陈国凯　陈芜燥　杨干华　杨奎章　易　巩　郁　茹（女）　林默涵　周国瑾　俞　林　胡一川　胡代炜　洪　遒　草　明（女）　秦兆阳　梅亘清　梁　伦　梁奇达　唐　因　唐达成　黄　雨　黄庆云（女）　黄秋耘　黄焕秋　康　濯　曾敏之　萧　洛　赖少其　楼　栖

萧殷同志治丧委员会名单

追悼会由时任广东省文联主席、中国作家协会广东分会主席欧阳山主持。悼词由时任中共广东省委宣传部副部长杜埃宣读。

萧殷同志追悼会

悼　词

中国共产党党员、忠诚的无产阶级文艺战士、著名现代文学评论家、作家、中国作家协会理事、广东省政协委员、广东省文联副主席、中国作家协会广东分会副主席兼分党组副书记、中国广州笔会中心理事、中山大学、暨南大学兼职教授萧殷同志，长期患病医治无效，于一九八三年八月三十一日四时五十分在广州不幸逝世，终年六十八岁。

萧殷同志原名郑文生，一九一五年农历八月十六日出生于广东省龙川县佗城竹园里。幼年丧父，家境清贫，靠当店员的哥哥和几个教师帮助，才得以念完初中。一九三二年至一九三六年，他在龙川小学当教员，后来到了广州考上美专图画系，一面读书，一面以主要精力从事文学创作。他十七岁开始写作，短短几年间就发表了反映城乡劳动人民悲惨生活的小说《疯子》、《乌龟》、《倒闭》、《沦落》、《灾》、《车夫阿火》等三十多篇，用过的笔名有萧英、何远、黎政等。一九三六年他参加了进步文艺团体"广州艺术协会"，并在香港《珠江日报》发表杂文，猛烈抨击蒋介石的反动统治，揭露旧社会的腐败黑暗。同年十月，为了避开反动当局的搜捕，他去了上海。

抗战开始，萧殷同志参加了"上海防护团"，任战地记者。从上海撤退后，在汉口与范长江同志一起编辑《新闻记者》月刊。一九三八年八月，他到了延安，在鲁迅艺术学院文学系学习。同年十月加入了中国共产党。一九三九年，他被调去华北敌后，任太行山《新华日报》编委兼通联科长，活动于太行山、冀南平原一带，发表了控诉日寇血腥暴行的报告文学《井圪塔的血》等作品。一九四〇年春，萧殷同志在冀南战争中负伤后转回延安，在中央研究院任文艺研究员，并在中央党校学习，后在党校四部任教。抗战胜利后，在张家口新华社任编辑科长、《晋察冀日报》编委兼副刊主编。一九四六年和谈期间，任北平我党党报《解放三日刊》及新华社北平分社采访部主任。解放战争时期，在华北联合大学文学系任教，主讲《创作方法论》课程。一九四八年八月任《石家庄日报》副总编辑。

新中国成立后，萧殷同志历任《文艺报》主编，《人民文学》编辑部主任，中国作家协会青年作家工作委员会副主任，文学讲习所副所长，并兼任中央美术学院文学教授。一九五八年调广州后，任暨南大学中文系主任兼中山大学教授。一九六〇年十一月起任中国作家协会广东分会副主席、党组副书记及《作品》月刊副主编。这期间，他深感当时文艺评论上存在庸俗社会学倾向的危害，曾在《羊城晚报》副刊上主持了对长篇小说《金沙洲》的讨论，这次讨论时间长达七个月，收到良好的社会效果。一九六三年八月，调任中共中央中南局宣传部文艺处处长，直至文化大革命。

在十年动乱期间，萧殷同志被残酷迫害，身心受到严重摧残，但他坚贞不屈，对林彪、"四人帮"的倒行逆施无比憎恨，对他们搞的瞒和骗的文艺深恶痛绝。他刚被"解放"出来不久，为了帮助青年作者澄清一些被"四人帮"搞乱了的文艺思想，他不顾个人安危，在清远召开的一个全省性的创作学习班上，公开宣传马克思主义的文艺理论。他还在十平方米的斗室里，悄悄地重新撰写在"文革"中已失去手稿的《创作论》，到一九七五年秋，他已为《创作论》写出了一百六十多个题目的内容纲要，正待动笔写作时，"四人帮"又猖狂起来，他也不幸病倒，进了医院。周恩来总理逝世的噩耗传来，他悲痛欲绝，在"四人帮"疯狂镇压"四五"运动的血腥日子里，他更是义愤填膺，在悲愤中把已经写了几万字提纲的《创作论》手稿焚毁了，对"四人帮"发出无声的抗议。

粉碎"四人帮"后，萧殷同志虽然疾病缠身，却焕发了革命青春，以饱满的政治热情和顽强的毅力投入了工作和创作，为发展我省的文学事业付出了巨大的精力。

解放三十多年来，萧殷同志的主要精力是放在编辑刊物、从事文学评论和培养青年作者方面。他在主编《作品》月刊期间，坚决贯彻党的文艺方针，坚持文学的党性原则，提倡革命的现实主义，批判极左的思想流毒，注意团结老中青作家，力求使刊物能够反映新时期的时代精神，具有鲜明的个性和广东的地方特色。他非常关心青年作者的健康成长，对他们既严格要求，又热情扶持，积极培养文学的新生力量。他常说："年轻人是我们事业的希望，我能够为他们做点事情，也算尽自己的一份责任。"无论是在医院的病床上，还是在自己家中，他都经常热情地接待来访的青年作者，像挚友似地和他们促膝谈心，和他们一起讨论作品。在他的桌子上、床头边、抽屉里，到处堆放着一叠叠的青年习作。他经常以病弱之躯，躺在病床上给青年看稿，用工整的笔迹在稿子上写批语，给作者写回信，帮助他们了解自己创作上存在的毛病和问题，一字一句，都倾注着他的心血，表现了老一辈作家甘当"人梯"的崇高精神。近几年来，他的肺心病越来越严重，肺功能越来越差，加上经常吃不下东西，身体衰弱到了极点。但他仍然时刻关心着党的文学事业，仍然孜孜不倦地辅导青年作者。他是以一个共产党员高度自觉的政治责任感，以自己日益衰弱的生命之光，为后来者照亮着前进的道路的。

萧殷同志是坚定的马克思主义的文学评论家。他对党的文艺方针政策，对马列主义的文艺理论，对毛泽东思想的基本原理，对革命现实主义的创作原则和艺术规律，都有着深入的研究和精辟的见解。他在解放后已经出版的著作中，有小说散文集《月夜》，文艺理论和评论集《论文艺的现实性》、《生活思想随笔》、《论文学与现实》、《怎样写新闻消息》、《与习作者谈写作》、《给文艺爱好者与习作者》、《谈谈写作》、《鳞爪集》、《习艺录》、《论生活、艺术和真实》、《谈写作》、《给文学青年》、《萧殷文学评论选》等，长达六十万字的自选集，正在编辑出版中。

萧殷同志衷心拥护党的 十一届三中全会和党的十二大以来的路线、方针和政策，坚持四项基本原则，在政治上与党中央保持一致，能够正确地开展文艺上两条战线的斗争。他热爱祖国、热爱人民、热爱社会主义，对革命事业忠心耿耿，任劳任怨，对工作严肃认真，一丝不苟。他襟怀坦白，光明磊落，刚直不阿，从不隐瞒自己的观点。

他遵守党的《准则》，作风正派，疾恶如仇，勇于开展批评与自我批评，敢于与不正之风作斗争。他生活俭朴，关心群众，对人以诚，平易近人，同群众保持着经常的联系，受到群众的爱戴。

萧殷同志的一生，是革命的、战斗的一生！他的不幸逝世，使我们党失去了一位好党员、好干部、使人民失去了一位优秀的文学评论家和作家。我们为失去了这样一位老同志、老战友而感到十分悲痛。我们怀着十分沉痛的心情，深切悼念这位为党的文艺事业奋斗了半个世纪的无产阶级文艺战士，萧殷同志虽然和我们永别了，但他风范犹存，他的革命精神和高尚品格，将继续激励着我们。我们要化悲痛为力量，在党中央的正确领导下，同心同德，紧密团结，进一步贯彻党的十二大精神，认真学好《邓小平文选》，更高地举起社会主义文艺的旗帜，为提高文艺作品思想艺术质量，为建设高度的社会主义精神文明，为使我国早日实现四个现代化而努力奋斗。

安息吧，萧殷同志！

一九八三年九月十日

悼词原件

（二）唁电、唁函与挽联

肃杀的秋风传出了萧殷去世的消息。几天内，治丧委员会和家属收到来自全国各地的四百多封唁函唁电。这批来自广州以外地区的唁函唁电——

有中共中央宣传部、国家文化部、中国作家协会的领导同志邓力群、周扬、林默涵、贺敬之、冯牧；

有老朋友巴金、丁玲、张天翼、严文井、草明、沙汀、蔡若虹、黄胄、冯德英、叶君健、姚雪垠、张光年、华君武；

有在中国作家协会和《文艺报》工作时期的旧同事秦兆阳、陈企霞、张僖、葛洛、严辰、逯斐、杨犁以及学生王蒙；

有出版社的编辑朋友韦君宜；

有流浪上海时期患难与共的老朋友韩念龙、赖少其、吕蒙；

有在延安“鲁艺”学习时的同学康濯、莫耶；

有在华北联大教书时的同事蔡其矫、俞林和学生唐因、刘剑青、徐光耀；

有在中国作家协会文讲所教书期间的学生唐达成、龙世辉；

有在中南局宣传部工作时期的同事李普、沈容。

在萧殷逝世的十天里，亲自上门慰问的省市领导人有吴南生、杨应彬、杜埃，以及广东省文联和中国作家协会广东分会的领导，还有老同学、老同事、学生和亲友等三百多人。出席追悼会的，则超过六百人。

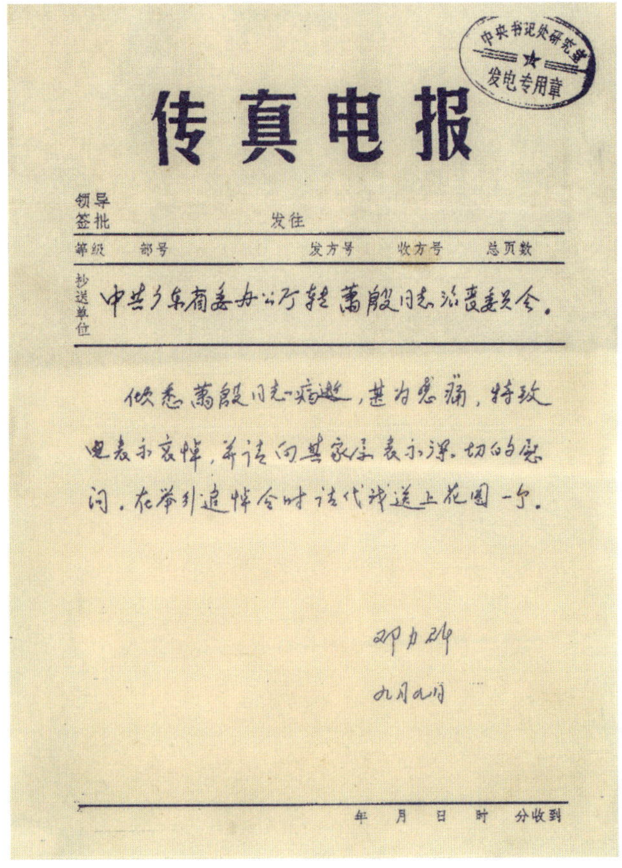
中央书记处研究室 发电专用章

传真电报

领导签批　　发往

等级　部号　发方号　收方号　总页数

抄送单位　中共广东省委办公厅转萧殷同志治丧委员会。

惊悉萧殷同志病逝，甚为悲痛，特致电表示哀悼，并请向其家属表示深切的慰问。在举行追悼会时请代我送上花圈一个。

邓力群

九月九日

年　月　日　时　分收到

中共中央宣传部部长邓力群的传真电报

2109

ZCZC PJ 9166 GB 3256 (6) LA 3135

G BEIJING LA 3135 45 6 1852

广 州 市 文 德 路 (75) 号 作 协

广 东 分 会 李 靖 GUANGZHOU

惊 悉 肖 殷 同 志 病 逝 谨 表

示 最 诚 挚 的 哀 悼 请 去 家

属 节 哀 周 扬 苏 灵 扬

中国文联主席周扬的唁电

NNNN

1753

ZCZC PN 9070 GQ 1962 LA 2375

P BEIJING LA 撄 96 5 巍

文德路(75)号作协广东
分会转陶萍同志 GUANGZHOU
惊闻萧殷同志病逝，深
感震惊和悲痛。他是一
个好同志，也是我们的
良师益友，我们将永远
怀念他。务望节哀保重
化悲痛为力量。并向您
全家表示深切同情和慰
问外交部韩念龙王珍

外交部副部长韩念龙的唁电

1731

ZCZC PJ 8030 QY 9961 (4)

G SHANGHAI JN 7542 82 5 1535

广州市文德路(75)号李清
GUANGZHOU
中国作家协会广东分会
肖殷同志不幸去世我国
文坛上失去了一位忠诚
战士我个人失去了一位
挚友使我感到无限悲恸
谨向你们和肖殷同志的
家属表示沉痛的哀悼巴
金

巴金的唁电

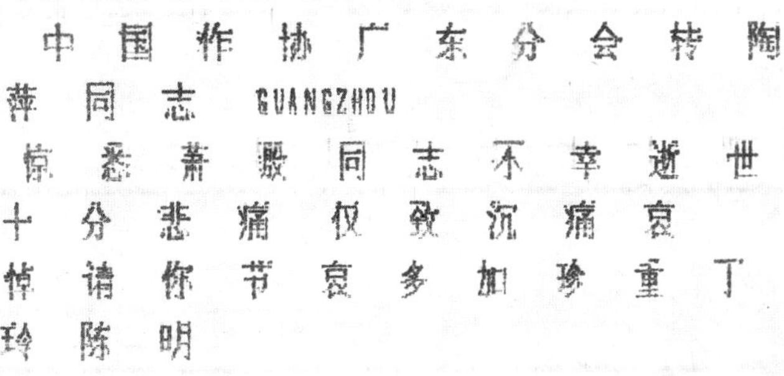

1344

ZCZC PJ 9656 GQ 3791 (36) LA 3416

G BEIJING LA 3416 46 7 1226

中国作协广东分会转陶萍同志 GUANGZHOU

惊悉萧殷同志不幸逝世十分悲痛仅致沉痛哀悼请你节哀多加珍重丁玲陈明

丁玲的唁电

NNNN

1313

ZCZC PJ 4335 GQ 7389 (12) MN 101

P BEIJING MN 101 16 1 1055

省作协转陶萍 GUANGZHOU

痛悼肖殷师逝世王蒙

NNNN

王蒙的唁电

萧殷去世，夫人陶萍难过地说道：

萧殷永远离开我们了。虽然他病了这么久，但他的逝世仍使我们感到突然。他有多少文章还未动笔，多少稿子没有审阅，多少信没有来得及回复。他去得太早了。就是再给他几十年寿命，也做不完他想做的事情……

1983年9月10日，萧殷追悼会在广州举行。

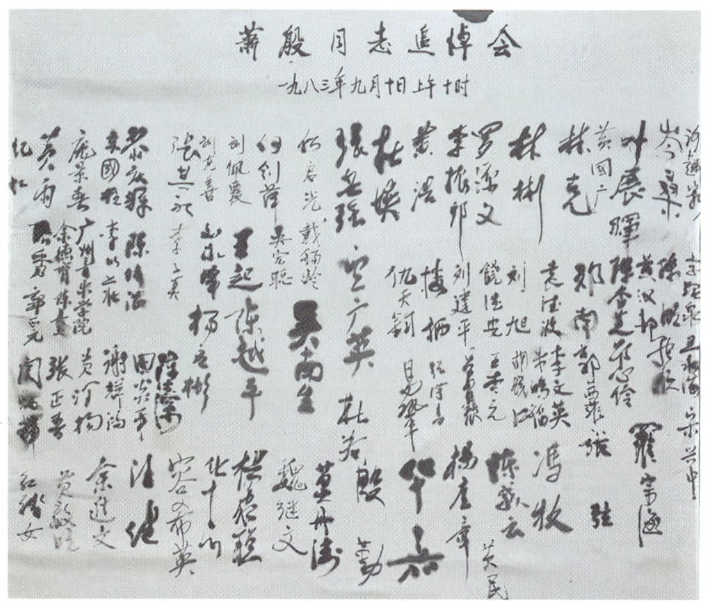

1983年9月10日，参加“萧殷同志追悼会”的签名帛之一

当天，在广州市殡仪馆萧殷追悼会大厅外长长的走廊上，挂满了上百副挽联，表达了大家对萧殷沉痛的悼念。

这批挽联不仅悲情哀恸，而且文采斐然，令人在翻滚的哀思浪花中驻足不前。可惜当年没有电脑记录，大部分已经遗失，现在把其中部分摘录如下：

蜡炬精神　园丁心血

马列绳墨　引路文章

——唐因　唐达成敬挽

文坛损宿将　孺子失老牛

——秦兆阳哀挽

为华夏而立论　以民情作心潮

——田间　葛文夫妻敬挽

翘首南天白云漉漉　魂销越秀梦里沉珠

——公木　吴翔夫妻敬挽

毕生精力维护革命文艺事业良知志节

病弱身躯甘当青年作家人梯何等精神

——黄雨　谢加因敬挽

育新苗栽桃李耕耘艺苑大半生披荆斩棘

评创作论典型转战文坛数十载沥血呕心

——楼栖　茜菲夫妻敬挽

仍春蚕尽吐银丝呕心沥血扶我等文学蹒跚学步

如烛炬光明天地正气浩然教后辈世上磊落做人

——吕雷

握笔共戎衣并影延河钦学长

扶赢悬绛帐长流湘水泣文宗

——胡真

桃李三千各锁芬芳传翰苑

遗经百万永留珠玉灿人间

——黄起衰　弘征敬挽

艺苑著徽声　忆旧难忘坐侍日

文评征灼见　恸今无复立谈时

——耄兄　李永川敬挽

细雨和风　一代新苗方养护

长篇短论　文坛心气仗扶持

——王起　吴宏聪敬挽

是无产阶级文艺忠诚战士

为两代文学新人优秀导师

——湖南人民出版社敬挽

时间和千万文学青年之渴望将会证明肖殷老师所留下的空白

——《萌芽》编辑部叶孝慎敬挽

金风忉恤乍凋岭南菊想辛勤浇灌正当

繁花荫柳溘然而去瞻依无尽

珠水呜咽曾折陇北梅记劳苦镂铭始成

巨帙鸿篇壮哉此生哀慕有余

——广东作协文学院全体敬挽

文坛闻栋折　剧院失知音

德苑今犹在　岭南何处寻

——郑建犹　徐掀　梁素珍同敬挽

萧萧落叶千秋恨

殷殷著作永世传

——（邑人）叶展晖　张一心敬挽

（三）回乡遂父愿

萧殷女儿陶萌萌与龙川县委领导人的合影。左起：县委书记李运粦、县委顾问魏龙延、陶萌萌、县人大副主任黄儒林、县委副书记李万源

萧殷去世前几天，似乎出现了临终前的“人生闪回”，亲人们分明感受到他在幻觉中好像回到儿时，回到从前，回到家门外的小池塘，回到家乡亲人的怀抱，家乡话的儿歌在耳边响起，那深深的眷恋似乎越来越近，就在眼前……追悼会后，带着父亲的心愿，女儿陶萌萌第一次踏上家乡的土地，她要用自己的目光替父亲再一次抚摸家乡的山水。

在故乡，女儿见到了父亲的老师和同学，见到了姑妈、大伯和他们的后人。回乡十几天，采访多人，记下二十多页亲友的回忆细节。当她尝到父亲经常提起的酿豆腐和牛筋糕的时候，忍不住一次次热泪喷涌。龙川县委的领导们放下手头的工作，用父兄般的亲情给伤心欲绝的女儿予最大的关怀，令其破涕为笑。

亲人的抚慰多么温暖，融化了女儿的心；家乡的阳光多么灿烂，沐浴着女儿和她心中的父亲！

（四）师友深情

1. 王蒙的致敬

1988年1月27日，时任中华人民共和国文化部部长的王蒙不辞舟车劳顿，专程从北京辗转来到广东省龙川县，在萧殷公园拜谒恩师，表达自己对恩师的崇敬。

王蒙在恩师雕像前恭敬献花

王蒙偕夫人拜谒萧殷雕像

王蒙夫妇在萧殷故居前留影。故居题字者为赖少其

王蒙夫妇与萧殷夫人陶萍在萧殷雕像前合影。雕像前的挽联书写道：献给萧殷恩师　王蒙崔瑞芳敬献

王蒙在《难忘恩师萧殷》中写道：

难忘萧殷，难忘赵堂子胡同八号，难忘开始跨出第一步时得到萧殷师的扶持，难忘他病重时我到广州的医院看望的情景，以及后来我专门去龙川萧殷故乡参加萧殷公园活动的盛况。萧殷师的精神永存，遗爱永在，在他百年冥诞之际，我感到他的诚挚与爱心永远与我们写作人在一起。

2. 赖少其的缅怀

赖少其是萧殷二十世纪三十年代广州市立美术学校的校友、广州学生运动的战友、流亡上海的难友、一生不变的挚友。萧殷逝世后，远在安徽的赖少其无比悲痛，立刻写下悼诗《哭萧殷》寄到《羊城晚报》发表，同时书写成横幅寄给萧殷的夫人陶萍。

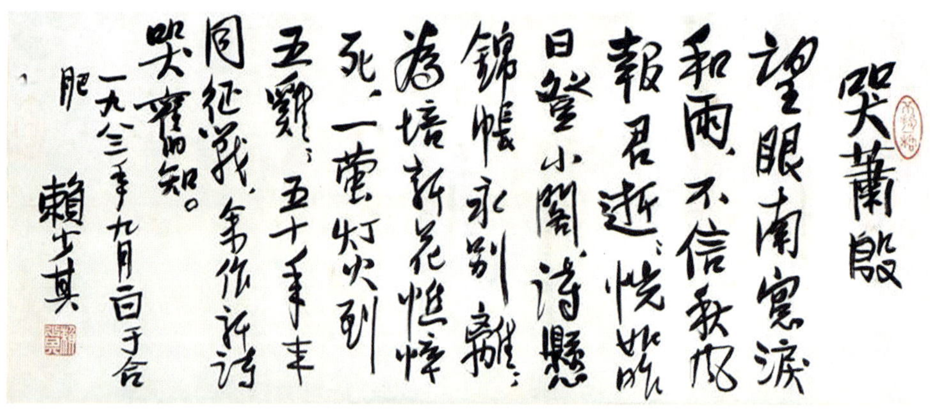

赖少其的悼诗《哭萧殷》

哭萧殷

望眼南窗泪和雨，不信秋风报君逝。
恍如昨日登小阁，诗悬锦帐永别离。
为培新花憔悴死，一萤灯火到五鸡。
五十年来同征战，余作新诗哭旧知。

一九八三年九月一日于合肥

赖少其

赖少其同日写信给陶萍致哀。

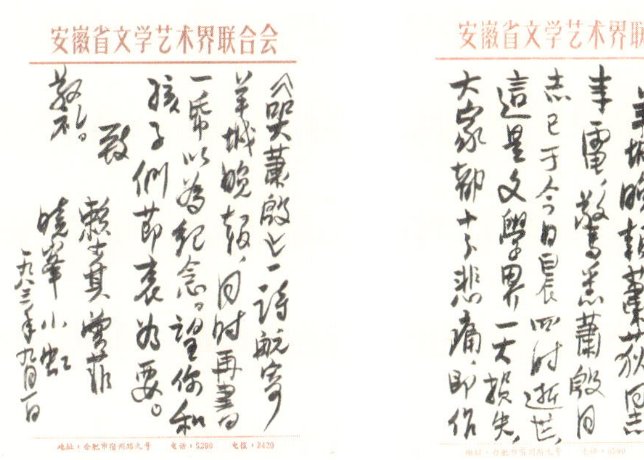

赖少其代表全家给陶萍的信

陶萍同志和萌萌：

羊城晚报萧荻同志来电，惊悉萧殷同志已于今日晨四时逝世，这是文学界一大损失，大家都十分悲痛。即作《哭萧殷》一诗航寄羊城晚报，同时再书一纸以为纪念。望你和孩子们节哀为要。

致

敬礼。

赖少其　曾菲　晓峰　小虹

一九八三年九月一日

萧殷逝世四年后，龙川县建立萧殷公园，铸造萧殷雕像。赖少其为萧殷雕像书写碑文。1987年，赖少其来到龙川，参加萧殷雕像揭幕典礼。

赖少其在萧殷雕像落成典礼上签到。身后为杜埃

在萧殷雕像揭幕典礼上，赖少其发言，讲述了萧殷雕像的铸造过程，凝聚了自己和吴有恒、曹崇恩、廖慧兰的心血和深情。

①

讲稿　赖少其

各位同志：

中共党员、著名文学家肖殷同志纪念像今天揭幕。

肖殷同志在延安参加了毛泽东同志亲自主持的延安文艺座谈会，他一贯坚持马列主义、毛

②

泽东思想，坚持四项基本原则，坚持社会主义现实主义的文学创作和文艺评论。肖殷同志以毕生精力培养文学青年，培养出一批有名的文学家，他们将会永远感激他。

肖殷同志是龙川人，在困难时期

③

得到肖殷同志的帮助，人民也会永远感激他的。

把肖殷纪念像安放在他的家乡龙川，是中共广东省委宣传部批准的。中共惠阳地委和惠阳地区行政公署、中共龙川县委和龙川县人民政府建立的。

④

吴有恒同志为肖殷同志纪念像撰写了一百五十多字的碑文，用了几个月时间，逐字逐句的推敲，语言严肃、精炼、热情横溢，实事求是，深入浅出，继承和发扬了碑刻文学的优良传统，也将是龙川县地方志的重要文献。

⑤

著名雕塑家曹崇恩教授和夫人廖慧兰同志根据肖殷同志的照片和文学作品，以崇高的热情为肖殷同志塑像，取得很高的艺术成就。

我们感谢专程前来参加肖殷同志纪念像揭幕典礼的他的生前友好

⑥

和学生，感谢地委的领导同志，感谢为肖殷同志纪念像落成热情出力的同志。

肖殷同志将永远活在人民心中。

一九八七年七月五日

赖少其在萧殷雕像落成典礼上的发言手稿

典礼期间，赖少其特地为萧殷故居题字。

赖少其为萧殷故居题字

1993年，在纪念萧殷去世十周年的学术研讨会上，赖少其难抑失去挚友的伤痛，再次流下泪水　　（黄大德摄）

3. 杜埃的难舍

在萧殷的追悼会上，长长的悼词，由时任中共广东省委宣传部副部长的杜埃宣读。杜埃是萧殷三十年代在广东文坛并肩战斗的文友和战友。他致辞时难掩心中的极度哀痛。不久，他在《山居思故人》一文中写道——

> 山间初秋之夜，忽响起长途电话铃声：萧殷同志逝世了！噩耗传来，窗外秋虫凄凄鸣叫，使人备感悲痛。一旬之前，残云、施民、江萍、源文等来到流溪河畔，大家谈起萧殷同志的病情，想不到我们担心的事竟这么快就发生了。
>
> 故人溘然离去，却留下了友谊长河中的斑斓浪迹和他从事文学事业的卓著成果。

在后来的日子里，每年清明前后，杜埃必定亲自到萧殷墓前哀悼战友，从未间断过，直到十年后杜埃去世。

自左至右：杜埃、周钢鸣、萧殷、陈残云

4. 同窗的哀恸

吕沛霖，是萧殷中学时期的同学，龙川县佗城镇高地村人，曾在佗城中学工作。听到萧殷去世，伤心不已，夜不能寐，翌日即发唁文。文中提到“长佗校”，“长”即客家方言“掌”之意；佗校，即佗城中学。

吕沛霖痛悼萧殷的唁文

悼萧殷老友

哭一声，萧殷弟，你今死，为评论文学创作而鞠躬尽瘁；令我泪湿满襟！

去年十月间，你以郑文生家名致我一函，谓由肺气肿转为肺心病，工作愈加费力，行动越来越不便。

记得1935年冬，我长佗校时，你任校刊编辑，曾写有《挑水妇》《刷鞋童子》与《忆美人兮》的短篇小品文，至今尚留有痕迹在我处。

今年八月31号夜，我梦你来诀，情知不祥。读九月一日报，才悉千真万确。顿时我呼天不应，喊地不答。与你永无再见矣。一恸！

吕沛霖顿首悼唁

1983年9月2号深夜

于东江、佗城、高地村

（五）音容永在

时空永不回转，只有友人与学生的亲切回忆，让往事再现。

萧殷去世十天，弘征回忆说：

1983年9月10日我赶到广州参加完追悼会的那天下午，又恋恋地来到梅花村那幢殷师以前住过的小楼下徘徊……我久久地伫立在那儿，仿佛萧殷师还住在上面。是呀，就从右边这座沿墙的露天梯拾级而上，一摁电铃，顷刻，就听到老人轻细而急促的脚步声了。然后，我将带来的湘江之滨大家对他的问候、几本我们社新出版的书、一方我为他新刻的印章……奉上，他将书一本本地翻开，把印章看了又看，喜笑颜开。我们沏上一壶浓茶，“谈诗，谈小说，谈金石书画……”他切开甜橙，剥了香蕉，生怕我没有吃够。陶萍同志走来，见我们谈兴正浓，笑笑又走开……然而，理智告诉我：这已经再也不能成为现实，敬爱的老师已经与世长辞！我刚刚已经向他的遗体告别，他静静地躺在那儿，周围被鲜花拥簇着，无数的花圈、挽辞，许多流满泪水的脸……一切都告诉我，萧殷师已经不在这座小楼，也永远不会再来了。

萧殷去世十天，陈残云写道：

萧殷的生活单纯而朴素，待人热情诚实，胸怀坦荡，爱憎分明，是一位很难得的真挚的朋友。

……

一个月之前，我到医院看他的时候，他的病情有所好转，拉着我的手高兴地说：“我们要办一个评论刊物，省委已批准了，要我当主编。”我鼓励他说：“好，你病好了，主持这个刊物，一定办得好的。”他在病中除关怀刊物之外，还口述了一些很可贵的资料性文章。临闭目之前，一直关怀着文艺事业。

人们说，萧殷是文学青年的良师益友，这话并不夸张。

……

萧殷虽然抱病勤奋工作，但到底他的肉体经受不了过多的折磨，他的可贵的生命，已如灯尽油干，他溘然长逝了。

萧殷同志，永别了，沉痛、悲愤都将化为力量，愿我们以你为学习榜样，为社会主义的文艺事业贡献自己的晚年。

萧殷去世十一天，秦牧写道：

萧殷同志逝世了。不幸消息传来的时候，我刚好卧病住在另一所医院。病房中认识和不认识他的人，大家都在谈论着这件事。可见，这位忠诚的无产阶级文艺战士、著名的文学评论家的噩耗，是震撼了不少读者的心灵的。那天晚上，我在床上辗转反侧，久久不能成寐。回忆、缅念、伤逝、痛悼的感情，阵阵地激荡着。我黯然地想：这不仅是华南文学界的一项重大损失，也是中国文学评论界的一项重大损失。如果他能多活几年，精神健旺的话，以他那么成熟的智慧和湛深的素养，该做出多少崭新的贡献啊！

萧殷给我的印象，是正直、热情、勤奋，对革命事业忠心耿耿。

……

他好像对于一瞑不视是早有预感似的，近年来他把自己的各种著作赠送给我的时候，扉页上写的都是“……留念”的字样。他逝世后，我重翻那些遗书，端详那些字迹，更难抑制一种慨叹和凄怆的感情。

……

萧殷自奉甚薄，但是却多次以一笔笔的稿费捐作党费，这也表现了崇高的风格。

萧殷同志不幸与世长辞了，我因此想起了这么一连串的事情。为人民事业鞠躬尽瘁，辛勤工作的人总是要活在许多人心头的。萧殷同志，永别了，我们深深悼念你！

萧殷去世二十天的时候，陈国凯写道：

萧殷同志逝世了！

恍如晴天霹雳，把我震呆了。

一股辛酸的感情如潮水般涌上心头，热泪迷糊了我的两眼，我突然感到异样地沉痛难过……

萧老，您走得太快了。7月间，我去医院看您，在病房里找您不见，后来才发现您是坐在轮椅上，让人推到大门口。您说，您需要新鲜的空气，需要阳光。您跟我讲了那么多的话，您说，您还有很多工作没有做完。您想出院归家……看见您精神颇好，我稍感安慰。在您逝世之前四天，我在外地，有位见过您的同志告诉我，您的精神还好，跟她说了很多话。谁知，您却匆匆走了！这茫茫的天地之间，哪里再寻找我的萧殷老师！

是萧殷同志把我这个普通工人引入文坛的。

……

今年夏天我去医院看他，看到他枯瘦的身体，知道他不久前从死亡线上挣扎过来，叫了他一声“萧老”，一时相对无言。突然，我看见他的眼睛里涌出泪花，他失声地问我：“你最近怎么样？”对一位工人作者多年来倾注的心血、爱和期望都在这一簇泪花、一声询问中表现出来了。我心一酸，不敢正视他的眼睛，在这样的老师面前，我能回答什么呢？我只有惭愧，惭愧自己的工作距离老师的要求和期望，相去太远……

萧老，我将牢记您的教导，沿着您的足迹努力走下去。我无限景仰您的高风亮节，我将永远铭记您的谆谆教导，努力争取成为一个真诚的战士。

萧老，在短暂的人生路途中，您过早地离开我们了。您的精神将化作雄风，继续推动着广东的文学新军奋力向前！

安息吧，敬爱的萧师！

萧殷去世四年后，苏烈写道：

萧殷又在我的眼前出现了：满头银发，一领青衫，瘦小病弱的身躯，似难以支撑病魔的重压。可是你看吧，一谈起四化大业、文坛盛事，他那胸中的烈火丹心便喷薄而出，滚滚滔滔，不可抑止。谈到激情之处，他那清癯面孔上的两颗大眼睛就熠熠地闪动着哲理的光芒……然而，这位肝胆相照的师友，离开我们已经足足四年了！

我的感情波动起来，不能自已。管我与萧殷相交年月较短，我却忘不了他呵！

……

有一次我到东病区去看他，他显得比前时更加苍老干瘦了，案上一大沓来信来稿，正在和两位青年谈写作，已经满头是汗，气喘吁吁，犹自滔滔不绝。我看了不忍心。便说：“休息一下再谈吧。”他似乎没听到，甚至连我这个人进来也未发现，还是谈个不停。

……

萧殷同志去世时，我正在山东旅行，不获消息，未能参加追悼会。返回广州，听到噩耗，立即奔往他家，在他的遗像前面深深地行了三鞠躬礼，表示我的衷心哀悼和诚挚敬仰之情……辛勤奋勉，为国为民的他，竟溘然长逝！悲夫！

萧殷去世十年的时候，学生谢金雄写道：

经年累月，无尽的怀念萦绕在脑际，积压在心头，不堪重负。于是，总要专门为你写一些文字，宽释自己的心，告慰你的英灵——我人生旅途上最值得尊敬的师长萧殷。

你见我如此用功，每隔段时间就要找我谈一次话，并鼓励我有事可直接找你。每次见面，你都给我指点一番，鼓励一番，使我从中悟出不少做人的道理。为了让我多掌握一点文学理论知识，你还把多年辑录和编写的世界文学名人谈文学的语录手稿赠送给我，手稿上面车尔尼雪夫斯基、赫尔岑、雨果、巴尔扎克、托尔斯泰等名家的警句，给我很大启迪，使我受益良多。由此可见，你对文学青年的成长是何等地关怀备至！

在你悉心浇灌下，一批批文学幼苗茁壮成长，时至今日，享誉文坛的一众作家和评论家，都曾是你的学生。

记得你曾组织大家开展的长篇小说《金沙洲》的评论活动，极大地调动了全省文学评论工作者的热情，一篇篇思想敏锐、文采飞扬的评论时常见之于《羊城晚报》。我也情不自禁地参与了这次评论活动，那是一个多么令人荡气回肠又眷恋不已的年代。共和国初升的太阳照临在我们头上，而我这个从边陲渔镇走来的青年，第一次吮吸着这么浓厚的书香气息，被裹挟在令人陶醉的学术氛围之中。而最令我庆幸的还是遇上你这样一位具有很高学术水准又诲人不倦的老师。

后来你调往广东省作家协会从事领导工作，又调去主持中南局文艺处的工作，我还一直与你保持着联系。在这之前我有预感，你将是直接影响我人生旅程的为数不多的几个人之一。

后来我写出了一些作品，并得到省内文学界的重视，省文学院要调我去从事专业创作，你又一次告诫我，要使文学之树常青，必须把根深深地扎在生活之中。因为你的一番话，我又放弃了专业创作，继续走业余创作之路。

那一年，你刚从五七干校返回广州，就在你那间简陋又狭小的寝室里，两个小木凳、一包廉价烟，伴着你我促膝长谈，我记得那是你我之间最长的一次谈话，这次谈话，你我消除了师生之间的距离，像两个知心朋友在一起谈心。你没有劫后余生的落泊或者庆幸，而是心淡如水。但从你的言谈中，依然感觉到你对党、对祖国、对自己所追求的事业一片热诚。你谈人生、谈理想、谈文学的社会功能、谈祖国美好未来。那天走出你的寝室，我仿佛听到贝多芬的《命运交响曲》不时地从你的小屋中传出，那雄壮激昂的旋律，使人振奋，令人热血沸腾。

可惜的是，在劫后余生的文学事业最需要你的时候，你竟与世长辞了。你还有许多事没有干完，你曾经说要抽时间写两本书。我想你是把自己的承诺带到另一个世界去了。

写到这里，我想起一位当代诗人的两句诗："卑鄙是卑鄙者的通行证，高尚是高尚者的墓志铭。"你不是如诗人般的愤世嫉俗的人，你是崇高者，尘世的栅栏曾多次阻挡你前行，然而无羁无绊的心灵却从未停止过驰骋，你把一种精神留给了身后的世界，留给那些因惊惧世俗而变得胆怯的需要慰藉的人。

萧殷去世十年的时候，吕雷写道：

萧殷师离开我们10年了。但是，他的音容笑貌，他热情如火、疾恶如仇、正直善良的品格和事迹，仍时时在我心头像一颗灿烂炽热的星辰闪现，他引导我跟随一批广东中青年作家走进文坛的往事和教诲，仍历历在目，常念常新。

萧殷去世十年的时候，李士非写道：

萧殷同志离开我们10年了。他在人生的彼岸越走越远，但是时间的流水并没有把他的形象冲淡。我们不仅常常可以看到他清晰的背影，而且常常可以看到他回过头来，微笑着，打着手势，无声地和我们交谈……我仿佛又看到萧殷同志在彼岸的远处回过头来，目光中闪动着遗憾、忧虑、关切和期待。放心吧，萧殷同志，您所钟爱的文学事业，一定能战胜一切艰难险阻，与祖国的改革开放大业一道前进。

萧殷去世十年的时候，郑心伶写道：

10年过去了，萧殷老师抚过我的手，还是那么温热。我哀恸，我欣慰。

啊，萧殷老师，你同鲁迅永远活在我心中。

也是在萧殷去世十年的时候，陈国凯再次写道：

先生逝世多年以后，广东文坛依然回响着这样的声音：萧殷先生，您走得太早了！文坛多么需要您这样铁骨铮铮的汉子；需要您这样对文学事业一片孤忠的战士；需要您的浩然正气和慷慨之怀；一批又一批的文学青年多么需要您的深情厚爱！

……不论春花秋月，冷露寒霜，泥泞雨雪；不论文学的道路如何曲折艰辛，萧殷没有改变他对文学的坚贞。先生躺在医院里还清醒地注视文坛的风云变幻，仍然没有放下手中的笔，仍然顽强地为文学事业奋斗。萧殷先生的一生与文学融为一体。这就是真作家的真性情。

……今天，我们呼唤萧殷精神，呼唤萧殷式的文艺评论家，呼唤萧殷式的大家气派，重振萧殷主持广东评论界时的雄风！

学生黎白说：

萧殷同志离开了我们。我压抑不住悲痛，我再也听不到他那诚恳、直率、耐心的教诲了。他那亲切的目光，那不停的手势，那滔滔不绝的挚言，全都在我的记忆中浮现出来。

敬爱的老师，这次见面就是和您的永别。但是，您却水远活在我的心中，活在您的学生心中！

学生黄廷杰说：

萧老是驻穗作家中我最熟悉的一位。论岁数，他属上一辈人；论地位，我与他更是相去十万八千里。但是，在我同他接触中，却丝毫没有什么“代沟”“等级”之感；他总是那么平易、亲切，推心置腹，使你感到在他面前，自己的感情若有半点掺假，都是不道德的。

……

萧老生前一共送我两册著作，第一本于1978年7月从广州邮来，题签：“赠……”。而第二本（即前边提到的那一本）却是“……留念”，还钤上一方朱红印章。我对前后两个题签的异同未加特别的注意，如今著者作古，拿出来一加对照，蓦地悟到：后者，是一种“信息”，果然成为永远的“留念”了……

我知道，许许多多直接或间接受过萧老启导过的文学工作者，永远记着他的名字！

春蚕到死丝方尽——萧老的人格和论著，将成为启迪！

萧殷去世十周年的时候，韦丘怀着忧伤的心情，将自己十年前深情怀念老师的诗挥笔成书。

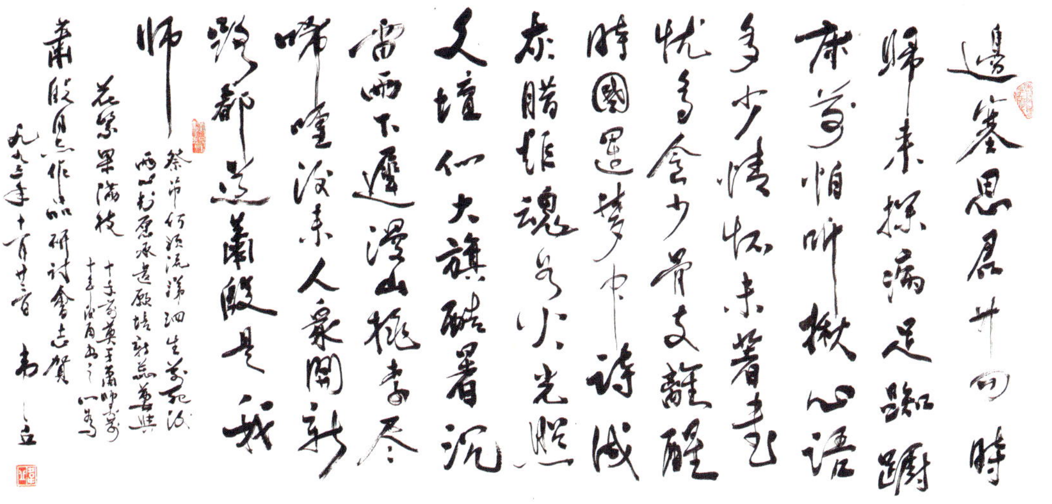

诗中写道——

边塞思君廿四时，归来探病足踟蹰。
床前怕听揪心语，多少情怀未著书。
忧多食少骨支离，醒时国运梦中诗。
成灰蜡炬魂如火，光照文坛似大旗。
酷暑沉雷雨下迟，满山桃李尽唏嘘。
后来人众开新路，都道萧殷是我师。

祭吊何须流涕泗　生前死后两心知
愿承遗愿培新蕊　莫兴花繁果满枝
十年前奠于萧师灵前　十年后再书之以为
萧殷同志作品研讨会志贺

一九九三年十月二十三日

韦丘

二、纪念系列

萧殷已经去世四十年了，但是人们没有忘记他，文艺界没有忘记他。

（一）纪念雕像

1987年7月5日，萧殷的雕像揭幕典礼在广东省龙川县城老隆镇隆重举行。龙川县县委书记杨华维主持揭幕典礼，龙川县县长袁南炽讲话，中国作家协会书记处书记唐达成宣读文化部部长王蒙的来信。王蒙在信中表达了对恩师萧殷的怀念之情以及未能参加此次盛典的歉意，表示以后一定来拜谒恩师。唐达成高度评价萧殷对文艺工作所做的贡献，中共广东省委宣传部副部长杜埃、挚友赖少其分别讲话。

中央纪检办主任萧洪达、作家出版社潘静、《光明日报》总编辑杜导正等发来贺电。外交部副部长韩念龙和学生陈国凯因未能参加揭幕典礼分别来电表示歉意。

当天下午，杨华维、袁南炽陪同全体嘉宾来到萧殷的出生地佗城，参观萧殷幼学于乡的母校佗城中学和萧殷故居。

曹崇恩、廖慧兰教授制作的萧殷汉白玉半身雕像

萧殷雕像，坐落在花岗岩基座上，基座正面是赖少其题写的“萧殷像”。另外三面是吴有恒[①]撰述、赖少其书写的碑文。

赖少其题写的碑文手稿

赖少其题写碑文：

文学家萧殷，原名郑文生，一九一五年生于龙川佗城竹园里，一九三八年赴延安参加中国共产党，一九三九年赴华北，曾在抗日战斗中负伤，历抗日战争、解放战争以至建国，后任报刊编辑，任教授，均致力于革命文学工作，尤其注重文学评论及辅导青年写作，卓著成效，终生不懈。萧殷幼学于乡，贫而好学，一生唯好学。

一九八七年七月一日

吴有恒撰　赖少其书

坐落于龙川县老隆镇萧殷公园的萧殷汉白玉半身雕像

① 吴有恒（1913—1994），广东恩平人。曾任中国人民解放军粤桂边纵队司令员、1954年任广州市委副书记。1963年转为专业作家，历任中国作协广东分会副主席、《羊城晚报》总编辑，著有长篇小说《山乡风云录》等。吴有恒是萧殷三十年代在广州并肩战斗的战友、文友。

1987年7月5日，萧殷雕像落成典礼在龙川县老隆镇隆重举行

萧殷的学生（左起）唐因、唐达成、刘剑青和杨犁在萧殷雕像落成典礼上

2019年，龙川萧殷公园工程改造，萧殷汉白玉半身雕像换成下列铜像。

现龙川县老隆镇萧殷公园的萧殷铜像。制作者曹崇恩教授

在广州海珠区瀛洲生态公园对面的曹崇恩雕塑园里，矗立着这尊由曹崇恩教授早期制作的萧殷雕像。制作时间为1987年

坐落于河源职业技术学院萧殷公园的萧殷雕像。该校前身为老隆师范学院，三十年代为龙川县县立乡村师范学校。1933年，萧殷在该校教授绘画课程

（二）思想传承

1. 萧殷文艺思想研讨会

1993年11月25日至26日，由中共广东省委宣传部、广东省文联、中共河源市委宣传部联合主办的“纪念文艺评论家萧殷逝世十周年暨萧殷文艺思想研讨会”在广州广东国际酒店召开。

“纪念文艺评论家萧殷逝世十周年暨萧殷文艺思想研讨会”会场1

“纪念文艺评论家萧殷逝世十周年暨萧殷文艺思想研讨会”会场2

“纪念文艺评论家萧殷逝世十周年暨萧殷文艺思想研讨会”参会者合影

2. 萧殷与中国新文学批评学术研究研讨会

2012年7月9日至11日，由中国新文学学会、中共河源市委宣传部、中共龙川县委宣传部举办的“中国新文学学会第二十八届年会暨‘萧殷与中国新文学批评’学术研讨会”在广东河源龙川召开，共有81名来自全国各地研究萧殷的学者参会。

“萧殷与中国新文学批评”学术研讨会会场

“萧殷与中国新文学批评”学术研讨会与会者合影

3. 萧殷诞辰100周年纪念研讨会（广州）

2015年12月8日，由广东省文学艺术界联合会、广东省作家协会、羊城晚报社、广东省文艺评论家协会联合举办的“萧殷诞辰100周年纪念研讨会”在广州珠岛宾馆召开。

“萧殷诞辰100周年纪念研讨会”（广州）会场

“萧殷诞辰100周年纪念研讨会”（广州）与会者合影

4. 萧殷诞辰100周年纪念研讨会（龙川）

2015年12月16日，由中共龙川县委宣传部、龙川县文学艺术界联合会、龙川县作家协会联合举办的“萧殷诞辰100周年纪念研讨会”在广东龙川召开。

“萧殷诞辰100周年纪念研讨会”（龙川）主席台

“萧殷诞辰100周年纪念研讨会”（龙川）会场

“萧殷诞辰100周年纪念研讨会”(龙川)与会者合影

5. 萧殷文学研讨会暨萧殷文学馆开馆活动

2018年12月6日至7日，萧殷文学研讨会暨萧殷文学馆开馆活动在河源市图书馆举行。

2018年12月7日，萧殷文学馆开幕。84岁的王蒙亲自前来为恩师的文学馆开馆剪彩。从左至右：林岗、蔡运桂、刘斯奋、张玲、王蒙、唐国华、王继怀

在萧殷文学馆开馆活动中，王蒙作《文学与生活》专题讲座1

在萧殷文学馆开馆活动中，王蒙作《文学与生活》专题讲座2

2018年12月，“萧殷的文学及评论观”学术研讨会

2018年12月，“萧殷的文学及评论观”学术研讨会部分与会者合影

“追寻那双温润的手”萧殷文学导师成就专场学术研讨会会场

萧殷文学馆成立与会者合影

6. 萧殷摄影展

2018年12月7日至2019年6月7日，萧殷文学馆开馆期间，萧殷摄影展在河源市图书馆展厅举办。展览分为“风雨前行”“文坛情浓”“回归空静”“家乡热土”“家的留影”“全息影展”六大部分。本次展览，通过315幅照片和萧殷生前谈创作的录音，展现了先生不平凡的一生。

展馆前厅

萧殷文学馆开馆活动之摄影展

王蒙和与会嘉宾观看“萧殷摄影展”。左起：时任中共河源市委宣传部部长张玲，原文化部部长、著名作家王蒙，萧殷文学馆馆长赖金凤。后排女士为时任《河源日报》社社长曾淑梅

嘉宾在“萧殷摄影展”现场观看“萧殷谈创作”视频。前排左起：萧殷文学馆馆长赖金凤，广东省文艺评论家协会专职副主席梁少锋，时任河源市文广新局局长梁伟光，原文化部部长、著名作家王蒙，时任中共河源市委宣传部部长张玲，王蒙夫人单三娅，时任河源市文广新局副局长骆满星

（三）出版文集

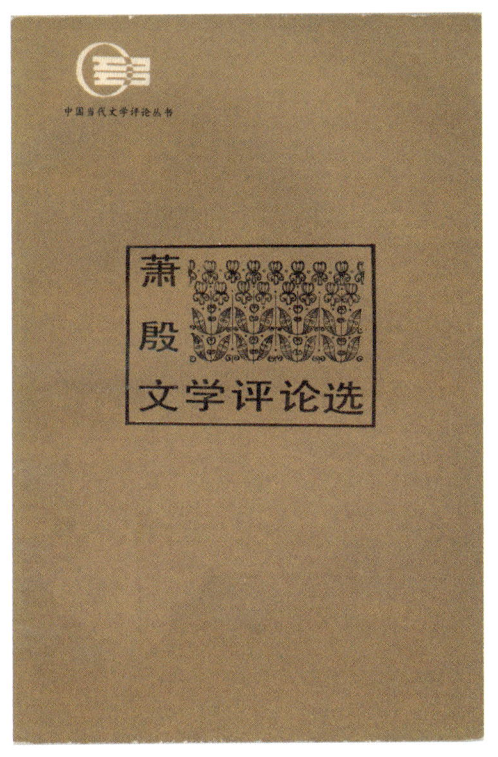

1983年3月，湖南人民出版社出版《萧殷文学评论选》

1989年8月，广州文化出版社出版《萧殷论》

1993年4月，花城出版社出版《萧殷传》

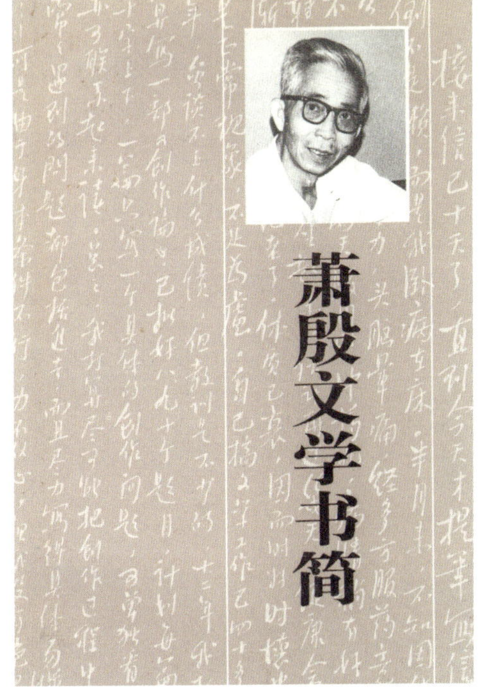

1993年10月，花城出版社出版《萧殷文学书简》

1994年12月，暨南大学出版社出版《风范长存——萧殷纪念与研究文集》

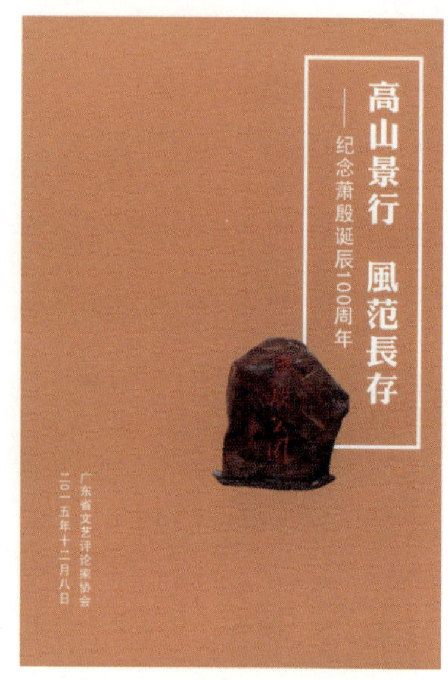

2015年，广东省文艺评论家协会编印《高山景行　风范长存——纪念萧殷诞辰100周年》

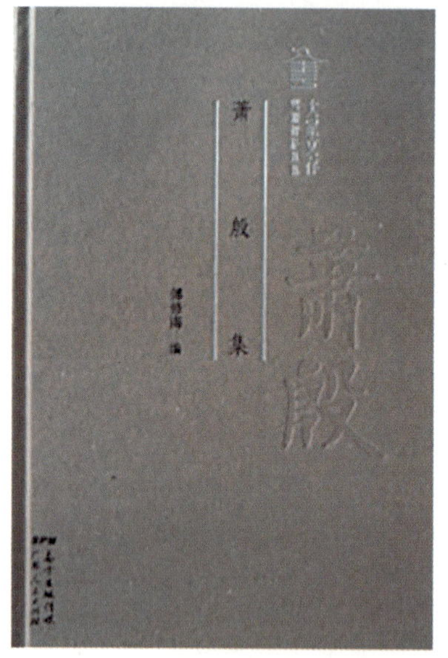

2018年1月，广东人民出版社出版《萧殷集》

2018年12月，河源市图书馆编印《萧萧风雨殷殷情——萧殷文学馆概览》

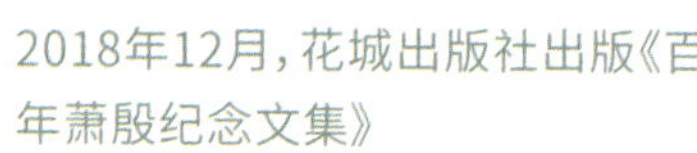

2018年12月，花城出版社出版《百年萧殷纪念文集》

001

目录

Contents

第一辑　岁月之痕

002

第二辑　文化之脉

003

第三辑　时代之子

004

《百年萧殷纪念文集》共收录92位萧殷的同事、学生、家人、朋友深情回忆萧殷一生事迹的文章。

2022年，花城出版社出版《师者·文心：萧殷评说七十年》

目录

Contents

第一辑　萧殷文学人生论

第二辑　萧殷文学批评论

第三辑　萧殷文学思想论

第四辑　萧殷文学创作论

第五辑　文学作品论

《师者·文心：萧殷评说七十年》收录了50位学者研究萧殷的文章。

2023年，人民出版社即将出版“暨南中文名家文丛”之《萧殷集》

（四）萧殷文学馆

2018年，在河源市原市委书记陈建华的关怀和倡导下，在萧殷先生亲属的大力支持下，600多平方米的萧殷文学馆在河源市图书馆落成。

萧殷文学馆展览以家属捐献的萧殷遗物为基础，共展示了200多幅珍贵照片和萧殷用过的文房四宝和藏书、手稿、书信等珍贵文物，将萧殷一生事迹概括为“龙川少年　风雨启航”“热血青年　以笔为枪”“曙光初露　一展抱负”“做正直人　说公道话”“力挺王蒙　挥泪藏稿”“师恩难忘　遗爱永在”“捍卫真理　做领军人”“言传身教　桃李竞芳”“扶掖后生　育人无数”“不忘初心　甘为人梯”“呕心沥血　蜡炬成灰”“鞠躬尽瘁　丹心一片”“后继有人　风范长存”“铭记师恩　永怀于心”等二十四个主题。

萧殷文学馆入口

萧殷文学馆前厅

萧殷文学馆展厅内景一

萧殷文学馆展厅内景二

萧殷文学馆开馆仅5年，参观人数已超过50万。在文学馆留言册无数感人的留言中，我们看到人们对萧殷的怀念之情与日俱增。更令人欣慰的是，从一页页少年儿童稚嫩的字迹中，我们看到了未来——萧殷的精神品格光照后代。

编后记

萧殷是一位作家，他辉煌的文学成就，已经定格在68度春秋的人生旅途。萧殷更是一位园丁，在长期从事文学创作和文艺评论、报刊编辑、文艺教学和文艺活动组织工作中，他用尽心血培育出一大批杰出的文学工作者，令无数年轻人的文学梦想成真。萧殷，将整个生命融汇到繁荣发展中国的文艺事业中。

在萧殷去世四十周年之际，《岁月留痕》将萧殷一生的如烟往事汇聚成集，为浩瀚的文艺星空增添一抹光辉。

感谢王冰、陈家基、吴雪梅、胡子岑、陈国梁、梁永林为本卷的图文编纂付出的心血，感谢河源萧殷文学馆馆长赖金凤、副馆长邓丽萍带领黄惠、丘鸿俊、曾宝花、罗优、邱芳裕、刁朝成、张子文等工作人员的大力协助，感谢广东省文艺评论家协会同仁的学术支持，使编纂工作得以顺利完成。

编者

2023年7月22日